岩波現代文庫／文芸 310

花の妹 岸田俊子伝

女性民権運動の先駆者

西川祐子

JN147549

岩波書店

花の妹　岸田俊子伝

目次

京都北の芝居の女子大演説会の舞台に立つ俊子と幼い女弟子の太刀ふじ(本書 235 頁以下参照.『京都絵入新聞』1883 年 10 月 4 日，資料提供：国立国会図書館)

フェリス和英女学校教員時代の岸田俊子と生徒たち．前列中央が俊子（フェリス女学院資料室蔵）

序章　風の足跡

——物語の入口へ

岸田俊子をご存知ですか

一九八三年のある夏の日の午後、N記者とわたしは、京都の烏丸《からすま》通と仏光寺通の交差点に立って、さて、と思案していた。アスファルトの照りかえしの熱気はすさまじくて、足元から熱湯にひたされてゆくようだ。

さっきまでは下京区役所にいた。伝記物語を書くにあたってはまず、主人公の名前と生年月日をたしかめなければならない。ところが、これがよくわからないのである。

明治の自由民権運動の高揚期に、男たちのあいだにひとりまじって演壇に立つ女がいた。演者紹介に「岸田俊子二十歳《はたち》、世にもめずらしき閨秀《けいしゅう》」とあるのが人目をひく。女三従の教えの不合理や、新しい時代の女子教育の必要などを説く〝女演説〟のよくとおる涼しい声は、遊説の旅の行く先き先きで評判になった。京の呉服商小松屋の娘である。幼名はトシ、またはシュン。小松屋岸田茂兵衛と妻タカの長女として生まれた。

人名辞典などには「岸田俊子、婦人民権家、文久三年十二月五日生まれ」と書いてある。明治五(一八七二)年までは陰暦が使われていた。西洋紀年、陽暦になおすなら、一八六四年一月となる。

小松屋の娘は京都の創設期の小学、中学教育の中から頭角をあらわし、槇村正直府知事のすいせんで宮中女官、文事御用掛となり、昭憲皇太后に孟子を進講した。その後宮中を辞し、一転して自由民権運動に加わった。一八八一(明治十四)年に転身の旅をして、四国で自由民権の立志社とめぐりあうのである。一八八四(明治十七)年ころ、元自由党副総理、中島信行と自由結婚、一九〇一(明治三十四)年に神奈川県大磯で死去した。肺結核をわずらって長く病床にあった末のことである。三十七年の生涯は当時としても短命、と惜しまれた。だが大磯大運寺にある俊子の墓石に享年が刻まれていないのはなぜだろうか。途中の記録もときどき年齢があわない。

岸田俊子が社会的な活動をした期間はごく短い。俊子の女演説は一八八二、三、四(明治十五、六、七)年にかぎられている。しかし彼女の演説は論理的な説得力をもつ最初の女の発言であって、遊説の各地におもいがけない深い影響をのこした。岸田俊子の演説をたった一度きいただけでそのことばにうたれ、自分もまた語りだし、歩みはじめた数人の女性があらわれた。その数人がさらに次の世代へとことばを送って、女たちにも近代の幸と不幸、その自覚がはじまったのであろう。わたしは人びとの心を動かした最初のことばを、耳で聞きたかったとおもう。

演説のことばは、文字で書き記されることばとはちがい、往還を風にのって運ばれ、空中に消える。わずかに当時の新聞のみが演説の題と内容の要約、演者の風姿、聴衆の反応などを今に伝えている。わたしは明治の古い新聞をさがして、新聞社の資料室をたびたび訪れた。岸田俊子についての新聞記事は多い。女演説はめずらしがられたのである。ところが「大坂には岸田登志あり」と、京都の新聞(『京都新報』)が書いている。(2) 京都は京都生まれの俊子を土地の人とはみとめなかったのだろうか。俊子が、「自分が、自分が」などとくりかえすのは耳障り、などと評されている。ふだんも漢語まじりの書生ことばで話して、京ことばは用いなかった。俊子の両親、茂兵衛とタカは但馬《たじま》豊岡の人であり、幕末に京都へ出てきて、最初は古着屋、のちに呉服商となった。

俊子はまた、演説をしただけでなく、後には筆をとって評論、随筆、小説を書いた。とくに毎日欠かさず日記をつける習慣は、生前から有名であった。死後に残された日記類は積めば身の丈ほどもあったといわれる。しかし処分すべき巻には印がうってあり、のちに焼かれた。

失われたのはおそらく、政界について俊子が知りすぎていた部分である。俊子と結婚した中島信行は土佐の郷士の出身であり、幕末に脱藩、以後、戊辰《ぼしん》の多くの戦いをたたかった。維新後は神奈川県令、元老院議官、野に下って自由党に加わり、第一帝国議会の衆議院議長、その後、脱党してイタリア公使、貴族院議員、男爵となった。板垣退助、陸奥宗光、伊藤博文など、政府与党と野党の両方の人脈につながる、謎の多い人物である。中島信行と後半生を共にした俊子は日本近代の政治をまぢかに、しかし裏面から、女の眼で見たはずなのである。

失われた記憶、消された記録を追いかけて疑問ばかりをふやしていたとき、京都新聞社学芸部より、遠い昔の、今に残る跡をたずねるため、紙面を割こうという申し出があった。

百年前の新聞に姿を見せている人を、今日の新聞紙上によみがえらせることができるなら、おもしろいではないか。もし読者の協力を得ながら伝記を書くことになり、新たな発見をその都度とりいれて物語をつくってゆくとしたら、どのような作品が生まれるか、見当がつかない。わたしはその行方のわからなさにもひかれる。そこで「岸田俊子の伝記を書く前に――俊子の手がかり教えて下さい」と題した小文を新聞に掲載して答えを待つことにした。(3)

その間、京の街に俊子の足跡をさがすことにした。

俊子という名前はもとの名ではない。京都府主催の学力検査で俊秀の賞をとったとき、槙村正直参事(のちに府知事)が利発な少女に賞を与えながら、お前の名には俊秀の俊の字こそふさわしい、とたわむれたのをうけて、その後は俊子と名乗ったといわれる。(4)明治時代に女が漢字を用い、「子」をつけた名を名乗るには、すくなくとも士族の出でなければならなかった。ところが小松屋トシは参事にほめられてからというもの、俊、俊女、俊子、そして雅号は湘煙女史と名乗った。自らは誇らしげに、京雀にいわせるなら「偉そうにして。まあみてとおみ、ええことおへんさかい」となる。

俊子の筆名は他に、月洲、千松閣女史、花の妹などがある。花の兄、弟といった呼び方は知られている。花は桜の花、花の兄とは桜に先立って咲く梅、花の弟とは菊のことである。では花の妹は何の花なのか。

生年月日があいまいであり、名前もたしかでないところから、俊子はじつは小松屋の貰い子、さるお寺の僧侶の子だから賢いなどという噂がまことしやかにささやかれた。ひとりいる兄との年齢差が開き過ぎており、俊子は母親タカが四十をとうに過ぎてから産んだ子であったためであろう。父親の茂兵衛が四十二歳、男の大厄の年にうまれたので、ならわし通りに辻に捨てて他人に拾ってもらったのが誤り伝えられた、とも考えられる。

茂兵衛は商売が繁昌しだすと祇園で遊び、妾を囲って別宅をもうけた。長男の連三郎も放蕩者であまり家によりつかなかったらしい。そのためか、のこされた母と娘の結びつきはかたくなった。母親は俊子の転身の旅や遊説の旅につき従い、俊子の結婚後は中島家で暮らした。俊子は自分のためというより、母親をかばう気持から、貰い子の噂を気にかけ、うち消そうとしている。

その上、たいへん仲が良くて「琴瑟《きんしつ》うらやむべし」と評された中島信行との結婚も精神的な結びつきでしかなかった、といわれる。信行は俊子の十五歳以上の年長であり、二人のあいだには子どもが無かったことから噂が生じた。

ハハコは親子でなかった、メオトは夫婦でなかった、という噂の真否はさておくとして、俊子にはつねにかぐや姫伝説のような物語がつきまとうことが気にかかる。おどろおどろしい血の絆や性のくらやみを知らないまま、足ばやにこの世をつっ切って行ってしまった薄命のひとを、世間は悪意をもって噂したのでなく、そのはかなさを哀れんで語ったのかもしれない。それにしても本名も生まれもたしかめられず、ということでは伝記の作者としては困るのである。

残された三つの住所

戸籍は本人の死後八十年で廃棄処分の規則となっている。岸田俊子の場合、制限時間はすでに切れている。このたびは俊子の兄である連三郎の孫にあたる岸田義一氏(大磯町)の依頼状をもらって、俊子の親、兄弟の側の戸籍を調べた。

母タカは娘の俊子の死後、百三歳まで生きた。大磯の中島の家を出て京都へ帰り、息子と一緒に暮らしたらしい。記録の上では息子と共に孫の戸籍に入っている。家督は息子をとばして孫にゆずられているからである。俊子の兄の連三郎は放蕩をして禁治産者あつかいをうけた面白い人物であった、と近親者から聞いていた。家督は長男をさしおいて俊子にゆずられ、俊子は女戸主であったと書いた伝記もある。

区役所のベテランの戸籍係は、

――家督が甲の死亡後に甲の孫にゆずられたゆうんでっしゃろ。息子をとばすとこはすこし変わってますなあ。そやからゆうて、娘が家督をついだゆうことにはならしまへん。甲から孫へということは、はっきりしてますさかい。甲の死亡以前に甲の娘が分家ゆうんやったらありまっせ。明治にかて女戸主ゆうのんは案外あります。けど本人さんの記録がないんやったら、何とも言えまへんな。

と一気に解説した。戸籍係の両腕には黒いひじカバーがきちんとはめてあった。

区役所には、岸田俊子の記録はなかった。しかたがない、せめて俊子の住所跡をさがそう。京都の岸田俊子ゆかりの地としては、次の三つの住所がわかっている。
一、下京区松原通東洞院《ひがしのとういん》下ル東入ル大江町、小松屋。
二、下京区第十一組大政所《おおまんどころ》町三十六番地。
三、左京区吉田牛ノ宮町八番地。
二番目の住所、大政所町は岸田俊子が一八八三(明治十六)年に大津四の宮劇場で演説したのち集会条例違反のうたがいで逮捕されたときの住所であって、烏丸通沿いにある。

N記者は見まわして古くからあったとおもわれる家に見当をつける。写真館があった。大正時代くらいの建物だが、まあたずねてみよう。入ると、留守番の高校生らしい男の子が困った顔をした。おじゃましてすみませんでした、と失礼すると、つぎに五条署がある。ここで地図を調べてもらうと昔の大政所町三十六番地は今では大きなビルディングの一部となっているらしい。帰りに受付でゴクロウサンデスと敬礼されてしまった。

冷房がよくきいている建物から外へ出るたびに汗がふき出す。角の煙草屋さんで、このあたりの古いことを知っている方はおられませんか、とたずねると、そういうことにくわしいお年寄のすまいが、高層ビルの居住者用通路の奥にあるとのことである。

——ごめんください。とつぜんですが大政所町のことをおたずねしたいのですけれど。

と声をかけるや、

——新聞見ましたえ。まあどうぞ。

と言われて驚いた。

——岸田俊子とかゆう女の人のこと調べといやすのどっしゃろ。新聞に大政所町とでてたさかい、ここいらへんやゆうて、古い書きつけやらひっくりかえしてみたんどっせ。けど、あらしませんなあ。地図おしたほうがよろしか。もってきまひょか。ちょっと待っとおくれやす。

えらいハキハキと対応されるのが奥さんで、隣の部屋にご隠居さんがおられるらしい。「こんなもんお見せすんの恥ずかしいて。人さんになんていわれるやら」、「そんなことあらしまへん」という押し問答がきこえてきた。

ビルの中を通りぬけるや、ビルの一部を切りとった形で昔風の京都の家がはめこまれた空間に出るとは、思いがけないことである。玄関の間の向こうには苔むした石の並ぶ中庭がみえ、まわり廊下もある。奥の深い京の町屋の隠居所だけを残したのだろうか。中庭の上には、ビルの壁にかこまれ、切りとられた空がある。

奥さんとご隠居さんが新聞紙にくるんだ文書の束をかかえて出てこられた。

――おじいさんが生きてなはったらもっとようわかるのどすけど、なんせ七回忌をすませたとこどすさかい。

と、おばあさんがいわれる。

――地図にほら、書いておすやろ、イセヤ長兵衛、これここどす。代々ここらにおる家ゆうたら、もううちだけやおへんやろか。ビル建てて屋上に住んだはったおじいさんもいやはりましたけど、とうに郊外へ移らはりましたわ。ここいらはゆうたら、京の目抜きやさかい、昔から入れ替りがはげしおす。この地図はええと、安政。古すぎますか。いや、そうどすか。

大政所町に住んでいた岸田を覚えている人はもう無いと考えなければならないだろうか。

新聞社へ帰るN記者と別れて、わたしはつづけて、すぐ近くの松原東洞院下ル大江町へ歩くことにした。すでにたそがれ時、舗道はうち水でぬれている。

夕暮れてから街には人影がふえているようだ。子どもたちも家へ帰らず、そこらを走りまわっている。七月は祇園祭の月だからである。山鉾のなかに、東洞院松原上ルの保昌山がある。路上では鉾建てがはじまって、胴組みができたところらしい。パンフレットや護符を売る会所に寄ってみた。護符には縁結び縁談成就と記してある。保昌山の人形は平井保昌、和泉式部のために御所にしのびこんで手折った梅の枝を手にしている。

小松屋岸田はここから目と鼻の先にあったのだから、俊子は母タカから保昌の恋の話を教えられたことであろう。タカは物知りであった。恋多き女、和泉式部が祭の帰り道によんだ歌。

　　昨日今日ゆきあふ人はおほかれど
　　　みまくほしきは君ひとりかな

南北に通る東洞院通をさらに南へ下ると、まもなく東西の松原通と交差する十字路に着く。維新後に復興された祇園祭の山鉾巡行は当時は現在とはちがって、四条烏丸から寺町まで来て右へまがり、寺町通を下がって松原通へつくと西へ向かい、松原東洞院のところで解散していたそうである。東西を走る松原通は祇園さんつまり八坂神社の氏子地域の南の限界線となっている。松原通の南は伏見稲荷の氏子地域なのである。

大江町は松原通より南、東洞院通の両側にひろがって、お稲荷さんの氏子地域である。通りひとつを越えただけで祭の雰囲気はぱったり消え、ふだんの生活が営まれているところはなんだかふしぎだ。このあたりは昔も今も問屋街であって、町内に呉服おろしの店が数軒ある。店の前に車がつけられ、店の中は反物の山で足のふみ場もなさそうである。「もらい祭」のつもりか、店じまいの早いところもあるが、ほとんどの店ではいつものように人が働いている。

大江町には東洞院から東へ入ってコの字に曲り、また東洞院へぬけるせまい路地が一つある。家と家との間にはさまれた道は石畳であって、倉の横手をとおり、まるで廊下のように狭い道幅のところに引手の門が並んでいる。曲ると小型三輪くらいは入る幅となり、そこにも呉服おろしの店が一軒ある。

わたしはこの路地が気になって、大江町に来るたびに通り抜けてみる。頭のてっぺんの髪をひとつまみ集め、赤い糸なんぞでくくった芥子頭《けしあたま》の幼女が裏口からとびだしてくるような気がする。俊子は病弱だが動作は男の子のように機敏だったといわれる。

それにしても今日はよく歩いた。

二カ月ほど前、五月十日にもわたしは大江町の東洞院東側を歩いてみたのだった。一八七四(明治七)年の五月十日、稲荷祭巡行の日に、東洞院から一筋ちがいの不明門《あけず》松原から出火、おりから吹く南西の風にあおられて燃えひろがり、「いなり焼け」とよばれる大火となった。小松屋岸田も焼け出されたが、これより奮起してそれまでは古着屋であった店を呉服屋として再建したのだと伝えられる。

今年の五月十日は、さつき晴れの美しい日となった。しかし祭なぞ無さそうである。ぐるぐると歩きまわったあげく、昼下がりのお風呂屋さんの前で、お年寄が十人ばかり開く時間を待ちながらよもやま話をしているところに出くわした。

——今日は稲荷のお祭とちがうんでしょうか。

——へえあんたさん何ゆうてはりますの。とうにすみましたがな。このごろずうっと五月の三日どすえ。

なんと、うかつなことである。そうか連休の日ということか。祭の日も時代により移動する。

——あのう、やはり松原通を巡行しやはるのですか。

——そうどす。けどきょうびは車にのせはるのやさかい、スーと、はよはよ行ってしまわはります。

アレ、そうであったのか。かさねがさねのまぬけな質問はなんでかいな、とみんなに見られているような気がして早々に退散した。

『京都新報』一八七四(明治七)年五月十二日版に「下京失火の略」という記事があり、焼け出された地区を赤く塗った地図が添えられている。新聞蒐集家の山名隆三氏によれば赤く塗るのは瓦版のころからのならわしだそうである。ところがこの地図によると、東洞院通の西は燃えているが、小松屋のあった東側はぎりぎりのところで類焼をまぬがれている。地図がまちがっているのか、それとも小松屋はそのとき大江町のつい近所、火事の範囲の中にあったということなのか、これも謎である。

大江町には、火事のとき井戸の底に大切な品をしずめて逃げたという古い言い伝えを教えてくださる方もあったが、「いなり焼け」でなく、鳥羽伏見の戦いのときの「どんどん焼け」のことかもしれない。京都は火事の多い土地なのである。

小松屋岸田が大江町にあったことを示す証明書がある。いなり焼けの二年後、一八七六(明治九)年の日付の「道中筋泊り舟賃渡し判取帳」である。商用の旅の途中に示す身分証明書と考えられる。(5) 所持者は俊子の父、呉服太物類小松屋の岸田茂兵衛。住所は、松原東洞院東入とある。

半紙を二つ折りにして綴じたこの帳面は、連三郎の孫、岸田義一氏が保管しておられた。道中判取帳は、旅のあいだの出納簿であり、支払いのたび宿屋、その他の領収印をもらっているので、旅の記録ともなる。表紙には、五月一日出立、六月二十三日帰着、都合日数五十三日と書かれている。届け出には九十日とあるが、念のため多目に書いておいたのであろう。長崎、熊本、人吉、さつま、さらに琉球へわたり鹿児島へもどり、北上して太宰府、博多、小倉、下関、萩、石見、宮島そして広島より舟で大阪へ帰っている。

この判取帳を、京染卸商業組合に持ちこみ、京染め、悉皆《しっかい》、呉服などさまざまな職業の人に見てもらって感想をきいた。各地方には得意先があって、上方の品物は上質という評判ゆえ、四季ごとに京の呉服屋がまわってくるのを待っている。品物をおいて前年の勘定をもらってくる仕組は富山の薬売りなどと同じなのだそうである。それにしても五十三日でこれだけの土地をまわるのは旅のベテランである、琉球まで行ったかもしれぬとはすごい、絣を仕入れてきたのか、それとも禁制品や支那わたりの壺などかかえてきたのではあるまいかなど、評定はにぎにぎしかった。

小松屋が古着屋からはじめたのはおどろくべきことではなく、今は百貨店になっている高島屋も、呉服屋となる前は古着屋からはじめた、だいたい区別はあまりなかったのだという話もきいた。京都は古着のよく出る土地なので、アジア・太平洋戦争のあとも、京の古着をかついで北海道へ行き、小豆にかえてもって帰った、と語る呉服屋さんもあった。

大江町のおろし問屋も間口はそんなに広くなく、お夕ナとイエとがいっしょになった小ぢんまりしたつくりである。茂兵衛の小松屋もおそらく路地奥にひっそりとあり、しかし茂兵衛が足でたずね歩く仕入先と得意先のネットワークは西日本の全体にひろがっていた。茂兵衛は季節ごとに商用の旅をしたであろう。

京都に残る岸田俊子の足跡をさがして、三つ目の住所、左京区吉田牛ノ宮町八番地もたずねた。この住所は、岸田家にのこっている手紙の一つ、俊子が兄の連三郎にあてて送った手紙の送り先としてのこっている。したがって俊子の住所というよりも連三郎の住所であり、戸籍によれば母のタカは俊子の死後、連三郎にひきとられ、牛ノ宮の家で亡くなっている。

左京区役所で調べてもらうと、この番地には、今はこんぶのつくだにのお店がある。奥さんはここにずっと住んでいるとのこと。

――ここにそのころ百歳近いおばあさんが住んでおいやしたかどうかてお言いやしても、それは聞いてまへんのどす。そないに年寄でない岸田ゆうおじいさんやったら、ちょいちょい家へ遊びに来たはりました。画や字のじょうずなお方で、たしか神楽坂に住んでおいやしたおもいます。

吉田山のふもとの南側を巻いている神楽坂は、吉田牛ノ宮町から近い。たずね歩いたが、わからなかった。結局、岸田俊子ゆかりの三つの住所には、手掛かりがほとんど残っていなかった。都市生活においては、百年前に住んでいた人のことは言い伝えが残らないのがふつうなのだろうか。それとも岸田家の人たちの宿替えの回数がとくに多かったのか。

だが街をたずね歩いていると、そこに今、住んでいる人のうけこたえから街の性格、昔の生活が、仄かに見えるときがある。

街角のある煙草屋さんのお話。

——暑いのに、ほんまにご苦労さんどすなあ。けど、あんまりおたずねやしたかて、無駄、ちゃいますやろか。そやかて、自由民権運動とやらゆうんは、ゆうたら、こないだのゼンガクレンみたいなもんどっしゃろ。知ってたかて言わしませんがな。さわらぬ神にたたりなし。

新聞読者からの資料提供

住所めぐりを終えたころ、学芸部から、

——ぼちぼち、答えを貰うてます。

という知らせがあった。「俊子の手がかり教えて下さい」と、書いた文章にたいしてである。岸田俊子の書と絵が掛軸、額、ふすま、びょうぶなどの形で出現しはじめた。岸田俊子は下京十五番組小学校に入学し、一八七一（明治四）年には俊秀生（成績優秀）として表彰されたというのであるが、俊子が学んだのは、現在の有隣（明治の下京十五番組）小学校なのか修徳（下京十四番組）小学校なのか、よくわからない。小松屋岸田のあった大江町は有隣学区になったり修徳学区になったり、たびたびかわっており、いなり焼けのせいでのこる記録がとぼしい。ただ修徳小学校の倉庫には後に誰かが「当校卒業生　中島湘煙女史」と説明を書きそえた軸が一本ある。(6) 陶潜（陶淵明）の代表作、「帰去来辞」の全文である。

「帰りなんいざ、田園将《まさ》にあれんとす」という冒頭のはりつめた高い調子でよく知られる漢詩を一気に書きおろした筆あとは、いかにも流麗である。だが「明治五年壬申暢月十三齢岸田湘煙女史〔印〕〔印〕(7)」という署名をみると何やらくすぐったい気分におそわれる。小娘に女史を名乗らせ、捺印までさせるとは、明治はおかしな時代である。このころ添田寿一という八、九歳の男の子がやはり書がうまく、俊子と共に二人の神童ともてはやされ、巨商豪農にまねかれるたび、うちつれて行き、揮毫の腕を競い合ったという話ものこっている。

知らせによると他に、松尾静夫氏(亀岡市在住)は、俊子が二十五歳のときの書を、本所道夫氏(京都市)は俊子の辞世の句にぼたんの絵を組合わせた軸と、母タカが竹香女史百三歳と署名した寿の字を所蔵されている。中村富枝氏(京都市)のところにも竹香女史百二歳の寿の字がある。神田実氏(京都市)は俊子の書の軸をおもちである。森本博子氏(京都市)は梅の枝を描いた絵を所蔵、「俊」という署名がある。神田一夫氏(神戸市)は岸田俊子の写真を多数、所蔵しておられた。

水野春枝氏(吹田市)宅には軸二本、額一、びょうぶ一、他に絵、手紙類、写真多数、日記一冊が大切に保存されている。岸田元一氏(京都市)は、書二、画一を所蔵。岸田義一氏所蔵の資料は以前から世に知られており、日記六冊、手紙、メモ、写真類多数、軸数本である。

山口左七郎家（神奈川県）には、四枚つづきのびょうぶに、俊子の大字の書がのこっている。絵もある。

骨董店、古本屋に俊子の書が並べられているのを見たことがあるという知らせもいくつかあった。

おもいがけないことに、旧知の中国文学者、筧久美子氏からの電話があった。中国の古い拓本を貰ってもっているが、以前の持ち主から、あの拓本には岸田俊子の蔵書印が捺してあるという知らせがあったのだそうだ。新聞で、岸田俊子の資料をさがしている人の書いた文章をみかけたから、ぜひ教えてあげてください、といわれたのだという。

――ところが、ようたずねてみたら、探している人の名前て、何やら聞いたことあるやろ。ほんまにあんたかいな。そらまたどうして。そんならちょっと来て見てみる？

おおいそぎで、駆けつけた。

このとき見せていただいた本は、画帖（お経のように蛇腹にひらく折本）の形をしていた。

趙子昂《ちょうすごう》楷書　岸田湘煙女史

趙子昂とは、元の有名な書家であり、名家法帖などに入って、習字の手本とされる本なのだそうである。岸田俊の印と、雅号らしい夢華園清翫《むかえんせいがん》という印とが捺してある。第七百壱番とは、蔵書番号か。

もとの持ち主であった藤川百合子氏（京都市）とお話しすることもできた。骨董を扱っていた父が仲間市で掘りだしてきたとおぼえている。岸田俊子の話は知っていたので、父の死後、形見分けのとき、この本をえらんで貰っておいたのだといわれる。

──岸田俊子ていうお人のこと、新聞かなんかで、文金高島田で演説をしたと読んで、ずっとあこがれてました。よい伝記ができますように。

古い書や本を大切にとっておいた人には、それぞれのおもいがあるということがよくわかった。この本の発見がきっかけになって、筧さんには、俊子の漢詩や漢文まじりの日記などについて、多くのことを教えていただいた。

立志社の高知へ調査旅行

小松屋の娘トシの評判や、女演説についての言い伝え、あるいは百三歳まで生きた母親タカをおぼえている方が現われることをまず期待したのだが、これは無くて、書と絵のありかが続々とわかった。

それにしても揮毫とはいったいどのような風習と考えたらよいのであろう。字の上手下手についても、わたしにはよくわからないことが多い。現代の書家に俊子の字をみてもらうと評価はまちまちであった。正統派の字で書き損じ、誤字がほとんどない、じつに正確、語彙豊富という点では一致するのだが、行儀が良すぎて面白くないと感じる人と、筆勢にひきつけられると言う人とがある。俊子の字体そのものも時期によってかなり変化している。

書、絵、日記類を整理する一方で、東京の国会図書館憲政資料室、憲政記念館などで、民権運動の資料や、当時の警視総監、三島通庸《みちつね》が用いた密偵の探索書などを読んでいるときであった。書庫から本を出す係のひとが言われるのである。

——岸田俊子なら、高知の市長室に大きな字がびょうぶになって飾ってあるそうですよ。こんな大きな字だって。

説明には、手をひろげるジェスチャーが伴った。大きな字とは何だろう。見てみたい。

岸田俊子は一八八一(明治十四)年に、土佐の高知へ行っている。この年、彼女は宮中の文事御用掛をやめて、京都へ帰り、年末には、母親といっしょに高知にいた。その前に九州に旅をしたという説もある。とにかく年末から翌年一月まで高知に滞在したことはたしかめられている。その間、『高知新聞』の宮崎夢柳《むりゅう》と漢詩の贈答をしているので、新聞には彼女の動静が少しずつ報道されているのである。岸田俊子は高知において、自由民権を唱える立志社の人たちと出会い、その後、関西に帰るや、大阪で女演説をはじめるのだから、高知への旅は、彼女の人生に重要な転機をつくるものであった。

だがわたしには、この旅が謎におもえる。岸田俊子はなぜ高知へ行ったのか。この年、立志社をめざして南海の地を訪れる青年たちの一群がいた。俊子もその一人であって、土佐の高知に自由民権の立志社あり、と知って来たのだろうか。それとも、たまたま高知に滞在するあいだに立志社を知ったのだろうか。それならばなぜ、またどの道から高知へ行ったのか。高知で長期の滞在をするあいだ毎日、いったい何をしていたのだろう。さっぱりわかっていないのである。市長室に飾られているという大きな字は、いつ、どこで書いたものか。

高知はお城の町である。宿も城の近くにあって、町名は鷹匠《たかじょう》町という。街に並木として植えられている丈の高いしゅろの樹は、海からの風にカラカラと葉ずれの音をたてて、関西とはちがう風土であることを感じさせる。高知には京町という町名があるが、たいていの城下町には、この名前の町があって、呉服店のあるところを指すのだそうだ。着物はやはり上方から来る。びょうぶの発見者、広谷喜十郎氏を勤務先の高知県立図書館史料室にたずねて、びょうぶのお話をきいた。図書館は城の石垣の中である。

びょうぶ発見の日の昼休みのこと、広谷さんはいつものように、堀端に散歩に出た。追手筋は高知名物の朝市の立つ幅広い道であって、骨董屋が数軒ならんでいる。なじみの店をひやかして、主人と話しこんだ。主人は大きなびょうぶが一つ出たという。勢い余り、達筆にすぎる読みにくい字であったが、署名は「明治辛巳《かのとみ》の冬、竹村主人の為に山媚水明楼に於て書す　湘煙」と、はっきりしていた。

竹村とは高知の藩政時代からつづく豪商であり、屋号を木屋という。砂糖、材木、金物をあつかい、宿屋もいとなむ多角経営であった。明治四(一八七一)年に西郷隆盛、大久保利通、木戸孝允が高知で板垣退助などと会談したときには木屋に泊まった。木屋から出たなら由緒あるものにちがいない。湘煙とは誰の号だろうなどと話して腰を上げ、職場へとひきかえした。ところが何やら後髪がひかれるおもいがして立ち止まったとたんに、「湘煙＝岸田俊子、辛巳＝一八八一(明治十四)年」と、気づいたそうである。この年、俊子が高知を訪れ、立志社につながる人びとと会ったことは、歴史家のあいだではよく知られている。

ただちに引き返し、買いとりの約束をし、びょうぶは図書館へはこばせて毎日ながめた。近代史研究家、外崎光広氏が本物と折紙をつけ、自由民権運動百年記念の展覧会に出品、市長室にもしばらく飾られていた。その後、図書館の隣にある県立郷土文化会館へ納入がきまった。

話が発見の瞬間にさしかかると、温厚な広谷氏も身を乗り出すようにして語る。

——誰もあれがまさか女の字だとは思いやせんです。びょうぶの高さは身の丈を越しとります(一七九・五センチ)。紙も大きい(一扇が一七六センチ×六二・六センチの六曲二双)ですし、字に力があって、壮年の男でもああは書けん。岸田俊子は高知へ来た年には二十歳にもなっとらんでしょう。体格もそない大きい人ではなかったときいとりますのに。

郷土文化会館では収納庫をあけて、びょうぶを出してくださった。びょうぶは大きな布袋に収められていた。この六曲二双を飾るにはかなり広い座敷がなければならない。

蛍光灯の明りの下にびょうぶがひろげられ、字があらわれると、見守る人たちのあいだから嘆息がもれた。字は大きく躍動している。わたしには全体がまるで抽象画のようにみえて、一瞬、「田園」という字しか読めなかった。

帰去来兮　　帰りなんいざ
田園将蕪　　田園将にあれんとす
胡不帰　　　なんぞ帰らざる
…………

そうだ、陶淵明の帰去来辞とは、京都の修徳小学校に残っている岸田俊子の書の漢詩ではないか。京都からはるばる瀬戸内海を渡ってやって来て、同じ詩と再会なのである。修徳校の軸の字はもっと小さく整っていた。目の前のびょうぶの字には、まるで別人のもののようなはげしさが感じられる。

山媚水明楼は高知市を貫いて流れる鏡川のほとりにあったのだろうか。それとも海辺なのか。四国三十一番札所、五台山ならば、まるで海に落ちかかるように水ぎわにそびえている山である。

海に向かって窓を開けはなった座敷に敷かれた緋毛せん、人びとのみつめる中、白い紙を前に端座する若い女の姿を想像すると、揮毫は一つのスペクタクルであったとおもわれる。漢詩や名文は音楽会で演奏家がつねに用意している持ち歌、得意の演奏曲目にあたる。帰去来辞は、岸田俊子のレパートリーに入っていたのだ。

高知には、岸田俊子の書が他に軸三本、額一つとなって残っていることがわかった。額は見ることができなかったが、安岡章太郎著『流離譚』に出てくる安岡家にあり、明治辛巳つまり、びょうぶと同じ年の書だそうである。わかっているだけでもこれだけあるとしたら、俊子は高知に滞在した一冬のあいだに、いったい幾度、揮毫をたのまれたのだろう。

岸田俊子の高知への旅について、わたしはまず、父親とおなじく呉服の道をたどって行き着いたか、と考えてみた。だが茂兵衛の旅の記録には四国は含まれていない。俊子は幼時から病弱であったから温泉をたずねる療養の旅かと疑ってみたが、高知にはとくに有名な温泉はない。信心深い母親がいっしょだから、お遍路の旅であったかもしれないが、それにしては高知ひとところに長くとどまりすぎている。書が多くみつかると、やはり母娘二人の女書家の旅かとおもう。母タカも大字が得意であった。竹香女史と名乗っている。

夫となるであろう中島信行について

たずね歩くうち最後に、紙でなく、石の上に刻まれた俊子の字にもめぐりあった。

俊子の夫となった中島信行は高知市に隣接する土佐市の出身である。郷士の養育人として育ち、一八六四(元治元)年十九歳のとき、年上の従兄であった中島与市郎および細木元太郎という若者とともにひそかに山越えをして脱藩、海を渡って長州へ行き、尊王攘夷運動に加わっている。脱出行の途中、与市郎は足を痛めて遅れ、国境いの水の峠《とう》の大師堂で追手にかこまれ、割腹自殺をとげた。

二十年後、中島信行は不運であった従兄の短い一生を追悼する文をつくり、墓石の三面に刻ませた。土佐市にある中島家墓地を訪れ、苔むした石に刻まれた碑文のさいごに「明治十七年十二月、従四位中嶋信行撰、妻岸田俊書」と読めたときには、やはり思いがけないものを見た気がした。

中島信行と岸田俊子の結婚は自由結婚だといわれ、一八八四(明治十七)年の新聞や雑誌は二人が熱海に遊んだことをすっぱぬいて、派手な噂が流れはしたが、そこに至るまでのいきさつはよくわかっていない。明治には今時の結婚のように必ず公表といった習慣は少なかったかもしれない。だが、墓石をみれば二人はこの年に人知れず死者を証人に立てて、石に中島信行の妻岸田俊と刻ませたことがわかる。海に近い小山の上にある墓地には、かすかに潮のにおいのする風が吹いていた。訪れる人とて、めったに無さそうである。

土佐市から高知市へ帰ると、もう一つ発見が待っていた。高知市立図書館の『官事余録』と書かれた古い書類の中に、「中島作次、長州よりの返事」という長い手紙の写しが綴じこまれていたのである。作次(後の作太郎)とは中島信行の幼名であった。手紙の内容は、自分を含む三人の若者の脱藩、中島与市郎の死、長州で高杉晋作のひきいる尊攘党に入って連戦に不眠不休の働きをしている様子を報告したものである。宛名はわからない。作次は「今日ハ戦死、明日ハ戦死ト心ニ隙ハ無御座候」と書いている。脱藩は維新の後にも影響をのこす重罪であったのだから、後に中島信行の身の証しをたてるために受取人が届け出て残ったのであろう。

このときの戦いで中島信行は生き残り、坂本龍馬の海援隊に入って陸奥宗光と知り合った。龍馬の死後は陸援隊に入って高野山の挙兵に加わっている。その後、板垣退助を隊長とする会津討伐隊に加わって戦った。明治維新の一連の戦いにこんなにたびたび参加し、しかも生き残った人間は少ないのではなかろうか。郷士という、士族の中でも低い身分の出身であり、年も若かった中島作次は、ほとんどいつも一兵卒として戦っている。

維新後の信行は陸奥宗光とよく似たコースをたどって地方長官や元老院議員となった。中島信行の最初の妻は、陸奥の妹であるが、一八七七(明治十)年に病没している。西南戦争の際に陸奥宗光が土佐立志社系の人びとと共に企てた政府転覆計画は、事前にもれて、陸奥は禁獄五年の刑に服するが、中島信行はあやうく連座をまぬがれた。陸奥が獄中にいる間に中島は官職を辞して自由民権運動に加わり、板垣退助を補佐して自由党副総理となった。

これだけの経歴をもちながら、歴史家からあまり注目されず、脚光をあびることの少ない中島信行という人物の謎にもわたしは、すっかりひきつけられた。この男はつねに主たる人物とはならず、副の役目をひきうける。主たる人物の華やかな才能をひきたて、大きく見せるためにいるようなのである。二度目の妻、岸田俊子との関係においても、妻を前面に立てようとする。

高知への旅はわたしに、いくつかの収穫と、新たな疑問とをもたらした。岸田俊子と母タカは一八八二年一月、阪神汽船で関西へ帰った。明治の女旅は不便なことが多かったにちがいない。それでも俊子は旅を好んだ。何かのための旅であるだけでなく、旅には旅そのものの魅力があったにちがいない。

父祖の地、豊岡へ調査旅行

京都へ帰って、もう一度、京都新聞社へ届けられた岸田俊子についての資料を整理しなおしていると、気がついたことが二、三あった。書や絵を所有している方の多くが、但馬豊岡の出身であると語り、いずれも岸田俊子の縁者、くわしくいえば俊子の母タカと兄連三郎の血筋である。俊子の代から数えるとすでに三世代を経ているため、互いに遠く離れて住み、血縁であることもご存知ないらしい。

集まった資料のうち、写真は横浜の同じ写真館で写したものの焼増しのようである。タカがまるでブロマイドのようにして娘の肖像写真を配っておいたのではなかろうか。辞世の句とぼたんの花の絵を組合わせた軸が三本ある。これもタカが、俊子追悼のために、精巧な複製をつくらせたとおもわれる。

俊子には子どもが無かった。娘に先立たれたタカは、自分の血筋の若い世代に語りかけ、遺品を与えして、俊子のことばを後の世に遺すために力をつくした。長い年月のうちに四散し、忘れられているものが多いにちがいないが、それでもこのたび、これだけの遺品を一カ所に集めることができた。このささやかな出来事の遠い昔の仕掛人はじつは母親なのである。母親タカはまた、残したい美しいものだけが残るようにと心をくだいたことであろう。遺品を所持している多くの人びとが豊岡につながる縁をもっている。そもそも京都と豊岡は昔から関係が深く、伏見の造り酒屋の蔵人《くらうど》は、今でも毎年、雪の季節に豊岡から京都へやってくる。

岸田俊子の父母は、幕末に豊岡から京都へ出て来て苦労の末、呉服の小松屋の看板を上げた。大正期に相馬黒光の書いた岸田俊子伝には、茂兵衛は宗教上の事件にからんで、豊岡を出たと記されている。岸田家は代々曹洞宗養源寺の檀徒であったが、茂兵衛の兄の清八郎が日蓮上人の行蹟に感激して法華宗に改宗したところ、檀寺であった養源寺から訴えられ、牢に入れられた。その後、家運が衰えたので、弟の茂兵衛が京都で再起を計った、とある。改宗は、当時どのような罪だったのだろう。

まず、豊岡市教育委員会に電話をかけた。岸田俊子という名前だけですぐに、ああ、湘煙女史のことでしたら一九四二年に編まれた『豊岡誌』に載っています、といわれて拍子ぬけしてしまう。新しい市史も編集中です、郷土資料館内、市史編集室の小谷茂夫氏に紹介しますから、たずねてごらんなさい。

すぐに小谷氏にも電話をかけると、氏はいとも無造作に言われたのである。

——岸田俊子のことでしたら、じつは僕の中学校の同級生のお母さんが、湘煙女史の日記をもっておられます。読まれる必要がありますか。

信じられない知らせであった。湘煙日記とよばれる岸田俊子の日記は母タカの手を経て俊子の兄の孫にあたる岸田義一氏の家に六冊に製本されて残っていることが知られている。ところが新たに七冊目の日記があらわれたのである。日記の持ち主、水野春枝氏(吹田市)は、岸田俊子の従妹にあたる人の娘で、晩年の大伯母タカと生活を共にしたことがあった。日記その他、俊子の遺墨の数々をゆずられているだけでなく、俊子のもう一つの結婚についてなど、貴重な話をおぼえている方であったが、その話は、この伝記の後半にゆずることにしよう。

このたびは小谷さんのことばに誘われるようにして、まず豊岡へ行く山陰線の汽車に乗った。京都から急行で北へ二時間半ほどかかる。列車が保津峡をこえ、亀岡を通りすぎると、田畑のつづく景色となった。昔の街道を歩いてゆくなら、どのくらい日数がかかっただろう。岸田茂兵衛とタカ夫婦の出京は一八六〇(万延元)年ころといわれる。俊子はまだ生まれていなかったはずである。

豊岡市立郷土資料館の入口には、市内を流れる円山川を行き交った回漕船の模型が飾ってあった。海船が日本海に面した津居山に発着し、そこから豊岡まで回漕船がこぎ上ったので、豊岡は交通の要所として栄えたのである。市史編集室は小さいながら学校の教員室の雰囲気であった。それも道理、ここに詰めておられる二人の方は定年退職された小、中学校の先生、小谷茂夫氏も市役所に長くつとめておられた。わたしに自転車を貸して下さる。

小谷氏の案内でおとずれた岸田家の菩提寺、法華宗立正寺では、おつとめの最中であった。たいことかねの音にまじって、南無妙法蓮華経ときこえてくる。待つあいだ入口の額をみあげると、

非実非虚《じつにもあらずきょにもあらず》
書於金港千松閣時在明治戊子仲夏《きんこうせんしょうかくにおいてしるすときめいじつちのえねちゅうかにあり》

と、読めた。豊岡にもやはり、俊子の書が残っている。袈裟をはずしながら出てこられたご住職にたずねると、法華経の一句だそうである。千松閣とは中島信行と俊子が金港つまり横浜の太田村にたてた家の名である。

住職が過去帳をくると、俊子の命日の供養の記録があり、施主は、早く死んだ娘をいつまでもおもう母タカであった。住職は、

——宵田町の小松屋岸田の事件でしたら、ここに書いてあります。

と言って『立正寺史』(立正寺奉行会教化部編、一九八〇年)という本をとりだされた。徳川時代には、各寺院が奉行所へ提出する宗門人別帳が戸籍の役割を果たしており、一家一寺の檀家制がきびしく定められていた。曹洞宗養源寺の檀徒であった小松屋小三郎は熱心な法華宗信徒となり、豊岡に近い出石《いずし》の法華宗の寺を新たに檀寺にえらんだので、養源寺から訴えられた。この争いで調査協力を求められた豊岡の法華宗立正寺の二十代住職日龍上人は逆に小三郎をかばって奉行所の言い分をはねつけた。上人は小松屋事件の数年後に死んだが、奉行所の命により、半年間も本葬が出せなかったという。

それにしてもこの事件の細部は辻褄があわない。主人公は清八郎か、それとも小三郎か。立正寺にある岸田家の墓に、小松屋事件よりもかなり前の年号が刻まれているのはなぜか。なかには、隋喜院妙転日香信女という意味深長な戒名をもつ女性がいる。「日」は日蓮、「転」は転宗、「喜」は転宗をよろこぶという意味ではあるまいか。

立正寺を辞すると、いったん市史編集室にもどってひと休みすることになった。小谷さんはお茶をすすりながら古地図をひろげた。先生方と小松屋岸田およびタカの生家こうもり屋のあった場所はどこか、と議論している。豊岡には岸田巻きといわれる家が三

軒のこっており、宗家とおもわれる家は現在、神道神導教会の教長である。巻きとは、縁者ということらしい。

自転車に乗ってふたたび資料館の門をくぐりぬけ外へ出ると、こうもり屋跡は、すぐ近くにあった。こうもり屋瀧田は醸造業および金融を手がけていた。タカは瀧田久兵衛の四女である。

そこから歩いてゆける距離に、豊岡市の目抜通り、宵田町がある。小松屋跡には今も大きな商店がある。豊岡誌には豪商小松屋とあった。茂兵衛とタカは共に、豊岡の代表的な商人の家に生まれた。小谷さんはつづけて、岸田巻きの教長さんをたずねるつもりらしい。

案内を乞うと、あらわれたのは、声の大きな、堂々とした風采の男性であった。説教では聴衆をひきつける話術の持ち主とみうけられる。

——小松屋岸田には、上の小松屋と下の小松屋がありまして、うちは下の小松屋、滋茂町で柳行李の柳のおろし問屋をしておりました。上の岸田は宵田町で呉服屋をやっていました。岸田俊子は上の小松屋の出です。

上の岸田と下の岸田はどうやら小松屋事件以前に分家していたらしい。事件の影響はなかったのだろうか。

——上の小松屋は五人組の頭とかであったのに無届改宗をしでかしたというので、一族郎党、えらい目にあうところを、こちらは役人にぎょうさんの袖の下をつかって何とか目こぼししてもらったとか、きいております。そこらへんからこちらにも没落がはじまったとか。わしらの先祖代々の墓は養源寺にありますが、子どもの頃、立正寺へも墓掃除に行かされました。あちらさんは早くに豊岡から出ておられますから。

小松屋事件について、教長さんは面白いことをもう一つ言われた。

――あれはもともと嫁が日蓮宗にこって、とうとう亭主と息子たちを改宗させ、災難がおこったのですわ。そこで岸田では、女房が先に立って事を起こしてはならん、また家がつぶれる、とかたくいましめてきたんですなあ。ところがどういうもんか、いましめとは逆に代々女傑の系統でして、うちのバアさんなんかもデンとかまえて気がえらく、家内はそれで苦労しました。姉さん女房だった竹香女史(タカ)や、女演説の湘煙女史もえらい女性のようですな。ワッハハ。

帰りの列車の中で、豊岡の印象を整理してみた。岸田俊子は豊岡にはほとんどいなかったはずであるが、どうも豊岡の記録の方が京都よりくわしい。豊岡誌人物編の数頁を割いている。戦前の豊岡女学校には岸田俊子の書が多数あり、歴史の市村先生という方が、授業中にいくども俊子の名をひいて語ったそうである。なお、水野春枝氏によると未公開の日記は実は二冊あったのだが、一冊は市村先生にゆずり、戦後その方の消息がわからなくなり、八冊目の日記は行方しれずとなった。

京都は都であって人材にこと欠かないので、岸田俊子は数のうちに入らなかったのだろうか。だが、わたしは豊岡に岸田家の根があったことと、娘の俊子の名を残そうとして寺に、女学校に、親戚に、俊子の書を配ったタカの執念に原因があったようにおもう。京都ではタカの努力は通じなかった。明治になって廃藩置県が行われ、行き来も自由になったとはいえ、人びとの意識の中に国境いは生きていた。現代のわたしたちのあいだでは郷里のある人の方がむしろ少ない。幕末に国をはなれた両親のあいだに生まれ、真の故郷をもつことのなかった岸田俊子は、根無し草となって転々と居をかえる近代種族の第一号といえるかもしれない。

幕末、明治革命期の京都

豊岡の旅から京都へ帰ると、こんどはさまざまな知らせが待ちうけていた。

まず豊岡の立正寺の住職が、茂兵衛の兄、清八郎の曽孫にあたる方として住所を教えてくださった岸田元一氏(京都市)宅から、「清八郎行状」と題した古い軸が出てきた。漢文を読みくだすと、「岸田清八郎、幼名は武造、長ずるに及んで小三郎と称し、後、今の名に改む」とあって、小松屋事件の主人公二人は同一人とわかった。小三郎すなわち清八郎は法華宗の信徒となって、養源寺の怒りを買い、藩庁に訴えられた。親族一同からも「今より宜しく改めて妙題を唱ふること勿《な》かれ」すなわち南無妙法蓮華経をやめろといわれるが、「小三郎肯んぜず」とある。「藩庁　其の隠し持すところの本宗（法華宗）の仏像仏具等を没す。而《しこ》うして弟の茂兵衛と共に獄に繋ぐこと三十五日。茂兵衛遂にこれが為　追放さる」。

処払いという刑は、国外に追放して生活のよりどころを根こそぎ奪う重い刑罰である。タカが語りのこした若いときの苦労話もまんざら嘘ではなさそうである。一説によれば弟は兄の身代りで罪を着た。それはともかく、岸田俊子の両親はその才覚の他は無一物のありさまで、幕末の京都へ着き、古着屋となったのである。昼間は着ていた着物を夜には店頭につるすようなところからはじめたといわれる。呉服屋となってからも新参者が京染呉服悉皆の伝統の職業集団に入るには、新しい販売ルートをひらく他なかったはずである。都へやって来た夫婦はどんな暮らしをしたのだろう。

京都市歴史資料館の辻ミチ子氏に明治の町組と岸田俊子も通った小学校の話をきいていると、資料館にちょうど幕末の京都の生活がわかる面白い日記が一冊ある、と教えられた。

『末世之はなし』は、京都市歴史資料館に志《し》水《すい》町文書として収められている。[8] 表紙は手ずれして、文字が消えかけている。「末世之はなし」という題の下に清水記之（清水これを記す）と書かれているのだが、実はわたしは長いあいだくずし字の記之を紀八と読んで、日記を書いた人の名前だとばかり思いこんでいた。

題名からして、日記の主は、幕末の動乱、御一新、京都から東京への遷都といった一連の変動を世も末のこと、と感じていたのであろう。しかし終末観をにおわす題名にもかかわらず、この日記は大地にしっかりと根をおろした生活人の着実な生活記録であって、本文には嘆き節や詠嘆はほとんど無い。京の町の出来事、風聞を簡潔に書きとめる他は、農作物の出来、不出来と物価をこと細かに書き記している。

日記の主は現在の京都駅八条口南側のあたり、志水町の大きな農家の主人であったとおもわれる。(9) 京の町の近郊農家である。菜、ねぎ、大根、いも類をつくっている。

ここまで書いて、しかし日記の主に名前がないということに、わたしはどうしても慣れることができない。日記をくりかえし読み、筆跡に親しむうち、日記の書き手は、わたしの頭の中に清水紀八という名前をもって住みついてしまった具合なのである。勝手なことで申しわけないが、読み誤りから生まれたこの名前を仮名として採用させてもらおうとおもう。

清水紀八(仮名)は、何か大事件がおこると、その記述のあとに「此時、白米、百文に付き八合」というやり方で、必ず時価を記録する。百文というきまったお金で買える米の量で世の動きをとらえるやり方は、当時ふつうに行われていたのだろうか。それとも生産者であった清水紀八の発明だろうか。

『末世之はなし』を教えてくださった近代史研究家の辻ミチ子さんは、この日記に強い愛着をいだいていらっしゃる様子である。

――おもしろいですの。ほら西郷さんの西南の役かて、はじめはわりかし好意的、けど勝敗のはっきりしてくる後の方になると賊軍なんて書かはって。

だが清水紀八は日記に個人的な感想を綴ったりはしないのである。彼の口ぐせは、「……の人気よろしからず」である。紀八にかかると、幕府の人気、明治革命後の新政府の人気、天子様の人気、京都府の人気、たんびたんびによろしからずとなる。お上にたいする批判は実に辛辣だが、紀八は日記の中でさえ自分の意見を世論に代弁させて用心深い。岸田俊子と同じ時間を、京という同じ場所で、しかも全く関係なく生きた人の書いた魅力ある日記のおかげで、わたしたちは俊子の生活のしかるべき日の天候、町のたたずまい、事件、人の噂を知ることができる。

『末世之はなし』第一頁には、

初而天使《（ママ）》様　下上加茂御幸　文久三年亥《い》年　石清水八幡御幸
徳川将軍様御上洛　文久三亥三月四日　二条御城に御着

と、ある。文久三(一八六三)年三月十一日、天皇は加茂下社、上社へ行幸、攘夷を祈願し、将軍もこれに随従したが、石清水八幡参拝は病気を理由にして辞退した。将軍が例になく天皇に随従、さらに石清水参詣をせまられるところを目にした京都の町人たちはすばやく、幕府の命運は傾いた、とみてとったのである。清水紀八の日記は攘夷祈願事件からはじまっている。日記と呼んだが、『末世之はなし』のはじまり部分は回想記風のまとめ書きである。

文久三年から翌元治元(一八六四)年にとぶと、この年の六月五日に新撰組が尊王攘夷派志士を殺傷した池田屋事件があるのだが、『末世之はなし』には何も書いていない。

同年、長州藩兵が大阪から京都へ向かい、幕軍と鳥羽、伏見、蛤門などで交戦したこと、山崎天王山の戦いなどは、生活にかかわる変事だから書きとめている。七月十九日、京都の長州屋敷の焼き払いのあと、大火が出た。中立売御門のあたりからも出火、南はお不動さん、西は堀川、東は寺町まで焼けてしまった。翌二十日も燃えつづけ、六つ時には仏光寺の堂が燃え、「勢いさながら地獄の形相なり」。西山天龍寺も焼け、山崎にも飛び火、大火は南にひろがって八幡宮の社家百姓家もつぎつぎと焼け出されたと書いてある。

後にこの大火は京のどんどん焼けとよばれた。公的記録によると、七月十九日朝より二十日夜までの焼失町数は八、〇一一町、かまど(家)数は二七、五一三軒、諸家御家敷五一カ所、寺社二五三カ所。

一年おいて慶応二(一八六六)年七月、『末世之はなし』には、「其月将軍様死去」とある。将軍家茂は、大阪城内で二十一歳の若さで死んだのであった。この年は大雨大風がつづいて、桂川や加茂川の堤が切れ流れ、「人家大いにそんじ」とある。

先々年の大火で火責め、こんどは水責めとは、京都の住民はたまったものではない。「此時、百文につき白米一合一勺」だが、先々年の大火の後には大阪などから援助米が届いて「此時百文につき白米八合」であったのだ。物価のあまりの上昇で食いつめる者が続出し、「京都町人難渋人有に付、粥施所」を設けるため有志者から寄附金をつのり、六十六の粥施所を設け、九月中旬から、翌三月まで粥のほどこしをつづけたと書かれている。

この年十二月二十五日孝明天皇死去、葬式は翌正月二十七日ときまったので、京都町人には正月の松しめかざりを遠慮するようにというお達しが届いている。「白米百文につき九勺」と、すでに一合を切っているから、人びとの生活は苦しい。「麦、百文につき一合二勺」とも書かれている。ついでに、風呂銭はひとり十四文、男の髪結いは八十文。

岸田茂兵衛と夕カの古着屋はこの頃いったいどうなっていただろう。アジア・太平洋戦争の戦後には闇市があり、古着は価値を生む商品であった。幕末と維新、つまり明治革命のころにも似たような状況があったかもしれない。それとも夫婦はどんどん焼けにもあってにげまどったり、粥所の世話になったりしただろうか。夫婦の子どものうち成人したのは連三郎と俊子であるが兄と妹は十歳以上も歳がひらいている。あいだに生まれた子どもは早世したようで、京都本寿院の岸田家の墓には、俊子のもう一人の兄と、兄または弟らしい戒名が刻まれている。疫病はたびたび流行した。

慶応三(一八六七)年は、徳川最後の年である。清水紀八が得た「大坂(大阪のこと)には西洋人多数」といった情報はどこから来るのだろうか。十月二十日ころより神仏のお札が天より降るといって老若男女がおどりだしたと書いたのは実際に見たことであろう。紀八は人びとがおどり、歌うその卑猥な文句におどろいたらしく、書き留めている。日本国中に神仏、石仏、金銀木像、大判小判いろいろ不思議のものが天から降ってくるぞうな、とも書いている。人びとは、変革の予感を十分にいだいていたのである。

のちに岸田俊子の夫となる中島信行は海援隊で、坂本龍馬に愛され船中一切の庶務と隊員の監督を受け持っていた。この年の十一月、京都河原町の近江屋で坂本龍馬と中岡慎太郎が襲われ殺されたときには、海援隊のひきおこした伊呂波《いろは》丸事件の折衝にあたって長崎に行っていた。神戸に帰りついて龍馬の死を知らされて天をあおいで泣いたという。佐々木高行に宛てて「何卒御考慮を仰ぎ此上の死処を得申したき外他念無し(中略)此上ながら龍(龍馬)の心事いささか継ぎ申度(10)」と手紙を書きのこしている。

だが清水紀八の『末世之はなし』には、龍馬遭難の事件はまったくあらわれない。同年十二月には二条城に徳川方がたてこもり大筒小筒が並んだ。御所は薩摩勢が門をかため、双方にらみあいの形であったが、十二日昼六ツ時に徳川勢は城を出て大阪へ下り十三日に城は開いて町人はほっとした。十四日には新撰組も大阪へ下った。奉行所が廃止され、科人は放たれ、町家の用心が悪くなったことを書いている。

慶応四(一八六八)年つまり明治元年となる年の正月三日には、鳥羽伏見の「大合戦」がはじまった。日記には「放火」、「死人」の字が目立つ。清水紀八の心配は一に戦火にまきこまれること、二に米の値段である。通貨の信用がなくなり銅銭がいやがられている。心配の三はどうやら御所の行方であるらしい。「天子様南都に御幸とて世上の人気よろしからず」「天子様大坂御幸」「天皇様東京御幸」とくりかえし書き、明治二(一八六九)年「今般皇后様東京ニ御出」につき、これに反対する町人が御所につめかけたとある。この年「晴天打続き田うへでけず　四十余日雨ふらず　比叡の雨乞」などとあるが、「七月八月の天気はよく、雨しげくふり」で何とかもちなおすのである。

紀八の日記をたどると、明治二、三年より、紀八にとってのお上はどうやら、幕府でも御所でもなく、京都府である。明治二年十一月「京都府下立売屋敷に引移り」とある。年貢の割合が高い。小、中学設立のためにも出資金をとられる。難渋人は困窮しておるのにお救い米も出さない。よって「京都府の人気よろしからず」となる。

明治四(一八七一)年となると、この年は「大豊作」であり、世の中の様子は好転しつつある。明治五(一八七二)年となると、「今年四月より五月晦日まで博覧会」とある。「外国人入京に付　辻小便たんご屋根出来(中略)ぎやまんとうろう立つ」、つまり公衆便所と街灯である。

そして同じく明治五年「天子様六月二十五日御入京」と紀八は書いている。「上弟子中学にて天子様三業学御□（不明）てんらん（天覧）に付男女小児中学校に来る」とある。上弟子とは俊秀児童のこと、三業とは読み書きそろばんのことである[11]。

すでに前年の『新聞雑誌』には、次のような報道記事が載っている。

「西京（京都）に於て中小学の設け大に備はれるよし（中略）学校の数上京下京各三十三ケ所合せて六十六ケ所　生員（生徒数）男女総計二万五千七百四十七人其内中学生員六百三十七人小学生員二万五千八十二人あり（中略）又今春小学の試業（試験）ありて俊秀特試の二級に上りたる者の姓名を掲げたり　句読俊秀の級に上りたる者四人あり　上京第十一校の山田寅之助十五歳下京第九校雨森菊太郎十五歳同第十校野崎帍之助十五歳同第十五校岸田俊女十二歳[12]」

東京遷都でさびれたのちの京都は、小中学校の設立に力をそそぎ、人材を育てることに未来の希望を託したのであった。平民の出身で、女子、しかも俊秀児童であった小松屋トシにはハイライトをあびる条件がそろっていた。明治四年、俊秀児にえらばれ、官費で中学へ入学させられる。

見つかった戸籍

このとき十二歳という『新聞雑誌』の記述は、生年月日と大きく食いちがう。わたしは満ではなく数えで数えて、しかも数年多く数えすぎたか、などと解釈に困っていた。

ところが、番狂わせがおこった。長いあいださがしていた戸籍上の記録が、今になって見つかったのである。

俊子の夫となった中島信行の孫にあたる中島精一氏に祖父の除籍謄本のとりよせをおねがいしたところ、次の記録が載っていた。

戸主中嶋信行　出生弘化三年八月拾五日、妻俊　出生　万延元年十二月四日（一八六一年一月十四日）、明治十八年八月二十六日　京都府下京区第十一組大政所町岸田茂兵衛長女婚姻入籍

自由結婚の噂の一年後、婚姻入籍の手続きがとられていたのであった。いままでの伝記などの生年月日は文久三（一八六三）年十二月五日生まれであった。この謄本だと従来より三年はやく生まれたことになる。どちらが正しいか。

つづいて近代史研究家の大木基子氏より、明治十二（一八七九）年九月十九日付で京都府下平民　岸田茂兵衛娘　岸田俊子（トシと仮名がふってある）、十八年九月を宮内省十五等出仕申付候事という書類が残っていることを教えられた。戸籍どおりこの年、満で十八歳とある。

戸籍の届けが正しいとはかぎらない。明治四、五、六年はとくに宗門人別帳の廃止、戸籍の整備、太陰暦から太陽暦への転換など一連の制度改革があってさまざまな混乱があった。小松屋トシが明治四年に俊秀の俊の字をとって改名し、その名前を戸籍にのせ

ることは可能であろう。生年月日についても、年齢が受験資格に不足するため三つ年上に届けたという言い伝えがある。

だがためしに戸籍どおりに修正してみよう。俊子は茂兵衛夫妻の上京の年に生まれ、どんどん焼けのときすでに三歳、いなり焼けの年には十三歳、宮中出仕は十八歳、退職と四国行きが二十歳、中島信行との結婚は二十三歳、没年は満で四十歳となる。

早熟夭折の岸田俊子伝説はやや薄れる。すでに選択能力と判断力の具った女性が試行錯誤をくりかえしながら生きた人生ということになろう。わたしはこちらを選びたいとおもう。

岸田俊子　一八六一年一月十四日(万延元年十二月四日)生まれ。

この生年月日は、のちに一つの証明をもらった。千家十職の塗職十一代中村宗哲氏より、十代尼宗哲であった母、中村真女は十三歳のとき十六歳の岸田俊子の家塾に住みこんでいたという知らせが届いたのである。中村真女は文久二(一八六二)年生まれ、俊子が文久三年生まれなら、弟子の方が師匠より年長となり、合点のいかぬ話である、万延元年生まれということなら納得できるというのである。これで俊子は宮中出仕まで、京都で家塾をひらいて教えていたこともわかった。中村真女はのちに俊子の女演説もききにゆき、さらには中島信行との結婚で俊子の人気が下がったこと、世をしりぞいたことをくりかえし惜しんでいたという。わたしには、これではじめて俊子の育った京都に俊子の生々しい記憶を語りつぐ方がおられるとわかったことが何よりうれしかった。

坂上富貴の登場、物語の入口

ようやく主人公の名前と生年月日がきまった。おりもおり、最後に届いたのは一個の紙包みである。表には「岸田俊子の件の参考品――祖母、坂上富貴、学校の成績表　明治六―十年」と書かれている。あけるとまず、丸いしんちゅうのメダル、就学牌がころがり出てきた。明治の小学校ではひとりひとりの名を刻んだメダルを袴のひもに下げさせていた。

他に修了書六枚、小検査合格、褒章二十枚、特試優等のしおり五枚、二枚の表彰状が入っている。表彰状には毛筆で、

上京第十七校　坂上富貴　士族　書籍料　金壱円

右於下京第二十四校　学業天覧之節為優等賞下賜の事　明治十年　京都府

と、したためてある。ひろげてみて、おもわず、溜息をつく。ちょうど百十年前の記録は紙もさほど変色しておらず、墨の色は黒々としている。賞状の持ち主は俊子の三歳年下である。しかしこの上京の士族の娘、坂上富貴と、下京の呉服屋の娘、小松屋トシこと岸田俊子が共に同時代の京都の小、中学校に通ったことはまちがいない。

包みをあけるとき、あたりにほのかに香のかおりがただよった。これを届けてくださ

った方にお会いしたいとおもった。

　待ちあわせをきめた喫茶店は空いていた。広い店内を見まわすと、隅のテーブルに、黒っぽい道中着姿の老女がひとり、背を立てるようにして坐っている。銀髪は首すじで切りそろえられ、着物のえり、袖口にかくされている色のとりあわせがよい。この方だとおもい、近づいて声をかけた。

——坂上さんでいらっしゃいますか。

　とわたしがたずねると、一瞬の沈黙があって、それからおだやかな微笑が浮かび上がってきた。

——サカノウエと申します。なんですか、坂上田村麻呂の子孫だというので、こう読んでまいりました。

　読みちがえをわびて、向かいあわせに坐り、ウエイトレスが運んできたコップの水で濡れないように気をつけながら、テーブルの上に例の紙包みをおいた。

——申しあげるようなことは何もないのでございますよ。坂上富貴、つまりわたくしの祖母は、わたくしが女学校のとき亡くなりました。その後、この賞状が、箱に入って仏壇の下から出てきて、いかにも大切そうにしもうてありましたから、わたくしが箱ごともろうて、あけてみましたら、賞状がきちんととってあって、それがまたあんまり美しいので、明治の人は何と優雅な、おもうて、ほかさんと、とっときました。

坂上さんが手にとった和紙はりあわせのしおりにはふさがついている。優等には表と裏に、木版色刷で桜花が刷られている。

——まあ、この色刷りの美しいゆうたら。優等桜花、二枚目の桜花は特試、読物、問答、書取ですって。第三番、小寒三候水仙、第五番大寒二候蘭花、第七番立春一候迎春て、これレンギョウの花ですか。

桜花の小さなしおりに濃い紫のふさがついている。他は黄色のひもである。

——優等とか、何等とか書いてありますけど、成績がええのが自慢とゆうのとちごうて、このほうびの美しいこと、ひとりひとりの児童が、学校の思い出を大切にしたことを知っていただきたいとおもって人さんにおみせするんです。お話しすることは何もございません。

坂上さんとわたしが向きあって坐っているテーブルの上に花のしおりが散らばっている。サクラ、スイセン、ラン、レンギョウはすべて春の花である。

——おばあさんは再婚で、わたしの母とは血がつながっておらず、ずいぶんときつい継母やったみたいです。ところが孫のわたしたちには甘いおばあさんで、とくにわたくしはたいそう可愛いがられ、よく昔話をきかされました。わたくしですか、もうじき八十歳になります。

そうであったか。岸田俊子の世代は今、八十歳の人の祖母にあたるのである。賞状の持ち主が京都の小学校を卒業ののち、どのような人生を送ったのか、ぜひきいておきたいとおもった。

——おばあさまのこと、よろしかったらもうすこしおきかせください。ずっと京都にお住まいだったのでしょうか。

とたずねると、また沈黙があった。きいてはいけないことだったのだろうか。居ずまいを正す気配が伝わってくる。

——岸田俊子ゆうひとは、あのなに、自由民権とかの方でございましょう。

ええ、自由民権の岸田俊子です、と答えもしないうちに、目の前の坂上さんは、

——うちはほれ、それとは逆でして。

と、つづけた。アレ?という表情がわたしの顔に浮かんだらしい。問いに答えて説明する風の語りだしとなった。

——御所さん大事、これ一筋でやってきた方でしてね。時代はもうとうに変わってるのに、いつまでもそれがわからんと、没落の一路をまあっすぐに歩いてきたようなわけでして。五摂関家てございますわね。あの九条家に代々とつかえてきたサムライでした。うちの家は。

オヤとおもって、話にひきこまれた。

——御一新のときの京都は、それはたいへんでした。大火事はあるし、戦争はあるし。

第一章　西京の子どもたち

悉皆屋《しっかい》おフサという女

こんどの家に引っ越してきてからというもの、富貴にはおもしろいことがない。以前の家には、池のある庭があった。踏み石づたいに池までゆき、鯉に麩をやっていると、おでい(父)さまが咳ばらいをして廊下をゆかれる。悪戯をするなと言うておるのである。

では、と裏へかけてゆくと、蔵の横では、じいやが、銀杏の落葉を掃きよせているのだった。お化け銀杏とよばれた樹は、丈が高く、葉がこまかかった。大きな樹の葉が、きわだって小さいのはなぜであろう。枝の先までみっしりとついた葉は、じいやが掃くあとからあとから舞いおちて、掃除のきりがなかった。

ときたま母の伴をしていった九条はんのあの広大なお庭とくらべれば、富貴の家の庭などはものの数にはいらない。だが庭はあったのである。富貴の相手をしてくれる小女もいた。何かのおりの手伝いの女も出入りしていた。

やがて人が寄りつかなくなった。庭の落葉はふりつもるままとなった。落葉は池の中にまでたまり、水がにごって、ある日、鯉が白い腹をみせて浮き上がった。そして引っ越しであった。

魚が死んで浮くのは、悪い兆なのだ。慶応二(一八六六)年七月、徳川将軍、家茂が大阪城で死んだ数日前にも、城の堀にめずらしい大魚が浮いていた。

——目えむいてたんえ。

とまるで見たことのように語ったのは、出入りのおフサであった。

若い将軍が死んだとてどういうことはないが、その年の暮れに孝明天皇がおかくれになったときの騒動は、富貴もよくおぼえている。おでいさまが、つづけて留守をなさるほどのとりこみであった。

——天子さまは、毒を盛られはったのやそうどすな。

と言うたのもまた、おフサであった。

おたあ(母)さまは、

——めっそうもない。

と叱られたが、どうせおフサの口をふさぐことはできず、おフサは京の街中を、天子さまは毒殺やと、触れて歩いたことであろう。

おフサは、大風呂敷をしょって、毎日毎日、街中を歩いている悉皆《しっかい》屋である。いっとき、富貴の乳母であったこともある。

富貴の家から人が一人去り、二人去りして、ついに小さな借家へ引っ越してきた今も昔とかわらず、三日をおかずにたずねてくるのは、おフサだけである。

今日も、おフサが下に来ているとわかっている。一人であたりをにぎやかにするおフサの声がきこえている。おりてゆきたいのだが、会いたくない気もする。おフサが来るたびにするのは、下京の小松屋トシの話である。

――トシさんとフキさんは乳姉妹やさかいなあ。トシさんにもあてが乳をのましたんや。そやのに体が弱いのは困りもんや。

おフサは悉皆屋であって、着物をあつかうにもかかわらず、着つけがいかにもだらしない。胸元は、えりあわせがぐさぐさで、富貴は目がゆくたびに手をさしこんで乳房をひっぱりだし、しゃぶりついたころのことがおもいだされて恥ずかしいおもいをする。黒っぽい着物の胸のあたりにはまだ乳のしみがついていて、においが立つのではないかとおもえるのである。

――もうおしまいどすか。おなかおっきおすか。もっとたんと飲まんと大きいなれへんのに。

と未だにそんなことを言ってせまってきそうなのである。

台所の女たちは、おフサがくるたび、話の花をさかせ、去《い》ぬとまた、おフサのうわさをして楽しんでいたのであった。

——フサのおかあはんは、フサに輪あかけたよなねぼすけやったそうな。

——ねぼすけてどういうことどす。

——そやから、フサがいつお腹にとんではいったのか知らんほどの、ねぼすけゆうことや。

——そんなこと、おすやろか。

——現にあるのやさかいに、しょうないやろ。フサがちゃんと生まれたのやさかい。フサのおかあはんは、但馬の方の出やったそうな。京都の旅人宿に奉公してたときのこと、お腹がふくれてきてな。おかみさんが問いつめても知らぬゆうけど、そこを常宿にしてる生糸商人がどうもあやしい。おかみさんが商人の国へ一筆書くと、吉兵衛ゆうその商人から、思いあたることがおす、よろしゅうはかろうて、ゆうて手紙が来たのやてえ。

——ほんで、どないなりました。

——吉兵衛はんは、おもわぬことに女房と子どもがいっぺんにでけたんで、京で世帯もつことにしやはったんや。ほんでからにフサのつぎに弟もでけて。ところが、おかあはんは、ねぼすけどっしゃろ。赤子に乳をのませながら眠りこけて、乳房で赤ん坊を押し殺してしもうたらしいわ。

——こわいことやなあ。

——吉兵衛はんはえらい怒らはって、フサのおかあはんを追いだして、後妻さん迎えはったそうや。

――ほなら、おフサはんも苦労しやはったんやなあ。

――フサは、二番目のおかあはんには、えらいなついたんやて。そのおかあはんのいたはるあいだは、暮らしも楽やった言うたはる。ところがフサが十二のとき、二番目のおかあはんは体を悪うして、とうとう追いだされはったんやて。吉兵衛は三番目の女房には、島原の遊女をつれてきたんやけど、これが悪いおかあはんでな、フサが十七になると、きりょうがええさかい、島原に売ろて、吉兵衛をそそのかすさかい、吉兵衛もその気になる。

おフサが島原に売られかけたところにさしかかると、女たちはそのたび、

――いや、そやけど、あれがええ器量ゆうもんやろか、へえ。

などと茶々をいれて楽しむのであった。

――ほてからどないなりましたん。もったいぶらんと、はよきかしてえな。

――フサのおとうはんは、さっさと約束して娘を売る金まで貰うてきてしもうたらしい。フサは、もうあかんとあきらめて、おとうはんに、ほんなら明日からはもう会えへんかもしれんさかい、今晩はおとうはんの好きな酒をつけて、別れの宴をはろうて言うたんやて。そしたらおとうはんが、これで酒の肴を買うてこい言うて、一両くれはったんや。一両をもって出て、歩いているうちに、島原へ売られるのやったら、うちはやっぱり死

んでまおうという気になって、死場所をさがしてうろついたけど、昼中《ひんなか》ではどうにもならへん。

——えげつない親やなあ。

——ちょうど、寺町を歩いてたら、紋の入った着物きた大男に呼びとめられてしもうた。身投げしようか、首つろかとおもいつめてるもんは、やっぱし顔にでるもんなんやろなあ。

女たちは聞き耳をたてながら、それでもお針仕事や、豆の皮むきの手をやすめはしなかった。幼い富貴はとくにかまってもらうわけでなく、女たちの仕事の手の下で遊びながら、話をきくでもなく耳に入れていた。姉たちとはちがい、末っ子の富貴は、おるともおらぬとも、まるで気づかれぬほどおとなしく、台所に出入りしたとて、親から叱れることもないかわり、女たちにちやほやされることもなかった。

寺町で行き会った男は、おフサを近くの蕎麦庵へつれていって、くわしく話をきいたそうである。

——おフサはんは、お蕎麦をたべたら恩人のこと思い出すゆうたはるわ。

武士くずれとみえたその男は、おフサの話をきくと、おれが必ず逃がしてやると言い、おフサを九条部屋へ伴った。

ここでいう部屋とは、博奕《ばくち》うちや浪人のたまり場のことである。幕末には、摂関家も、金に困って、広大な邸宅の一部を博奕うちに貸すなどということが起こっていたらしい。――その男はたぶん浪人で、根性のある男やったんや。部屋のもんに、このムスメに指一本ふれるな、言いわたすと、男たちがみんな言うことをきいたんやて。九条さんの部屋やったさかい、そこに二、三日いたのち、浪人がかけあってくれたのやろ、しゅびよく九条さんの台所の飯たきとして奉公することになったゆうわけや。親にみつかってはあかん、とゆうんで、五年のあいだ、九条さんの門から一歩も外へ出えへんかったそうえ。

九条家に飯たき女として五年の奉公をしたのち、おフサは暇をとり、おそるおそる元の家へ帰ってみた。ところが知っているものは誰もおらず、家は他人のものとなっている。

近所をたずね歩いてきいた話をあわせると、おフサが失踪したあの日、吉兵衛は女房から、お前が娘をかくまったのであろうと責めたてられてえらいことであったという。吉兵衛はつぎの日から、京の町をくまなくさがしまわったが、おフサの行方を知る者はなかった。

さては大阪にでもかくれたのであろう、さがしにゆけと追いたてられ、大阪の町も足を棒にして歩きまわった。苦労のかいなくすごすごと帰ってくると、妻女は家財道具一切をたたき売り、おフサを売った金もむろんふところにしたまま姿をくらましていた。

吉兵衛は、どうにもこうにも行き詰まって、もはや京に住むわけにはゆかなくなり、とうとう生国へ帰ると言いおいたまま消息が絶えたそうである。

五年の後に戻ってみはしたものの、親と家は影も形もなく消え失せていたのだから、おフサは京の町を徘徊しつつ生きるほかなかった。どうやって身過ぎ世過ぎをしたのやら。だれかにたずねられるたびにおフサが答えるその頃の商売は、水売り、雑魚売り、煮豆売り、おかべ(豆腐)売り、下駄の鼻緒のすげかえ、髪結いてつだい、古着屋、はては辻占いまであって、さいげんなくかわる。おフサは問われるままに、どれもこれもの話を機嫌よく語った。

女子衆はそれぞれがききだした話をつきあわせてみて、しまいには、おフサの話はいずれもまこと、どうやら都大路で行きあう商売という商売の片棒をかついだものとみえる、とあらためて顔を見合わせて、溜息をつくのであった。

女たちには、その日暮らしを経てきたものを見下す気持は十分にあって、そのためおフサを気易く迎えているのであるが、その一方であんなふうに気楽そうに生きてみたいともおもう。うわさ話をくりかえすうち、やはり自分たちではああはゆかぬという感嘆の気持がしだいに上まわってゆくのも、傍らで遊んでいる富貴に、伝わってくるのであった。

女子衆は、おフサは九条さんで五年のあいだ下婢《かひ》をつとめたのちは、住み込み奉公を一切していない、あのひとは居着くということを好まないらしいと言いあっている。だが、おフサが世帯をもたなかったわけではない。

おフサの亭主たちの話となると、女子衆は、ますます夢中になって、傍におとなしいちいさな女の子が人形をいじっていることなどまったく忘れてしまう。

富貴はきせかえ人形の着物をぬがせたり、着せたり、またぬがせたりしながら、えんえんとつづく話が耳の中をとおりぬけてゆくあいだ、人形の顔のような無表情を変えない。だが話はよくおぼえている。

坂上富貴と小松屋トシの乳母であったおフサは、たびたび亭主をかえている。女子衆はそのおフサの身上話を、まるで小説本か芝居話のように楽しむのであった。噂話をくりかえすうち、話し手は登場人物の声色まで使いはじめる。

——おフサはんは、代言人(弁護士の旧称)の奥におさまったはったことがあるそうや。けど、コンスルコトスウネン、イッチョウ、フクボンノミズ、キュウニフクセズ(婚すること数年、一朝、覆盆の水、旧に復せず)。

——それ、いったい何のことどす。

——破鏡。夫婦別れのことを、代言人がこう言うたって、おフサはんが妙に感心しておぼえたはった。おフサはんが今でも字を書く人をえろう好いてのは、その代言人のせいかもしれへんな。

――自分は読めも書けもせえへんくせして。

――おフサはんの娘の父親になった男は、かざり職人(彫金師)で加賀のお人やったんやて。これは死に別れやった。

子どもをかかえてからも、おフサは独りで結構、暮らしを立てた。かつかつ食うてゆくのかとおもいきや、いつのまにか、東海道の終点にあたる三条大橋の近くに、ちいさいながら一軒の旅人宿をひらくまでになった。

この宿屋は、いまもおフサの娘夫婦が経営しているのであるが、宿屋を娘夫婦にゆずるそのいきさつがまた変わっているというので、噂話の種となる。「おフサが先の亭主の息子と、後の亭主と己のあいだの娘とを夫婦にさした話」という長い長い題がつく話である。

ある日、おフサの旅人宿に知り合いの医者がたずねてきて、女を一人あずかってくれぬかと言うのだった。女は大津の遊廓の妓であったが、医者の深く想うところとなり、身請けはできたのだが、置くべき家がないので困っている。

どうやら肺をわずらっているらしい若い女をあずかってみると、妙に気のあうところがあって、親身になって世話をした。そのうち身上話もするようになり、きくうちに、妓は、おフサの夫であった代言人が別の女にうませた子であり、女の下にはその弟もいるとわかったというのだから不思議である。

肺病を病んだ女は、医者の手当のかいもなくて、まもなく死ぬのだが、おフサは妓の弟をもわざわざ探しだしている。弟である若者は、おフサとかざり職人とのあいだに生まれた娘とこれも何とのう気が合うて、夫婦になったのだという。

おフサはそうなると、旅人宿はさっさと娘夫婦にゆずり、また独りになって、京の南にある吉祥院村(1)へ移り住み、こんどは悉皆業をはじめたのである。

だが最近では、おフサは独り暮らしではなく、ちょっとした人手をたのまれるときなど、六十歳くらいの老女を伴って現われる。

おフサがかさばって口数の多い、にぎやかな女であるのにひきくらべ、おフサの連れの方は、色白で小柄な、めったに物を言わぬ老女である。だが、おフサの上機嫌とおなじく、おとなしい老女も、口もとに微笑をたやしたことがない。富貴は会うたび、そうぞうしい物言いの下から、昔に乳をのました子の身の上に目を配っているふうのおフサよりも、少々とろいと言われるほどゆっくりとした老女の仕事についてまわる方が好きであった。この老女にまつわる、「おフサが二度目の母親に行き会う話」という物語も何度かきいたことがある。

悉皆屋は、一日に何軒もの家に出入りするのであるが、なかに、裏長屋のうすい壁ごしに隣の嫁のかんの立った声がつねにひびいてくる職人の家があった。たえまなくとがめられ、責めたてられているのはどうやら隣家の姑であるらしいが、返す言葉はまるで

きこえない。壁越しにきいた話はきかなかった話であるのが町の暮らしの掟である。だがあまりに度重なると、

――まいどまいどエゲツのう叱られてからに、あれで隣の親方の実の母親なんえ。

というくらいは、言われる。

親方というのはおとなしい男なのか、自分の母親をせめる女房をおさえる様子もない。母親はむかし下婢として先代の親方の病いがちな妻女の世話をしていたが、病人が死ぬときに、後妻となって家事をとりしきってくれと言いのこした。それ以後、下婢とも妻女ともつかぬあつかいで年月をすごして子が生まれ、夫に先立たれるのだが、息子までが母親をおとしめてみる癖がぬけず、嫁はいちはやく同調し、日ごろ気に入らぬこと、うまくゆかぬことをすべて姑のせいにして、ああしてののしるのだということもぼちぼちとわかった。

おフサはつねづね姑という女にいたく同情していたが、ある日その家を出ると、ちょうど戸をあけた隣の老女とばったり顔をあわせた。隣家にその女のいる気配はつねにあったが、実際に顔をあわせたのははじめてであった。これが叱られてばかりいるあの姑かとおもって顔をみるとおもいがけぬことであった。幼いときおフサがしたっていた二度目の母親の老いた姿がそこにあったのである。老母の方もおフサだとわかって大いによろこび、ひきとる話もできて共に暮らすこととなった。

――おフサはんて、ふしぎなお人や。生まれたときから母親は三人もかわり、亭主はいくたりもかえ、それやのに歩きまわっているうちに、なんとのう辻褄のあう具合に始末をつけはって。世の常の納まり方とはえろう違うてるが、あれでええのかもしれん。おかあはんは南無阿弥陀仏のえらい熱心家、おフサは南無妙法蓮華経の熱心家。吉祥院の家へ行っとおみ、ダブツの声がケキョウに和して、けったいな具合に仲がええ。

富貴がおもいだすと、おフサはどういうものか自分の噂がでている最中に姿をあらわすのが得意であった。富貴がある日、父親にそれを言うと、父親は、「噂をすれば影」と教え、けどあれはおフサが人の集まる頃よしを見計らって訪うからであり、女子衆の方も今日あたりくると心待ちしているからだと言って笑った。

女子衆やおフサとは口をきいたことのないはずの父親が「あれはなかなか、かしこい女や」と評するのも珍しかった。おたあ様はその傍らで、物憂い表情を動かさなかった。この母親にはあいづちをうったり、まして言い逆らうことなどついぞなかったが、富貴にはこのごろ、その無口がわかりきっていることをわざわざ口にする男がうっとおしい、という素振りにみえる。

銀杏のある家に住んでいたころ、おフサがやってきたのは、反物をはこびこみ、細々とした注文をきいて、家中の季節の衣服をととのえるためであった。姉たちの婚礼のような特別なときには、おフサは富貴の家につめきりであった。おフサの住む吉祥院村へ使いがだされることもあった。衣服のことにかぎらず、おフサにたのめば探せそうのない品がととのい、人手も集まる。

おフサはこんどの家へも風呂敷で肩にしばりつけた荷を三日とあけずに運んでくる。だが富貴にはわかっているのである。はこびこまれる荷の中身は今では、おたあ様の内職のための材料である。悉皆屋が仕立直しや染めかえをたのまれると、まず着古した着物の糸をぬいてほどき、布に解かねばならない。ほどいた着物を悉皆屋に出す家ばかりではないし、着たなりの古着が売られたものもあるから、ほどきものの仕事ができる。おたあ様が解き屋となった。それからというもの、下の部屋にはつねに埃のにおいが立つようにおもわれる。埃ははきだしてもよそへゆかず、手水鉢の下のあたりにねずみ色の玉になってころがっている。

母親がたとう紙をひろげて、その上で解いた着物の折り目に湿気をおびてつまっているゴミをそうろとはずすとき、青白い額には、ことさらに筋が立ってみえる。ゾロリとつながってはずれる裾クソは、長い虫のようである。あんなもんを指でようつまはるなあ、と富貴には、やりばのない怒りがこみあげてくる。母親は声も立てず、ヌキソ（抜き糸）だけでなくゴミまでていねいに集めためては、楽しんでいるかのようだ。

せまい家の中であるが、父親は母親の内職には目もくれず、書き物ばかりをしている。富貴は一度だけ母親がつぶやくのをきいた。

——女ごには、なんぼでもすることがあるもんでござります。

遷都がきまって以来、御所のまわりの公家屋敷はつぎつぎと空家となりこぼたれた(こわされた)家もある。京の町に留守居役など要るのだろうか。

行く者、残る者

富貴は天井の低い中二階の暗い部屋の中にいて、虫籠窓《むしこまど》のすきまから外をながめている。路地をへだてた向かいの家もおなじ高さであるのだから、たいして何も見えはしないが、屋根の上に空がある。富貴は以前の屋敷の銀杏の大樹をおもいだした。まだ芽ぶいていないだろうか。御所の近くに、大きな樹は禁物であったのだが、あれが切られなかったのは、お化け銀杏のあだ名のせいであったのかもしれない。どんどん焼けにも生き残った樹である。

屋敷を出るとき、それまでむろん声などかけるはずのなかった近くの町家の女が、なぐさめ顔に、ひっそく(逼塞)しやはんのは銀杏のせいや、だいたいが庭木の枝を屋根より高くのばせば出世をしない、と言ったのが耳に入った。父親は何が銀杏や、出世などと下賤なことをいいおって、人の格は生まれつき、と不機嫌であった。

公家に仕える諸大夫は、武家の家老職にあたるのであろうか。諸大夫は十四、五歳で御所に出仕し、六位蔵人《くろうど》からはじめて従五位下、上、正五位下、上、従四位下、上と順に上り、正三位まで進む。諸大夫は清涼殿の殿上の間にのぼることをゆるされる堂上《どうじょう》つまり殿上人《てんじょうびと》と、ゆるされない地下官人《じげかんじん》とのちょうど境にいる。勤務によっては堂上の扱いをうけることになっていた。

主家からうける禄は二十石から五十石までと、薄給であるが、格ならば徳川の大名よりも上であるという誇りがある。富貴の父親も身分を示す諸大夫髷《しょだいぶまげ》を結い、黒紋付に仙台平《せんだいひら》のはかま、二本差しで、つねに威儀を正していたものである。諸大夫よりも身分の低い、いわゆる侍の場合は、従五位の下までしか進めない。侍の下に、まだ用人、小者がいて、細かい身分制度のはしごがきまっていた。

諸大夫はサムライとはいえ、徳川体制とは別の、朝廷につながる身分制度のなかで平安朝以来の数百年を過ごした。明治維新にであう諸大夫の運命は微妙であった。

明治二(一八六九)年の版籍奉還ののち、明治新政府は旧藩主たちと公卿をあわせて華族という新しい身分をつくって士族の上におき、家禄を与え、維新の功労にたいしても別に賞典禄を与えた。このとき殿上人は華族となったが、地下官人は士族にとどまって禄がなかった。殿上人は朝廷に直接に仕え、地下官人は公家をとおしてであるのでここで分けるという理屈であった。殿上人と地下人すれすれのところにいた諸大夫クラスは、華族となって特権階級に組み入れられるものと、紙一重の差で貧乏な士族として維新後の社会へ放りだされるものと、明暗まっ二つに分かれたのであった。

御所のいわば殿上の部分は、遷都以来、新政府のおかれた東京へすっぽりと移って御所は空となり、御所さん大事の坂上富貴の父親は、みごと西京においてけぼりを食っているのである。

屋根の上から眺める京のまち

下の話し声がしずまったかとおもうと、あんのじょう、段梯子を上ってくるおフサの足音がする。銀杏の幻もたちまち消えてしまう。

——ええもんあげまひょ。

というおフサの声がするにきまっているのである。おフサのたもとには、いつもおひねりが入っている。

——オシャカサンノ　ハナクソえ。

餅あられの釈迦の花供御《くそ》も、おフサが言うと鼻クソときこえる。

笑いもしない富貴の様子は無視して、おフサは並んで窓により、

——何にも見えしまへんな。

と言ったとおもうと、後をふりむき、今のぼってきた段のつづきにとりついて、上まででゆき、天井に手をあてた。富貴はそこが開くとはおもっていなかった。まして、屋根の上に出ることができるとは知らなかった。

上へ出てみまわすと、京の町の低い家並みはどこまでもつづいている。東山のすそは、かすんでみえる。ここは新町通も上京(2)の北であるが、下の方に目をやると、京の町の南はしにある東寺の塔の影だけは、はるか遠くに浮き上がってみえている。

――あのむこうらへんが、吉祥院村やおへんか。みえまへんか。フキさまのええ目やったら見えますやろ。

富貴はおフサの指すのとは別の方角に目をこらして、あのお化け銀杏をさがしているのだが、春のかすみはもう都のまん中あたりまでおりてきて、景色をなかばかくしている。洛中洛外図のびょうぶ絵の雲の海のようだ。

ここから見えはしないが、御所のまわりにぎっしりと並んでいた公家屋敷の築地壁は、荒れはじめ、われ目から春の草がのびるがままになっているにちがいない。

御所に対抗して京の町ににらみをきかしていた二条城も、天守閣は焼け落ち、門の威容が空しい。奉行所や所司代屋敷の長屋塀も同様である。諸大名の屋敷も売られてしまった。

都のぐるりをかこんでいた御土居《おどい》もこぼたれることとなり、京の町は様がわりしている。だがおフサが眺めているのは、御所でも二条城でもなくてそのあいだにある職人と商人の住む町である。仕事の段どりを考えているおフサの独り言がきこえる。

――今日はどうぞこうぞして、一巡ぐるりとまわらんなんな。しみぬきがあるしな。小松屋のたのまれもん、うまいことゆくやろか。三条は後まわしでええのやさかい、何とかなるやろ。

富貴は、無筆のおフサは、頭の中にクリダシ帖と地図をしまっているのだなあと感心する。手控えやメモを持たぬのに、おフサの記憶は正確である。

比叡山はあっち、愛宕山《あたごやま》はみえるか、と屋根の上のおフサと富貴は、そろって首をのばし、遠くを見る競争をしている。博覧会場となっている西本願寺、建仁寺、知恩院の屋根まで見つけるつもりであるが、これは無理というもの。上気して晴々とした顔つきとなった富貴におフサが言っている。

——天下は広おすえ。歩いてみはったら、ようわかります。

まるで天下すべて我が物のような言いぐさである。富貴は天下とは、洛中洛外どこまでのことだろうと考える。この暗く狭い家を出て、歩き歩いてゆけばどこまで行けるのだろう。

——フサは大阪へ行ったことあんのか？

——浪花へ行ったことおへん。

——そんなら東京は知ってんのか。

——お江戸も知りまへんなあ。

富貴は少々イケズ(いじわる)な気持になって、たずねる。

――そんなら、フサはどこまで行ったことがあんの。

――大山崎やったら、よう行きます。

大山崎は、京のつづきのようなものではないか。毎日毎日、歩きつづけているおフサの天下はそれでも京の町とその周辺にかぎられているのである。おフサは富貴の上機嫌に満足して言っている。

――小松屋のトシさんも、高いところがお好きや。ハッサイ(おてんば)なお子やし。

またトシの話であるが、今日はそう耳障りでもない。

――その子、何してんの。

――去年から中学校ゆうとこへ行ってはりまっせ。(3) 小学校は去年でおわらはったんやそうな。被布《ひふ》着て学校へ行かはります。前垂れやのうて、被布を着てゆくのんが、いま流行や。あれきっと、富貴さんにも似合うやろな。

おフサはちらっと富貴をみて、すばやく、

――おでいさまは富貴さんの学校のこと何ぞいうたはりますか。

とたずねる。

――なあんにも。そんなこと知らん。

おフサは富貴をみていたわるように言う。

――もうじき行けますわ。このごろは役場からも言うてくるさかい。おたあさまはとうから、富貴さまが学校ゆかはる用意したはりますえ。富貴さまかて、お連れができた方がよろしやおへんか。

連れなんぞいらん、あの子らとわたくしは同じやない、番組小学校へは行かぬと言いかえそうとすると父親の顔がうかぶ。父親が学校へは行くなと言うているのである。だまって内職をする母親も、それを見て見ぬふりする父親も陰気なことである。親の顔、見んですむだけでもよほど良いかもしれん。父親にこう言うてみることができればどんなにか気が晴れるだろうに。

——わたくしは番組小学校へ上がります。

京都の番組小学校

すでに明治元(一八六八)年、京都府は各町の年寄をあつめて小学校設立を奨励する告諭をしている。

裏家住居の者も、借家住居の者も、一竈《いっそう》を構へ朝夕の煙を起せるものは、皆半季一分の出金と申事なり

告諭にはもう一つ、各町にある町会所を廃止してその費用を学校設立にまわしてはどうかという下問がついていた。

町会所は、毎月、家持ちの町人たちが寄り合いをひらいて町内の問題を処理し、京都

所司代からのお達しの類を読み合い、ついでに飲み食いを共にする場所である。たいていは髪結いに会所守りをさせ、住民の髪結い代を収入とさせることになっていた。

府は小学校に寺子屋と心学(町人の実践道徳を説いた)道場と町会所をあわせた性格をもつことを期待したのだが、この告諭には、子どもたちの教育を奨励するというだけでなく、住民のあり方を変える意図が含まれていた。

それまで、町会所の寄り合いに加わるのは表通りに住む家持ちだけであった。ところが小学校は男女すべての階層の子どもの就学をすすめ、同時に戸口平等に資金を負担すべしというのである。たいていは裏通りに住みついていた借家人は、これまで町内の相談にあずかることが少ないかわりに費用負担の義務もなかった。そこへ半季に金一分を出資せよというお達しである。[4]

結局は明治二(一八六九—七〇)年、府の指導にそった形で番組(学区)ごとに番組小学校が設立され、住民は要求された以上の協力をするのだが、上からの四民平等については苦情が絶えなかった。

前記『末世之はなし』の筆者は難渋人が続出する不景気な時だのに、御救い米も出さず、おまけに学校の負担まであって、「京都府の人気よろしからず、市中小学校もたれ壱人悦ふ者も無御座候」と書き、まことにニベもない反応である。

商家では、丁稚《でっち》や子守りを学校へやらねばならず、農家でも草刈りする子どもの手がなくなると不平たらたらなのである。

　そして、華族士族は、子弟を町人の子どもたちと机を並べる番組小学校に入れることを嫌がった。明治四(一八七一)年にはついに、華族、士族、卒《そつ》、社寺の子どもも番組小学校に入学させ、小学校維持費を出すようにという府の告諭がでている。

　坂上富貴の父親は頑固組の筆頭であって、本年、明治は五年の春まで富貴を番組小学校へ入れなかったのだが、女房と娘の心が傾き、おフサも加勢するとなれば、これはもうゆずるほかない。

博覧会と肥え汲み規制

　おフサは屋根の上でしばらく案じ顔であったが、急にすっとんきょうな声を立てた。

——ああ肥えの汲み取りさんがおいでや。きょうはおたあさまはつむじがいたいお言やしておやすみやさかい、あんじょうしてきまひょ。富貴さんも、足すべらさんように気いつけて、後からゆっくりとおりといやす。

　富貴が板戸をしめておりると、おフサはもう汲み取りのお百姓さんを送りだしている。後片づけをさっさとすますと、ふせっている母親の枕もとでさっそく汲み取りさんからきいた話を語ってきかせている。辻々におかれている小便担桶《たご》に屋根がついたのは、博覧会のせいやそうな。それにしても肥え車を邪魔者あつかいにすると百姓はこぼしているというのである。

ピッチャ、プッチャと音をたて、少々こぼれることもある小便担桶には必ずふたをすることにきめられて、ふたが無いとおとがめをうける。もうじき肥え汲みは暁、日の出の刻までにしなあかん、ゆうことになるそうや。そんな時刻に、町中の戸をたたいてまわるんか、ゆうたら、大便汲み取りを望む家は門に半紙を一枚ぶらさげておく、小便だけの場合は紙半枚ぶらさげて目印にするそうな。肥え車の通る道もきめるそうできゅうくつなことである。なんで肥え車を目の仇にするのやろ。博覧会で異人が多勢くるからやそうやが、言うたらなんやけど、偉いお方も異人さんも大小便せえへん奴でおるやろうか、みんながクサイクサイというクソとションベンは誰がするんやと、お百姓は、おフサ相手にたいへんな剣幕であったらしい。

おフサの話は去年の秋に、西本願寺大書院でひらかれたはじめての博覧会の話にも移る。和漢古器珍品を出品したものは薄謝進呈というビラが配られたので、方々の蔵から、お道具やら器、掛軸、古銭など骨董品もだいぶひっぱり出された。外国の拳銃と石油ランプも珍しかったが、何といっても駝鳥の卵というのに一番の人気があった、等である。

去年の入場料は一朱(一両の十六分の一の銀貨)であった。今年は会場が三カ所に分かれ、一寺一会場分が二朱、三寺とおして一分(一両の四分の一)二朱で、去年に比べてたいそう高くなっているから、出品物も多いのにちがいない。博覧会のおかげで、世の中はえらい変わる気配である。

おフサは話のあいだも、大風呂敷に、富貴の母親の仕事の出来上がりをくるむ手を休めなかったが、世の中が変わると言ったとたんにきこえてきたおでいさまの咳ばらいと同時に風呂敷包みをしょいあげて、にっこりと笑って消えた。

土間の隅には、肥え汲みさんが肥えの代においた大根と、おフサがそっと置いていった筍と蕗がきちんとそろえてある。おフサには富貴の名前は蕗ときこえて、ずっとそのままなのである。

おフサが歩く京染め工程

悉皆屋のおフサは、大風呂敷の包みを肩にくくりつけて、慣れた足どりで新町通をずんずんと下がってゆく。このころには、上京は三条通まであった(5)。今日、おフサが用のあるのは、三条より下、高辻通、松原通のあたりまでにかたまっている京染めの工程に必要なさまざまな仕事場のある町である。路地を入れば、こまかい分業のそれぞれをうけもつ職人さんが住んでいる。京染悉皆ののれんを上げた大きな店もある。

京染めの町にはその昔、何本も川が流れていたそうである。堀川をはじめ、小川通、西洞院《にしのとういん》通、いずれにも川があった。染めには水が必要であるから、川のほとりに住みつくこととなる。

京染めは、くわしくいうと、悉皆屋と染物屋との共同作業によって成り立っている。悉皆屋は染物請負業とでも言うもので、注文をとり、分業のこまかく発達した染め工程のいちいちと連絡をつけて、まちがいなく一つの仕事にまとめあげる役目をひきうけているのである。

悉皆屋おフサは、だから、たいへんに忙しい。富貴の母親は解きものの内職をしているのであるが、一着の古着は解かれると、反物を裁ったときのようにばらばらになる。これをまた一反の反物の形に裁ち口をつきあわせるように縫っておくマツイ端縫いも必要である。

解き端縫い屋が反物の形にした布を、悉皆屋は下洗いに出して汚れをとる。洗い張りの仕事はまた別だ。染めかえであれば、ぬき屋さんで色ぬきをさせる。それを整理したのち、ゆのしに出して、シワをのばし、巾をそろえたのち、ようやく染め物屋行きとなる。

だが、ここからがまたたいへんである。

新しい反物の場合、前もって身、袖、えり、おくみなど、裁ち方の墨印を入れる。紋付なら、紋のつけ場所にしるしをつけておく。これは水につけるとすぐに落ちるのがよいので青花(つゆ草の花の汁を和紙に浸ましたものをもどしてつかう)で描く。

墨打ちができると、反物を紋糊《もんのり》屋さんにまわす。あとで紋を描きこむために、紋の場所は黒地に白くぬいておかねばならない。そのために防染の糊をおくのである。紋糊がおかれ、これが乾くと、悉皆屋はこれを紺染め屋にわたす。

黒染めは、まず紺か紅で下染めをする。下染めののち、紋糊はいったん洗いおとして再び紋糊屋さんで糊置きをする。ついで茶染め屋でびんろうじゅの上かけ、つまりは黒染めをさせる。黒はまことにむずかしい色である。黒にそまると、慎重に地繰《じく》りをし、傷や染めむらのあるなしをしらべ仕上げ張り物屋に出す。

黒の紋付きを仕上げるためには、悉皆屋おフサはまだまだ足をつかって方々をまわらねばならない。

仕上げ張りのできた黒の反物は表を中にして巻軸に巻き、おとし物屋とよばれるしみぬきにまわし、紋洗い地直しをさせねばならないのである。しみおとしの仕事は、紋場をきれいに洗って、糊かすをおとし、地ずれをなおし、ほとんどの難《なん》は、ないようにすることができる。

さいごの大事が紋の上絵である。上絵師《うわえし》さんはたいてい例の虫籠窓のはまった上の部屋にこもって、紋をかきつづけている。下では女房子どもがうろついていて、根つめて精だすこまかい仕事ができにくい。

おフサは、その女房子どもとのつきあいが上手である。今日はもうさっそく、さいぜん富貴の家へやってきた肥え汲みのお百姓さんから仕入れたばかりの、汲みとり規制がえらいことときびしゅうなるそうな、という話を披露してござる。京都府の人気よろしからず、という世論はこうやってつくられ、ひろまってゆくのであろう。

博覧会のうわさ話も、むろん適当にまぜている。なんせ今年は去年とはちごうて、京都博覧会社(6)ゆうもんができて、大年寄やら何やら集まっているそうである。「広く天産の奇物を集め、あまねく人造の妙器を列す」というのやさかい、たいそうな。人造の妙器あるいは妙品には織物、塗物、彫物、染物、組物、糸類、金物、鋳物、陶器みんなあ、はいるのやさかい、あてらの仕事かて関係あんのかもしれん。

職人の女房の方は、四月一日、下鴨河原において、昼夜打ち通しの烟華《えんか》(花火のこと)の興行があったのを、一家中でむしろをかついで見に行った話をきいてもらおうと懸命である。花火は、下京三番組御蔵町《おくらまち》(7)の住人松上藤四郎その他、伏見の住人数人がこれも会社をつくったものである。当時、会社とはひろく団体の意味であった。

おフサは花火はたいへんな人出やったそうであるが、もう一枚摺《ず》りの版画になって売られてるえ、と教えている。女房は、それ一枚ほしいわあ、と言う。花火はむろん博覧会の景気づけの一つであった。記録によれば、当日の観衆は三万人で、鴨川の砂場、両岸、人家の上までを埋めつくしたそうである。

ここでおフサは、風呂敷をひろげて、

――わるいのやけど、今日はいそぎのいそぎでおたのもうしたいもんがありますねん。

親方にいうて、無理してこれ一つはさんでもらえしまへんやろか。

と女房にたのみこんでいる。職人さんはなんせ気難しいお方が多いのである。だがおフサのたのみはけっして無理難題や筋ちがいではないから通る。

——へえ、言うてみまひょ。うちの人はおフサさんびいきやもん。

御前様《ごぜんさま》とおトシ

上絵師さんが急ぎの仕事をひきうけてくれたので、おフサは下で待っていてこれをうけとり、出るところである。おおきに、おおきに、これで間におうて、呉服の小松屋へ納めることができる、と胸なでおろす。

足どり軽く染め屋の町をぬけるとき、藍のにおい、ふ糊をたくにおい、さまざまに入りまじって鼻をうつ。おフサにはかぎ慣れた、生活のにおいである。友禅を洗うために七色の水が流れるといわれるこの町の川の水面にも春の陽光がチラチラと遊んでいる。

下って松原通までたどりつくと、おフサは東へ道をとる。松原通は当時、縁日など立つにぎやかな通りであった。烏丸通、不明門通をこえると東洞院通だが、ここでおフサは何やら思い出し、くるりとむきをかえていったん戻る。

——コロッと忘れてた、おトシさんの薬袋が空や。御前様に言うて、貰うといてあげよ。

大きな屋敷の裏木戸をくぐって、案内を乞い、小松屋の使いで、薬をいただきに参じましたと告げると、しばらく待たされる。やがて、青い薬袋を手にした丈の高い老人が白いひげをしごきながらあらわれた。

――おフサもマメなことやのう。ごくろうさん。これ、いつものとおりやさかいに、小松屋へ持っていてやっておくれ。はよう、ようなって顔をみせたってて言うてんか。あいつが、偉そうな顔して、わしのことをアナタ、やたら呼びつけにするのん、きかんことにはほんに淋しいていかん。

御前様とよばれるこの老人(8)は、ご典医であったということであるが、今では広い屋敷にこもって読書三昧の日を送っている。御一新このかた、旧弊と称して、世の中とは交わりを断っているようである。それがどうしたことか、小松屋トシという小娘とは、対等のつきあいがつづいている。

――あれがまだ、芥子頭で、チョンチョコリンの着物から細い足だしてかけまわってたころには、毎日、昼下がりに、そこの木戸をあけてやってきたもんや。

御前様は、来たとおもえばすぐにまた飛びたってゆきそうな子どもをできるだけ長くひきとめようとして、あれこれと気を配ったものであった。子どもは出された座ぶとんに行儀よく坐ったとおもうとすぐに立って、床の間にかざってある花の枝をぐいっと直し、ついでに柱聯《ちゅうれん》(短冊はさみ)をまっすぐにしないと気がすまない。

老人は桐の箱をとりだし、有平糖、少々かたくなった大まんじゅう、砂糖が白くかたまっている羊羹の端などをすすめるのだが、子どもはいたって食が細く、もういい、と断わる。すると老人は、春窓坐雨の題で五言絶句《ごごんぜっく》をつくって遊ぼうか、お前はぼたんの花の絵が得意だからあれを描け、おれが讃を添えよう、あとでお前さんの好きな筍腐汁《じゅんぷじる》をつくらせるからゆっくりしてゆけなどと機嫌をとるのであった。

――それそれ、その筍腐汁やったら、へえ、今でもおトシさんの好物どすがな。

悉皆屋おフサはようやくあいづちがうてて助かったという顔つきである。おフサには五言絶句とやらいうのはほんに苦手というより縁がないのであるが、御前様は老人の常で、相手かまわず話をつづける。

――ある日のこと、あれがうかん顔してちいとも誘いにのってこんのでな、どないかしたかと問うと、寺子屋で孟子の輪読があたっておるのが気にかかると言うのじゃ。学校へ上がるよりも前のことやった。ほんならついでのこと、わしの前でいっぺんやってみるかと言うと喜んでな、短い着物のすそをけたてて床の間の本箱に駆けよって背伸びして中をのぞきこむ。

――アッ、孟子がない。このあいだ来たとき、経書、歴史、詩文と仕分けして片づけてやったのに、順序を狂わせ、人の半日の苦労を無にしてからに。

とは、子どもに似合わぬ、きびしい口調であった。老人はあわてもせず、

――はてさて中庸と孟子は人に貸したのであった。かまわぬ。貸せばかえらぬものとき

めておる。

と答えた。すると芥子頭はまだ本の箱の中に首をつっこんだまま言い返す。

——ならば四書揃えて貸すがよろし。端本《はほん》となれば困る。双方とも。

御前様はおもわずもった扇子で芥子頭をポンとたたいた。ふりかえる子どもの目は、何をする、と無心に問うていた。

——これじゃからかなわぬ。お前が損じゃ、相手が泥棒じゃというところはすっとばして、端本となれば双方の無駄じゃからとね。一本も二本もとられた。うちこんだ奴の方では、お面にきまったということさえ知らんというわ。末恐ろしいとはあいつのこと。

老人は、学校へ行きだしたトシが、寺子屋時代の四書五経の他に頼山陽の『日本外史』、ミル著小室信夫訳『自由之理』、福沢諭吉著『学問のすゝめ』、同『西洋事情』『世界国尽《くにづくし》』など、つぎつぎと読破して、目ざましい勢いで話題をひろげてゆくのを眺めるのがたのしいのである。

——だが、あれはようない。特試だとか天覧とか、俊秀児かなんや知らんが、博覧会(9)のダチョウの卵か、寺町の見せ物のオランウータン並みの珍獣に仕立てられてどうする。

ダチョウと自分で言った老人はとたんに、トシが「鳥ノ最モ大ナルハ駝鳥トイフ　馬ノ如シ　最モ小ナルヲ蜂雀ト云フ　蜂ノ如シ　共ニ外国ノ産ナリ」と博物の教科書を諳んじてきかせたのをおもいだし、ひとりで笑った。

――あれにはあれの運がある。

おフサは神妙に老人の独り言をきくふりをした。

小松屋のおタカ

御前様のところでおもわぬひまをとったが、ようやく薬袋をしっかりにぎり、風呂敷包みは背中にしょいあげしょいあげして、おフサは小松屋岸田のある路地の入口についた。

路地に入るところで、角の米屋さんの内儀がひょいと顔をだし、フサのあいさつに答える。

――はあ、ええお日よりで。まあ、あんたさんもせいだいおきばりやす。小松屋の茂兵衛はんは、さいぜん帰らはりましたわ。ほいで、もいっかい出ていかはりましたえ。おタカはんはいやはるみたいや。

路地の出入りをそれとなく見張るのは、表に店を張る家持ちの役目でもある。路地奥の小松屋は、たずねてくる人がひきつづくかとおもうと留守も多く、気になる家なのである。悉皆屋おフサは日に一度どころか二度も行ったりきたりするので顔をおぼえてもらっている。

茂兵衛はんはお帰りか、そいでまたおでかけとはえらいこっちゃな、とおフサはちょうどよい間を計ろうとするかのように思案するが、考えなおしてそ知らぬ顔で入ってゆく。

――ごめんやして。ちょっとかんにんどっせ。おぶ(湯)一杯よばれます。えらい汗かきましたわ。けどやっと間にあわせましたよって見とおくれやす。おタカさん。

後ろむきになって荷をおろしたとたんに、わざと調子を上げた声を立てている。

入ったところの部屋に小机をおき、墨箱をひきよせて座っているおフサと同じ年頃の女がいる。薬袋をうけとると、かるくおしいただく動作をして奥へ入り、かわりに盆をささげて出てきた。

見まわせば、家の中には、旅の荷らしいつつみが、まだ解かれずにおかれ、一束の書きつけが小机の上につまれている。

旅の土産らしい餅菓子をつまんで渋茶の接待がすむと、茶器は用心深く片づけて、おフサの仕上げてきた反物がたたみの上にひろげられる。

反物の端には、渋札がついているのを、おタカが読んでいる。渋札には、甲二〇五と番号が入り、藍下、甲州黒、五ツ紋、三つ割葛《くず》とおぼえが入っている。渋札には柿渋がひいてあるので水にくぐり、染料につけられても、めったにちぎれない。

万が一これがはずれると、たくさんの品のあいだにまじって行方が知れずになるのだが、そのときにはもう一つ、よりこみというものがついている。渋札をよって太いこよりにしたものが黒く染まっているが、ほどくと、甲二〇五番という番号だけがあらわれる。

番号は、おタカの手元にある帳簿に記入されており、染めについての注文がこと細かに記され、仕立てに出すときの寸法も控えてある。おフサは小という字を丸でかこんだ小松屋の符号だけを見おぼえていて、染屋からひきとってくる。後の整理はタカがする。

悉皆屋おフサは一方で染屋とその下職の人たちと関係をたもち、他方で呉服屋とつながっている。呉服屋岸田はどうなのか。

悉皆屋と呉服屋は、もともとはっきりと区別がつきがたい関係にある。お得意さんの必要と好みを直接にこと細かに受けて、染めその他の注文をききとどけるのを誂《あつら》え悉皆といい、これも素人得意を相手にする素人悉皆と、呉服店を得意先として誂え染めをとりあつかう通称、玄人悉皆とがある。

京の町に出入りの得意先をもち、他方で小松屋岸田の用を足しているおフサは、さしずめ素人悉皆に毛が生えたような存在である。いや、店をもたないから、むしろかつぎやはんと呼ばれる。

他方に、地方の取次店や呉服商、あるいは直接のお得意をもっていて、京の呉服反物をおろすので特約悉皆とか外交悉皆とよばれる商売がある。岸田茂兵衛の例の判取帳からみると、茂兵衛は地方まわりが得意であった。当時の京都の呉服おろし商が決して自分では出向かなかったような遠い地方へ通っていたらしい。また、京の都はとくに古着が集まるところであり、需要は地方にあるから、茂兵衛が需要に応じて品物をはこんだことも考えられる。得意先に婚礼でもあると、親戚一同の晴れ着まで注文をきき、ふくさ、風呂敷と、こと細かく整え、舟一そうの荷物を運ぶということもあり得た。

もっと大きな仕事としては、前もって先ざきの流行をみこして、たくさんの仕入れ染めをこしらえ、地方の呉服店におろし売りをする仕入れ悉皆屋があり、これは投機性の非常に高い商売であった。茂兵衛も大きくもうけたが、一代で店をたたむなど損もしているのではないかとおもわれる。

なお、地方まわりをする京の悉皆屋は、悉皆とは決してよばれず、呉服京染め屋さんあるいは京の呉服屋さん、染物屋さんで通っていた。岸田の住所印は、京都、松原東洞院東入、呉服太物類、小松屋茂兵衛、丸に入った小の字のマークも入っている。

なお、京染呉服悉皆の、分業が複雑に入り組んだ一大集団の中で、京の老舗は、誂え悉皆のうちのそれも玄人悉皆であり、長年とりひきのある呉服屋とつながって、京の中心地で堅実な信用を誇っている。地方を転々とする外交悉皆には、茂兵衛のような新入りの割りこみが可能で、浮き沈みがはげしかった。そして、悉皆にはもともと仲介業の性格が強いから、おフサのような小規模のかつぎ屋さんも、小まわりがきくところが重宝がられて、必要とされているのである。

しっかい、しそうばい(悉皆四層倍)
くすり、くそうばい(薬九層倍)

という京の戯れうたは、悉皆業は、なんやらわからん草をせんじて売りつけてもとの九倍はとる薬屋ほどではないが、けっこうようもうけはる、という意味である。

小松屋のお夕カはくりだし帳をひろげ、渋札の番号甲二〇五番の項にくわしく書きこんである注文の内容と、反物のできあがりとをみくらべている。請け負いでひきうける仕事であるから、紋付きの五ツ紋の希望が三ツ紋になっていたりのまちがいでもあれば、すべて弁償しなければならない。染めむらのような細かい難《なん》も、工程のあいま、あいまでおフサが気をつけているのだが、ここでお夕カがもう一度、総点検をしているのである。

——よう上がってます。えらいせいた仕事をお頼のもうして、すんまへんどした。

——紋の上絵師はんは、今日の今日いうて、やってくれはりましたわ。これ、仕立てはどないしまひょ。

——なんでも、お師匠すじに重い病人がおいでやすそうで。一月もたんというお医者の見立てやそうな。もしも、に備えての喪服やから、仕立ての方も、いそぎのいそぎでおたのもうします。

お夕カは、また覚えをとりだして、仕立て上がり寸法を書きだしている。

——着丈、背より三尺八寸。ゆき一尺六寸。後身巾七寸五分。前身巾五寸八分。おくみ巾四寸。おくみ下巾一尺九寸。袖丈一尺五分。袖巾八寸五分。袖付六寸。袖口六寸。衿巾一寸五分のバチ衿。

おフサの方は耳できいて、空でおぼえる。着る人は、可愛いらし背丈のお人で、細っそりやな、とおもいながら。

お夕カは、反物を巻くと、ふと思案顔であったが、旅の荷の方をみやると、決心したように言った。

——おフサさん、寺町によって、茂兵衛に、紋付きはまにあわしますて、仕立てに出すこと一言伝えてやっとくなはれ。ほいてから、今日は、これ、さっそく整理せんなりまへん。手伝うてもらえますやろうか。夜なべ仕事になりますのやけど、序の口だけつきおうとくれやす。明日まわってもらうとこの仕事は、すぐ書いておきますさかいに。

——よろしおす。どうせ、今日は三条へ用がおすさかい寺町はついでや。そや、三条へ行ったら、彦兵衛はんにはどない言いまひょ。なんぞご用おへんか。

——奉公してるのやさかいに、そうそう遊びに来いとは言えしません。きばるように言うてくだされ。

奥の部屋から、咳こみをおさえるこもった音と、起き上がる気配が伝わってくる。それを潮時に立ち上がった夕カが言う。

――さいぜんいただいた薬をトシにのましエます。季節のかわり目というのがいつもようない。ほいでもおかげさんで、こんどは直りがはやい。筍もおおきにありがとさんどす。はしりのもんいただいて。では、後ほどまた、寄っておくれやす。よろしゅう。

おフサは、また表の米屋のおかみさんにあいさつをして、松原通を東へ東へと歩いてゆく。このあたりは問屋町である。西の地方からくる商人は、船で大阪浪花に着き、淀川を三十石船で伏見まで上り、さらに高瀬川へ入るという水筋をたどって、問屋へ商いをしにやってくる。したがって問屋町とならんで商人旅館も並び、京の商人は旅館に泊まっている地方の商人をむかえて商談をする。

松原通を歩いてゆくと、南北の寺町通にぶっつかるまでに、そう時間はかからない。茂兵衛の別宅はここらあたりにあったのかもしれない。地方のお得意を京で接待するのも大事な仕事で、このあたりなら地の利があろう。

おフサが、これも路地の奥の、だが、生垣にかくれるようなしゃれた小さな家で案内を乞うている。

――いやあ、おフサはん、おこしやす。大将は、いやはりまっせ。けど、くたびれた言うて、ちょいと、一杯はいってますねん。あっこれ、もう出来上がりましたんか。おおきに、仕立てもよろしゅうに。

応対に出たのは、色白のほおを上気させた美しい女である。

なんやこれは、商売物やのうて、寺町のおひとのべべ(着物)であったのか、そんならそうと言えばよいのに、お夕カはんの、何が何でもきちっとまにあわすというのは、あれは妻女の意地であったのか、とようやくおフサにも、事の次第がのみこめた。

美しいひとは、黒の反物にさわりながら、言うている。

——心配事はあるし。大将のはなしやと、博覧会のあいだじゅうは、あんじょうもてさなならんお客がひっきりなしやそうやし。あてはほんまはかなんのんや。春の陽気とは、きもちが食いちごうてるのに。

ずいぶんと素直な人柄である。小松屋のお夕カと、寺町のおひとと、あんたはどっちの味方、と問われれば、おフサは困るかもしれない。

だがそういうことは、おこらない。お夕カはリン気のかけらもみせたことがないのである。ただ、茂兵衛が旅から帰ってくると、お夕カの口調は、ふだんにまして硬くなる。もともとがいかつい体つきで、愛想なし、人の眼をまっすぐに見すえて物を言う、上方風に染まらぬ女である。その無愛想がこうじて言葉は切口上に近くなり、言葉の勢いのままに、さっさと仕事を片づける。

今日かて何も夜なべ仕事にせんかて、数日かけて整理してもよいものを、そうはいかんのやなあ、やっぱりつきあお、どんどん焼けのときかて一緒に焼け出されたお夕カはんとフサや。

おフサは、寺町通へ来るときまって、昔むかし、親に島原へ売られかけて、恩人に助けられたときの蕎麦庵のあったあたりを通ることにしている。その時分には、寺町通と、現在の京都ではこれに平行して、四条から三条までとおっている新京極のあたりは、寺と墓地が並び、さびれた場所であった。だからおフサは、やぶれ寺のどこぞ人目につかぬ裏手で、首でもつろうか、と枝ぶりのよい樹を物色して歩いていたのだが、さすが昼ひなかではどうもならず、うろうろしているうちに助けられたのであった。

だが明治五(一八七二)年には参事の槙村正直の案で、たくさんの寺と墓地が整理され、あらたに通り筋がつくられつつあった。この通りが新京極という名になったのは、この年の末であったといわれる。はじめから繁華街にするつもりであったが、見世物や飲食店がなかなか集まらず、土地に買い手がつかないので、おもいきって土地使用は無償とし、諸国から香具師《やし》や大道芸人を集めた。集める役目は、維新前には長州の志士を助けたこともある差配の阪東文治郎という男であったという。田中緑紅叢書『新京極今昔物語』によると、新京極には松井源水直伝の独楽《こま》廻し、軽業綱渡り、手品、生人形、亀山のチョン平(あめ売りか?)、糸細工、貝細工、居合抜の歯薬、ドッコイショの張ったり、チョンガレの立読み、軍談読み、猿、犬、ねずみ芝居、テレメン油、ガマの油、ヤマアラシ、孔雀などの鳥禽類などなどの小屋がけがならんだそうである。

おフサが、まだまばらな小屋のあいだを歩いていると、

――やあ、おフサやんか。

と声がかかった。

――あれ、連三郎はん、こんなとこで何したはります。

連三郎とよばれた、なかなかの男前が、小松屋岸田の跡とり息子、トシの兄である。

――おフサこそ。ああそや、ええこと教えたろか。オランウータンて知ってるか。あそこの小屋で見せてるで。大けな猿や。ヒヒいうたらあんなんやろか。

と、整いすぎの端正な顔をわざと猿づらにひきのばし、丈の高い背を折って、長い手をひきずって歩いてみせる。やれまあ、というおフサの顔をみると、くるりと後をむき、ふところからとりだしたのは、一個のドクロである。小さいところをみると、まだそこいらに残っていた子どもの墓からころがり出たのだろうか。

――ほな、これどうや。去年の博覧会にはな、小楠公、楠木正行御幼少のときの冑《かぶと》というのんが出品されてたやろ。今年はこれどや、小楠公、十歳の砌《みぎり》のサレコウベにてござい。これでいこ。ドヤ。

連三郎独特の、あいさつであって、おフサに親愛の情を示しているのである。

京都博覧会と異人宿

新京極となる通りの終りにある、たらたら坂まで上ると、三条通となる。おフサはここからはまた東へと道をとり、娘夫婦の旅人宿へと向かう。娘のところで、今日はずいぶん遅くなった昼食をいただくつもりなのである。

東から京へ入る客は、大津より東海道の最後の道程をたどり、三条大橋に着く。今年はやはり博覧会のための出入りが多い。

おフサはもう、帳場の横の小部屋で荷をおろしている。娘からの頼まれものは、店ののれんの新調である。

――もうでけたんか。ああ、うれし、うれし。うちのひともきっと喜ぶわ。晴れがましいこと。

おフサによく似た娘は、かいがいしく膳をだし、給仕をしながら、つききりで母親のはなしをきくつもりでいる。話したいこともきりがない。この母娘は、しゃべくり好きで働きもののところが似ているようである。

――うちのひとが、いま考えてることを教えたげよか。博覧会て、毎年あって、異人さんがこないにようけ来やはるのやったら、異人宿もしょうか、やて。異人語かておぼえる、て言うたはるえ。今かて、お客さんのお国ことばゆうたらいろいろやんか。

――けど、そないに来やはるやろか。今だけのこととちゃうかいな。

明治五(一八七二)年の博覧会の[10]入場者記録は、「本邦人三一一〇三人、学校生徒女紅場《にょこうば》生徒七五三一人、外国人七七〇人」とある。

当時の外国人遊歩規定によると、外国人は下田、横浜、長崎、函館、神戸、新潟の六つの開港地と、開市地大阪以外の土地を旅行することはできなかった。そこで京都府は、政府にたいし、このたび博覧会社をつくって博覧会をひらく予定である。右は人心を開化発明するためであるから、海外の器物の出品が望ましい、会期中は外国人も入京させてほしい、と要請書を出したのであった。

こうして得られた外国人入京であったが、入京規則はなかなかめんどうであり、入京切手をたずさえてこれを示すこと、京都府以外に出てはいけない、ただし江州(滋賀県)と琵琶湖は遊覧をゆるす、とある。

外国人入京規定は、英文木版で摺られ、本文巻頭には、博覧会開催期日が書いてある。

《The opening of the exhibition to be held in kiyoto will be the 10th of the Japanese 3rd month, and it will last fifty days.》

三月十日に開き、会期五十日なのだが、明治五年はまだ太陰暦であり、西暦では、一八七二年四月十七日である。

なお、明治五年は太陰暦の最後の年であった。この年十二月三日に太陽暦を施行し明治六年一月一日と改めた。明治五年は、新旧はざまの、あわただしい年なのである。

おフサと娘が話しこんでいるところに婿も顔を出す。例の奇しき縁でおフサの娘と結ばれた青年である。代言人の息子のはずだが、こちらはむしろ無口な性格である。だがおフサにかかると、ふしぎにこれも喋らされてしまう。

——異人宿の宿主口上書というのんがあるのどす。このたび、京都博覧会へ外国よりおいでのお方は、私方にて御宿をひきうけつかまつり候。お一人前のまかないの値段は上、金四円。中三円。下二円。右の通りにござ候。日々の献立の儀は組み替えでき候。宿料もこの内に相こもりおり候。其の他はお好みにしたがい、なるたけていねいにお引き受けつかまつり候ほどに、にぎにぎしく御入来のほどねがいあげたてまつり候とかなんとか。

おフサたちが興味しんしんで耳をかたむけているその献立の中味を、わたしたちも知りたくなる。上献立は次のように書かれていた。

朝　コーヒ　棒砂糖　パン
昼　パン　サカナ　雛卵　羊のビーフステーキ　兎のシチエーソ　唐芋　精物二色
　菓子三色　果物二色　コーヒ　棒砂糖
夕　パン　ソップ　サカナ　雞のチョプ　魚のサラッド　ローストビーフミー　精
　物二色　菓子三色　果物二色　コーヒ　棒砂糖
　右の通りにござ候。もっとも御酒の儀は別段に代料おはらい下されたく候。酒品
左の通りにつき、
上中シャンペエーン　上中ブドウ酒　上中フランテン　上中リキュール酒　上中ビ

ール　シュリー　白ブドウ酒　チェリー　ジン　コンミル(11)

最後のコンミルとは、何であろうか。コンデンスミルクのことかしらん。中献立、下献立には牛のビフテキとかロースト ビーフとかある。牛肉、羊肉はどこで調達するのだろう。

『京都新聞』第一七号(明治五年二月、山名隆三氏所蔵)によると、「京都府勧業場より大坂在留レイマンハルトマン商会エ注文ありしメリケン種の牡牛二匹牝牛廿五匹牡羊二匹牝羊十二匹サンフランシスコより船中無恙《つつがなく》正月廿八日神戸着港殊に船中にて牛七匹羊五匹を産す　いずれもよく成長せり」とある。

そこで川端通荒神橋下ル、今の京大病院の敷地の一部と元の京都織物会社の敷地の一部あわせて二万九千坪に「牧畜場」がつくられた。記念碑によると、「明治五年二月本場を鴨東に開き独逸人ジョンスジョンソンを雇ひ以て農牧の務に従事せしむ」。

ところで、当時の人びとは、牛肉を食えば顔が赤くなる、牛乳をのめば黒くなると信じていたので、牛乳が売れずに余り、練乳をつくったそうである。

旅人宿の主人は、「英学必携」という木版印刷の小さな辞書まで買いこんでいる。縦文字ではなくて横文字であるということも、一同にとっては珍しい。

——小松屋のトシさんは、中学校いうところで、やっぱしそんな横文字を習うたはるらしい。おもしろいて。

おフサがそんなことを言っている。だがそのうちにも、旅人宿の仕事がいそがしくなる夕刻が近づく。

男衆の彦どんが呼ばれて、ちょいとそこまでおフサを送ったって、とたのまれている。彦兵衛は、小松屋トシの従兄である。小松屋岸田の茂兵衛の兄、清八郎の息子であって、但馬から小松屋をたよって出てきたのを、フサの娘夫婦があずかっている。

フサは帰り途ゆえ身軽なのであるが、岸田からの言伝てがあろう、と娘夫婦が気をきかせて、彦兵衛に送らせている。ところがその伝言というのが無い。

――おタカはんが、ようきばりて。それから休みの日には寄りて。

おフサはあずからなかった伝言までも伝えるのであるが、彦兵衛にはわかっている。

――おおきに。けどほんまのこと言うと、わしはおタカおばはんとこは苦手やねん。あの夫婦はいつかて、互いにしのぎをけずって競争で商売してるわなあ。そやからよそにでけんようなこともしでかすのやけど、ねき(そば)で見てると息がつまるわ。豊岡のわしのおやじは、ほとけの清八郎ていわれてる。おなじ兄弟やけどおじきみたいにすすぎる(鋭すぎる)人やないねん。

――そやかてあんた、トシさんとは仲がええやないの。

――なんの。あんなしゃくにさわるおなごておらん。わしは、あいつらがどんどん焼けのあとでしばらく豊岡に帰っとったころ、同じ寺子屋に行かされてたんやで。そやけどチビで女のくせに、ようでけて、先へ先へと進みよる。こちらは面目丸つぶれや。おもろなかったな。それに頭のかしこい奴というのは、何やこう割り切って物言いよるやろ。おタカおばはんなんてみぃな、わしなんか行くたびにあっちをすっぱり、こっちをすっぱり切られっぱなしで、あれすかん。

彦兵衛は、あそこの家のもんで気ぃ合うのは、連三郎の兄さんだけと言う。おフサは彦兵衛と別れると、帰りにもう一度、寄ってといわれたとおりに再び小松屋へ向かう。

「今般博覧会中諸人の往来を保護すべき為め三条四条五条の三大橋の東西に二つ、通計十二洋風ガラスばりの灯台を建築し毎夜日没一字〔時〕後より日出一字前迄彩《あや》光《ある》の点灯を京都府より出さるる由(12)」

おフサは街灯が点るという三条大橋をながめているが、あたりはまだ明るく、春の日はなかなか暮れそうにない。

小松屋の夜なべ仕事

小松屋のある路地の入口に着くと、お米屋のおかみさんは、また夕方の門掃きをしている。おフサにすれば、今日はこれで三度目の顔あわせである。だがこの関所はよけて通るわけにはまいらぬ。

――あれま、おフサさん。朝から何べん行ったり来たりやの。ごくろうさん。茂兵衛はんとこ、何ぞあったんかいなあ。それとも、寺町のおうちの方で、あんじょう養生しといやすか。

こうしてあっちゃの話は少しまちごうてこっちゃへ、こっちゃの話はあっちゃへと移され、とくに不幸な話ほど早く伝わる。だが気にすることもないのである。聞く方は聞く方でじっくりときき分け、時間をかけて見ている。自分に関係のない話はおもしろがって尾ひれもつけるが、我身にひきつけて考えるときには、そうそう判断をあやまらない。千年の都の民は気が長いのかしらん。

ようやく小松屋岸田までたどりつくと、門先まで、暖かそうなよいにおいがただよっている。土間との境の障子が白々と明るいのに、おフサはおどろかされた。

——ああ、まぶし。これ何どっしゃろ。

——ランプは、器財の類にして、ビイドロにてつくり、石炭油を注し、火を点《と》むれば、行灯《あんどん》より明きこと十倍なり。お父さんが、大阪で買うたランプであります。

と、おフサに答えたのが、小松屋のトシである。細い首に真綿を巻いているところはまだ病人らしいが、父親の土産が気にいったとみえて、目が輝いている。

——明るすぎて、障子のすすけたのがようわかるし、においがきついし。

母親のおタカは顔をしかめてみせているが、実はランプは気にいっており、今日は夜なべがたのしみである。

——若筍をもったいないのやけど、トシが筍腐汁なら食べてみるゆうさかいに、こさえてみました。おフサさんもどうぞ。

おフサは、油もんが食べられるのなら、子どもの病気はよくなったのだ、とほっとする。母親はトシとおフサと自分の三人分の膳を出している。茂兵衛と連三郎は帰りそうにない。

筍腐汁は、たけのこをこまかく刻み、豆腐といっしょに油でいためて、だしを加え、汁にしてつくる。筍がナスその他の野菜とかわればケンチン汁となり、いずれも精進料理として伝わる。岸田俊子は晩年まで、筍腐汁が好物であった。

今日の筍は、おフサの持参である。上京の坂上富貴の家へも置いてきた。いまごろは、頭痛もちの母親がそうろと起きだして、筍と蕗の炊き合わせでもつくっていることであろう。

夕食が終ると、タカは洗い物を片づける。トシは小机を出して、母親の夜なべ仕事の手伝いのつもりで墨をすりながら、昔話をねだる。

岸田トシの母親タカは、観世縒《かんぜよ》りの手は休めずに、昔話のときにかぎって京ことばとは少々ちがうことばで語る。

——但馬豊岡の近在に、たいそう猟の好きな男がおっただ。ある日のこと、鉄砲をかついで出かけると、田んぼの中に白い鳥が一羽、羽をたたんでひそっと立っておりやした。

男は得たりとばかり肩の鉄砲をおろし、ねらいさだめてズドンとうつと、鳥はパタリとたおれる。近づいてみて、鳥に頭が無いのがふしぎであった。

その次の年、たまたま前年と同じ月、同じ日、おなじ場所で男はまた白い鳥をみた。ズドンとうつと、パタリとたおれる。近づいてみると、こんどの鳥はつばさの中に死んだ鳥の首をかくしておっただ。村びとの言うには、昨年の鶴は雌の鳥、今年の鶴は雄であろう、妻を失った悲しさのあまり、自分から妻の死場所へやって来て命ちぢめたあわれ。

その後、鉄砲男は日に日に家産を傾け、ついには詐欺をもって他人の財産を奪おうとした悪事が露見し、獄裏の鬼となったということだった。

鉄砲男が捕われた日、たまたまわたしの知り人が男の家に居合わせたんで、見て来たことを語ってきかせた。昔は番とよばれる役人がいた。つねには人と列することのできぬ賤しい身分とされていたが、一朝、人が罪科を犯すと、捕吏としてさしむけられるのでおそれられておった。

その日も番は鉄砲男の屋敷へ来ると、しきいのところで身をかがめて、時候のあいさつをしたそうだ。鉄砲男はおちぶれたりとはいえ、村の旦那株をもって重んぜられておった者だから、そのときもいかにもえらそうな顔をして、「ああお前か、何しに来た」。番はしばしなおもいっそう身を低くしておったが、ひらりと立ち上がると男のそばに寄

り「御上意」とさけんだ。男の一変して悄然たるさま、忘れがたしと、見た人は何度も言うておりました。(13)

タカの話が終ると部屋はしずまり、ランプの芯のこげる音だけがジイ、ジイとする。

トシは、母親の話に心をみだされるわけを考えている。前年、一八七一(明治四)年には賤民解放令が出された。子どもたちは学校で「天は人の上に人を造らず、人の下に人を造らず」と習っている。だが人が人外の人をつくることはなくなったか。「御上意」はなぜ、かくれみのを使うのか。

トシはやがてこれからの旅で運命の逆転を知る。人びとからねたまれ、あわれまれ、そしておそれられるであろう。自分の痛みがあるときはじめて他人の悲しみがわかる。だがまだ何も知らぬ娘は、今はただ、ゆらめくランプのほのおを見つめるばかりである。

――さあさ、こんどはトシさんが学校で教わった話をしやはるのやろ。きかせてもらいまひょ。

おフサにうながされると、トシは我にかえり、火鉢のふちに手を置くと、おもいだすようにして学校ことばで話をはじめる。炭火がいこっている火鉢には鉄びんがかかって、シュンシュンと湯気をたて、のどに心地よい。

――ある富有の家に女の子が生まれ、かおかたち申し分なく、玉の如き子なれども、生まれつき眉毛なし。八、九カ月もたち、前歯一、二枚ずつはえけるに、その色黒し。なおまた半年をすぎ、一年をくらすうちに、上下の歯もはえ揃いしに、いずれも墨にてぬりたるよう。両親は人しれず心を悩ませしかども、なお親の欲目にて、眉毛はともあれ、歯ははえかわるとき必ず人並みになることならんと七、八歳のころまで育てあげ、初生《うい》歯《ば》のこらずぬけかわりしに、両親の案に相異し、二度目の歯も墨のごとくうるしのごとし。

光陰矢よりもはやく、はや十四歳の春に至り、あいきょうもこぼるるばかりの娘盛りなれども、ただいかにせん、歯と眉毛なり。近所の人々も今はこれをみのがしにせず、あの親たちは金持ちなれども近所の人が借金かえせぬことわりを言いに行きしに、いかにもふくれつらして白い歯みせたことなき因果にて黒い歯の娘を生みしならんなど、出放題に嘲り笑うもあり。

かくて年月を経るに従い、不思議なるかな、世上にて娘の評判うすらぎ、二十歳ばかりの年に至りしかば、一人として噂する者もなきゆえ、両親も心の中に悦び、然るべき婿を求めてこれに家をゆずり、彼の娘、一家の細君となり、お歯黒の仲間入りし、年来の心配消えて跡なかりしとぞ。実に不思議なるは日本国の婦人なり。髪を飾り衣裳を装いながら眉をそり歯を染め、天然に具りたる飾をば打ちすてるとはあまりに勘弁なきことならずや。まして身体髪膚は天に受けたるものなり。みだりにこれをきずつけるは天

の罪人ともいうべきなり。(14)

——進歩先生はえらいえげつないたとえ話、考えよんな。

と口をだしたのは、いつのまにか帰ってきた連三郎である。この自称半端者は、福沢の用いた残酷な比喩の中に、五体満足な者中心の物の見方があることをよく見抜いている。なお、しばらくして当時の新聞に次の投書があった。

「福沢氏先達て『かたわ娘』と云ふ書を著わし婦人のかねをつけまゆをそるを諷して嘲笑せり。然るに西国の婦人はみみたぶに孔をうがつて環をたる。(15)或はあしのうらを小にせんと欲し靴履て堅く縛るあり。笑ふべきの至りなり」

処変われば品変わると言ったのは福沢諭吉だが、投書氏のしっぺ返しもなかなかのもの。

明るいランプの光の下でしんとしずまりかえった空気をまぜかえすように、連三郎の笑声がはじけた。

——おトシの習うてきた話、たとえがすぎて、正体まるだしや。わての話もきいてんか。こっちゃの方がむずかしいで。

連三郎は、ランプの光がまぶしそうに顔をしかめ、わるさしいの様子である。

——昔むかし、京の都に、清徳という聖《ひじり》がおいでたんやそうな。母親が死ぬとひとりで棺をかついで愛宕山へもってゆき、四つの石の上に棺をおいて、昼も夜も、何も食わんと、一時も寝んと、ひつぎのまわりをめぐりもってセンジュダラニを誦えて三年も過ぎてしもうた。三年目の春の宵、夢かうつつか、ほのかに母の声がして、お前のダラニのおかげで、女人にはでけんという成仏がでけたときこえたんで、仏を焼いて骨にして葬って里へ下りはった。

道のはたの田んぼに水葱《なぎ》がぎょうさん生えてるとこに通りかかると、三年のあいだ何も食わなんだことおもいだし、水葱を折ってはむずむずと食い、むずむず、むずむず。とうとう三町歩の水葱を平らげてしもうた。田の持ち主はあまりのことにあきれて怒りもできず、白米一石を炊いて食わすとこれも、ペロリ。

おどろいた田の持ち主が大ぐらいの聖のことをそこいらに触れて歩いたんで噂はひろまって時の右大臣の御殿によばれることになったんや。

右大臣が清徳をむかえると、清徳の後から骨と皮にやせこけた餓鬼どもがウジャウジャウジャウジャついてきよる。ところが亡霊どもは並みのもんの眼にはみえん。御殿では一石の十倍の十石の米を炊いて、いろいろな器に盛って接待したけど、清徳やのうて、ほんまはぎょうさんの餓鬼が飯にとりついてすっかり平らげてしまいよる。並み居るもんはおどろいてこれを見ておるが、右大臣だけは、あれだけの餓鬼を養う清徳はまことの聖とばかり感じ入り申した。

さてと、さすがに腹のふくれた清徳と餓鬼どもが御殿を下がって、やっとのおもいで四条の北の小路までくると、腹が苦しゅうてならん。ここでたえきれず、ビリビリ、バリバリ、ドサリドサリと、一面うず高うに糞の山。そこで小路は糞の小路と名がついたんやけど、聖の残しもんやさけもったいな、いうて錦の小路と名を変えた。京のお台所、錦市場の名前の由来は、これにておわり。

連三郎がした話は、『宇治拾遺物語』に載っていて鎌倉時代から伝わる。遊びもんの連三郎には学がある。

おトシは袖に顔をうずめて笑っている。おフサは大口あけて笑うている。おタカは顔をしかめ、鼻先を手であおぎながらそれでも笑いをおさえかねている。夜に声たてて笑うていれば、近所からまた何といわれるやら。

——さあ、遅うなるで。わてが送ったる。

と連三郎が言うので、おフサはおタカにたのまれた明日の仕事をとりまとめて、また風呂敷にくるみ、手順をくりかえし頭の中に諳んじる。

おタカの方はこれから、茂兵衛が商用の旅にでてとってきた注文の数々を帳面に記入し、それぞれ、どの下職《したじょく》へおろすか思案をはじめるのである。悉皆屋や呉服屋は下職の一つの職種について、たいてい三通りくらいの職人を抱えており、上等の仕事、いそぎの仕事、部分の難しい仕事など、どこへまわすかを考える。仕入れた品の売り先についても、あそこであかん時にはどこへまわす、とやりくりの算段はあらかじめ腹の中に入れておかねばならぬ。

地方との取引の場合にはまた、越後向き、長崎向き、徳島向きなどといって、地方ごとに色調が微妙に異なり、押えには赤糸を用いねばならぬ土地、黄糸でないとおさまらぬ土地など、それぞれのならわしを心得ておかねばならない。それと共に、都の流行というものを少しずつ説得し、広めることも要る。茂兵衛が請けた注文を、おタカが相手の注文以上の品に仕上げて渡そうという意気込み、これが甥である彦兵衛の言う、しのぎをけずる競争なのであろう。茂兵衛の方はどうやら、今夜はおタカが新しいランプの光の下で夜なべ仕事をすること承知で、家へは帰らぬつもりらしい。

おトシは父親が旅のあいだ、こまめにつけている道中筋泊り舟賃渡し判取帳を整理し、算盤を入れる。ちょうど学校で地理をならうときには、日本地図草紙という掛図が壁にかけられる。トシは父親の旅の道筋を地図の上においてみると、よくわかる気がする。母親は娘に、得意先へのちょっとした手紙を口述して書かせることもある。その宛て先の遠い国の地名や名前からいろいろと想像をめぐらすのも楽しい。

連三郎に送られて吉祥院村へ帰るおフサは足もとをちょうちんで照らしている。町ごとに常夜灯一つさみしくともる京の町である。だがびいどろとうろうは、三条、四条、五条大橋のつぎには八坂新地にともり、この年の終りまでに各町につけるべしとのお達しが下っている。

連三郎が言う。

——なあおフサはん。さっきのトシのお歯黒旧弊のはなしも、ちょんまげ切るのんもええのやけど、長いこと不自由しといて、変わるとなるとなんでまた揃うて精出しすぎになるんやろ。淀川早船て知てるか。博覧会につき西洋造りの屋形船がでけたんや。速きこと夕の七時に伏見を発すれば同夜十二時に大阪高麗橋につくやて。

おフサはフンフンとうなずきながら歩いている。さすが長い春の一日も終り、おぼろ月夜である。

第二回京都博覧会

さて、おフサたちがさかんに噂をしていた明治五(一八七二)年の第二回京都博覧会は、三つの会場にわかれ、出品物は全部で二五〇〇点であった。前年は骨董品がほとんどであったが、この年は龍吐水(ポンプ)などのカラクリ(機械類)や、各地産物がふえている。知恩院会場には、生糸、染糸、西陣織物、絹、麻、綿布などが呉服物類としてまとめて展示された。

京都に一年おくれて東京においてもこの年、第一回博覧会がひらかれた。

悉皆屋おフサに、京の町の流行をたずねると、

——秩父縞の銘仙がおおはやりえ。つねぎ(常着)に一枚どうどす。長羽織もはやってま

すのえ。丈が二尺七、八寸もあるんどっせ。しゃれもんは、コウモリ傘とシャッポとクツそろえはる。

と、教えてくれる。連三郎は、

――ちょんまげは、遠国者て、言われたはりますわ。なんせ、ジャンギリ頭ヲタタイテミレバ、文明開化ノ音ガスル、いうんが当世風やさかい。料亭さびれて、牛店が大当たりや。

などと、しゃべっている。

洋風流行は、やはり英語通弁六名、仏語通弁二名をやとって国際色をだした博覧会のせいであろう。洋風、洋風、洋風と草木がなびくので、いったい博覧会は西洋人のために開いたのか、という声も上がっている。

博覧会社は批判にたいし、これからの商売は、万国が相手なのであって、「彼国へは此品をうりだしせん、彼品は此国よりつみいれして益あり」と考えねばならないと答えた。「知識の開けぬは見聞の狭き故なり。よって見聞を博めさせんと、縦には千古、横には万国の物品をしゅうしゅうして此会場を開きしなるべし。さすれば此会場は、知識を博むる学問所、開化に進む段はしご[16]」だそうである。「半日の遊目は十年の読書になお勝る」。

この年はじめられたのは、他に、集書会社つまり有料図書館。京都は勉強、勉強の年であった。なにしろ遷都により、御所と諸藩御屋敷の御用達で生業をいとなんできた百司百工がいっぺんに失業したのである。もう公家もサムライも当てにはできず、町衆は自分たちで活路をさがさねばならない。

福沢諭吉と京都の小学校

初期の京都博覧会を形容して、「狂瀾怒濤に乗入れた、悲壮産業維新の一棹」[17]とは、いかにも明治調で大げさである。だが、東京遷都の後の京都は、じっさい死か生か、退けば手をこまねいて死を待つに等しい、とまで思いつめて、自力更生を誓っていた。

当時さかんに一身独立を唱えていた福沢諭吉は、したがって明治五年の京都とは無縁ではなかった。京都府は文部省によって学校教育法規がつくられる以前に、独自の学校制度と課業表をつくった。教材の中には福沢の諸著作の他、ウルセー著西周訳『万国公法』、加藤弘之著『真政大意』などが含まれている。[18]このとき相談にあずかったのはよほど博識の人、福沢諭吉あたりではないかという説(『京都府教育史　上』)もある。

とにかく小学生たちが学校で福沢の『世界国尽』や『西洋事情』を教科書にしているだけではない。当時の『京都新聞』第二五号(明治五年四月)の付録は、『学問のすゝめ』第一巻である。この本の中で福沢は万人平等を唱えると同時に、立身出世を説いたのであった。

その福沢諭吉は、明治五年五月一日、博覧会開催中の京都を訪れ、三条御幸町《ごこまち》の旅館松尾に、しばらく滞在している。博覧会だけでなく、京都府下の小、中学を視察するのが目的であった。彼が書きのこした「京都学校の記」のおかげで、わたしたちは、この年の西京の子どもたちと、学校の様子をくわしく知ることができる。福沢は書いている。

「学校、朝第八時に始り午後第四時に終る。科業はいろは五十韻より用文章等の手習、九九の数、加減乗除、比例等の算術に至り、句読は府県名、国尽、翻訳の地理、究理書、経済学の初歩[19]」

寺子屋の時代には、読み書き算盤の三業を学び、四書五経など漢籍の素読を習ったのであるが、明治の小学校では時代にふさわしい新しい学問が必要である。福沢は『学問のすゝめ』の中で、わかりやすく説明している。

「地理学とは日本国中は勿論、世界万国の風土道案内なり。究理学とは天地万物の性質を見てその働を知る学問なり。歴史とは年代記のくはしきものにて万国古今の有様を詮索する書物なり。経済学とは一身一家の世帯より天下の世帯を解きたるものなり[20]」

西京の子どもたちは、明治のはじめに、このような勉強をしたのであった。小学課業表つくりに福沢諭吉が参与したのが事実なら、福沢はこの年、自分の原案がどのように実現されたかを見に来たということになろう。

福沢はまた、次の点に大いに共感をよせるのである。

「小学校の教師は官の命を以て職に任ずれども、給料は町年寄の手より出るがゆえに、其の実は官員にあらず、市井に属する者なり」[21]

福沢自身に、民間学校をつくろうという長年のこころざしがあったので、京都でこれが実現されているのをみて「そのよろこびあたかも故郷に帰りて知己朋友に逢ふが如し」[22]という感想なのである。じっさい慶応義塾は、京都にも開校したのであるが、これはすでに中学校が出来ていたため、生徒が集まらなかったようである。

その中学校についても、福沢は五等五年間の小学校を修了したもののためには中学が用意されているが、「但し俊秀の子女は未だ五年を経ざるも中学に入れ、官費をもって教ふるを法とす。目今《もっこん》、此類の男子八人女子二人あり。内一人は府下髪結の子なり」[23]と書いている。

岸田俊子は、明治四年に俊秀の子として官費で中学に入れられたのだから、[24]福沢のこの文章の後に、「もう一人は、下京、呉服屋の娘、小松屋トシなり」と説明をつけ加えてもよいのである。

中学は四カ所に分かれ、外国人教師が英語、フランス語、ドイツ語を教えている。福沢はこのうちとくに「英学女紅場」に注目し、「華士族の子もあり、商工平民の娘もあり、各貧富に従って紅粉を装ひ衣裳を着け其装、潔くして華ならず、粗にして汚れず、言語嬌艶容貌温和、ものいはざるも臆する気なく、笑はざるも悦ぶの色あり、花の如く玉の如く愛すべく貴ぶべし(25)」と手放しでほめあげている。この花のような子どもたちの中に、岸田俊子はいたのか、いなかったのか。

京都の春は博覧会とともにめぐり来るならわしとなった。春と秋の小、中学校大検査も年中行事となる。

一八七三(明治六)年より、博覧会場は御所ときまっている。陶器などの出品物についての品評会がひらかれ、輸出のための研究がなされている。子どもたちの大検査の会場となる中学校は最初は二条城、ついで一八七三年より現在の府庁のある場所へ移された。

京都の町は変わりつつあるのだ。第一、坂上富貴が番組小学校に通っている。とうとう父親の黙認ということになったのである。手習いの素地があるから、毎月の小検査の成績は良く、父親はそうでなければ承知せぬ、という風である。そして、坂上富貴は、試験場で、乳姉妹の小松屋トシに出会った。

大検査の日

中学校は、京都の小学校全体の取り締まり所を兼ねていたので、春と秋の大検査のときには、市内から数百人の生徒が集まる。

大検査の日、坂上富貴は朝早くに、母親の切り火(出立の清めのために火打石と火打金を打ち合わせて出す）で送り出されて、中学校へ向かった。

富貴の母親は、まるで夫にたいするあてつけのようにみえるほど急速に、町家の習慣になじんでゆく。解き端縫いの要領もなんとか覚えたらしくて、仕事をもってくる悉皆屋おフサが一々、手をとって教えるということも少なくなった。

このあいだ富貴は、母親があごの下にあてて何やら寸法の思案をしている物指しに、いつのまにか、まじないの歌が書きつけてあるのを見つけたばかりである。

あさひめのおしへはじめしからころも

たつたびごとによろこびぞます

あれはいったいどういう意味のおまじないなのだろう。母親は解き屋、縫い屋の本職になろうとする決心を書きつけているようでもある。

中学校に近づくにつれて、今日の大検査のお連れの数がふえてゆく。上京からも下京からもやって来るので、服装はさまざまである。兵児帯《へこおび》しめて前垂れだけ新しいハレ姿は、下町の子どもたちである。同じ下町でも、男衆、女衆のお伴をつけてやってくるいとはんもいる。流行のコウモリ傘の一団がいる。稚児髷がいるかとおもうと、まるでその親の年齢の茶せん髷がまじる。

男もまた、はかまはおりあり、洋帽洋靴あり、教師よりも年かさの中年の生徒もいる。種々様々な服装と年齢の生徒たちが、続々と新築できた仮中学兼学務課の正門をくぐってゆく。門の左右は青く塗った鉄のかざり柵が美しい。中央の堂まで、石が敷かれており、正面に修成所という額がかかっている。五間四方の堂の四面には溝がめぐらされている。白壁にはまっているガラス窓は朝日を映して、生徒たちの目には瑠璃宮のようにみえた。正面には幕が張られ、金泥のついたてが、めぐらされているのも晴れがましい。

ドーン、ドーンと打ちならされる太鼓の音を合図にはじまる大検査は、たいへん大がかりなものであった。なにしろ知事参事が終日、会場に詰めているのだそうである。

大検査とよばれていた試験は、句読、暗誦、習字、算術の四科について行われ、第五等から第一等までを上ってゆく仕組であった。

アイウエオ五十韻を唱えている子どもは、暗誦第五等の試験をうけている。

教師――畿内五カ国の名は何ぞ。

生徒――山城、大和、河内、和泉、摂津なり。

教師――山陰道八カ国は何ぞ。

生徒――丹波、丹後、但馬、因幡、伯耆、出雲、石見、隠岐なり。

教師――南海道六カ国は。

生徒――紀伊、淡路、阿波、讃岐、伊予、土佐。

これは四等生である。三等生は帝号。二等生は「内国里程」を言わされている。

——京都より東京まで、東海道百四十四里余(一里は約四キロメートル)、中山道百三十六里余。京都より神戸まで山崎街道二十三里、大阪をへて二十五里。神戸より下関まで中国街道百三十三里余。神戸より長崎まで二百九里、ただし下関海上三里は除く。

一等生暗誦は「外国里程」である。

——大日本東京より米都ワシントン迄四千七百一里。英都ロンドン迄四千八百七十半里。魯都ヘイトルヒユルク(ペテルスブルグ)迄五千五百八十里。仏都ハリス(パリ)迄四千七百二十里。

外国は何と遠いのだろう。そして国の大きさはさまざまなのである。

——支那九十万五千五百方里。瑞西(スイス)二千五百五十七方里。

「人体問答」は、日常のことばを難しく言いなおすようで、子どもたちは苦手である。

教師——人身は一々分けて名称すべし。その最も大切なる部分にて何と云ふや。

生徒——首と云ふ。其次は腹背なり。其次は手足なり。

教師——胸腹の内には何物ありや。

生徒——諸臓あり、心、肺、肝、脾、膵、胃、腸、腎。

明治の人たちはヒゲの区別がやかましい。むずかしい字である。

生徒——頬にあるを髯(ホホヒゲ)という、上唇の上にあるを髭(ウワヒゲ)、あぎと(あごのこと)にあるを鬚(シタヒゲ)という。

あちらでは算術の試験をやっている。

教師――表口《おもてぐち》四十三間、裏行《うらゆき》三十一間四尺八寸の地所を、表通十間は一坪一月の地代九銭にして其余は六銭なり、此総地代一ヵ月にいくらなりや。

坂上富貴は句読の試験をうけるところである。句読とは読み方であるが、教材には四書五経の他に、町役村役心得、戸籍法、万国公法、太政官諸規則など法律も用いられる。洋学の翻訳もある。

試験官はテーブルと椅子に座り、机の右にはすずりと筆、左に書物と子どもの成績簿をおいて座っている。

――上京、第十七校、(26)士族、坂上富貴。

と呼ばれると、富貴は渡された『世界国尽』を読みあげた。

――世界は広し万国はおほしといへどおほよそ、五つに分けし名目は「あぢあ」「あふりか」「えうろっぱ」、北と南の「あめりか」に堺かぎりて五大洲、大洋洲は別にまた南の島の名称《となえ》なり。土地の風俗人情も処変ればしなかはる。その様々を知らざるは人のひとたる甲斐もなし。(27)

「上」の成績と、賞品の筆と墨とをもらって坂上富貴がひき下がったときのことであった。

――あなた。

と声をかける者がいた。ふりかえると、一人の上級生らしい女生徒がこちらをまっすぐ見つめて、

——音訓一つのあやまりなく、音声明朗。けれど、なんであないさっさと引きあげる。調子よき文は、きく者に深く感じいる間を与えるがよろし。

とだけ言うと、くるりと向こうをむいて行ってしまった。あっけにとられた富貴は、

——なんやの、あれ。えらそぶって。

と言う、隣に居合わせた華族のお姫さんの声で我にかえる。

——あれ、京ことば知らん子え。えらい派手な被布やなあ。やらし。

小声であるのに、「あんなあ、へえ」も「言うたらなんやけど」も「かんにんえ」も省いたあの物の言い様はたしかに、人の耳をそばだてさせるに十分の勢いをもっていた。中学の洋学舎の生徒はときどき助教として小学生に外国語単語を教えることがあるのだが[28]、あの上級生もその一人なのだろうか。謹んで避けるべき紫色に大胆に花を描いた絵羽染めの被布を着ていた。

——整列。

の声がかかった。今日は検査のあいだに、習字の模範をみせるのである。講堂のまん中にもうせんが敷かれ、大きな紙がのべられ、すすみ出たのが、さっきの被布の娘であったとき、隣のお姫さんが、アッと息をのむ気配が富貴に伝わった。

被布の娘は端座すると、長すぎるほどのあいだ、紙をみつめている。生徒たち、引率の教師、試験官、大検査に列席した知事、参事が、この小柄な女の子の方にしだいに注意を集め、沈黙と緊張に耐えかねて、一同がもじもじとしだしたそのとき、筆が下ろされた。筆が走る、見ているものたちのうちに解放感がひろがる。

西京、湘煙女史、岸田俊

子どもらしからぬ署名を最後に読んだとき、坂上富貴はおもわず自分の被布のかざり紐を手でしっかりと押えていた。悉皆屋おフサは、乳姉妹たちの胸に揃いの胸飾りをつけさせていたのである。あれが噂の小松屋おトシ。

京の大火、いなり焼け

子ども時分の岸田俊子こと小松屋おトシを坂上富貴が見かけ声をきいたのは、このときだけであった。だが悉皆屋おフサがいるかぎり、乳姉妹の消息はたえず耳に入ってくる。

一八七四(明治七)年五月十日、稲荷祭の日には、坂上富貴は、おフサの家に行っていた。お祭で学校が休みなら、ニワトリを見においない、とフサが誘ったのである。この年、京都では養鶏がすすめられており、おフサも吉祥院村の家で飼っていた。お祭の鮨と赤飯があるし、帰りにはおでいさまとおたあさまに卵の土産もある、と、むりやりに連れて来られた。おフサは、富貴に田舎の空気を吸わせたいらしい。

ところが汗ばむ陽気の日に上京からはるばる歩いてきて、おフサの家へ着いたとたん、どこからか使いの男が来て、おフサの耳元に何事かをささやくと、ふだん、おっとりのおフサが、えらいこと血相をかえ、老母までひきつれて、とびだして行ってしまった。

あとに残された富貴はフサの小さい家の中を一巡すると、もう何もすることがない。おフサが出かけてからすでにずいぶんと時が経ったような気がする。心ぼそい。祭のごちそうが並べられているのだが、ひとりでは、はしをつける気にはならない。

今日はまたえらい砂ぼこりの立つ日である。風は庭で小さな龍巻をつくり、縁をふきぬけてゆく。

さっきは、たいくつまぎれにニワトリのエサ箱を棒でひきよせようとして小屋にさわったはずみに、戸が開き、うろたえるまに、ニワトリが全部、ヒヨコ、ヒヨコとまよい出てしまったのだった。最初にすりぬけた雄ドリを押えようとするあいだに雌ドリたちもつづけて逃げてしまい追いまわすと、座敷へ上がって、ところかまわず糞をするには、ほとほと困ってしまった。

ようやく追いついてつかまえたとたん、ニワトリの体温が熱く感じられて気味が悪く、おもわず手がはなれる。富貴はニワトリを追いかけつづけて疲れてしまった。ようやく鳥たちの習性がのみこめたところである。そう遠くへは逃げてゆかぬものらしい。彼らは今、おフサの丹精した畑に入りこんで菜っぱをつつきまわしているところだが、もう知らぬ。帰って来ないおフサが悪い。

入り相の鐘が鳴って、かぎ慣れぬニワトリのにおいがひときわ強く鼻をうち、富貴がおもわず涙ぐんだときになって、おフサがすすけたかっこうでたどりついた。

——あれえ、富貴さん。トリが悪さしましたか。かんにんどっせ。ほれ、生みたてのお玉さん。

おフサはなれた手つきでニワトリを小屋へ追いこむと、畑のすみからまだ温かい卵をさがしてきて富貴ににぎらせた。

——えらいことやったんどす。大けな火事で。小松屋はんも丸焼けや。

お稲荷さんの祭の日の出火ゆえ、いなり焼けとよばれることになったこの火事は、前記の『末世之はなし』にも詳しい。「午の下刻、不明門通松原東角より出火、南西に焼火し候、四所に飛火して西は醒ガ井迄、南、雪踏屋町迄。申半刻に火しづまり」(29)とある。この日は風が強く、飛び火して千軒余の家が燃えたので、京都府と火出し家より、難渋人に金子《きんす》が出された。

五条大橋はこの時、普請中であったため、四条鉄橋をわたった御輿《みこし》は、その上、火事に遭って大きくまわり道をしたのであった。なお、四条大橋は近代的な鉄骨の橋にかけかえたとき、その費用を通行税でまかなったのが、人気わるく、銭橋《ぜにばし》の異名をとった。

坂上富貴はおフサからきいた、火事の後の小松屋一家のあざやかな立ちまわりの話が忘れられなかった。

——幸い、得意先からあずかっていた呉服、反物はボテ(柳であみ、渋紙をはった箱)に全部放りこんで、荷車で逃すことができましたんや。おタカはんは、ふだんの心がけのええお人やさかい。大事のもんは、証文とくりだし帳やいうて。これが助かったし、また商売ができるいうたはります。火事はどんどん焼けにもおうてるから、これで二度目や。

——おトシさんはどうしたはるの。

富貴はこのときはじめて、自分から乳姉妹の名前を口にした。

——今夜はおタカはんと、焼け跡の寝ずの番しやはります。茂兵衛はんと、連三郎はんは豊岡へ走らはりましたわ。

このとき、茂兵衛親子は早馬をやとって、茂兵衛は兄の清八郎のところへかけこみ、知り合いの寺大工にわたりをつけてもらい、連三郎は母親タカが里のこうもり屋へあてて書いた手紙をたずさえて行って金子を借りた。親子ともども、大工と職人をつれてその足ですぐさま京へとってかえしたのであった。

焼け跡地を買いとる約束で家が建ち、そのあいだ、おフサの娘夫婦がやっている旅宿が仮りの住まいとなった。

——小松屋のおトシさんは、このごろ、うちの娘の連れ合いに英語おしえたはりますわ。

旅人宿も異人さんにわかるようにフラウ(旗)たらいうもんたてんなりまへんし。

などときくと、はじめは、大検査の日の晴れ姿が焰にまかれる夢などみて、しきりに乳姉妹をあわれがっていた富貴の同情心もうすらいで、しだいに憎らしくさえおもえる。災難にあって気を張って働くあいだは茂兵衛と夕カは、しごく仲の良い相棒同士となり、遊びもんの連三郎まで、働きもんに変身するらしい。おフサはおフサで、せっせと通っては一家の世話をやく様子である。

西南戦争、西郷星と桐野星

京都—神戸間の鉄道が開通したのは一八七七(明治十)年二月五日であった。悉皆屋おフサたちは、淀川早船とよばれた蒸汽船に感心していたが、五年後にはもう、

——陸蒸気《おかじょうき》て速いえ。

ということになった。連三郎は、いとこの彦兵衛をつかまえて、

——恋の重荷を車にのせて　胸で火を焚く陸蒸気　シュポシュポ

と、教えている。

西京の子どもたちは、二月に天子様代覧、五月と六月には天覧があるというので、いく度も集められた。

坂上富貴は下等小学校を了え、この年の二月の大検査で上等小学校の八級と七級もい

ちどに上げてしまった。(30) 富貴は二階の部屋の箱階段にしつらえられている引き出しの中に、父親には内緒で、大検査のたびに貰う賞状と賞品をしまっている。

大検査の成績は、優等、相等、落第と決められていて、優等のときには桜花しおりを貰う。富貴はしおりの束をとりだすたびに、桜花しおりについている房の紫色が、小松屋トシの被布の色であったことを思い出すのである。賞品として与えられた算盤、石盤、毛筆も大切にとってある。母親は石盤と石筆をめずらしがった。石盤は西洋建築の屋根をふく石でつくられており、石筆で書いたのち水を含ませた海綿でふくと字が消える。当時は輸入品であった。

だがこの年の賞与はまたとくべつであった。「上京第十七校、士族坂上富貴、上京第二十八校へ御代見学業御覧の節の優等の賞の為、書籍料金壱円」、「金壱円、右於下京第二十四校学業天覧の節為優等の賞下賜の事」。

富貴は書籍料は母親にわたした。巡査の初任給が四円か五円の頃であるから、内職にいそしむ母親には大金である。富貴には書籍料よりも花のしおりという名誉の印によせるおもいが強かった。

そしてこの年、富貴とおなじく小松屋トシは、有栖川宮熾仁《たるひと》親王の修徳校の代覧のとき、えらばれて御前揮毫に呼ばれている。三名を御前に召されて揮毫を命ぜられ御覧遊ばさる。岸田俊子、井上泰子、山田晴子。

富貴の耳には小松屋トシについての陰口が伝わった。

——なんせ、もともと古手屋の娘やさかい、揮毫のときも衣裳が派手や。

富貴でさえ、あこがれと、なつかしさ五分、憎らしさ五分の気持である。

この年、博覧会は賑わい、新聞には京都府舎密《せいみ》局のつくった石鹸は西洋の品に劣らない、日本の産業の将来おそるべしという外国人の投書が載っている。

だが、鉄道開通、代覧をいれれば三度の京都学校天覧、博覧会景気はすべて、この年二月にはじまった西南戦争と無関係ではない。

西南戦争は遠く九州で戦われたのであるが、西京の子どもたちの学業を代覧した有栖川宮熾仁親王は、大宮ステーションより汽車で大阪へ、大阪から船で九州へという戦場への道の行き来の途中であった。親王は征討総督つまり官軍の総大将であったからである。

天皇は五月、六月の学業天覧のときの他にも何度か京都を通るが、そのときも、鉄道を使い、大阪では、九州から引き揚げて来て病院に収容されている傷兵を見舞っている。大阪からは海路で東京へ帰っている。

戦場への道の途中で、子どもたちの学業を天覧したり代覧したりすることは必要であった。戦争のときは人心をつかんでおかなければならなかったからである。

汽車が京都から大阪へ、そして船が大阪から九州の戦場へ、徴兵と人足と物資とを送っている。清水紀八は『末世之はなし』に、「京都の徒刑人八百人計り、汽車にて鹿児島戦争にゆく」と書いているのだが、これは本当なのだろうか。白米は一升六百八十文と、紀八は相変わらず古い貨幣単位で記録している。「諸国京市中商売不景気に太政官の人気よろしからず」。

もっとも、戦場へ物資と人間とを送っていた大阪、京都には軍需でうるおった部分があった。この年の室町の景気は良かったといわれる。

薩摩士族による熊本城包囲ではじまった西南戦争は、しかし徴兵軍隊の反撃に敗退、しだいに鹿児島へと追われて戦場は南へ移ってゆく。八月には、鹿児島、宮崎で戦われている。

この夏、日本中の人びとは夜空にかがやく、ふしぎな赤い星に注目したのであった。

「東の方に見ゆる星は、其光芒赤色にして夜の更けるに従ひ、やや南に移りて其大きさ次第に増し、一、二時頃は最もはなはだしく、五、六日前には彗星の如き尾を現はせしことも有りと云ひ、海軍省ならびに横浜に碇泊する仏国軍艦にても毎夜、望遠鏡を以て之をうかがはるゝと申す[31]」

あまりに大騒ぎとなったので、新聞には、此ごろ怪しき星出るなどと人の云へる、定めて火星なるべしなどと追加記事が載った。

だが悉皆屋のおフサにたずねてみよう。別の名前を教えてくれる。

――あれ、西郷星てゆうのどす。ようよう見ると椅子に坐って軍杖もった西郷はんが星の中にいやはるし、桐野星も出るえ。錦絵になって、ようけ売れてますえ。

西郷隆盛に従って軍務の指揮をとった桐野利秋の星とよばれたのは土星であった。火星と土星はこの年、地球にいちじるしく接近したため大きく見えたのであった。だが人びとは夏の夜の星の中に、賊軍の大将らの姿を認め、滅びゆく者たちを見送った。

悉皆屋おフサが触れまわっている。

――二条川東の頂妙寺はんで、西南戦死の大法会施餓鬼がおすえ。お参りしはらしまへんか。

西南戦争は夏のあいだに終るだろうと言われている。この年、京都は梅雨の入りが遅く、雨乞いをしていたら、七月には大洪水があった。

八月、京都の町にはお線香のにおいがたえまなくただよっている。

松原通、轆轤《ろくろ》町珍皇寺、六道はんには、お精霊《しょうらい》むかえ、魂むかえとて、じじばば、こどもらがぞろぞろと出かけ、迎い鐘をゴオン、ゴオンとつき、雑踏をきわめる。おまいりの人は高野槙やら稲草を買って帰る。

送り火が終っても、悉皆屋おフサは忙しい。昔に髪結い手伝いをしていたからとて、頼まれて子どもたちの地蔵盆のため、化粧地蔵の顔を描いてまわっている。

おフサの母親は洛外六地蔵を巡拝する地蔵めぐりに出ているそうである。

九月二十四日、西郷隆盛と桐野利秋は城山で自刃、西南戦争が終った。

『末世之はなし』には、次のように書かれている。

「西郷桐野他打死いたし候也　同月〔九月〕二十七八日頃より官軍徴兵追々、汽車にて京都に帰り　人数五万人程といふ。コレラ病といふ、とん死病はやり」

戦争は終結ののちにさらに真の姿をあらわすのかもしれない。京都の人たちにとっては、西南戦争は終戦の後の、コレラ大流行という形でもっとも身近な現実となったのであった。西南戦争から帰った兵士の中に最初の病人があり、病気はたちまち京の町中にひろがった。

おフサが嘆いている。

——また、また、えらいこっちゃ。生もの食べたらいかんて。生魚屋も、茶店も仕出し屋はんも、みな、店じまいさせられはりましたんどっせ。病人が出るとな、医者と巡査とお役人が来て、東福寺へ連れていてしまわはる。家内の介抱ゆるさずやてえ。お家の戸、障子、たたみ、ふとんまでぜーんぶ、燃やさはんね。死人は必ず火葬やて。どないしょう。まだあるねん。家の井戸には舎密局《せいみ》の薬いれんならん。あれ、人気あらへんのにな。お茶もいれられしまへん。

京都府は東福寺の塔頭《たっちゅう》の一つの空寺を病院にして、病人を隔離したのであった。のちには、コレラ病の出た町のまわりを交通遮断、立ち退かせて家屋ぐるみ焼き払うという

強硬な手段をとったので、住民の反感が高まった。おフサの言うには、

――それにしても、おタカはんのしやはることゆうたら、えらいはっきりしてるわ。おトシさん連れて那智へお参りやて。コレラ流行ってるあいだ、帰っておいやさへんのやてえ。

一八七七(明治十)年は、御一新から十年たって、何やらが固まり、居すわりかけているることが感じられる年だったのではあるまいか。西南戦争は、維新政府にたいする最後の不平士族の反乱であった。

自由民権の立志社設立

この年の新聞には、西南戦争の報道の大きさの陰にかくれてはいるものの、土佐高知の立志社の人々の動静も報じられている。『西京新聞』は、板垣退助、大江卓、片岡健吉、岩崎長武、後藤象二郎、山田喜久馬、福岡孝弟、植木枝盛などの人傑を集めている立志社は「専《もっ》ぱら法律の研究をすと云ふ」、あるいは「有名なる演説会はますます盛大に至りしと(32)」などと書いている。

立志社は一八七四(明治七)年に故郷へ帰った板垣退助らによってつくられた。立志社はこの後、自由民権運動の核となってゆくのだが、立志社のうち大江卓、林有造らは、西南戦争に呼応して武器を集めたことが発覚して、投獄された。

同じく陸奥宗光も、土佐の出身ではない(和歌山藩)が、大江卓と林有造など立志社系の政府顚覆計画に加担の罪で逮捕され、一八七八(明治十一)年から八三年まで山形・仙台の監獄に入れられている。

のちに岸田俊子の夫となる中島信行は、この年、危機にあったはずである。陸奥宗光が捕えられたとき、顚覆計画をうちあけられていた、あるいは同じく加担していたと疑われて当然であった。じっさい、宗光から同計画に誘われていたが断わった、あるいは逆に木戸孝允より、土佐立志社を薩摩から切りはなす命をうけて実行した、などさまざまな風説が流れた。

元老の木戸孝允は、西南戦争のさ中に、京都で病死する。中島信行はこれを見舞って、京都を訪ねている。西京の子どもたちが、新時代の教育をうけて、無邪気にすくすくと育っている同じ京都に、戦争の生ぐさい風がふきぬけ、政争に暗躍する男たちが行き来していることを子どもたちは知らないであろう。

この年、陸奥宗光の妹であった中島信行の最初の妻初穂は、大阪で病死した。享年二十八歳。遺子は久万吉、多嘉吉、邦彦、三人とも男の子である。連座と投獄をまぬかれた中島信行は妻の死によって残された三人の児と、投獄された陸奥宗光の留守宅とその家族の面倒を見た。

捕われの身の陸奥宗光が妻へ書く手紙。

「我らことももはや近日に御処分に相成り候ことと存じ候。多分二、三年は面会出来まじくと思い候。母様は申すまでなく小児のことよろしく御たのみ申し入れ候。御身は大切に御いとい。〔中略〕何事にても津田、中島へ御相談なればよろし」[33]

小松屋おトシ、宮中御用掛に

だが、岸田俊子が中島信行とめぐり会うのは、まだまだ先のことである。一八七七年、十六歳の彼女は、下京の小松屋おトシという、京の町では少々めだつ小娘であるにすぎない。中学からいったん師範学校へ入学したが、[34]これは止めにして、けっきょく、家塾をひらくことになった。悉皆屋おフサが言っている。

——おトシさんは学問がすすみすぎて、学校ですることのうなったんや。

奥の座敷から、涼しげな声がきこえる。後についてくりかえす声も透きとおるような少女の声である。

——二客従予過黄泥之坂

——二客予に従いて黄泥の坂を過ぐ

——霜露既降

——霜露すでに降り

——木葉尽脱

——木葉ことごとく脱し
——人影地に在り
——仰見明月
——明月を仰いで見る
（後赤壁賦）

——羽織と足袋
——ハオリとタビ……

湘煙女史は、自分のたくらみにまんまとひっかかった弟子が、声を張りあげ、あたかも書籍を読むかのように言いつけをくりかえしたことがおかしくてならない。「羽織と足袋」とは、本日の勉強はこれにて終り、これより出稽古におもむくにつき、支度せよ、の意味である。

さっと立ち上がった師匠の後をあわてて追う弟子は、中村真《しん》、十三歳、茶道千家十職に入る塗師の娘である。御一新で茶道はすたれ、父親の八代宗哲は洋服を着て博覧会につとめる、というご時世となった。おまけに家屋敷はあいつぐ戦争のあいだ兵舎として接収されたままである。この様子ではやがて女も自分で身を立てねばならぬようになると、えらく先を読んだ父の意見に従って湘煙女史の塾に弟子入りをした。

十六歳の俊子と十三歳の真は、大真面目に師弟の礼を守っている。真には師匠の活潑な立居振舞や物言いがまぶしい。俊子の持ち物の中でもっとも数が多いのが足袋であり、外出の毎に、日に何度もはきかえる。身支度を助ける真の目に、俊子の足袋のまっ白な色がしみついてその後長く、記憶から消えなかった。

変事がおこったのは、家塾が二年ほど平穏につづいた後のことであった。坂上富貴は、悉皆屋おフサが、

——小松屋のおトシさんはこんど、女官になって宮中へ上がらはりますのえ。松虫鈴虫みたいなことにならへんやろか。うち、心配どす。

と言ったとき、乳姉妹の身の上に何事がおこったのか、とっさの見当がつきかねた。おフサの言う松虫姫、鈴虫姫は、平安の世、後鳥羽上皇の女房であったが、鹿ヶ谷の安楽寺へ逃げて出家したため上皇の怒りにふれ、法然の弟子住蓮房と安楽房の二人は断罪、法然は土佐へ流される法難に遭った。安楽寺に松虫鈴虫の塚がある。おフサはお局《つぼね》さんと女官をいっしょくたにして心配しているのであるが、それにしても、いくら明治の世とはいえ女官と呉服屋の娘とが何のかかわりがあろう。おフサは気がふれたのではあるまいか。

だがこのとき、小松屋トシこと岸田俊子はじっさいに宮中御用掛として採用されたのであった。記録が残っている。

『明治官員録』(明治十二年十一月)の宮内省の頁に、十五等出仕、平民茂兵衛長女、京都、岸田俊子(月給二十円)とある。

文事御用掛の役目は、学問進講であって、岸田俊子は昭憲皇太后に孟子の進講をしたといわれる。他に、外国からの客をむかえるための英語通弁、フランス語通弁も御用掛であったようである。御用掛は、用のときだけ出勤する、女官の世界の中ではむしろ外部の者であった。

それにしても、女官は華族出身が大部分、士族出身の高等官待遇が少数であって、平民出身は例外中の例外であった。官員録をながめると、出自階級が華族士族であるだけでなく、すべて漢字の下に子がつく名前であることに気づく。小松屋おトシも、これからはいよいよ岸田俊子でなければならない。

例外中の例外である平民出身の女官は、しかし開明的な宮廷には必要なのであった。岸田俊子を宮中文事御用掛として推薦したのは京都府知事の槙村正直と明治天皇の御養育掛、山岡鉄舟であった。俊子は京都の新教育の生んだ俊秀の子、土地のよりすぐった産物として献上されたのである。

小松屋おトシが女官となる直前の町娘らしい着物に羽織姿の写真が残っている。(35)このとき、生涯でもっともふくよかな容貌をしており、勝気らしく正面をみすえて張った胸に厚味がある。着ているのは、おフサの言うていた秩父縞に長羽織かいな。島田髷に結っている。

岸田俊子の女官姿も写真に残っている。袿袴《うちきはかま》に袿衣、長い髪である。黒白の写真なのでよくわからないが、お雛さまの三人官女のように緋の袴なのだろうか。総模様の掻い取り(うちかけ)の、袖口からたくさんの重ねが見えている。後年の写真とくらべれば顔が丸く、化粧が濃いのか、表情がない。

二つの写真をくらべると、まるで仮装のようだ。俊子の写真はこの後も、鹿鳴館スタイルの洋装、帯をぐっと下げて結び、トンビを肩にかけたような女壮士型、女学生にかこまれた教師姿、やせこけて幽鬼のごとき病人の姿など、たびたび衣裳がかわり、まるで活人画である。

さて、岸田俊子の宮中生活を知ろうとおもうと、これがむずかしい。今も昔も、雲の上については、箝口令がしかれているのだそうである。なにしろ、悉皆屋のおフサが知りまへん、と言うのやから、知りようがない。ただ、小松屋の家には、決定的な異変がおこる様子である。

――おタカはんは、どうしてもおトシさんについて東京へ行かはるのやて。茂兵衛はんと連三郎はんは、だいたいはじめから、この話は気にいったはらへんみたいや。茂兵衛はんはおトシが嫁にゆかれんようになる言うて心配したはる。一家は離散やなあ。なんでこないになんのや。

おフサはしきりに心配顔である。それにおトシの出仕がきまると、小松屋の周辺からは、潮が引くように人の足が遠のいた。いなり焼けの後に家持ちとなって以来、口のきようが少々ちがってきていた近所の人たちは、急にまた、口をつぐんでしまった。小松屋のものたちに対してだけでなく、出入りのおフサと目が合うだけでも、すっとよけて通る。

進退のもっとも鮮やかなのは、三条の旅館の奉公をやめて大阪へ姿を消した彦兵衛であった。俊子の出仕の前には、さんざん身元調査があった。本人と家族だけでなく、親類縁者にも及ぶ。小松屋の茂兵衛一家とその兄の清八郎一家はすでに幕末にいちど法難にあって零から出直すひどい目にあった。時代が変わったとて同じこと、あの生意気娘におれの運が巻きこまれてはかなわぬ。

金禄公債の悲喜こもごも

小松屋おトシの消息がぷっつりと途絶えたのちになって、坂上富貴の身の上も少々かわった。

話はとぶが、明治のはじめに明石博高という医師が京都にいた。幕末に西洋医学を学び、一八七〇(明治三)年に京都府に出仕して勧業係となり、東京遷都の後の京都の振興事業のほとんどすべてに関与した人である。舎密局、製紙場、牧畜場、京都勧業場、小学校設立、欧学舎、女紅場、病院設立などである。

この人の伝記の中に、一つの風変わりな挿話が載っている。

京都東山の清水寺は坂上田村麻呂を開山とした寺である。

その昔、征夷大将軍の坂上田村麻呂は、夫人の懐妊のとき、霊薬として鹿の胆を得ようとして、鹿を追って音羽山深くへ入り、知らず知らず僧延鎮の草の庵に導かれ、そこで観音の霊地で殺生をするなと戒められた。将軍は心を改め、霊地に千手観音の堂を建てようとするが岩山がけわしくままならない。するとどこからともなく姿を現わした多数の鹿が岩を蹴って平地をつくったと伝えられる。

清水寺には今も開山堂である田村堂に坂上田村麻呂の像が二つまつられている。古いほうの像は天保年間より一時期、紛失していた。

ある日、明石博高が堂に参詣し、伝来の古像はどういうわけかその後、江戸の武家にあるときき、その後東京へ行くときに京都の博物館員を伴い、好事家をとおして、田村麻呂古像をさがさせ、ありかをつきとめた。その後数年たって、一八七九年に、古像の所有者が死んだので、明石博高がこれを買いとって、清水寺の田村堂へ還座することにしたのだそうである。(36)

一八八〇(明治十三)年二月一日、還座式は盛大に行われることとなった。

ところが、還座式の数日前、自分は明石翁の先代から金銭を借用し、そのままになっていることが判明したので返済に来たと言いはる妙な男が現われた。翁はいわれのない金はうけとらぬと言って押問答となったのだが、男は自分の家筋は田村麻呂大将軍の末孫ゆえ、義務を重んずると言い張ってひかない。ではこのたび入手した田村麻呂像の還座式の費用にその金を加えようと言うと、男はようやく承知した。

さて還座式のあとでその費用を計算すると、男がもってきた金とほぼ同額であったので、明石翁はその奇縁におどろいたそうである。

男のもってきた返済金と称する金は二百四十円であった。還座式の費用二百三十五円をさしひいて、余った五円は灯明代として清水寺に納めた。

二百四十円は大金である。

坂上富貴は、父親はどうしてそのような大金を持っていたのだろう、と考える。母親は、もう何年も、毎日毎日、内職にはげんでいる。そのおかげで、まだそれほどの年齢でもないのに、目がすっかり弱くなった。母のために針山の針に何本も糸をとおしておくのが、富貴の日課となった。夕方になると、とくに見えにくい。悉皆屋おフサは、トリ目にはトリ胆を食べるのがよろしと言って、持参の品を自分で料理し、いやがるおたあさまにむりやりに食べさせた。

父親が、先代の借金などと妙な言いがかりをつけて置いてきた二百四十円は士族に下された金禄公債ではなかったのだろうか。

いわゆる秩禄処分とは、士族にたいする給禄の停止と、その見返りとしての金禄公債の交付(一八七六年)を指す。交付に先だって、徴兵制度がしかれている。武士階級は不要となった。地租改正法公布で農民の土地所有をみとめた。金禄公債は、士族が特権を手放す賠償金であった。多額の一時金が銀行資本にまわされたりしたが、大部分の士族は商売がえに失敗、十年後には公債の八〇パーセントが士族の手をはなれていたといわれる。

士族の商法ということばは早くから街に流布していた。当時の新聞に鮓《すし》屋をはじめて大はやりの元士族の話が載っている。

以前からその士族鮓屋に出入りしていた農夫があいさつに寄り、繁昌ときいて蔭ながらよろこんでおりました、ご利益はいかほど、とたずねると、主人は仕入れの二割増ほどと答えて帳面を出す。農夫はこれを拝見して、なるほど二割の利益となっていますが、このお勘定には米代が入っておりませぬと言うと主人はおうように、米は家禄としていただくものであろう、外で買わずともよいから勘定にはいれぬと答えたという。

このころ坂上富貴は、九条さんの後をしたってやっぱり東京へ行くときめた父親には従わず、お琴の師匠のところで出会った装束屋のところへさっさと嫁入りしている。富貴の心には、これみよがしに田村麻呂像還座式の費用をおいてきた父親は、米のただ食いさせて得々としている士族鮓屋とおなじではないか、あほらし、というおもいが渦まいている。

だが父親にたいする面あてのために嫁に来られては装束屋はめいわくである。若い夫が祇園町で遊んだとて、どっちもどっち。坂上富貴は自分で考えて行動もおこす女になったがゆえに、人の心をふみつけにするという過ちもおかした。小松屋トシにもやがて同じことがおこる。

悉皆屋おフサはハラハラしながら、あべこべ物語のように女官になってしまった小松屋おトシと、職人のおかみさんに納まった坂上富貴の身の上を相変わらず案じている。

――しっかい、やっかいやなあ。

宮中にて漢詩をよむ

一八七九年に東京へ行き、宮中女官となった小松屋トシがどのような日々を送ったか、くわしいことはわからない。

平民から女官に抜擢されたのは岸田俊子がはじめてである、といわれるが、宮廷はこれと似た抜擢をすでにしている。一八七二年の『京都新聞』は、岐阜県士族の平尾勢幾十八歳が十五等出仕と伝えている。

「原来宮中女官は華族並びに旧官人のむすめのみ勤仕するに、勢幾十五等出仕拝命するは全く能歌の一徳なり　方今文化日新のとき婦女子といえども文学に勉励せば」云々とある[37]。歌よみとしての出仕である。

勢幾は着物が粗末という理由で出仕を辞退したところ、「小袖二　黒縮緬緋縮緬、白襯《むく》、錦帯、緋袴等を拝領す」とあるから、これが女官に必要な支度であったのであろう。部屋着としては、紫の矢絣や黄八丈を用いたという。

だが小松屋トシは士族の出でさえなく、平民出身の御新参さんであったのだから、まわりくどい秩序があり、位階制のこの上なくこまかく定められている世界の中でどのようにして生きたのであろう。手がかりは彼女がのこした漢詩一篇と、短い回想文のみである。

宮中無一事　　宮中一事なく
終日笑語頻　　終日笑語しきりなり
錦衣満殿女　　錦衣殿に満つる女
窈窕麗於春　　窈窕《ようちょう》春よりも麗わし
公宮宛仙境　　公宮さながら仙境
杳々遠世塵　　杳々《ようよう》として世塵を遠し
幸有日報在　　幸いにして日報(新聞)あるあり
世事棋局新　　世事は棋局新たなり
一読愁忽至　　一読して愁たちまち至り

再読涙霑巾　再読して涙巾（ハンカチ）をぬらす
廉士化為盗　廉士、化して盗となり
富民変作貧　富民変じて貧となる
貧極還願死　貧極まりてまた死を願い
臨死又思親　死にのぞんでまた親を思う
盛衰雖在命　盛衰は命に在りといえども
誰能不酸辛　誰かよく酸辛せざる
請看明治世　請う看よ明治の世を
不譲尭舜仁　尭舜《ぎょうしゅん》の仁にゆずらず
怪此尭舜政　あやしむこの尭舜のまつりごと(38)
未出尭舜民　いまだ尭舜の民を出さざるを

宮中には紅葉山とよばれる山がつくられ、局は、山のふもとに並んでいる。京都嵐山になぞらえてつくられた景色には、春は桜、秋は紅葉がみごとで、お堀に舟がうかぶ。そのような景色の中を、緋の袴に、色とりどりの掻い取りをひきずった女たちがそぞろ歩きし、笑いさざめく。

「おひるー（お目覚め）」と告げる御所ことばは、上方ことばの系列ではあるが、京の町方のことばとは異なる。もともと京ことばの使えなかった小松屋トシは、ここでも外れものであったことであろう。

岸田俊子は宮中に「幸いにして日報あるあり」と、漢詩に書いている。

「廉士、化して盗となり、富民変じて貧となる、貧極まりてまた死を願い、死にのぞんでまた親を思う」とは、新聞の中でも、詐欺、強盗、心中などをあつかう、いわゆる三面記事である。毎日、事件は多い。

「あやしむこの尭舜のまつりごと、いまだ尭舜の民を出さざるを」は、俊子お得意の孟子をふまえている。尭と舜はともに中国古代の模範的な名君とされる。その尭舜のような名君の世といわれる明治に、尭舜の時代の民のような幸せな民が生活していないのはなぜだ、と自問他問しているのである。

俊子は自分の学力だけをよりどころにして立ち、為すところのない生活の中で新聞をよみふけっている。御殿の中で物を想うている町家の娘は孤独である。多感で潔癖な娘は何を見たか。

寒い冬の夜、長い長い廊下を照らすあみ行灯の明りが心細くゆらめいているとき、宿直《とのい》の女官たちは三人、四人と真鍮の丸形火鉢をかこんでいる。そんなとき、低い声でかわす夜伽の話題はついつい、遠くはなれた家郷のこと、親兄弟のことに及ぶ。お互いに指をおって、あと幾年でめでたく隠居をおおせつけられるのだろう、とつぶやいている。

ところがその若い女たちの隠居年齢は六十歳なのである。(39) まるで女護島《にょごのしま》といわれる女官生活において、乳姉妹の坂上富貴さえおどろかせたあの小松屋トシの単刀直入の物言いは、どんな波紋をよんだやら、あるいは無視されたやら。

とにかく、御用掛、岸田俊子は、女官になったとたんに、女官をやめるにはどうしたらよいか、それればかりを考えはじめたようなのである。

もっとも、宮中お内儀に岸田俊子が言葉をかわし、心を通わせあった人が一人もいなかったわけではない。晩年の日記を読むと、かつての同僚の一人と手紙をかわしていることがわかって、わたしたちも、いささかほっとする。

――御用掛さん、御用掛さん、字を教えて下しゃりませ。

御用掛の岸田俊子は、一人の年若い女官見習いに慕われている。まるで物語の中の女《め》童《わらわ》のようなこの子は、長い長い廊下の曲り角で待ち伏せしては、字を教えてと、とびだしてくるのである。手紙の書き方、お納戸日記の字の読み方、参内した人たちの名簿の名前の読み方、などなど。

――テルコさん、わたしは生き字引ではありませんよ。

と言いながら、俊子はていねいに教えている。この子だけは、女房ことばがまだよく使えず、育ちは東京らしいことばで、内緒のたのみごとをしにやってくるのである。歳は十三か十四、トシが京都でひらいていた塾の弟子たちの年齢である。

——あら、わたしはお雇いさんですの。権女嬬《ごんのにょじゅ》さんになっても、呼びすてのテルでないといけません。士族は、権女嬬さんのつぎの女嬬さんと命婦《みょうぶ》さんまでしかなれないのです。御用掛さんは別ですわ。学問所で大宮さんに学問をお教えになるのですもの。御用掛さんは、御文庫のご本をぜーんぶ、お読みになっていらっしゃるって、ほんとう。

などと、無邪気にたずねるのである。

お雇いさんは、四、五年も務めないと女官になれない。権女嬬となって女嬬となるまでにまた十年以上かかる。女嬬は雑務の女官で、御膳掛、御服掛、御道具掛とわかれている。女嬬は申(もうし、または、さる)の口とよばれる、奥への入口までしか進めないのである。申の口に控えている命婦が女嬬の仕事を、奥の人の仕事とつなげる。奥の女官は典侍《ないしのすけ》から権掌侍《ごんのないしのじょう》までであって、職名、本名の他に、源氏名をもつ。

明治の世では、女官は公務員であり、月給とりであるが、納戸から別に化粧料のでる権典侍は存在した。つまり、お局さんである。

さて、権女嬬の、そのまた見習いであるテルコは、御用掛さんの岸田俊子がどのような進講をしていたかは、知らない。

ただ、御服掛は名前どおり装束の用意をするだけでなく、女官の手紙、文書などを扱う。テルコは岸田俊子の書いた辞職願が、古くからいる女官たちのあいだで評判がよくなかったことをきいている。

辞職願

私儀

明治十二年九月召し出され候　以来、御用相勤め有難く存じ奉り候　然る処、先達より所労に付、保養まかりあり候えども　兎角同様にて全快の程はかり難く、別紙の診断書の通り医師より申聞き候に付、ゆるゆる保養仕り度く、恐れ入り奉り候えども、職務免ぜられ候よう、此段、願上げ奉り候也。

明治十四年四月廿二日　十五等出仕　岸田俊子(40)

縁談、そして破婚

岸田俊子の書いた辞職願の中で、何よりも目立つのは、一八七九年九月出仕、八一年四月辞職、一年半という在職期間の短さである。

——所労につき、たび重なるお宿下りとは、生意気な。

——ゆるゆる保養とは、あきれた。

こんな非難の声がきこえる。

——真の理由は縁談やそうな。

——なおさら、けしからぬ。せっかく目をかけてやり申したのに、結婚とは不都合千万。

幼い女童は、御用掛さんでもお嫁にゆかれるのか、なんだか、あの方だけはいつまでも嫁入りなさらぬようにおもうていたのに、となにかしら割りなき心地である。「ごきげんよう」と送る声がくぐもる。

四月二十二日付の辞職願は、四月二十五日に正式に受理されている。俊子はたしかに決断したとおりやりとげた。

医師の診断書まで添えたものの、うわさどおり病気が退職の真の理由でなかったことは、子どものとき病弱だった俊子がこのときは母親とともに、東海道を歩いて京都まで帰った、という挿話からも察せられる。母子は途中、富士登山をし、霧にまかれて、あやうく遭難死するところだったというのだから、無茶である。

俊子が再び小松屋トシになって帰り着いた京都で、悉皆屋おフサに語った話。

――頂上まで登ったら、急にえらいこと曇ってきて、神主が危ないからすぐ下りろというので下山したが、四丁ほど来ると岩蔭に骸骨があるのえ。おいおいと霧も深くなって、前が見えのうなってきたから、おっかさんとわたしは、互いに助け合う気になると共倒れやし、途中みえんようになってもたずねぬことに決め、それで行きはぐれ、丸で夢中で麓について、翌日気づいたら大宮の宿に寝かされてた。

俊子はこのとき、迷っていたのである。疲弊困憊のきわみまで歩いてみても、迷いはのこった。

選択が白い紙に自分で自在に書く計画であるには、数多くの機会に恵まれること、計画を描く力をもつほど経験をつんでいることなどが必要であろう。わたしたちは多くの場合、さし出された一つの機会を試すか、見送るか、という単純な二者選一を行う。よく選んだり、選びそこなったりが重なって、人生という真の選択をつくるのであろう。

岸田俊子は宮中出仕の機会を試した。そしてたちまち、広い世界へ飛びたったつもりが、わなに落ち、籠の鳥となったことを思い知らされた。父親が娘のうつうつとした心境を知って、縁談をととのえたにつき、至急帰れと手紙を書き送っていたとすれば、男親の親心がなさしめたことであったろう。娘は父の助け舟に乗った。

俊子のこのときの結婚相手は中島信行ではない。丹後へ嫁いだことしかわからない。丹後は岸田家の故郷である豊岡に近い。丹後ちりめんの産地は、呉服屋の商売とも関連がふかい。小松屋の娘にふさわしい縁談であったのだろう。

俊子は迷いつつ、東京から京都へ向かった。途中の旅に日数をとられたため、婚礼の日まぢかに帰り着いた。支度は父親と兄が段どりをし、おフサによってととのえられていた。形どおりの嫁入りである。

だがその後の俊子の身の上の移り変わりは、あまりに目まぐるしく、悉皆屋おフサは我が胸ひとつにおさめかねて、装束屋の裏口からわざわざ若妻の富貴をよびだして、うちあけている。おフサに似合わず、太い太い溜息をつきながら、である。

――おトシさんは丹後へ嫁入らはったんやけど、七つの言い分があるいうて、戻されなはったんどっせ。

たった一夏の結婚生活であった。あの小松屋トシが、難くせつけられ、一方的に離縁された。ほんまやろうか。どこにいても群をぬき、そびえたつ風の乳姉妹を憎らしくおもい、女官となった呉服屋の娘のことは忘れたいとおもっていた富貴であるのに、このとき、まるで我が身が焼け火ばしで貫かれたように、俊子の屈辱をおもった。

婚家に七つの言い分があるとは、『女大学』が婦人に七去《しっきょ》とて、女を離婚してよいとした七つの条件すべて満たすとのことか。

一には、しゅうとしゅうとめに、したがわざる女は去るべし。

二には、子なき女は去るべし。

三には、淫乱なれば去る。

四には、悋気《りんき》ふかければ去る。

五には、悪疾《わるきやまい》あれば去る。

六には、多言なるは去る。

七には、物を盗む心あるは去る。

一つでもよいところ七つの言い分とは、相手も言うに言うたり。トシのはじめての里帰りの日、トシが京都の家に帰り着くと、離縁状が先まわりをしていた。

行動をおこしたのは、ふだんのぐうたらに似合わず、連三郎であった。丹後まで一気に走ったのは、かりそめにも妹の亭主であった男と刃傷沙汰に及ぶのかとおもいきや、土足のまんま座敷にかけ上がり、手にもった斧で、妹の嫁入り道具を一つのこらずたたきこわして戻ったそうである。

連三郎乱心とおフサにきいて、富貴は、もういちど心を刺された。乱心どころか、連三郎はわかっているのである。妹をあわれにおもうが、そもそも縁談を利用して相手をふみつけにしたのは、どっちが先か。

富貴はかきくどくおフサをよそに、乳姉妹の俊子に語りかけたい気持である。

——あんたとあたしは、似てるのかもしれへん。あたしら、泣かれへん女なんや。誰のために辛抱したんでものうて、つまりは自分のためにおもうことしたんやし、人は泣いてくれても自分は泣かれへん。トシさん、さあ、これからどないおしやすか、あたし、ここでとっくり見さしてもらいます。

出戻りの小松屋トシはそのまま母親のタカと一緒に旅に出た。

第二章　自由な道、風の旅

西へ向かう

母娘、女二人連れの旅人がもう歩きはじめている。旅のいでたちは古風である。脚半《きゃはん》をはいて歩いてきたなあ。日本のもので、体につけるものといえば、どうも、わらんじ(草鞋)が、一番、ここちよいものだよ。あれをつければ、なんだか気がすっきりするもの。

晩年に病の床にあった岸田俊子は、夢みるような眼つきで語った。足のこしらえさえたしかであれば、今にも出かけられると言わんばかりである。病人は、往年、旅に立ちがけに、まず土に足をおろして、よく打った藁で編んだ新しい草鞋をふみしめた足の裏の感覚をおもいだしていたにちがいない。長い緒を左右の乳《ち》(草鞋の左右の縁につけた輪)に通して、脚半の上から、きりりとしばりあげると、足が軽くなるように感じる。

草鞋はじきに土にまみれ、しだいに藁しべが横にはみだして薄くなり、やがて切れるのであるが、旅人の通る往還にも、切れた草鞋がやたら捨てられているものではなかった。先のとがった棒につきさして拾い上げては背負籠に入れ、田んぼまで運んでせっせと堆肥に混ぜる百姓がいたからである。

草鞋に脚半、手甲もつけて、そして菅笠《すげがさ》に杖をもてば、旅人の荷物はあと、ほんの少しの持ち物だけであった。手拭、足袋、着がえ、財布、巾着、道中記（旅行用案内書）、心覚え帳、矢立、薬、針、など。

俊子の旅支度は、母親おタカのおしこみであるから、どこか巡礼風である。それに、これよりは住む家とて無ければ、筆一管たずさえた女書家となろうかなどとおもうから、矢立の他に筆硯の道具を荷にひそませてある。また、道中記の代わりに俊子がたずさえたのは、父親茂兵衛の古い道中筋泊り舟賃渡し判取帳の一冊である[1]。

俊子が旅に出るとなると、おフサは花嫁衣裳をととのえるため奔走したことや、富貴を相手に、戻された俊子の身の上を嘆いたことなど忘れたかのように、

——おトシさんの気性やもん、女官にかて、お内儀にかて、おさまるはずがなかったんや。気いつけて、行っといやす。

と言い、ふところにおむすびを入れてくれた。

連三郎も、妹の嫁入り先で、離縁のおかえしに嫁入り道具うちこわしをやったら、気がすんだらしい。

——せまじきものは、宮仕え[2]。いやほんま。『寺子屋』の松王丸みたいなやせがまん、もう流行らへん。おトシも逃げるがかちや。

茂兵衛とタカは娘のことをおもって心を痛めたが、父親と母親とでは、あるいはこの二人の性格では、心痛のあらわれ方がちがうらしい。茂兵衛はすでに還暦をむかえたこともあって、こののち家業をやめ、囲碁と仏典に親しむようになった。

おフサは早うお帰りやす、と言うて送りだしてくれたが、帰るべき旅であろうか。双六東海道五十三次なら、京の三条で上がりとなる。ところが俊子の運命双六はまだ先が長くて、今はさしずめ、先へ進んだつもりが、さいころの目は後戻り、とでたところである。

どこへ行こうか。東から来たのだから東へ向かうことはない、とだけわかっている。それに俊子は、地方の名品、京都のよりすぐった献上品として宮中へ差し出されたのに、献上品に足が生えて逃げだしたのである。ここいらに長いことうろうろしていては具合が悪い。ふるさとの町では閉じていた家を開けたとおもうたのに、また閉じて旅立つ女二人を、路地のこうしの蔭や、虫籠窓の奥からじっと追う眼、眼、眼。

子どものときから、悪びれるということを知らない小松屋おトシであった。こうなっていっそすっきりした風で、また娘姿や、など言われても平気である。一夏のあいだ丹後の嫁入り先ではどういう暮らしであったか母親にもいわない。ただ、東京へ行くまではいかにも娘盛りの丸顔であったのが、宮中の一年半と、一八八一(明治十四)年、この年の前半、あわせて二年のあいだに肉をそぎおとしたようなやせ方で、見開いた眼にだけらんらんと生気が輝いている。手甲のはまった手首の細いこと。

母親お夕カの方は、身内に災難がおしよせてくるほどに胆のすわるたちであるからして、六十を越えてむしろ肉づきがよくなり、足も達者、手傷を負うたことのみてとれる娘をかばっての旅のつもりでいる。

俊子の旅行体験は当時の女性としては例外といえるほど広範囲であった。九州は長崎にとどまらず、熊本、人吉、八代まで行っている。書家として一度、演説家として一度。同じ場所を二度おとずれる癖があったのかもしれない。俊子は見知らぬ土地に足を入れる好奇心と、事をなすときは知っている土地を選ぶ慎重さをかねそなえた人であったようだ。

さてどこへ行こうか、と思案するとき、父親茂兵衛が記録した道中筋泊り舟賃渡し判取帳の一冊が役に立つであろう。これをたどってゆけば、道筋もわかるし、旅宿のありかも知れる。ついでに古い得意先にまだ残っている勘定がとれるなら、路銀の足しとなろう。そうでなくとも、小松屋の縁で身元を保証してくれる人が一人でもあれば、土地にしばらく滞在することができやすい。子どもの頃に帳面の整理を手伝った俊子は土地の名をまず最初に父親の字で覚えたのであった。

トシの父が西日本へ呉服商の旅をしたときには、伏見から船に乗って大阪へ出た。船は三十石船の時代には夜船で、夜明けに大阪へ着いた。天満八軒屋という地名は、船着場に八軒の旅宿があったからついた名である。茂兵衛はもう淀川早船といわれた蒸汽船に乗っていたのだろうか。

俊子がたずさえてきた茂兵衛の判取帳は、五年前の、とくに長旅であったときの記録である。まず最初に、伏水(見)山又の名で、

一金三朱　舟賃　一同弐銭四厘　酒代　〆　右之通正ニ請取申候

と書いてある。夜船の客は酒をたのしみ、夜は景色が見えないので、船頭が三十石船唄を歌って客をなぐさめたのだそうである。

明治の十年代までの庶民の旅は、交通機関といえば、まだ汽車よりは船であった。そうでなければ歩く。

俊子とタカの旅は急ぐ旅ではないのである。別に早船に乗らなくてもよいだろう。大阪街道を歩いてゆけばよい。京の七口の一つ、東寺口で見送りの悉皆屋おフサや連三郎と別れ、二人は鴨川の左岸をたどってゆく。上鳥羽、下鳥羽をすぎると、鴨川は桂川に合流する。淀をとおり、悉皆屋おフサがここまでしか行ったことがない、と言っていた大山崎を通りすぎる。

俊子とタカは淀川堤を歩くことをしてみたかったのではなかろうか。俊子は与謝蕪村が好きだからである。残っている紙反古の中に、蕪村の歌を書きつけたものがある。筆跡は俊子のものと少しちがうようでもあるからあるいは、タカが筆のすさびに書きつけ

たのかもしれない。

蕪村の「春風馬堤曲」に、

やぶ入りや浪花を出て長柄川

春風や堤長うして家遠し

とある。大阪に奉公に出て都会風になった娘がやぶ入りとて、途中、土手の草やたんぽぽの花をつみ、茶店に休みして、行き行きてまた行き行きて、夕暮れどき家にたどりついて白髪の母の姿をみると急に幼な顔にもどる。

藪入の寝るやひとりの親の側

俊子の旅は今、この歌の逆である。浪花を出て長柄川ではなくて、淀川堤を大阪へ向かい、親里から遠ざかる旅。それに時は春ではなくて秋である。

おタカの心づもりでは、秋のあいだに紅葉を追ってとにかく歩き、冬は暖かい土地ですごすがよかろう、くらいの見通しである。さて、大阪へ着いたなら、どうしようか。茂兵衛の判取帳によると、大阪から神戸へ二日がかりでゆき、たるや卯兵衛(宿屋か)に七十二銭払い、ついで、海岸通五丁目蒸汽船取扱青木に長崎行舟賃として六両五十銭支払っている。

だが蒸汽船に乗ってしまえば二日後にはもう長崎に着いてしまう。俊子とタカの場合は歩くのが目的の旅なのだから、もっと歩いてもよい。西国巡礼の三十三カ所の札所なら、第二十二番から第二十七番までは西国街道と播磨路にそっている。淡路島や小豆島にも渡ってみただろうか。判取帳によれば茂兵衛は岩国、長府、下関には九州からの帰り道によっている。そして広島から船で大阪まで帰った。

下関については茂兵衛が家数およそ七百軒有、ヲンセン(温泉)有、随分よしとわざわざ書いているのだから、俊子とタカも逗留したであろう。俊子はたいへん温泉好きであった。のちに病気にかかりよほど重くなってからでも、温泉につかっている。タカは温泉は娘の病いに効くと信じていたようである。

萩へはまわらなかったかもしれない。茂兵衛が萩おおよそ一万軒有、家中おおよそ四五千も有候えども、ただ今にては立ちくさり、はなはだ不景気にて家中一軒なし、と書いているからである。

では、下関―博多間四時間の船に乗るとしようか。茂兵衛の判取帳は舟賃一円五十銭、舟の名は光運丸、此舟巾おおよそ六間ばかり、長さ二十間あまり有と書いている。むろんこれは茂兵衛には帰り道であった。

商用で先を急ぐ行き道、茂兵衛は神戸から蒸汽船で長崎に着き、糀嶋町京屋に一泊、酒肴代もいれて二歩二銭を払った。独り旅のはずがここからしばらく連れがある。仕事仲間か。長崎舟問屋石田屋に十二銭払っており、これが熊本までの舟賃二人分であった。熊本周辺がどうやら茂兵衛の根拠地の一つらしく、しばらくこのあたりを歩く。京都を出て、神戸―長崎、長崎―熊本と船を乗りついで八日の急ぎ旅であった。俊子とタカのゆっくり旅では一カ月はかかったことであろう。

俊子とタカが茂兵衛の道中筋泊り舟賃渡し判取帳を旅行案内のかわりにして旅をつづけるとしたら、やはり長崎から熊本への道をたどらなければならない。のちに俊子が遊説の旅をしたときもこの道をとって、八代、人吉まで行った。

茂兵衛は舟をおりると熊本から卯土(宇土)、田ノ裏(田浦)、人吉、八代と泊まり歩き、とくに人吉九日町江戸屋には一週間ほど泊まっている。町だけでなく、中神村、一勝地村、と村へ入り、宿屋の名前だけでなく、戸長詰所も多く書かれている。人吉柳瀬村の西小路一二様より目薬注文金二百文預り、とあるから、茂兵衛は次の季節に同じ土地へ呉服の旅をするとき、たのまれていた目薬も届けたことであろう。俊子とタカにとっては、帳面に書きつけられているこういった住所と人名は、いざと言うときの頼みのつなであったとおもわれる。

茂兵衛は人吉から鹿児島までは歩いたらしく、さつま道はくわしい。人吉から五里で吉田、二里で吉町吉松、さらに二里半で栗野、合計九里半を一日で歩いて一泊、さらに二里半で横川、二里みそへ(溝辺)、三里梶喜(加治木)、一里そけとみ(重富)、さつま、合計二十一里ばかりにて候、ただし加治木より桜島に渡りてもよし、舟賃二銭と記している。俊子とタカもこのとおりに歩いてみたことであろう。

帳面には茂兵衛の筆で鹿児島略図が書かれている。鹿児島湾に向かって山を背にして城と古御殿、三郎殿(島津久光)屋敷が並んでいる。道をへだてて海の方へ町方がひろがる。湾をめぐる道に新御殿と書かれている。海入口があって、そこから桜島へ行く舟が出る。

茂兵衛の商用の旅はここが南端であったのか、それとも鹿児島から船にのって、さらにはるばる琉球へ渡ったのか。帳面の表紙には、人吉、さつま、琉球又鹿児島、人吉と書かれているのだが、帳面の中の記録はここらがあいまいで、

「珠休城か郡滋《ハノウ》中所也」

という謎の一行がのこるのみである。南からひきかえし、広島、大阪をとおって帰り着いて、しめて舟賃分宿料拾五円也の出費が茂兵衛五十三日の旅の決算であった。

さて父親の道中筋判取帳のお手本がつきるところで、俊子とタカはなぜ、四国高知へ向かったのだろう。

旅芝居、東西東西

一八八一(明治十四)年には、土佐の高知へ向かう青年が俊子の他に何人もいた。立志社をめぐる人びとの動静はもう何年も前から、新聞によって、刷物によって、遠くまで知られていた。

国会の開設を要求する運動はすでに各地方に起こっており、この年八月に北海道開拓使官有物払い下げ事件が明るみに出ると、政府暴政批判の世論がまきおこった。十月には東京で国会期成同盟と自由党が、政党としての自由党結成を準備。政府は対策をねって、開拓使官有物払い下げ中止、国会即時開設の意見を抱く大隈重信の参議罷免、一八九〇(明治二十三)年に国会開設の詔書を出すことをきめた。伊藤博文と井上馨を中心とする薩長藩閥政府の確立、いわゆる明治十四年の政変である。

十月十二日、国会開設の詔書が発せられる。十月十八日、自由党結成会議開催。同月二十九日、板垣退助が自由党総理にえらばれた。中島信行は副総理。

一八八一年は薩長政府と民権派という対立するものの姿とその意味が人びとの眼にはっきりと見えてきた年である。

自由の標語は新しい時代をよぶことばとして、人びとの気持を強くひきつけた。自由の字は菓子となって自由糖、薬の自由散、料理屋が自由亭、風呂屋まで自由湯を名乗った。

このころ俊子はまだ自分だけの行き詰まりをかかえて、ただ黙々と中国路と九州を歩きつづけていたのだった。だが歩くのは、よいことである。体は疲れはてても、心は疲労に洗われて、新しくなる。父親の判取帳の道案内が終り近くなったとき、俊子はようやく足を止めて、あたりの景色や青い海に目をやる。折り返し点はなくて、帰路は断たれているのである。どこへ行ってもよいのなら、やはり海にしよう。土佐日記の歌枕をたずねてもよい。一八八一年に二十歳であり、たとえ自分だけの問題であるにしろ、考えなければならない問題をもっているということが、俊子を知らず知らず高知へ向かわせた理由である。

おタカの方は、できるだけ遅い秋を追いかけ、暖かい冬をさがして高知をえらぶ。帰らない旅をする人は同じことを考えるのである。同じ道を、お遍路や旅芸人たちが行く。四国はめぐりめぐって故郷へは帰らない人たちを迎え入れる島である。

四国へ渡る船の中で、俊子はこんな風に歌いかけられた。

　やしょうめ(優女)、やしょうめ
　京の町のやしょうめ
　売ったる物を見しょうめ

声の主は、若い男であった。俊子とタカの九州の旅路のいつのころからか、後になり先になりして、同じ道を歩いてきた旅芝居の役者の一人である。渋紙をはったつづら(葛籠)に衣裳を入れてかついでいるから、すぐわかる。一座といってもたった三人で、座頭は、顔に傷があるいかつい男である。若い男の他に女が一人。はじめは座頭の女房かとおもえたが、そうではなく、若い男の方の連れであるらしい。女が囃し方であるとみえた。

稲の刈り入れが終って秋祭となる季節は、旅芝居のもっとも忙しい季節である。神社の境内の掛小屋、民家の土間を舞台にしつらえて、田の字に並んだ四つの座敷のふすま障子をとりはらって客席をつくるたった一晩の芝居小屋など村から村へ忙しく打ってまわる。

俊子は、赤いまんじゅしゃげの花がふちどる畦道を座頭を先頭にたった三人の一座がふれこみのために歩いている姿をみかけた。夕暮れの土手のすすきのほをかきわけて三人が歩く姿が逆光の中にシルエットになってうかびあがっていることもあった。彼らの後には村の子どもたちの行列がついてまわっていた。それが、四国へ渡る船の中での再会である。

京の町の優女、売ったるものを見しょうめ、と歌いかけられて、俊子はとっさに歌いかえした。

きんらんどんす(金襴緞子)
あやや　ひぢりめん(綾や緋縮緬)
どんどんちりめん(縮緬)　どんちりめん

俊子は黙りこくった何カ月の後に、はじめて口を開いたような気がしている。京では蓮如上人の子守唄といわれる優女の歌は、どんどんちりめん、どんちりめんと囃すたびに、体の中に息が通ってゆくような、はずむ調子がある。

歌いかけはしたものの、答えてもらえるとはおもっていなかったらしい若い男は、おおぎょうに驚いてみせた。

——ほんに。やっぱし上方のおひとや。そうやないかとおもてました。姿がええもん。面とむかって姿がええもん、と言われては笑うてしまう。この笑いも何十日ぶりであろう。しかし、なえた旅衣の姿のどこが良いか。

——口の上手も、上方。

さっと切りかえすところなど、俊子は昔の気性をとりもどしたとみえる。

——なんや、なんや。可愛いらしい娘の子、定めて連れ衆は親御たち、国はいずく——。傾城阿波の鳴門のお鶴かとおもてたのに、えらいきつい性分やなあ。

さらにじゃれようとする若い男は、連れの女に袖をひかれて、船尾へ連れてゆかれてしまった。浄瑠璃にはくわしいお夕カが、二人の後姿を見ながら言うている。

——あの二人駆けおちもんやな。一口浄瑠璃でも年季の入ってへんこと。

だが、四国は宿毛《すくも》で船を降りるときには、俊子と夕カは、明治座と、名前だけはたいそうな、たった三人の一座と、一緒に歩くはめになっていた。若い役者の連れの女が船中で癪《しゃく》をおこし、お夕カがかいほうしたからである。

——旅の心得。一つ、良薬なりとも人に与うべからず、人より貰いし薬も用ゆべからず。お夕カはこんなことを言いながら、それでも手のひらを痛むところにじっとあてて、なおしてやった。おそらく温めたのが効いたのであろう。

――これはお夏、わては清十郎。

むろん、本当の名前ではないにきまっているのだが、若い男はこう名乗った。清十郎が俊子にちょっかいをかけたのですっかりむくれていたお夏も、タカに助けてもらった後は俊子にたいしても親しげになった。それに母と娘の二人旅は、自分達とおなじく、わけありの旅、とひとり得心してしまったらしい。もともと気のいい女なのである。

明治座の行先は、土佐高知の鏡川の河原なのだそうである。鏡川の広い河原は見世物や芝居小屋など、興行のおこなわれる場所に定められていた。

それまで、往還の途中でときどき小屋を掛ける。ここらは、よそとちがって、雨や嵐の来そうな天気の悪い夜に客が集まるという。漁師の村なので、翌日は海が荒れると見きわめがつけば、船を出す支度をしなくてよいからである。芝居の好きな土地で、祭のときには、芝居絵を描いた絵灯籠を飾る。闇夜に泥絵具の血がしぶきを上げて川ほど流れる絵金の絵を透かして、ろうそくの焔が妖しくゆらめく。

だが、天気の日はつづき、明治座の三人と女の二人旅と、共に上方から来たというので親しくなった五人連れは、高知をめざして長い海岸にそった往還をてくてくと歩いている。かつてこの海岸線を護る必要もあって、高知藩には郷士とよばれる地さむらいの制度がつづいていたのであった。海岸に平行して防風林がどこまでもつづいている。この松林のかげにある茶屋に腰をおろして一行が休むあいだも、太平洋の波は、ドーン、ドーンと、まるで大筒のひびきのようにきこえてくる。足の裏に砂が食いこんでいる。

お夏は心やすくなった物知りのお夕カに、衣裳のしみ落としのこつをたずねているところである。

——絵具や墨のあとはどうやってとりますのん。

——ウグイスでもなんでも、スリ餌でやしのうてる小鳥の糞でもむのがよろし。

——へええ、そな白粉《おしろい》は。

——よう乾かしてから、生地を菱《ひし》にひっぱって、はたいておみやす。

お夏は衣裳の世話と鳴物とを受け持つらしい。

手もちぶさたとなると、ついつい物想いにのめりこむような俊子の様子をみてとったのか、清十郎は茶店の傍に生えているトゲのある柑橘《かんきつ》の枝をひきよせて、

——お菊虫ぶらさがってまっせ。

と、俊子に教えている。ところが、こわいもの知らずであった俊子が子どもの頃からの苦手は、虫という虫のすべてなのである。思わず身をひいて、

——これ何。

とたずねると、横からお夏が、

──まさしく髪乱した女の後手にしばられ、木にくくりつけられたる形なり。そうみえしまへんか。皿屋敷のお菊どすがな。一枚、二枚、三枚と、九枚まで数えて、十枚目がおへん。やれ、悲しや。

お菊の物語はさまざまあるが、いずれも皿割りの亡霊が出る話である。播州姫路の御郭内に皿屋敷と呼ばれる屋敷がある。そのいわれは、腰元のお菊が家宝の十枚の皿のうち一枚をあやまって割ってしまい、あるいは割ったとぬれぎぬを着せられて、縛り上げられ、屋敷の井戸に沈めて殺される。それからというもの夜な夜な、びしょぬれの女の幽霊があらわれて、皿を数えては、しくしく泣くのである。

──その屋敷の跡に、寺を建てたが、この寺に菊の花が咲いたためしがなかった。埋められた古井戸の跡からは、女をしばりあげた形の小虫がおびただしゅう湧いたそうな。

座頭はこんな話をつけ加える。俊子は、細い糸で我が身を枝にしばりつけているように見えるくすんだ色の蛹《さなぎ》にまつわる話をきいて、ますます虫は嫌だとおもう。がんじがらめは、まるで今の我が境遇ではないか。

──播州皿屋敷も結構やけど、新作皿屋敷どうやろう。お菊が皿割ったのは、わざとしたこと。

──そら、またどうして。

と、清十郎。

――皿一枚と人の命がひきかえられるものかどうか、お菊が問うてんのや。

――そんな筋あかんわ。誰も泣かんで、考えこむようでは芝居にならへん。

と言うのはお夏である。だが清十郎は、案外に理屈の好きな男らしく、

――そうや、先君の御恩をおもう忠臣蔵も、我が子を主君の身代わりに立てて烈女の鑑の先代萩も、あれ全部書きなおしたら、おもろいな。

物知りのお夕カが教えている。

――お菊虫は、さなぎのまま冬を越し、春に揚げ羽蝶になる虫や。

がんじがらめで身動きできぬまま風にゆられているこの、みすぼらしい虫が、大きく羽をひろげることがあるのだろうか。俊子は松林の向こうの海の浪の上を、風にさからって舞っている、大きなちょうちょうの幻を見た。

高知にほど近い宇佐に着いたとき、待望の雨と風がやってきた。宇佐は自然の入江を利用した港であって、かつお船が出る。天候がくずれると、避難所を求めて港に入る船が多い。夕闇がせまると暗い空と海の区別はつかず、白い波頭のくずれるのだけが見える。雨も風も、かつおを蒸す小屋の強い臭気を吹きとばすことがない。臭いはしみついているのである。廃屋に、幕をひいただけの臨時の芝居小屋がつくられた。

三人だけの明治座は、漁師たちを相手に大奮闘であった。お夏は太鼓を鳴らし、拍子木を打ち、三味線をひいて、その上、舞台の上にもかりだされる。芝居の筋は主に座頭

の語りでつないで、見どころだけは立ちまわりがあったり、ぬれ場があったり。役のもっとも多いのは清十郎であった。舞台からひっこむたび衣裳をかえる。三人のうち二人は舞台に立っているから、幕をひくにも、残りの一人が拍子木を打つ腕に幕をまきこんで、打ちながら走る。

俊子は、むしろ席に坐って何を考えていたであろう。漁師たちの働き着とおなじく、旅人の着物も汗とほこりにまみれて、におい立っている。彼女は後年、旅姿があまりに粗末であったので宿屋では一泊をことわられた思い出も語っている。

同じ年のはじめから春には、絹ずくめの衣裳で、宮中のあの長い廊下を歩いていたのである。その年の秋の終りには、風の吹きわたる往還を行き、むしろ掛けの小屋に坐っている。

旅の経験について、俊子はその足の及んだ範囲が女には珍しく広いといわれたが、同じく、俊子のように社会の階層を、雲の上から、放浪の世界までななめにつっ切って見た、という経験も世にまれなのではないだろうか。

むしろの上の観客は、たった三人の役者が演ずるつぎはぎの芝居に泣いている。

――あの清十郎、足の裏までええなあ。

隣に坐る漁師の女房が感きわまってつぶやいている。俊子には、清十郎の、土ふまずだけのこして汚れている足の裏や、お夏の化粧のはげているところや、座頭の顔のひきつれが見えるのに、素朴な観衆の眼には、そういった傷のすべてがかき消えて、美しい絵空事がみえている。

俊子はしだいしだいにひきこまれていった。芝居が悲しくて泣くのではなくて、三人の役者が持てるもののすべてをさらけだして、継子いじめで人びとをふんがいさせ、義理人情で泣かせ、役者そのものの欠陥や弱みさえ用いて笑わせるところが涙をにじませる。

ほんとうに自分の力で生きるのなら、使わないですむ能力や、利用しないですむ手段は残らないものであろう。書家としての俊子、演説家としての俊子には、いつもほんの少し芝居がかりすぎるところがあった。見せるコツ、きかせるコツを俊子が学んだのは、雨風がたたく往還のむしろ掛けの小屋の中ではなかっただろうか。

高知に着く

一行の旅の目的地であった土佐の高知は、鏡川、国分川などの合流点にある。川は、浦戸湾に注ぐ。浦戸湾は中が一つくびれた細長い湾であって、室戸岬と足摺岬にいだかれた土佐湾に出るまでかなり距離がある。浦戸湾から外海に出たところが竜王岬。黒潮に洗われる桂浜がひろがっている。太平洋の荒波に磨かれた丸い石の浜である。

この浜で月見をすると、月の光が波に割れてとびちり、鳴りやまぬ海鳴りにひきこまれそうな心地がする。今は、この浜に坂本龍馬の銅像が、髪を風にみだし、肩をそびやかすようにして立つ。

土佐沖には、黒潮にのって鯨の群れがやってくる。十一月から二月までの冬のあいだ、足摺岬から土佐沖を回遊する群れを「のぼり鯨」という。銃でモリを打ちこむ捕鯨法がはじまるまでの古法は「突鯨の法」と呼ばれ、十三そうの舟に三百人もの勢子が分乗して、十三段がまえで入れかわり、立ちかわり次々と一頭の巨大な潮吹き鯨をおそってモリを投げ、鯨が弱るのを待って仕止める大がかりな漁であったそうだ。[3]

関西と高知を結ぶ阪神航路の船は、室戸岬をまわって土佐湾へ入り、竜王岬から浦戸湾を深く、孕《はらみ》の戸合まで入る。そこからはハシケ舟である。遠くはあるが、高知と京都、大阪は昔から行き来が盛んであった。[4]

西の宿毛から海ぞいの道をはるばる歩いてきた俊子とタカは、高知に着いて、ほっとしたにちがいない。高知は高知城を中心にまとまった城下町らしい町である。俊子は何といっても町育ちの人間なので、久方ぶりに通りぬける繁華街のにぎわいがなつかしい。はりまや橋の町筋には、キセル、サンゴの細工ものの店、菓子屋、ウナギ屋などが並んでいる。

「開々社」という店は、[5]舶来の洋品小間物の店らしく、ランプ、コウモリガサ、シャボンなどを売っている。高知はハイカラ風の早く入った土地なのである。山内容堂が設

けた開成館にはお雇い外人教師がすでに一八七〇（明治三）年、七一年にやって来ている。(6)

それに一八七三（明治六）年に高知城で博覧会がひらかれ、それを契機にして翌年、お城が公園となって以来、昔は藩士しかくぐれなかった追手門も開放され、郭中にも町人が住めるようになって、高知の町は新しく変わりつつあった。藩政時代には城下で芝居興行は禁じられていたのが解禁となり、芝居小屋が出来た。新地には家老が商売変えした料理屋の丹波楼、他に陽暉楼など、紅灯の街が生まれるのはちょうど一八八一、八二年のことであった。

上方から来た五人連れが立ち止まって見上げている看板には、西京染とある。タカが読み上げる。

――今般は西京より職人傭い入れ、よろず染物、絹縮緬、紋模様などすべて西京のとおり極上に仕上げ候あいだ、ますます御ひいきのほど伏してねがいあげたてまつり候。

高知までやってきて、西京染の看板を見つけ、一同おもわず胸いっぱいの気持のところ、店の内から、

――ほな、ひとつよろしゅうに。

と声がして、のれんをくぐって、出てくる男が一人いる。なんのきなしに顔をのぞいたタカが声をあげた。

――あんた、彦兵衛やんか。

――あれえ、おタカおばはん、それにトシさんまで。あんたらまあ、ここで何したはんのや。茂兵衛はんの縄張りは、山陰と九州やとばかりおもてたのに、ここも先まわりかいな。

――一人で何あほなこと言うてんのや。わたしらは今着いたばかり。お前こそ、ここで何してんのや。

目を丸くして、わけのわからぬことを口走りかけたのは、三条の旅人宿から姿を消した従兄の彦兵衛である。俊子の宮中出仕の際に、あまりにうるさく親戚縁者にまで及んだ身元調べに閉口して大阪へ行ったときいていたが、見れば風呂敷包みを背負って、どうやら呉服関係の商売に先祖がえりした様子である。

俊子の方へはチラと横目をくれたのみで、もっぱらおタカと話している彦兵衛は、むろん幼なじみの従妹の身の上の急変を知っており、そらみたことかとおもうものの、痛ましくて目が合わせられない。ところが俊子の方は彦兵衛の身なりを上から下まで眺めわたし、なつかしそうに微笑んでいるところは落ち着いたものである。ただ昔のようにすぐには話しかけてこぬことと面やつれがしている様子が気になり、彦兵衛は、小憎らしとおもえばいいのか、それとも、やあ、とでも声をかけたいのか、自分でもよくわからない。

ここまで一緒であった明治座の三人は、もう泊まる宿もきまっているらしくて、先をいそぐと、別れていった。清十郎は彦兵衛が何者なのか気になるらしいが、座頭とお夏にうながされて、ふりかえりながら、人混みに消えた。彦兵衛は話をつづけている。

――この看板、わしが知恵つけたったんや。目立つやろ。着物は何というても京染めやとは知られてるけど、職人まで連れてきてるいうと、ええ宣伝になる。

それから、ようようのこと俊子の方を向いて、

――あんた、こんどは女書家で売り出して高知に逗留のつもりやて。あいかわらずええ度胸したはるなあ。

と言う。

――ついでのこと、宮中女官、ゆえあって筆一管たずさえての旅と言うてまわってくれるか。わたしのええ宣伝になる。

俊子に抜く手もみせずに切りかえされて、彦兵衛はそれでも、ほっとする。この女子はこちらの気持に負担をかけてくることがないところが助かる。

彦兵衛は、このごろ何度か用があって来ているから、少しは高知を知っているといい、唐人町へ二人を案内した。唐人町は、高知の市内を貫いて流れる鏡川に面した町筋であって旅館が並んでいる。旅館から見える河原に、県下の物産を集めて大寄市場が開かれたり、軍談、軽わざ、人形芝居などの小屋が立つ。俊子と夕カは、このあたりの開放的な雰囲気が気に入り、滞在をきめた。

市内は、太平洋の海岸とは山一つへだたっているのだが、それでも鏡川の水は、ときおり上げ潮のにおいがする。目に入るものすべて、どこか南国風である。何よりも海に向かってひろがっている空が広い。

――人力車みはりましたか。高知の人力はそら派手どっせ。車体の背中に蒔絵が描いたぁる。芝居絵や。

と、彦兵衛が教えている。

彦兵衛は、本気で書家を名乗るつもりやな、と俊子に念をおすと、さまざまな助言をはじめた。まず、その塩たれた旅衣はぬぎすてなあかん。衣裳は、何とか都合つけてくる。そや、新聞いうのんは便利なものや、広告がのっていて、ときどき、本日、定期書画会、玉水新地、得月楼主拝白なんてある(7)、ここでは今ちょうど揮毫が流行らしい、あんたの腕なら、そこいらの書家の先生、絵かきの先生、なぎたおすくらい、朝めし前やろ、せいぜい貫禄つけて、それこそ、西京よりやってまいりました、東京は雲上人の文書御用掛て、やってやり、どうせやるならとことんやって、京の優女の意地みせたりや、と言う。相手が逆境にあるときは、後押ししてやりたい、昔から自慢の従妹であった気がしてくるのである。

こうして、高知へ着いたその翌日から、岸田俊子は湘煙女史を名乗り、書画会とかいうもののあるたび、出向いて、人びとの注目をひき、女書家出現というので評判になった。じきに周旋屋がつき、向こうから迎えがくるようになった。

書家、画家、俳諧師といった、文化伝播の旅をする人たちが、芸人以上に尊敬をもって遇されたとはおもえない。女史と名乗ったり先生と呼ばれたりするものの、おなじく芸を売って金を貰うのである。

俊子は、彦兵衛の助言やタカの傍からの演出もあって、お姫さま天下り式の高飛車に出ることによって客に受けることができた。この春までは、宮殿にて錦を着るの身、と名乗ればよかった。だが俊子は、畏敬とさげすみは表裏一体で、それが芸をひきだすのだと知っている。

高知に残っている俊子の書をみると、やたら字が大きいこと、勢いがすさまじくて、字やら線やらわからぬことに気づく。読める字でなくてもよかったのではないかとおもえるほどである。

きゃしゃな体格の若い女が、細腕で大筆をふるい大字を書く、その気迫がみものだったのではなかろうか。

俊子は晩年になってからときどき、若いころのあなたの書を購じましたと言ってもってくる客を迎えなければならなかった。その昔には、行くさきざきで筆をふるって、それで一宿一飯にありついたのだから、後からその証拠が続々とあらわれてもしかたがない。

俊子は自分でも見まがうほどの勢いのある昔の字をながめては、苦笑し、はずかしがっている。往年の活潑不羈の気性がまるだしだ、となつかしくもおもう。筆をもてば、もつ指のやせおとろえて細いことが自分でおそろしくなるほど力の失せた病床における感想である。

　わがむかし　われのみぞ知る筆のあと(8)

高知では、俊子は、封じこめられて出口のない風の勢いを筆勢に表現していた。これでどんな突破口が開かれるのやら開かれぬのやら、そんなことはわからない。白い紙がのべられれば、風の跡を記すだけのことである。

だがその勢いが人びとをひきつけた。あれから一月たって、俊子は今日は、高知の豪商、木屋の主人の座敷によばれている。宿まで迎えの人力車が来た。二人乗りは中型といい、俊子とタカが乗りこむと、

――アラヨッ。

と、モモヒキ、ハッピ姿の車夫の掛け声はよかったが、ぐらりと腰がへしゃげて定まらない。危ない、と重たいタカが思わず降りると、はずみで車がはねそうになるのを、優男風の車夫はようやくかじ棒をおさえる。

――清十郎。

よくもまぁ、めぐりあうものである。役者の清十郎がいつのまにか新米の車夫になっ

ている。

――なんや、湘煙女史たらいうお方を迎えに行てこいといわれたのに、それがあねさんとは、知らなんだ。お互い、早替わりどすなあ。

清十郎はまだ上方なまりがぬけぬらしい。

――お夏さんは。

――あいつ座頭といっしょになりよって。今頃はたぶん阿波や。わてはおいてけぼり食うた。お互いその方がええのやろ。高知ておもろそうやし、もすこしいてみるつもりや。内緒やけど、わて、車力愛敬社に入った[9]。

軽々とした俊子一人をさらってのせた人力車は、高知のもう一つの川、国分川の川口をまたぐ長い青柳橋をゆく。この橋をわたれば、竹林寺のある五台山、俊子が揮毫をしによばれてゆく山媚水明楼がある。

車夫の清十郎は、帰りもお送りしますといって山媚水明楼の玄関先で待っていた。

また青柳橋を渡って唐人町の宿屋に帰り着くと、

――ときどき寄ってもええやろか。わてはあねさんに字ィ読んでもらいたいねん。わてらの集まりに立志社のお方も来て、演説したり、書いたもんくれはんにゃけど、ときどき難しすぎますのや。

と、おタカに許しを求めた。

演説会めぐり

それからというもの、清十郎は二、三日おきにふところに檄文などしのばせて読んでもらいにやってくる。

——人間は自由の動物にして、心思あり、知慮あり、また想像あり。ゆえに、才性の発展ははなはだ少き者といえども、必ず類推概括の力あり、か。(10)学者やのうても人間だれかて、考えりゃ物の道理はわかるて、そう書いたあるのやろ。人間は自由の動物やから、物考えるて、そういうこっちゃ。あねさん、わてらの演説会ききに来はらしまへんか。芝居よりおもろいとおもうわ。

その日、俊子が清十郎に誘われて行った会場は、町はずれの旧名主の家であった。門頭には、蓑笠を結びつけた竹槍二個をぶっちがいにしてある。むしろ旗がかかげられ、その表面に蜂の巣でもって、自由の二字が大きく書かれている。(11)清十郎の説明によると、蜂の巣は、結合、団結の強いこと、人民の自由を妨害するものがあれば、これを刺し殺す覚悟をあらわしているのだそうである。

午後一時、だいたい百人ほど集まったところで開筵《かいえん》が告げられた。まず、招待弁士である二名の立志社社員は、「教育は人性に多少の影響を与ふる者なること」、「自己の幸福を得んと欲すれば必ず社会の公益を図らざるべからず」という題で演説をし、拍手喝采をあびた。

次に清十郎の兄貴分らしい車夫連が「自由は我が愛する車輪より発す」、「民権を主張するはむしろ車夫にあり」と題してつぎつぎと話す。[12]立志社社員の演説のように理路整然ではないが、汗をながす人が労働は神聖なりといえば、聴衆は感ずるところがあるのである。

大受けしたのは最後にとび入りした職人であった。

――わしは大工職であります。わしが長所、得意たる家宅建築の大法をここに申しのべます。今や諸君の住まわるる社会いや家屋は真正の建築法に違反せるが故に決して永世に伝わること能わざるべしとおもわれます。見よ、新築後十有余年の今日に至りて早くもすでにその柱たるもの傾斜して、社会いな家居がこれがため崩壊せんとするにあらずや。わしはわしの長所たる大工職をもって、今日より、一大家屋の新築に尽力する覚悟であります。

満場の客はドッとわき、拍手が鳴りひびいた。明治政府は屋台骨がくさっておる。それが証拠の北海道開拓使官有物払い下げ事件じゃ、などのささやき。

この年、高知では会と演説がひきもきらなかった。

『高知新聞』は、「どこもかしこも演説会や懇親会の盛んなることはほとんど毎日の新聞に掲載して〔紙面〕余すことなき」ありさま、と報道している。[13]

もともと高知は集まって飲み食いの盛んな土地柄であったらしい。家老の野中兼山が統制のきびしい政治を行っていたころ、夏秋の二回、民衆のふだんのうっぷんをはらさせるために無礼講をゆるしたのがはじまりといわれる産土神祭《うぶすながみ》、一家に長男が生まれたのを祝うたこあげ式などの機会には朋友親類が集まって三日四日と飲みたおし食いたおす習慣があった。

新聞にはこの旧習にかえて、一大懇親会を開くべしという投書が載っていたりする。[14]若衆組として集まる風習がそのまま演説会にひきつがれるということもあった。

もっとも知られた立志社の他に嶽洋社、回天社、発陽社、修立社、有信社、精到社、南山社、合立社などたくさんの社中が結成された。

その他に師範学校同窓会が本町自由亭でひらかれるといった広告が新聞に載るが、[15]これも演説会であった。また玉水新地の陽暉楼の姉さん株の芸者からお酌、仲居まで、同じ自由亭で一日集まったという報道もある。[16]車夫の会の他には、消防夫、商人たちも集まっている。植木枝盛は酒税に反対する酒屋会議を全国規模で開こうとして、各地に檄文をとばしているところである。[17]

さまざまな結社の中心となる立志社は、社長が片岡健吉、立志学社、法律研究所をもち、他に商社を有し、これは主に士族に生活の道を立てることを教える授産所の役を果たしていた。定期演説会が、月の一の日と六の日つまり月に六回ひらかれて、ときには千五、六百人も集まる盛況であった。[18] 青年たちは、スペンサー著『社会平権論』、ミル著『自由之理』、ルソー『民約論』などを読み、フランス革命や、ロシア虚無党を論じていた。[19]

自由民権運動

岸田俊子は、立志社で最初の演説を試みたと書いた伝記もある。しかし立志社の演説会の弁士と演題は新聞に載って記録されており、その中に俊子の名は見当らない。

それはともかく、土佐の演説会には、女子供の聴衆がいることは新聞記事からもわかる。楠瀬喜多は、一八七八(明治十一)年に、女に選挙権がないのなら税を納める義務もないと内務省に訴え出たことで有名だが、演説をきくことを好み、立志社の演説会には一日も怠りなく弁当をたずさえて傍聴したといわれ、民権ばあさんの異名をとっていた。[20] 宿屋街においてもしょっちゅう演説会があったから、俊子もたびたび、ききに行ったことであろう。

この頃、演説会だけでなく、新聞も民権をひろめるのに大きな役割をはたしていた。もっとも当時の新聞の文体、論文の内容はたいそう難しい。一枚一銭五厘という値段も安くはなかった。『高知新聞』は発行部数二千であった。

一八八一年秋から八二年一月にかけての時期、高知新聞社社長は片岡健吉、主幹は植木枝盛となっている。編集長が坂崎斌《びん》（紫瀾《しらん》）であった時期がある。宮崎夢柳も社員である。[21]

一八八一年秋には、坂崎斌は新聞の派遣員として、板垣退助と中島信行の東北遊説旅行につきそって、レポートを送っている。[22]板垣退助は、戊辰当時の戦場にも寄り、当時をしのんだりしながら、各地の民権家に迎えられ、演説の旅をつづけている。途中、板垣は持病の気管支カタールで倒れ、中島君のみ演説という日などもある。

おなじく一八八一年十月、植木枝盛は、東京で開かれる国会期成同盟の集会に出席がきまっていた。『高知新聞』は、

「殊に本年は各地より憲法の草案をも持出し研究する事にて我社主幹植木枝盛も次便の汽船にて当地を出達して右の同盟会へ赴むくと申すことにぞ、本日は社員職人共皆々相会して同人の為め送別宴を催す都合にてやむをえず社務を休むにより、したがって明日の発兌〔発刊〕を欠くの次第となりまする」[23]

と臨時の休刊日を設けている。

植木枝盛が東京へたずさえていった憲法草案は東洋大日本国々憲案として残っている。全文二百二十条の案は長文であるが、主権在民、基本的人権の保障、一局議院論、制限君主制、人民の抵抗権の保障、の特色をもっている。

第七十条　政府国憲に違背するときは日本人民は之に従はざることを得

第七十一条　政府官吏圧制を為すときは日本人民は之を排斥するを得

政府威力を以て擅恣《せんし》暴逆を逞ふするときは日本人民は兵器を以て之に抗することを得

第七十二条　政府恣《ほしいまま》に国憲に背き擅《ほしいまま》に人民の自由権利を残害し、建国の旨趣を妨くるときは日本国民は之を覆滅して新政府を建設することを得

第七十三条　日本人民は兵士の宿泊を拒絶するを得

第七十四条　日本人民は法庭に喚問せらる、時に当り詞訴の起る原由を聴くを得、己れを訴ふる本人と対決するを得己れを助くる証拠人及表白するの人を得るの権利あり[24]

立志社では、討論がつづいている。

――政府にて、一個人民の上に加うる権勢の当然なる限界は如何にぞや。

清十郎によれば、愛敬社は、汗を流して働く自治自営の者たちの集まりだが、立志社はもともと士族そして書生の集まりだから、理屈がむずかしい。清十郎はそれでもせっせと演説会に通い、そのたび、あねさんこと俊子にたずねる問題を山とかかえて帰ってきては、猛勉強である。立志社内でひらかれる演説会へも俊子を誘う。自分は護衛役のつもりで、いささか得意なのである。なにしろ、あねさんの学問は、ひょっとしたら立志社の書生たちより上かもしれん、とひそかに思っている。

俊子は、鏡川の河原を清十郎と連れ立って歩きながら、女の学問は、身体の一部の異常突起のように人目に目立つとわかりはじめている。今は、その突起を磨き、さらしものにして生きているのである。演説会をしばしばききにゆけば、民権ばあさんのように注目され、からかいの的になるかもしれないが、かまわない、好奇心のおもむくまま、知りたいことを知ろうとおもう。

書生たちの討論はつづいている。前回の問いは、ミル著『自由之理』巻の四、「仲間会所すなわち政府にて人民各箇の上に施して行ふ権勢の限界を論ず」から出た議論であって、個人の自由の不可侵、ひいては政府干渉にたいする抵抗権さらには反逆の権利について論じようというのである。

俊子も聴衆にまじって耳を傾けている。一人の書生が、

——専制が行われ、君臣の道を重んずる世においては、臣民たる者、ただひたすら、君主に恭順するをもって人生無上の義務となし、反逆をもって、極悪至罪となす、しかるに、たとえば昔、フランス反乱、革命のあらずんば、今日、自由の世界あるなし。(25)

と叫んでいる。別の男は、

——万国公法をみよ。叛民の外国に逃亡したるものは、本国政府これを逮捕するの権なく、外国政府の要請に応じて叛民を帰還せしめるの義務なし。それ、各国の私情にもとづいて叛民を罰するにあらず、人類の公道にもとづいて、これを保護するなり。

と言っている。
――叛乱の起こるに際しては、国は政府と叛民の両党に分裂し、公道にてらしていずれに理あるや不明である。近代の制法者が国事犯の死刑を廃するの説を唱えるゆえんである。

と、ひとりで演説をはじめる男もいる。

清十郎は、書生ことばで続けられる議論をききとろうとして、眉をしかめて懸命である。だが俊子には、話の筋道が容易にたどれるのである。西周訳の『万国公法』は、日本外史などとともに、京都の小学校の句読第一等のテキストであった(26)。『自由之理』も、講読に用いられてなじみの本であった。

討論の展開のために新たな設問が出された様子である。
――革命の原因は圧政なりや。

一八八一年秋、土佐の村々、町々に生まれた数々の結社においては、維新十年後もういちど、世直しが論じられていた。このたびは叛乱と革命という語が用いられている。ヨーロッパの歴史がお手本として語られ、書生たちは口々に論じている。
――政府、惨虐、横暴なるとき、民の叛乱は天の理なり。堯舜の仁政においては民権の声おこらず、民権は圧制なければ発達せず。
――革命は圧政の外因のみによるにあらず、内なる力なり。ロベスピエールいわく、人民の激動するや必ずしも圧制によって生ずるにあらず、圧制なくも生ずべし。これ大洋風無くて波濤を生ずるが如し。

――フランス人民は何故に苛酷なるルイ十四世の治下に蜂起せずして、比較的寛大なるルイ十六世の下に革命を起こせしや。

――ルイ十四世の時代においてフランス国人民は、自由の何たるか、民権の何たるかを知らざりき。

――然るにその後、有志の徒が大いに学び、イギリス革命を知り、自由は人間社会の基礎たるを悟り、自由の憲法にあらざれば国の進歩なしを知るに至って、かの古来未曽有の大革命を起こすにいたりたりき。

――時勢は民力なり。海鳴りの音をきけ。

――民権の発達するは、人民に権利を伸張せんと欲するの志念と、民権を伸張するの実力との二者あるによるなり、志と力なり(27)。

宮崎夢柳

議論は、討論というよりは、ひとりひとりの演説であって、少々ことばに酔い気味の雰囲気である。そのとき、片隅から細いがよく透る一声があがって、一同、耳を疑った。

――あやしむ、この尭舜《ぎょうしゅん》のまつりごと、いまだ尭舜の民を出さざるを。

ではこの明治の世に尭舜の民のような幸せな人民がおらぬのは何故か、と足元の現実を問われて、聴衆はしずまりかえってしまった。問いも問いであるが、問いを発した声が、女の声であることにおどろく。見れば、涼しい声の持ち主が都ぶりの若い女であることに二度、おどろく。しずまりかえった場内につづいて響いたのが、

——そ、そ、そうだ。

とおもわずつかえながらの掛け声であったことに、一同は救われた。別の声がなんとか答える。

——尭舜は明君といえど君主なり。君主の民は自由なき民なり、民権なき民なり。

その日の集会に集まった若者たちは、誰もみな、平生よりも少しずつよけいにハルト(心臓)が高鳴るのをおぼえた。

高知の書生のあいだでは、なまりのある英語の片言を会話にはさむのが流行しているのである。こんなささやきがもれている。

——誰ぞね、あのええ声のギリルは?

ギリルとはガール(girl)のなまりであるらしい。

——西京から来た湘煙女史ちゅう女書家やと。

——横文字も読めるにかわらん(らしい)たいした才媛らしいぜよ。

——おんしや、高知新聞ばあ、読みやせんかよ。宮崎夢柳こと芙蓉散史と、漢詩の唱和

をしゆうぜよ。あの二人、あやしいちゅう噂じゃが。

護衛役の清十郎は、きこえたぞ、何があやしいじゃ、とたいそうなふくれっつらで、俊子と宮崎夢柳の噂を知ったかぶりでしゃべっている書生たちをにらんでいる。

清十郎よりも、もっと気がかりな表情で、噂に耳を傾けているのは、さっきおもわず、声を上げた色白の少年である。

——三上、早よう来《き》いや。

と友人から呼ばれている。小脇にかかえたノートに記された三上が姓、名前は薫らしい。三上薫は友人に追いつくと、湘煙女史と芙蓉散史の噂を根掘り葉掘り、ききただしている。

芙蓉散史または宮崎夢柳という、あえかにも美しい雅号をもつ宮崎富要《とみやす》は、名前とは似つかぬ、いかつい顔の男子である。坂崎紫瀾と共に、高知新聞の名物記者として、新聞記事を書き、自由民権の政談演説をし、また、漢詩人として知られている。『高知新聞』と、これが発禁になると代わりに出る『土陽新聞』とにまたがって、「薄化粧鏡の花」と題する小説も連載中である。(28)

噂の漢詩の唱和については、岸田俊子の書いたはずの本歌の方は、現在、残っていない。宮崎夢柳の答歌のみが、『高知新聞』記事に残っている。(29)

次湘煙女史見似韻以贈五首　　芙蓉散史

千里両弓鞋　千里　両弓鞋《りょうきゅうあい》
東風為客日　東風客と為る日
裁成錦繍篇　裁ちて成す錦繍の篇
閑殺胭脂筆　閑殺す　胭脂《べに》の筆
来問紀公蹤　来たり問う　紀公の蹤
風光猶昔日　風光なお昔日のごとし
知君奪錦才　知りぬ君が錦を奪う才
継彼生花筆　継ぐ彼の花を生ずる筆
明月与清風　明月と清風と
詩成投簡日　詩成って簡に投ずるの日
一吟先正襟　一吟　先ず襟を正し
再誦欲焚筆　再誦　筆を焚《や》かんと欲す（後略）

――おい、書生、夢柳の詩を講釈してしんぜよう。

と、三上薫によびかけたのは、立志学社の向かいに、代書屋と書いた紙一枚を看板代わりにぶらさげて住みついている男である。本来が無筆のもの相手の商売である代書屋が学校の前で開業とは、おかしな話である。だが、どこか小藩のおかかえであった祐筆《ゆうひつ》の家筋という噂のある、鷹之丞とかいう名の代書屋は、若いくせにそれこそめっぽう学があるというので、書生たちにも一目おかれていた。清十郎などは、俊子に字を読んでもらう約束ができるまでは、この代書屋にずいぶんと厄介になった。この男は演説会にもしょっちゅう顔を出し、いつも筆記している。

——夢柳の詩、第一聯、両弓鞋ちゅうのは、先がとがった支那の女靴ひとそろいのことじゃよ。詩のこころは、女靴をはく身でありながら、春を告げる風にのって、千里の道をはるばると歩いてきた女詩人は、詩を書くのに忙しゅうて、紅筆をとって化粧することもめったになさらぬそうな、というところかな。

三上薫は、俊子の清楚な小さい顔をおもいだして、おもわず顔をあからめた。紅潮癖があるのである。代書屋はかまわずつづける。

——紀公の足跡をたずねる、とあろうが、つまり紀貫之の土佐日記の歌枕をたずねる風流の旅ということっちゃ。

代書屋は風流の旅はこのままではすむまい、今日の様子からみて、女書家は高知へ来てずいぶんと変わったようであるとにらんでいるが、それは言わない。

——君の奪錦の才を知る、とあろうが、錦とは、すぐれた歌にさずけられるほうびのことよのう。夢柳は、湘煙女史の奪錦の才におそれをなし、返事の詩を書いたものの投函しようという段になって気後れを感じたと書いているのじゃ。

——この詩のつづきには、思君侍御筵　応制題花日　天子賞奇才　公卿驚健筆とある。

宮中女官であったおりにも、お歌会の花の題に一句よんで、お歴々をその才でおどろかしたというんじゃよ。

新聞に載った宮崎夢柳の詩には、坂崎紫瀾の寸評がそえられていた。「紫瀾漁長云々咄々芙蓉子　素不甘巾幗者　云々」。代書屋が説明している。

——巾幗者《きんかくしゃ》たあ、女流のことじゃろうが、坂崎紫瀾は弟分の宮崎夢柳に、オヤオヤ、芙蓉子は平素、女に甘くはなかったはずじゃがと、からこうておる。だが、女に甘くはない、というのは嘘じゃよ。兄貴分の紫瀾も、弟分の夢柳も、女びいきで有名な男よ。夢柳の小説の主人公をみてやれ、すべて女主人公ものじゃ。これまでは夢柳の物語の女はみな、江戸趣味の女であったが、湘煙女史のおかげで、文明開化の女も夢柳の小説に登場するであろうテ。

おっかけ三人男、清十郎、三上薫、鷹之丞

何となくしょんぼり立ち去る若い書生にはもう目もくれず、代書屋はひとりで字を書いている。

代書屋の帳面には、やがて一つの図が描かれた。まん中に湘煙女史二十歳。これをかこんで、坂崎斌(紫瀾)二十八歳、宮崎夢柳二十六歳、三上薫十七歳、清十郎二十歳、彦兵衛二十二歳、そしてチョン、と点を打って二十五歳、とつけ加える。

代書屋はこの図をしげしげと眺めていたが、筆をとると、湘煙女史のまわりに墨でくるりと円を描き、堅固なる障壁すなわち母親、と書きつけて、呵々と笑った。六人の若い男たちが、花の妹の寵愛を得ようと競うが、いずれもお夕カに撃退されるという予想図である。してみると、チョン、と打った最後の点は己を表わしているのかもしれない。

それから代書屋は新しい紙をとりだし、様子をあらためて、文案をねりはじめた。

探索書

当地、演説会、懇談会は満員盛況の人気なりて、連日、叛乱と革命を論じおり候。はなはだしきは婦女子の発言をみるまでにいたる。巡査と立志社員のけんかなき夜はあらず。また、けんかの見物人の多くは農商の民なり。それら人民側より巡査を嘲弄すること実にはなはだしきことなり。決して油断相成難き趣に相聞え候(30)。

代書屋はここまで書くと、しばらく考えていたが、やがて苦笑いして紙をやぶり捨てた。密偵の報告書は、もっと日時、場所、人物の記述が具体的であり、罪状に直接に結びつき得るものが好ましいとされる。定期的に報告書を書かねばならないサラリーマン密偵のしんどいところである。

高知にある鷹匠町の名をとってつけた鷹之丞は、当時、高知へむけて数多く派遣されていた政府密偵の一人であるらしい。名前は一年に四度、季節ごとに変えるのだそうだから、この先、この名前で登場するかどうか保証のかぎりではない。

高知には早くから電信分局がおかれ、中央へ電報を打つことができた。政府密偵はすでに一八七七(明治十)年の西南戦争に呼応して不穏な動きがみられた立志社をさぐっていた。いわゆる土佐陰謀事件が発覚し、大江卓、林有造そして陸奥宗光が捕えられたのは密偵の働きによる。電信分局は密偵の報告の便宜をはかるために高知におかれ、秘密のうちに突貫工事がなされたのであった。

『高知新聞』には「探偵は民情を視察するの良機械にあらず」という長い論文が二回に分けて載せられている[31]。論者は密偵を用いるのは益無くして有害である、と述べ、六つの害を挙げた。

一、密偵となる者にろくなものはいない。二、密偵は志を抱く有為の士よりも小人であるから、大人物の心を見抜くことができない。三、密偵を用いなければ生まれなかったはずの罪人を多くつくる。四、密偵を使えば人民は用心するから民情を知ることはますますむずかしい。五、密偵は金を目的とするから、しばしば嘘の報告をする。六、以上のような欠点にもかかわらず政府が密偵の報告にもとづいて政略をめぐらすなら必ず過ちをおかす。

この論文が実は投書であり、投書の主が彼の代書屋自身であるとしたら、代書屋は一風かわった密偵である。

国会開設への動きと言論の弾圧

一八八一年十月ごろ、高知のわき立つ世論の中心の話題は、代書屋の言うとおり憲法と国民議会をもった共和制か、それとも立憲君主制か、という世直しの問題であったが、こういった議論のおこる背景には、地租(税金)の問題、徴兵の問題、不平等条約(外交)問題、北海道開拓使官有物払い下げ事件(政府腐敗、利権独占)などがあった。

自由民権色の濃い高知新聞であるが、地租については、封建時代とはちがってはじめて土地の私有がみとめられる、その所有権をまもるべしとする、むしろ地主擁護の論説と、実際に土地を耕す小作人の立場とその作株を擁護する小作党の代言人の広告との両方が載っている(32)。

一八七三年の地租改正条例公布によって、土地の所有権を確認する地券が交付され、封建時代の年貢に代わって、地券にもとづく税金が課せられることとなった。ところがこれが年貢におとらぬ重税であり、農民は土地を手放して小作に転落、不在地主が生まれはじめている。

とくに高知では藩政時代に積極的に新田開発をすすめる政策がとられ、農民は開拓地の所有者となることができた。ただし、身分上の制約から、郷士、武士の名を借りる必要があり、農民は名儀人に名儀代のみ払っていた。ところが地租改正で地券が名儀人に交付されたため、名儀人が地主、開拓農民が小作となり、小作争議がはやばやと起こった。

農民は重税にあえぐ上に、徴兵制度によって一家の働き手を奪われた。新聞には、『徴兵免否要録《ちょうへいまぬがるゝといなとはやわかり》』という本の広告が出て、これがベスト・セラーである(33)。

こういった人びとの不満は、政商と高官が利権をほしいままにした北海道開拓使官有物払い下げ事件で爆発した。政府の犯罪は国民を怒らせた。

国会期成同盟の会に出席のため上京した植木枝盛は、事件を契機にこれまで対立していた民権各派のあいだに政党結成の気運が高まっている、と報告している。

だが、燃え上がった反政府運動に、水をかけるような知らせが届いた。

「弊社の主幹植木枝盛が東京より本月十三日午後三時五十分発の電報が昨夜七時頃到着せしゆへ、取りあへず『ジュウガツ　ジュウニニチノヒヅケニテ　メイヂニジユウサンネン　ギインヲメシ　コククハ〔ワ〕イヲヒラク　ウンヌン　ノミコトノリデタ』して見ると十一月十五日の世界滅亡はどうなりしてのがれたいねー」(34)

片仮名による電報を読みなおすと、「十月十二日の日付にて、明治二十三年、議員を召し、国会を開く　云々の詔出た」となる。記事は雑報あつかいである。十一月十五日云々は、明治の時代、たびたびあった世界滅亡や、星の衝突の予想の日付である。なにしろ十年先に国会開設という気の長い詔なのだから、世界滅亡もとうぶん無いやね、とふざけているのである。これは健全な反応というべきではなかろうか。

翌日の新聞の第一面論説には、北海の黒ダコがまた暴れたという知らせかいな、ヤレヤレ、とおもって電報をひらいて見たら、あにはからんや、国会開設の知らせであった、とある。(35) 黒ダコとはむろん北海道開拓使の長官、黒田清隆を諷して言っている。記者は国会開設の約束にことさらとび上がって喜びはしない、当然のことだから、という感想である。その後も「国会開設の時期は何をめどとて明治二十三年度に定めたりや」などといった論説が出る。(36) 政府が例の払い下げ事件を収拾し、時間かせぎをしているのがわからないか、人民がいまだ幼稚だから十年待てなどと言わせていいのか、と問いかけている。

街には「あと十年、オヤ馬鹿らしい、善はいそげと人がいふ」と落書きするのが流行った。

だが、詔に先をこされた形の自由党結成がなされ、立憲改進党もつづき、十年後の国会開設をうけいれた運動がすすめられはじめると、さまざまな新聞の論調も聖詔をきいて感涙にむせぶといった調子となる。権力を握る側はその十年のあいだに、何でも出来るのだということは忘れられるかのようである。

『高知新聞』はあらためて詔の全文を載せるがそれはとくに詔文の後半に注意を促すためではなかったろうか。

「去る十二日の詔は左の通り

将に明治二十三年を期し議員を召し国会を開き朕が初志を成さんとす今ま在廷在臣に命じ仮すに時日を以てし計面の責に当らしむ　汝ち故《ことさ》らに早急を争ひ事変を煽し国安を害する者あらは　処するに国典を以てせん(37)」

治安維持、反政府運動の弾圧のための条例は次々と強化されるであろう。集会条例の追加改正（一八八二年六月）。新聞紙条例改正（一八八三年四月）。出版条例改正（一八八三年六月）。

さまざまな条例の改正以前に、すでに詔の下った直後から弾圧は露骨に強化された。讒謗《ざんぼう》律などは、どのような言葉尻でもとらえることができるのである。

板垣退助、中島信行の東北遊説に従い、東京では自由党結成をみた坂崎紫瀾は高知に帰って報告演説をしたとたんに捕えられ、一年間高知県下で政談演説を禁止された。『土陽新聞』には、彼の出した広告がのっている。

「言論自由剝奪の広告
嗚呼悲哉　斌儀昨十五日其筋より自今一ケ年間本県下に於て政談演説禁止せしめらる因て此に五十余万公衆諸君に号哭す
明治十四年十二月十六日、即ち斌二十八年二ケ月なり(38)」

演説会には、臨場警官による「中止解散」がつきものとなった。新聞は一々これを追いかける暇がないほどである。

民権講釈

立志社では、弁士の逮捕がひきつづいた。定期演説会の回数を減らさざるをえなくなり、つぎには立志社内での演説会の禁止を言いわたされた。立志社はさっそく弁士の組合をつくって、県内各地の演説会の招待に応ずる、と広告している。(39)だがこれも坂崎紫瀾の次の奇策には敵わない。

「弊社の坂崎斌は先頃政談演説を禁止されたので其後は何かなしゃべることの工夫をなさんと目論見居しが、学術演説もあまり真面目だからズント脱離して右禁止中は講釈師に化けんと此程遊芸稼人の鑑札を願ひ出ました。就ては鑑札下り次第取りあへず二三名の弟子を引連れお目通を致しますから、皆さん御贔屓《ひいき》を願ひます(40)」

――あねさん、わてまた商売がえや。

いそいそとやって来た清十郎の報告である。

――東洋一派民権講釈、馬鹿林一座、玉水新地広栄芝居に於て、今月廿一日の夜より同廿三日の夜まで引続き興行仕候あいだ、有志の御方がた様の御入車の程、伏して願いあげたてまつり候(41)。このチラシ、まあまあの出来でっしゃろ。

清十郎は車夫をやめて、講釈師となるつもりだという。

――座頭の馬鹿林鈍翁て、坂崎紫瀾さんのことや。宮崎夢柳が馬鹿林鈍柳、ほかに、ドンタク(鈍沢)、ドンドン(鈍々)、ドンシ(鈍子)、ドンツク(鈍突)ていてはりますのや。わては末席をけがすドンジュウ(鈍十)にてござい。ききにきてや。前座の口上はこんなんや。

エヘン、エヘン。東洋一派民権講釈の元祖馬鹿林鈍翁たあ此の辛い浮世をしのぶ仮りの名前、まことは政治海の風波を漕ぎ立て漕ぎ立て自主自由の国まで渡航を志す一個の男子紫瀾漁長坂崎斌、あまたの弟子をひきつれひきつれ、初のお目見え、お客様方すみからすみまで、ごたいくつなく御聴取りおねがい申上げ候(42)。

この興行、初日は大成功であった。ドンジュウこと清十郎が言うている。

――夢柳の兄貴はあんないかつい顔してるくせに気ィ小さい。ドンタク兄がいやちょいと風邪気味でと逃げだしたら、わしは腹の具合が悪いやて。

ドンリュウ、ドンタクはこの日おじけづいて高座に上らなかったそうである。だが、他の講釈師はそれぞれフランス大革命や西洋民権百家伝を語って、まずまずの出来であった。

清十郎は二日目も、今日こそドンリュウ、ドンタクの兄貴らひっぱりだして、あごがガックリぬけるまで一生懸命しゃべらしたる、とはりきって出掛けた。

ところが清十郎の前座がすんで、紫瀾が西洋民権百家伝のうちローマの英雄ブルータス小伝を語りおえたところで、警官に拘引されてしまった(43)。

清十郎によると、

——座頭はのっけから、天子は人民より税を絞りて独り安座す、税と木戸銭を取りて上座に位するは天子と私との二人なり、てやってのけたんや。

坂崎斌(紫瀾)は獄中で都々一をつくっている。

自由民権コハダの鮓よ
おせばおすほど味が出る(44)

——馬鹿林一座は師匠が出て来りゃあ、またやるんじゃて、東西東西、暮れ六つ時よりエイトー、エイトー(永当、続々つめかけるさま)の御入、ありがとう存じまする、て口上のけいこするやつやら、毎晩、椅子あいてに張扇を斜にかまえて声のかれるまでひとりげいこのやつやら、みんな大はりきりや。お客の耳ぶっつぶすまでしゃべりだすベイて言うてる。

と、清十郎は語る。彼は、あねさんこと俊子に教えてもらいたいことがたくさんあるのである。馬鹿林一座の講談の種は、ギリシャ、ローマの古代史、アメリカ独立、フランス革命、そしてアイルランド借地党、ロシア虚無党の近況などであった。種本をたくさん読まなければならないのである。来るたびに質問ぜめにするので、俊子もあきれている。

——イラレの清十郎。そうイラレたち、しょうがないぜよ。

——あれえ、あねさん、いつのまに土佐語が使えるようにならはったんや。うまいなあ。

土佐語のイラレは、上方ことばのイラチ、一つのことに落ち着いておられず、つぎつぎと新しいことをやってみたい性格の人のことを指す。清十郎が俊子にむかって、言い返している。

——そういうあねさんかて、そうとうのイラチやで。

新しいもの好きの清十郎がさっそくに飛びこんだ民権道化馬鹿林一座は、その後もつづくのであるが、監視もなかなかにきびしかった。このとき逮捕された紫瀾は裁判で禁錮三カ月、罰金二十円、監視六カ月の判決をうけ、控訴するが一年後に控訴破毀、入獄となった。

一般の人気は高く、高知の近辺には、馬鹿林一座の西洋講談や、後には川上音二郎一座がタイツをはいてハムレットを演じたことが語り伝えられているそうである。

また民権講釈はたちまち上方にも流行し、大阪でも、民権講釈にすっかり客足を奪われた寄席が、しかたない、民権講釈を出し物に加えよう、という時勢になった。そのかわり、新聞には冗談まじりに、「近頃、諸方の寄席にて政談演説に類似せし講釈が流行するについてのわけでもあるまいが、今度その筋にて講談条例といふ十八条ほどのおきてを設けらるるやのうわさ」(45)などという記事が載る。

弾圧と反撥、新機軸の発明、また弾圧、といたちごっこの競争のうちに、政談演説を禁じられ、民権講釈の鑑札もとりあげられる坂崎紫瀾と宮崎夢柳らによって政治小説という新しいジャンルの文学が生まれるであろう。時代をずらして自由民権運動を明治維新のこととして語る、あるいは場所をずらしてフランス大革命のこととして語るなどが政治小説の常套手段であった。

岸田俊子は一八八一(明治十四)年秋から一八八二(明治十五)年一月にかけて高知に滞在した。この間の『高知新聞』や『土陽新聞』は、俊子の目に触れたにちがいない。

北海道開拓使官有物払い下げ事件、明治十四年の政変、十年後に国会開設の詔、自由党結成、このような大きなニュースを、東京でも京都でもなく、高知で聞き、その熱い反響を肌に感じるとき、ひたすら自分自身の行き詰まりをうちやぶるためにだけ、歩いて、ここへやって来た俊子は、自分自身の中でもなにかがはじけとび、「自由と民権」と叫ぶ人びとの声に自分の声をあわすことができた。俊子は、清十郎がしょっちゅう口ずさんでいる、ドンツク、ドンタク、ドンドンという馬鹿囃のリズムさえ乗りうつって、我が身の中に鳴りはじめたような気持がしている。

『高知新聞』一八八二年一月には、「日本立憲政党新聞発行の広告、我立憲政党の志を天下公衆に明にするか為め右新聞来る二月一日より続々発行つかまつり候　請る有志の諸君は盛んに愛顧購読を賜らんことを」という、はるばる大阪から寄せられた広告文が載っている。(46)

大阪においてはすでに前年、一八八一年十一月に日本立憲政党が結成されていた。土佐出身の中島信行が党首にむかえられたのであった。岸田俊子が、一八八二年一月末に高知を発って関西へ帰ったときすでに、大阪の立憲政党に紹介され、定期演説会に加わる手はずが整えられていたのかどうか、それはわからない。

別れの宴

俊子は土佐の自由な空気を吸って、生まれ変わろうとしている。そして土佐の人たちもまた、都から来た若い女の、その変わりよう、羽化してはばたく気配に、好感をいだいた。またたくうちに過ぎた、束のまのふれあいであったのに、永年の友を見送るかのように別れをおしむ人たちがいる。

平安朝の『土佐日記』では、都へ帰る旅のはじまりは「はつかあまりなぬか(二十七日)、大津より、浦戸をさしてこぎいづ」とある。その後、地形がかわり、陸が上がって、大津は今では高知市内だそうである。明治時代には、高知からハシケ舟に乗って孕まで行き、汽船に乗りかえた。別れの宴がはられたのは、どこであったか。

宮崎夢柳は、湘煙女史が京へ帰る別れの宴の席上よんだ歌、「送女史某氏帰西京席上有詩畳其韵七首」を『高知新聞』にのせている(47)。蒲柳の質の君は船旅に耐え得るだろうか、とおもうと、春の雨のようにたくさん涙がこぼれる。船が、外海へむかって港をはなれるとき、汽笛が泣きむせぶようにきこえた。

　夢柳は、揮毫のときの湘煙女史の姿にあこがれたあげく、その後は俊子の字体のまねをして字を書くようになり、俊子が高知を離れるころには、まるで俊子にそっくりの字が書けるようになっていたそうである。(48)

　清十郎のドンジュウは、夢柳ことドンリュウの兄ィが、馬鹿林一座の楽屋で、湘煙女史から貰った手紙というのを弟分にみせびらかしているのをにらんで、あの手紙、自分で書いたくせに、相思相愛もないもんや、とおかしがっている。だが、夢柳は、こりもせず、新聞に「想思曲　夢柳情禅草」などという漢詩ものせるのである。(49)

　美人遠儂兮只合死相思

——美人は遠し、われはただまさに、相思に死すべし。ア、。

　と、こっそりひとりで新聞を読みながら、溜息をついているのは、立志社の法律研究所に学ぶ三上薫である。法律書をひろげて勉強にとりかかろうとするそのたび、湘煙女史の白い小さな顔が目に浮かび、耳には涼しい声がひびいて、何も手につかない。

　一方、あやしげな代書屋は、いちはやく何か情報をつかんだらしい。店じまいをして、次の阪神汽船に乗る予定である。

　そして京都では、一足先に大阪へ帰った彦兵衛を通じて、悉皆屋おフサに、おタカの伝言がとどけられている。

――へぇえ、揚げ羽蝶の模様を染めるのどすか。

と、おフサはとまどっている。

――波の上にとぶ蝶々やて、おタカさん気ィたしかかいな、役者さんの着物のような派手な柄、誰が着はるのどす。おトシさんが。ほんまどすか。ほな、きばらしてもらいまひょ。

高知と大阪は、その昔から航路によって結ばれていた。

高知から帰って来た俊子とおタカは、土佐堀川から陸へ上がったのだろうか。現在の肥後橋のあたりに船着き場があった。附近には旅館がたちならび、なかでも大川町の原平旅館は、高知の民権家たちの常宿であった。中之島には、西洋料理の自由亭もある。

大阪ではすでに、一八七五(明治八)年に、全国の民権運動の連絡機関である愛国社の結成集会がひらかれている。また、時の岩倉具視、大久保利通の政権が、下野した木戸孝允と、民権運動の板垣退助の参議復帰を要請して計画した大阪会議も北浜の花外楼で開かれたのであった。

一八八二(明治十五)年、大阪の立憲政党は、『日本立憲政党新聞』の発行と、大阪政談演説会開催を行っていた。新聞社は本町二丁目にあり、政談演説会は、道頓堀にかたまっている芝居小屋を次々とまわった。政党本部は新聞社の中におかれていた。

大阪は京都や高知とはちがって、明治のころと今では、川筋や道筋がすっかり変わっている。高層ビルのあいだを高速道路が走っている現代の都市の下に、昔の町並みや川の流れを想像することは、なかなかむずかしい。舗装された道の下に、かつて縦横に通っていた運河が埋っているのである。大阪は水の都であった。細い血管のように通っていた堀川の水は大川とよばれた淀川に通じ、大川は港に注いでいる。

だから、海からイケブネ(活魚船)が上がってきて、ザコバ(雑喉場)の河岸に着く。イケブネは明石や淡路の漁村から出た。船艙の両側に、金網を張った小穴があけられ、海水ごと活きた魚を運ぶ船である。タイ、ハモ、タコ、スズキなど瀬戸内海の新鮮な魚が大阪へ着く。

広島からは、カキブネ(牡蠣船)がやって来た。土佐堀川、堂島川、道頓堀などにつながれ、船中で蠣の料理を食べさせるのである。

ブエン(無塩)の魚を口にするのがまれな、京都に育った俊子には、高知で食べた太平洋の魚や、大阪で食べる瀬戸内海の鮮魚がめずらしかったのではなかろうか。

晩年の日記の中で俊子は、大阪の蠣飯には汁がつき、これを飯の上からかけて食するところが関東の食べ方とはちがうのだ、と説明している。また、「晩食に浪華の蒸酢飯を作る 母君嘆賞」などと書いている。(50)

椎茸、きくらげ、色つけした麩、焼きあなご、栗、錦糸卵などを色どりよく散らした大阪風の蒸し鮓が俊子の得意の料理であったとは、かわいらし。

だが蠣飯も蒸し鮓も、俊子が外で食べた料理であったろう。大阪は商人や丁稚、奉公人が休日のたのしみにする食べ物店の多い町である。大阪では俊子は演説に明け暮れた。活動的であった日々のおもいでの味である。

俊子、大阪で弁士となる

高知から戻った俊子は、いったんは京都へ父親の顔を見に帰ったものの、じきにまた、おタカとともに大阪へひき返し、家を借りた。

大阪の住所の町名、番地は記録に残っていない。民権論者の巣窟、梁山泊などと呼ばれた大川町の旅館街、本町の日本立憲政党新聞社、道頓堀の芝居小屋、この三地点にほど近い、どこか町中の借家である。

一八八二年一月の末に高知を発った岸田俊子は、同年四月一日、大阪道頓堀の朝日座ではじめて演説を行った。

『日本立憲政党新聞』(51)の前日号には、翌日の臨時政談演説討論会の弁士および論題の紹介、が載っている。俊子は中島信行、小室信介などの立憲政党党員につづいて客員参加である。演題は「婦女の道(52)」。

岸田俊子の演説時代のテーマは一貫していわゆる婦道の批判であった。女は一生、父と夫と子に従えと説く三従の教えの代わりに自主自営の人をつくる新しい女子教育を論じた。漢籍の素養にもとづく引用や比喩が多かったから誰も気がつきはしなかったが、俊子は七つの言い分があるとて婚家から一方的に返された自分の体験をふまえて語りはじめたのである。

新聞は「明一日、演説会に出席せらるるはずの湘煙女史岸田俊子二十歳」のために、とくに長文にわたる紹介を行っている。時機あらば、一大学校を創設して女子教育を行いたい希望をもっているそうである。性格は磊落《らいらく》、談論は活溌の人であって、言うことを聞いていると、目の前に明眸皓歯《めいぼうこうし》の女を見ているのに、あたかもひげのある男子と話しているような気がする、奇婦人といふべし、とも書いてある。

——ひやあ、女の演説やて。

——女艶舌と、こう書くのや。

——そんなきしょくわるいもん、いとはんの癇癪で、お断り(琴割り)や。

——いやいや、いとはんの癇癪、道理(ことわり)や。

などなど、テンゴを言いながら、物見高い大阪人は芝居小屋へおしかけたのであった。

数日後の新聞の報道。

「去一日道頓堀朝日座に於て開かれたる大阪臨時政談演舌会は世人が盛大なるべしと予想せしより尚一層の盛会にて午後五時よりの定刻なりしに三時頃より聴衆は会場の入口に詰掛〳〵五時に至るに及んで、二階より聾桟敷に至るまでヒシ〳〵と詰りたるうえ花道より舞台の上まで溢るゝが如く充満せしかば、今は詮方なし遅刻の聴衆は気の毒ながら謝絶すべしと木戸をしかと閉ざせしに、後れてくる人は木戸うちたたき押破らんとする勢いに、会主、百方制止すれど手に余りければ、遂に臨監の警察官数名、場外に出張し辛うじて混雑をおししずむ。さて弁士は例のごとく雄弁を揮ひしが、中にも岸田とし女のごときは容儀端麗、語音清朗、論旨高妙、喝采は一段と盛んなりき(53)」

新聞で演説会の予告や前評判を読み、当日は最前列に坐り、翌日は、前日の演説会がどう書かれているのか気になるのでまた新聞を買う、という同じことをしている三人の男たちがいる。

高知から俊子の後を追うようにしてやってきた三上薫と、代書屋と、そして清十郎である。

三上薫は大阪の代言人の書生となって、修業をはじめた。もともと上方の出身なのである。

代書屋の鷹之丞はこんどは裁判所の前に陣どって開業である。密偵とは誰も知らない。

そして清十郎は、民権講釈をつづけている。

大阪の道頓堀は、朝日座、戎座《えびすざ》、中座、角座など芝居小屋のたちならぶところである。

——ドトンボリであねさんと勝負。

などと、清十郎は言っているが、民権講釈や書生芝居とよばれた新しい動きが、オッペケペー節や新派劇などの型にねり上げられてゆくには、まだこの後も年月が必要であった。

どうやら俊子の方がいちはやく、独自の表現様式と人気とをつくりあげてゆきそうである。

大阪政談演説会は、だいたい一週間に一度、月に四回のわりあいで開かれていた。岸田俊子は毎回、参加している。

四月一日、道頓堀朝日座にて「婦女の道」。
四月七日、北区大江座にて「女子亦剛柔を兼有せざるべからず」。
四月十五日、道頓堀戎座で「天は本《もとも》と偏頗《へんぱ》なき乎」。
四月二十九日、新町高嶋座で「切の一字誠に道に入るの門なり」。
五月六日、北区大江座で「夢の説(54)」。

政談演説会は芝居小屋の都合次第で、開会時間がきまり、午後一時、三時、五時とさまざまである。弁士は毎回、十人から二十人予定されている。お客は半日ものあいだ、たてつづけに演説ばかりきいて、よくも飽きなかったものである。

ふだんは歌舞伎や人形浄瑠璃のかかる大阪の芝居小屋である。聴衆は、政談演説の内容だけではなく、弁士の押し出し、風采、声の音量、音質、話のよどみなく流れるさま、つまりは芸の力の判定にもうるさいお客であった。
代書屋に化けている密偵の鷹之丞は、演説会にゆくたびに筆記し、後でまとめて探索書を書いている。

探索書

大阪の立憲政党は、高知の立志社がフランス流共和制を唱うるにたいし、リミテッド・モナルシーなど言いて、むしろ、エゲレス流立憲君主制を唱うるなり。勤王民権とよぶべきなり。党総裁、日本立憲政党新聞社長は中島信行、古沢滋、沢辺正修、小室信介、田口謙吉、善積順蔵は元の大阪日報関係。岡崎高厚、小嶋忠里、菊地侃二、瀬川正治は代言人、城山静一は雄弁家。すなわち代言人と新聞人の党なり。しかるに、彼らの催す演説会の、商人、奉公人を多数あつめるの人気、おどろくべきの勢いにて、連日、広大なる演説場中に立錐の地なきに至る。

また警官による演説中止の回数、東京に少なく、大阪に多きこと、なにゆえなるかは……

ここまで書くと、代書屋は、自分の部屋のたたみの上にひっくり返り、天井をながめて適当なことばを探すらしい。

大阪の演説者の、とくに軽躁過激、客これを好むのこと。コレコレ。

と、むっくり起きなおって、続きを書く。

演説中止の大阪に多きは大阪の演説者の特に軽躁過激にして国安を妨害し人民を教唆するの言、聴聞者に好まるるがゆえなり。中止さるるや、芝居小屋のいたるところから臨監席へむけて、座ぶとん、土びん、茶わんのとぶならわしとなれり。

なお観察するに、大阪の聴衆は言語の巧妙、諧謔を好む。論理の高尚なるところにいたっては、かえって好まず、或は欠伸《あくび》し、或は座談をはじむ。

またここで、代書屋の筆は止まった。だが、ゆうべの演説会で飛ばされた「鮓屋のアラや。もうええぞ。へっこめ」などという野次は、なかなか厳しくて聴く耳もった奴であった、などとおもう。鮓屋のほうちょうさばきは見事で、アラには身の残りがすくない、つまりミ(内容)のない演説というしゃれは、大いにうけた。

代書屋は気をとりなおして書きつづける。

なお、新趣向として、女演説はじまりおり。或る日は緋チリメンに黒き帯、別の日は黄八丈、ときに文金高島田に白襟三枚重ねと衣裳をとりかえひきかえ客の目を奪い、韻律ととのいたる演説文にて耳を奪い、女権を唱えおり。各地に流行の徴なきや、決して油断相成難き趣に相聞え候(55)。

いつものように、しめくくりの決まり文句を書きながら、代書屋は、だが、俊子が聴衆をひきつけているのは容姿と美文だけではない、あのふきだす勢いは何なのだろうと考えている。

岡山へ、そして遊説の旅へ

自由党総理、板垣退助が岐阜でひらかれた自由党の懇親会の後、ひとり会場を出るところを岐阜県士族相原尚褧《しょうけい》によって短刀で胸と肩を五カ所刺されたのは、一八八二年四月六日のことであった。大阪へはその夜、知らせが入った。

大阪政談演説会は、四月七日に予定されていた。新聞をみれば、演説会は開かれたようで、「例の湘煙女史岸田俊子の演説は流暢よどむところなかりしにて聴衆は舌を捲て感嘆せり」(56)とある。演題は「女子亦剛柔を兼有せざるべからず」であった。

俊子の演説は、中島信行以下、立憲政党の主だった人びとが岐阜へかけつけた、その留守を支えたのであった。演説会が終ると俊子も夕カとともに岐阜へ向かった。

このとき、自由党員やシンパの人たちは全国から続々と岐阜へ駆けつけた。幸い板垣は命をとりとめる様子である。禍いは転じて福となり、集まった人びとには、図らずも一つのことに力をあわせている自分たちを発見する機会となった。

これらの人々によって、また新聞によって、ニュースはたちまち全国にひろがった。『京都新報』には「曲物をうち見やり我今汝が手に死することあらんも自由は永世不滅なるぞと呵々と笑われしはさすがの豪傑」(57)といった、講談調の報道が載っている。四月十三日には岐阜町劇場で演説会が開かれ、立憲政党の小室信介は「板垣は死すとも自由は亡びず」という題で演説した(58)。

同じ日、城山静一は板垣君ノ遭難図を描き、中島信行が讃を添えた。

金華山〔岐阜市内の山〕裂紅満地
正是自由結実時　長城信行生(59)

遭難事件は絵となり、読み本となって、記憶された。

大阪では、三上薫がノートに、「板垣死すとも自由は死せず」と書きつけている。清十郎はさっそく岐阜の変を芝居にすることを考えている。

岸田俊子は岐阜に駆けつけたことによって、この後の民権運動の上げ潮と勢いを共にすることになる。このとき岡山へ誘われ、やがて全国へ演説の旅をするきっかけをつくるからである。岡山は、はやくから自由民権運動のさかんな土地であった。女子教育についても熱心な人たちがいた。俊子は、大阪で療養中の板垣退助を見舞いに来た竹内ひさ子と津下くめ子に伴われて岡山に着いた。

俊子を岡山へ誘ったもう一人は、同地出身の民権家である小林樟雄《くすお》であったかもしれない。小林は、京都の仏学校で教えたレオン・デュリィを慕って京都へきて、彼の下で四年間、フランス語を学んだ人である(60)。同じころ小松屋トシ、つまり岸田俊子は、京都の学校に通っていた。

五月十三日、十四日の夜、岡山区東中山下の心明座で、自由党の政談演説会が俊子を迎えて開かれた。[61] 中国地方の五月は、もう夏のはじまりであって、麦の穂が出そろい、夜風は草のにおいがする。

――まあ、ぼっこう(たいへん)こんどるで、あぶねえですなあ。押したらおえりゃあせんがなあ。

千人も集まった人びとは会場に入りきらず、場外にあふれている。今夜は、女の客の多いこと。

小林樟雄の演説の題は「吾人は専制の治安を取らざる者なり」であった。

岸田俊子の番となって、演題を書いた紙がめくられると、墨くろぐろと、「政府は人民の天、男は女の天」と書いた字があらわれた。[62]

――遠ええとこからオキャーマ(岡山)までおいでんさった湘煙女史じゃてえ。

だが俊子の第一声が上がると場内はしんと静まる。

――岡山の女子に告ぐ。

聞き耳を立てている人びとの中に、景山ヒデという、十七歳の芝居好きの少女がいた。

――わが親しき、愛しき、姉よ妹よ。人間世界は男女もて成るものにて、相待って人類の社会を作ることにて始めて同等同権というべし。然るを、かく我邦の風俗の如く、男を旦那、亭主、御主人と尊びつ、女は下女、婢、妾、御召仕と賤しめられて絶えて同等の待遇をうけざるは遺憾のきわみならずや。

女の客が多く混じっているとはいえ、聴衆の九割がたは男なのだから落ち着かぬ気持で、それでもリンリンと響く声にしだいに吸いつけられてゆくと、女の声は呼びかけるのである。

——世の自由を愛し、民権を重んずるの兄弟に問わん。君等は社会の改良を欲し給えり。人間の進歩をはかり給えり。而して何としてこの男女同権の説のみに至りては、守旧頑固の党に結合なし給うや。

その日の聴衆は、真剣に耳を傾ける聞き手であった。景山英子、のちの福田英子は自叙伝『妾の半生涯』(63)に、湘煙女史の演説をきいて発奮、岡山女子懇親会をつくったと書いている。

俊子が岡山から帰り着くと、大阪の新聞にはもう、次の演説会の広告が載っている。

「明二十日午後三時より道頓堀中の芝居に於て開かるゝ大阪政談演説会の弁士論題

備前行相乗船　岸田俊女」(64)

つまり岡山行きの報告をせよという注文であった。俊子は二十日当日に大阪に着き、その足で中座へ向かうが、その日は臨監の警官による演説中止、解散があって、夜半に空しく仮寓へ帰る結果となった。(65)

それにしても、連日、疲れを知らぬ活動ぶりである。

五月二十七日、道頓堀の中座にて「外錦内腐論」。

五月二十八日、岸和田の演説会。

六月三日、大江座で「失い易き者は夫《そ》れ機か」。

六月十日、中座で「甘んずべからずに甘んじて安んずべからざるに安んずるは女子の職にあらず」。

六月十七日、道頓堀中座にて「夫為天也蓋労〔夫を天となすはけだしつかる〕(66)」。

六月二十三日、徳島に渡り、演説「女子教育論」。

六月二十四日、徳島、藤見座で「嗚呼嗚呼」と題して演説中、中止解散、呼び出しをうける。翌日も演説中止。六月二十九日大阪へ帰る(67)。

九月、長崎(68)。

十月、中島信行、新井毫《ごう》らとともに、和歌山に遊説旅行(69)。

若い女一人をまじえた大阪政談演説会には、相乗船だとか、相合傘だとか、いささか青臭い冗談が流行している。岸田俊子の相合傘の相手とみなされた一人は新井毫であった。演説会の看板にたまたま二人の名前が並んで書かれたというだけのことなのだが、噂はかまびすしい(70)。

看板や広告に相合傘を書きそえるいたずら者がおり、夜中にまたその落書きを消して歩く奴がいる。相合傘を消すついでに、新井毫の名前まで墨で塗りつぶしたのは、どうやら三上薫である。

噂をききつけた清十郎はさっそく俊子にききただしにゆき、
——あのゴーケツのことかいな。
と、いなされて、それみいな、あねさんの相手があんな奴のはずない、と胸なでおろしている。新井毫は、演説の題も「不平を鳴らすべし」など、短く乱暴なのである。だが清十郎は、俊子の相手が誰ならよいというのだろう。

新聞小説に「女俠　お俊」

紅一点は、気になる存在である。だからとうとう、岸田俊子は明治の新聞連載小説に、作中人物として登場するに至る。案外堂主人こと小室信介著『新編大和錦』の第七章「機《はた》の錦」の女主人公の女俠・岸村お俊はさっそうと美しく、強い女である。

高知新聞に坂崎紫瀾と宮崎夢柳がいたように、大阪の日本立憲政党新聞には小室信介がいて、新聞に連載小説を書いていた。[71]『新編大和錦』には「勤王為経、民権為緯」という副題がついている。勤王運動を縦糸に民権運動を横糸にして織る錦というのは寓意であった。今の世の民権運動を、時代をずらして尊王攘夷運動の物語に託して語る趣向なのである。

物語の中で、勤王の天忠組の志士武藤は追われながら大和の豪傑土浦の援助を得、山陰道から長州へ逃れようとしている。途中、乱暴武士二人に捕われている女俠岸村お俊を助けるが、そのときお俊もまた、イガのついた栗を、「ねらひかためて仇なる武士の面部を的にハタとうつ」。武藤が敵をたおす好機をつくるのである。その機転におどろき、さても怪しき婦人かな、と武藤がつくづくと顔をみると、

「その齢のころは二十三、四〔中略〕天然備はる美貌の姿。色白く目涼しく。鼻だち口元よく揃ひて。〔中略〕田舎に稀なる美婦人。且つ婦人に似合ハぬ度胸。天晴れ一個の女丈夫なり(72)」

と、ある。武藤の問いに答えてするお俊の身の上話がいやにくわしく、具体的であるところが、モデルが近くにいることをおもわせる。「但馬国養父郡八鹿村西浦正二と申すものの娘にて、名をお俊とよび侍り(73)」なのである。

女侠お俊は、十八歳の春、豊岡町の岸村という家に嫁いだが、一昨年秋、夫がはやり病いにかかって亡くなったという、大筋には不必要な説明もついている。作者の小室信介は丹後の人である。モデルの岸田俊子がじっさいに一度は嫁したことがあるということを知っていて、小説の中では死別としたのかもしれない。

物語の女侠お俊の章には「機の錦」という題がついているのだが、これは追手にかこまれた武藤を、お俊が錦を織る機の中にかくし、謡曲の呉服《くれは》の曲にあるように、きりはたりちょう、きりはたり、ちょうちょうと機を織るところからくる。

十手をふりあげた捕手の頭にむかって、機を織ってみせる女侠お俊のきる啖呵もまた、

現実味と凄味を帯びている。

「わらわは、賤しき賤女にて、浪人とやら町人とやら、わきまへ知らぬ無智文盲。毎日極まった反数が日傭賃の定めゆゑ、朝から晩まで一服の、煙草呑む間もあるかなしや。また小便がこんできた。間を取られし悔しさに、儘になるなら樋竹かけて、斯うしたままで尿がしたいと思ふほどの忙しさ。浪人でも町人でも、捕手が来やうが雷さんが、がら〳〵ぴしゃりと落ちて来やうが、頓と頓着せぬ体。おまへさんがたがそのやうに傍へ来てがやがや云はしゃんすと邪魔になる。早う帰《い》んで下され(74)」

捕吏たちは辟易として退散である。

小説『大和錦』の作中人物とモデル、その寓意は、当時の読者にとってはすぐに察しのつくものであった。「天忠党」は立憲政党を指した。中島信行は「長島」、城山静一は「瀬山」、沢辺正修は「川辺」、立憲政党に経済的援助を与えた豪農土倉庄三郎は「土浦」、岸田俊子は「岸村お俊」、作者の小室信介は「案外和尚」の名で登場する。悪役の三島奸蔵は、当時、弾圧政策の悪名が高かった福島県令三島通庸である。

物語の中で但馬の生野銀山で挙兵の企てがあり、志士たちはもう平和改革ではどうにもならぬと覚悟をしはじめている。案外和尚は、「人は運命なり、運命は希望に反く、世事は必ず意想外なり、意想外を案外と云う」という案外哲学を説く。和尚は改革はすぐには成らない、一つ一つの挫折に心くじけて志をすてることをせず、力をつくしたあとは天に運をまかせよと、過激志士をなだめているのである。ここにはそろそろ民権運動の中に生じだした急進派と漸進派の亀裂を予感させる観察がある。

さて、女侠岸村お俊はどうしてこうも勇ましい女に描かれたのだろう。近頃、岸田俊子はピストル一丁を帯にはさんで歩いている、という噂が流れているからである。

岸田俊子のまわりには、女弟子が集まっている。大阪の仮寓には、母のタカの他に、高知からやってきて、湘煙女史を慕って湖煙女史と名乗る富永らく、越後からやってきた中村徳子、少なくとも二人の女弟子が住みこんでいる。中村徳子は面白い娘であった。炊事一切と会計をひきうけるというので、まかせると、とんでもない料理をつぎつぎとつくる。ある日、家主が怒鳴りこんできた。みれば小さい庭を囲む生垣の木がずいぶんまばらになっている。家の板壁も手の届くところがはがしてある。ちょっとの間によくも家が荒れたものである。家主、借家人ともに首をかしげ、合点がゆかなかった。後で徳子が白状するのに、今月は薪代をちょいと倹約いたしました。

いくらこういう女丈夫がそろったといっても女世帯の評判が立つと用心が悪い。演説会の帰りの夜道もぶっそうである。あねさんの護身用にとて、婦人持ちのピストルをどこぞから探し出してきたのは、いらんことしいの清十郎にちがいない。このピストルを俊子は晩年まで几帳面に年一度、銃器屋へ掃除に出し、いまさら何を護る、と自嘲気味に日記に書いた[75]。

女演説の旅

一八八二年の俊子の遊説の旅は、結局、大阪から岡山、津山、岸和田、徳島、和歌山、長崎、熊本の広さに及んだ。なかでも九月に長崎、いったん関西へ帰って十月末から十一月中ふたたび熊本地方、という精力的な歩き方にはおどろかされる。

十月二十六日、熊本着。

十月三十日、熊本の堀川定席で演説「熊本賢媛来者に告ぐ」、「行尸飯嚢《ぎょうしはんのう》人所恥（死体のように何もせずに飯だけを食うとは人の恥ずるところなり）」。

十月三十一日、同堀川定席で「柔柳堅松亦同精神矣（柔らかい柳も堅い松も精神を同じゅうする）」、「京都みやげ」。

十一月一日、草葉町福富座で「習慣論」、「思想論」――高尚なる思想は自由を欲するも卑下なる思想は圧抑を好むとのべたので、国安に妨害あったとして演説中止解散の命令。

十一月二日、八代着。

十一月五日、八代町紺屋町明辰定席で「婦者家之所由盛衰、宜哉（婦は家の盛衰の由る所、宜ろしきかな）」、「今日行一難事、明日行一難事（今日一難事を行い、明日一難

事を行う」」。ここまで九州の旅前半である。(76)

九州遊説は、再びタカと二人づれの旅である。俊子は昨年秋のあてどない旅と同じ道を同じ季節に歩いている。家々ののきばに干柿がつるされている風景は一年前と同じであるが、今回は女演説の目標をしっかりもって歩いている。

九州では俊子は改進党の演説会にまねかれてはいるが、政党とは別個の独自の立場をはっきりとさせ、演説は政談演説ではなく、学術演説として届けた。新聞は俊子の演説は漢語めいていて難しすぎると評している。俊子の好みにもよるが、それよりもすべて比喩で語らねば、例の「国安に妨害あれば中止解散」を食うおそれがあった。

比喩はときにこじつけとなる。演説「京都みやげ」は、高尾山の紅葉を自由民権の赤色に、高台寺の萩を国権主義の紫溟会の紫にたとえて語った。中間色の紫は、赤色の純粋にかなわない、と述べると、(77)聴衆は比喩をよく理解して満足し、拍手を送る。俊子が、

――熊本の姉妹たちよ。人は言う、男は強し女は弱し、故に同等なること能わずと。強者が腕力にて命令のまま従わしめんとする欲心は野蛮の動物の欲心にあらずや。かかる恐ろしき野獣に支配されぬる婦人、社会の不幸はいかにはべるべき。習慣の久しきままこれを憂しとも痛しとも思わざるわが姉妹のうたてや。(78)

と、のべると聴衆はこれを政府と人民の関係におきかえて、「圧制反対」と叫んだ。

俊子は人吉、球磨地方を女演説を打ちながら歩いている。ここいらでは、芝居小屋の

ことを定席とよぶ。

十一月十日、人吉着。

十一月十三日、十四日、十五日、中川原定席で演説会。改進党員は俊子との共演拒否。

十一月十六日、球磨川を下り八代着、演説。

十一月二十一日、二十二日、宇土にて演説会。

十一月二十三日、宇土町の改進党政談演説会に出席。

十一月二十四日、熊本着。

十一月二十六日、託麻郡本山村興福寺で送別の親睦会、出席は改進党幹部とその妻や娘。

十一月二十八日、玉名郡小天村湯浦の前田案山子(改進党)の別荘に到着。懇親談会五百名出席。

十一月二十九日、学術演説会。俊子の演説は、「富貴ヲ断テ不知浮雲也(富貴を断ちて浮雲を知らざるなり)」、「唯古ヲ墨守ス可カラズ」。

十一月三十日、親睦会、俊子の演説を揮毫(79)。

女演説は珍しかった。「んまいもんじゃのう。都の女の美しか」という聴衆の素朴な声がきこえる。だが改進党員の中には女流の後にくっついて主義を主張するのは男の恥

という声がおこり、演説ボイコットがあった。休演の理由は歯痛であった。開口一番、俊子は、

――改進党員が前言を食み、今夕の演説を見合わせしは、妾がごとき婦人と共に演説しては世人に笑われんと遠慮されしならんが、卑屈はなはだし。

と、やっつけている。たまりかねた改進党員がおもわず、我党は今夕、俊女によりて攻撃されしゆえ、反撃いたしたけれども学術演説会なのでさしひかえると弁明すると、場内からの野次は、

――おまはんに学識がござんせんで、できもうさん(80)。

と痛烈であった。聴衆はすっかり俊子の味方となり、俊子は話をつづけた。

――婦人は男子にくらぶれば精神力大いに劣れり、従うて知識少なし、ゆえに同等なること能わずという人あり。おろかなる論にして、男子に学識多くして女子には少なしということは自然の性にて然るにあらず、これを教うると教えざるの区別なり(81)。

この夜のことは、嘉悦学園の創立者となった嘉悦孝子が「男こん人たちの大ぜい聞いとらす前で、ぜんぜんものおじせんで堂々と自分の意見ば言いなはった。あぎゃん先生のようにならんたいと思うたたい」と語っている。

小天では、前田ツチ(十二歳)が、俊子の送別会で「学問ヲ勧ム」と演説した。ツチは宮崎滔天の妻となった人である。

熊本では、熊本女学校校長の竹崎順子が、演壇の上の俊子の「理智に輝く眼」の思い出を徳冨蘆花に語りのこした[82]。

俊子は演説のたびに、女は筋肉の力において劣る、あるいは精神の力において劣るから男と同等ではないという理屈はおかしい、と実例をあげては問題を解きほぐしていった。次のようにもたずねかけている。

——また、男には財力あり、戸主となりて家土蔵より竈《かまど》の下の灰、はては、こたつの上の猫まで我が物となして自由にするの権あり、其の妻たるもの、男子の雇人、奴隷も同然なり、権妻、囲い者は言うもさらなりと述べるものあり。嗚呼《アア》さても男子たるものは昔よりの慣習に目をおおわれ己が勝手に心うばわれて今の世のありさま、また平かなる理に気づかぬなり。

——猫はいややったら勝手に逃げよんで。ぬくたいとこにおりたいからおるのとちゃうか。

と、聴衆は妙なところから考えだすが、俊子の演説は、次のようなところがわかりやすい。

——男子に財産の権ありて女子にその権なかりしは其の昔、封建の世には大名と云うものありて、其の扶持をもらいて生活せし侍どもは元来、軍役に出るが為めに奉公せしものなれば女子にては間に合わず、一家の戸主は必ず男子と定めてあり。封建の制度は破れたるも、その悪しき慣習の今に残るなり。しかれども今の法律によれば女にして戸主たること一般に許されたることとなれば、十数年を経ば、女子の財産家を出すこと多数なるやもしれず、そのとき財産所有の多寡をもって天然の権利の多寡を定むるのおろかなること、男子も悟るべし。[83]

高知、大阪の演説会に通ううちすっかり顔なじみとなった講談家弟子入りの清十郎が、代言人志望の三上薫と代書屋、実は密偵の鷹之丞に語りかけている。

――そやそや、長男だけやのうて、次男、三男も、女ごもみんな一人ずつ戸主になりゃあ、財産なんてのうなって、気楽でええ。

だが同等の世がいつかは来るとして、それからどうなるのか。三上薫は、大切なノートに俊子のことばを書きつけている。

「男女の間は愛憐の二字をもって尊しとす。恋といふも情といふも、皆この愛憐の二字の外ならぬことにぞはべる」

――道行きのことや。あねさんは恋の道行きのこと語ったはる。

男たちは俊子の語る演説浄瑠璃にききいるのである。

――むかしより恋道をたどり情の世界に遊ぶものゝ境界を見給へかし、或は虎伏す野辺に手を取りてさまよひあるき、或は鯨寄る浦に相抱きて溺るゝなど、あわれに傷ましきふるまひの多かり。これ等の男女は憂艱難はつらかるべけれど其の愛憐の情の深くして其の間のたのしみの深きことあるは世の情知らぬ男等の夢だにも想ひ得がたき事になんはべるなり。ああ外目見るだに羨しき心地ぞするなり。(84)

俊子の言葉に動かされた人びと

俊子の演説には人を集め、人を動かす力があった。たった一晩の演説会の記憶を後世へと語りのこした人たちがいた。俊子のことばをきいて、「我に従い来たれ」といわれたかのように信じて、家も親兄弟も捨てて、その後の人生を変えてしまった若い女たちもいくたりかいた。

演説の題は難解であるが、何十回も演壇に立った俊子がくりかえし述べたのは、女もまた人であるという、今の世ではあたり前のこと、その人をつくるべき女子教育についてにかぎられていたのだから、俊子のことばがなぜそれほどまでに明治の女たち男たちをつき動かしたのか、ふしぎでしかたがない。女のことを語る女のことばに、女たち以上に男たちがひきつけられていた。「愛憐」などという語を、ま正面から発した女は今までなかった。

——気合でござる。気の勢い、逆らいがたし。時勢でござる。ま、様子をみるとしよう。

と、皮肉屋の密偵、鷹之丞は冷静な見方を保持しようとしているが、自分が演説会に足繁く通うのは、決してお役目のためだけではないと知っている。

他にもいる。岸田俊子は晩年になって、

――中江篤助というは、知っての通り仏蘭西学者で、ずいぶん乱暴な男というわけになってるが、あれが非常な感情家でな。あるときわたしのとこに来て、なぜだかわからんが、我れは毎晩涙が出て出て、枕がジックリと湿める位で、夜中泣き明かすことがあるが、信じられますか、というから、信じられるどころではない、とうからそうだろうと思ってた、といったら、あなたはよく我れを知るものだ、あなたより他に我れを知るものはない、友達はいくら言うても皆な信じません、と大満悦だったが、人はみかけによらんものだナー。

と、人に語った(85)。中江篤助とは、中江兆民のことである。明治の男と女は、こんな素直な可愛いらしいことばで、しかも自分たちの気持のことは気づかぬげに、語り合ったのだ。中江兆民が俊子のところへわざわざ、わが涙の報告に行ったのは、一八八一年の高知か、一八八二、三年の大阪かのどちらかであっただろう。

大阪では一八八二年の暮れには、はやくも立憲政党の解散が取沙汰されている。弾圧の強化、とくに集会条例の追加改正、財政難、内部対立が原因であった。一八八三(明治十六)年三月には解党決議がなされた。

九州遊説の旅が母親タカと二人だけであったように、俊子は政党の解散以前から、政談演説会から独立してひとり演説で聴衆を集める実力と自信を身につけていた。

一八八三年春には山陰地方をめぐり八歳の少女を女弟子に加え、女ばかりの演説、岸田社中をつくった。

俊子は大阪を根拠地として、約一年半のあいだに、中国地方、山陰、九州、四国、紀州と、西日本のおおかたのところを遊説の旅をしてまわったのである。

だが、故郷の京都にだけは来なかった。前年のあてどない旅を勘定にいれれば、二年のごぶさたである。その間、父や兄、おフサに会いに来ることはあっても、京都での演説は禁物と心得ていたようである。

岸田俊子の女演説の評判は京都に伝わらなかったわけではない。装束屋の女房となった富貴は新聞ひろげては、乳姉妹の俊子の名前を紙面から拾い上げている。

「我国の如きは男児すら尚且政事の何物たるを知らさる者多きに頃日却て婦女にして間政談に従事する者漸く輩出するに至れり。現に大坂には岸田登志あり、豊前には白石マイあり、甲州には清水屋のテイあり、又土州にも芸妓にして殆と登志に均き者あり、其他東国地方に於て二三の婦女が自ら政談に従事し盛に演説を為すものありと聞く」(86)

——大阪に岸田トシあり、やて。もう京のひとやないのやなあ。

そうなると、裏切られたような、くやしい気持がわく。顔もみとうないとおもうたこともある乳姉妹なのであるが。

京都で女子大演説会

岸田俊子を京都と滋賀へ誘ったのは三上薫であった。おじに顔のきく興行師がいる、侠気ある人物で、先日は京都と滋賀へ川上音二郎一座をよんだ、女演説もひきうけるそうだから、まかせろと言うのである。そこで、『京都滋賀新報』に広告がのったというわけであろう(87)。

女子大演説会

来る十月二日午後六時より四条北の芝居に於て

通券売捌所　寺町御池下駸々堂本店他

出席弁士

岸田俊子

太刀ふじ女

中村徳女

梁瀬《やなせ》濤江《なみえ》女

北の芝居は、現在の京都南座のむかいのあたりにあった。

十月二日、富貴は今朝もいつものようにカド掃きをし、格子を雑巾でふきこみながら、北の芝居へ行ってみようか、と考えている。俊子が十六歳のときの十三歳の弟子であった中村真女がひさしぶりに師匠の演説をきいたとすれば、この日である。今では真女も女紅場の教師である。

『京都絵入新聞』は第一面に今のニュース写真に代わる木版画入りで、この日の演説会の様子を報道している。(88) 版画の中の舞台には幕が張られ、花がかざられ、テーブルの傍に二本の百目(匁)ろうそくが点っている。幼い女弟子は黄八丈の着物に芥子頭、俊子は島田髷、絵羽染めの着物の上に、役者のように大きな紋の入った羽織をきていた。聴衆の中にいる黒襟の着物に眉をおとした化粧の女は富貴だろうか。男たちはザンギリ頭、みごとな禿頭、長髪あるいはシャッポ。

大阪の岸田俊子が来た、というので、北の芝居は客でいっぱいであった。富貴や中村真女は、あれは下京の小松屋トシさんどすのえ、皆の衆、わからはらしまへんか、と言いたいのだが、気がつく者は少ない。客は幼い弟子たちをつれて女演説に歩いている奇婦人というのを見に来ているのである。今夜はまあ、席がなくて通路から舞台の上まで座りこみ、弁士の出入りをさまたげるほどの入りである。

最初に立った中村徳は度胸のある娘なのだが、残念ながら生まれつき低音の声が広い小屋のすみまでよく通らず、客席はざわめいた。太刀ふじ八歳一カ月は大和の吉野の出、梁瀬濤江は丹波の氷上郡の出身でともに幼い。聴衆はうまく喋べるのだろうかとハラハラ気づかうので、かえって静粛となって、とどこおりなく終えた。

最後に立った岸田俊子の演説の題は「函入娘」とある。客席の中村真は、舞台に座りこんだ男たちの間をかきわけるようにして登場する俊子の足袋の白さを、あいかわらずの気性やなあ、とながめる。富貴は俊子が口をひらいて、

——演題の函入娘と云うは、京阪間に多く用うる俗語にして、すなわち中等以上の人の娘を称し函入娘と申します。何をもって之をいうのでありましょう。

と、はじめると、なぜか悪い予感がした。

——ヒヤ、ヒヤ。

——謹聴、謹聴。

待ちかまえたような野次がとびかいはじめている。人びとは楽しもうとして来ているのに、今日の俊子にはこれを無視して先へ進む気配がある。

——手あり足あり口あるも、手足働かしめず、口いわしめずして自由を妨げる故に、之をもって函入娘と申します。この函をつくるは、父母が娘を慈愛するの心なるも、函は空気の往来の十分ならざるものなれば、娘を愛する箱にあらずして、かえって苦しましむる函でござります。わたくしは、もっと手足ののばせる函を、つまり教育をつくりたいのでございます。

会場はざわめきつづけている。

——女の話をきく馬鹿がおるか。

——そういうお前はなんや。

演壇の上の俊子は話をつづけた。

——古えの女子遺訓の弊害をあげましょう。家に在りては父母に従い、嫁《か》しては夫に従い、老いては子に従い、と徹頭徹尾、百事百物に従うべしとのみさとすとき、女子は、物の是非をみわけ、正邪を解すの知識養成できず、無為無智の人となります。女子にはむしろ経済学および修身学をさずけ、独立の人格となし、己れの維得すべき自由は人のこれをさまたぐをゆるさず、各その持有すべき権利は人の枉《まぐ》ところとなるをゆるさず。たとえ、一紙三行半(離縁状)をもって生家へ帰ることあるも……。(89)

場内、騒然として声が届かず、俊子はとうとう中断して降りてしまった。はじめての失敗である。

演説「函入娘」
演説中断というしくじりの原因は、自分が故郷の町にたいして抱くこだわりにある、と俊子は感じている。新聞記事は中断についても「再び演壇にのぼりてその趣意をつくし大いに聴衆に満足を与え且つすこぶる感動せしめたり」(90)と好意的に書いてくれている。兄の連三郎は、

──おトシ、えらい人気やで。八坂新地の種吉ねえさんと政勇ねえさんが芸妓自由講つくらはったそうや。ひとり五十銭ずつだして、利子で毎年春秋、自由懇親会をひらきたるのつど、かの岸田俊女はじめ女子にして自由を唱うる人をまねいて演説を乞い、ひろく知識を交換せんことを計るよし、やて。これほんまやで。

と、ひとりはしゃいでいる。だが失敗は失敗なのである。俊子は十日後に予定されている大津四の宮町演劇場の女子演説会のことをおもって気が重くなった。四の宮演劇場は江戸時代からある古い芝居小屋である。天孫(四の宮)神社の近くにあった。一八八二年に改築、八六年に滋賀県庁がその土地に建つまでは、盛んに興行をしていた。

一八八三年十月十二日、女子演説の日は、朝から雨風が強かった。俊子は頭痛と微熱になやまされていた。頭痛は低気圧のせいであったのかもしれない。(91)雨は数日前からつづき、風を伴い、この秋に近畿をおそった最大の台風だったのである。俊子は知らないが、但馬豊岡では大水が出た。清水紀八は『末世之はなし』(92)に、「十月八日大雨にて桂川堤きれる。同十二、三日此雨打続き」と書きとめている。

楽屋に座っている俊子のところへ、いちばん幼い太刀ふじが幕のあいだから客席をうかがっては報告におよぶ。

──下駄を両手にはめて、しりからげした人が次々と入ってきやはって、てぬぐいばかりやのうて、着物までぬいで水をしぼっておいでや。先生、マ、ン、イ、ン、オ、ン、レ、イ、て書いてあります。

人びとのざわめきは楽屋にまで届いている。雨風の勢いにそそのかされるかのようなにぎわいである。俊子は、タカのさしだす熱い薬湯をすすりながら、二年前の雨の日、宇佐の港のむしろ掛けの小屋で、清十郎の芝居を見たことを思いだした。あの日、風は海からやってきた。今日は湖が波立っているはず。聴衆は待っているではないか。

清十郎、三上薫、そしてほおがこけ、目つきの鋭い鷹之丞もどこかに混じっているはずの大勢の聴衆の前に、俊子は背筋をのばして出ていった。

――皆さん、わたくしは岸田俊でございます。多病の質にして今夕も出席を断わろうかとおもいましたがお集まりの皆様に勇気づけられて試みます。ああ、天は誰をにくんで今日今夜の雨をふらすのでしょう。しかし今日の雨の不自由は明日の晴れの自由となる媒介やもしれませぬ。或人、学術演説をいやしんで、わたくしに、昔は錦の衣を着たる身が今や芝居小屋に来り、興行にひとしき業をなすと申しました。

外は嵐である。風はどこから入るのか、演壇を照らす百目ろうそくの火がときおり大きくゆらめき、そのたびに俊子の白い小さい顔が闇にのまれそうになり、聴衆はハッとしてはみつめるのであった。さえざえとした声が、今日は湿りをおびてきこえる。演題は京都北の芝居のときと同じく「函入娘」なのだが、何かがちがっている。

――娘のため函をつくり養うは、あたかも花を籬《まがき》の内に養うがごとし。花は不自由をきわめ、籬にとじこめらるゝをもって、原野にある花のごとく自由に輝き、自由に笑い、芳しき香を自由に放つことあたわず。娘もまた、吾は無惨や惨酷や、函の中にしおるると嘆くことでありましょう(93)。

――集会条例函！　圧制函！

客席からとつぜん声が上がり、あたりがざわめいた。あれは清十郎の声である。籬になぞらえた集会条例は自由民権運動を取り締まる目的で一八八〇(明治十三)年につくられている。集会の届け出制と認可制、警官による会場臨検、中止解散命令の権限などがその内容であったが、一八八二年にはさらに条例の追加改正があって、政談演説だけでなく、必要とされるときは学術演説も臨監をうけることになった。俊子の目はおもいなしか輝きをまして、場内の声に答えるかのようにつづける。

――とじこめられし花の、娘の、悲しみかつ怨むのあまり、せっかくつくりし函より脱走し、父母これを捕えんと西よ東よと、下女下男をつかわするも風吹き雨ふり、捕うに苦します。

俊子が絵羽染め黒紋付きの袖をあげ、彼方を指したとき、清十郎は暗い舞台から舞い上がる大きな揚げ羽蝶の幻をみて息をのむ。

――新聞紙条例函！　圧制函！

あの透きとおった声は三上薫のものである。つっかえ癖がいつのまに治ったのだろう。

前年とこの年、新聞紙条例により発行停止処分をうけた新聞は数知れず、高知では新聞の葬式が出されている。

——出版条例函！　圧制函！

と、鷹之丞が筆記の手を止めてつけ加えた。俊子は今ははっきりと微笑んでいる。

——自由になさしめば函はいらず、不用の下女下男も雇うに及ばず、一家の費用も大いに減少いたします。

聴衆は口々に「函反対！」「圧制反対！」「不用の臨監！」と叫び、そのどよめきは戸外の風雨を圧した。興奮がおさまって木戸が開き、大勢の聴衆が出ていった後のことである。三人の巡査を伴った警部が現われた。

——岸田俊子を、学術演説と偽って政談におよびし件、官吏侮辱の件にて拘引す。

俊子は雨の中を傘もさしかけられずに連れてゆかれる。背後で太刀ふじがワッと泣くがその幼い泣き声はまもなく雨音に消された。

第三章　人の心は花染めの

未決監に勾留、獄中日記

誤落人間二十歳　誤って人間《じんかん》に落ちて二十歳
未飽甘酸世味新　未だ甘酸に飽かず、世味新たなる
与世沈浮虚于夢　世と沈浮すること夢より虚しく
共雲漂泊軽似塵　雲と共に漂泊し、軽きこと塵に似たり
或為宮殿衣錦客　或いは宮殿錦を衣るの客と為り
或為幽囚食麦人　或いは幽囚麦を食らう人と為る(1)

明治十六(一八八三)年十月十三日　わたし俊子は、詩を書きとめる筆も紙ももたないことを、残念におもう。ゆうべ、演説会の会場から警察署へ連れてゆかれる際には、母君へ伝言をのこす暇も与えられなかった。調べがすむと両手を縛られてそのまま未決監へ送られた。あれから何と多くのことを見聞きしたのだろう。

監房は三畳ほどの板の間に、薦《こも》を敷つめ、そこへ十人もの囚人が押しこめられている。ゆうべは明け方に三井寺の鐘が聞えるまで、一睡もできなかった。外が明るくなると、

垢にまみれ、衣服ともいえぬ汚れた布を身にまとった同囚たちの姿形がようやく見分けられるようになった。人影が起きだし、動きだすとそのたびにすさまじい臭気がただよう。

柵の外におかれた桶たった一杯の水で十人が形ばかりの洗顔をすませ、髪をなでつける。つづけて朝食が送りこまれた。麦六分米四分の飯を固めたものを囚人言葉で「ソク(束)」とよぶ、とはじめて知った。白湯と香物二切れが添えられるだけである。臭い飯とはよく言うた、水にさえ特有の臭気があって、のどを通らない。

――ゆうべの新参者はお姫さん育ちのようなれば、さだめて麦飯は召し上がるメイ。

という声がきこえたとたん、「ソク」は横からさらわれてしまった。ついでに部屋の隅にある厠《かわや》のことを獄では「ツメ」と言う。男の看守は「ダンナサマ」、女の看守は「オクサマ」とよばれる。食器は「メンコ」であるが、そのわけはついに分らなかった。

雨まじりの風がつづき、建物の補強作業にかりだされた。午前十時、白州へ呼ばれ、看守に衣帯をはがされ裸体となっての検査があった。終生、これ以上の侮辱に会うことはあるまいとおもわれた。

昼食も食べることができなかった。牢頭が、

――然らば、めいめいが頂戴せん。

と、発言するや、アリガトウ、アリガトウの異口同音の声がわくように上がった。

午後、中村徳女が面会に来たが、わたしが両手をしばられ、髪をみだし、発熱のため歩行もおぼつかない様をみると、泣くばかりで一語もよう発せずに帰ってしまった。徳女より食物の差し入れがあった。

夕方、急に精神がもうろうとし、目がかすみ、ただごとでない病状とわかって、別房に移され、ようやく布団の上で寝ることができた。

十月十四日

医者が呼ばれたが、一間もはなれたところから舌を見せろ、と言うだけである。医道練磨の人は、舌のみにて診断がつくらしい。日曜なので、面会は許されない。琵琶湖汽船の汽笛がきこえた。

十月十五日

はじめて晴天。白州へ出るときぬけるように青い空が見えた。午後、面会人は従兄の彦兵衛であった。わたしは体中の節々が痛み、二人の看守に両脇から支えられてようよう歩く有様であった。苦虫をのんだ顔つきであった彦兵衛も、わたしの憔悴におどろき、母君の伝言を残しただけで目を伏せて帰った。母君のいわく。

――先立って事をなす者は、先立って難を受けざるを得ず。事のここに至るは、吾かつてより知るところなり。汝はきわめて菲才なる者なるも、或は人のこれがため奮激するものなきともいうべからず。果して然らば甲者の禍は、乙者の福といわざるを得ず。汝いく十日、身を獄につながるるも、吾に於てはいささかも意とする所なし。
母君は、昔、豊岡追放の原因となった小松屋事件の法難のことをおもいだしておられる。伝言と共に、半紙を綴じた手製の帳面の差し入れがあった。心境を書き留めておけの心ならん。
十月十六日
刑法の書の差し入れがあったが、許されなかった。
十月十七日
秋祭の日なので、面会、差し入れすべて許さない。同囚の老婆は薪をとりに御料林へ入り、捕えられたと言う。この寒さに単衣《ひとえ》一枚をまとい、肌に寒イボをたててふるえる様はあまりに哀れゆえ、病人用ケット(毛布)一枚を貸そうとしたが、看守にとがめられると言って受けとらない。
二十二、三の婦人の身の上話。
——十二の歳に好きな男に誘われて家出し、以来、枕をかわした男は数えしれず。十四のとき身重になったためやむを得ず親の家に帰って子を生んだ。身軽となるや再び家を出て悪事に練磨したおかげで、警察の拷問もこの胸の錠前をひらくことがネイ。

これを聞いた四十三、四の女囚。

——乳離れもできネイ歳して、自慢らしくも面白くネイ、止めにしろ。ワチキはネイ、百日余りの拷問も虫のさしたるほどにも思わネイ。縄の創痕の五、六カ所なおるまで獄中にてゆるりと休息。その後は此身どうなるものか、当って砕け、砕け倒れるまでヨ。吾よりまねいた臭い飯、どれ頂戴。手前ら皆、ドウダヨウ。

と言いざま、左手に沢庵をしがみつつ、右手で水を呑む。この女、関東なまりである。

十月十八日

囚徒は円座を組み、昨日はみな言い役であったが、今日は聞き役にかわりたいものだ、とわたしにせまる。仕方なく、人間、恥ずべきを恥じざるは生きて益なき人非人、過ちは改むるにはばかるなかれと古えの聖は教えた、一回は法網にかかっても、以後あらためて、人の人たる事をなせ、とできるだけわかりやすく語った。汝らの身の上を悲しむものがあろう、汚名の及ばぬようにするこそ親子夫婦の情であろう、と言えばもう涙ぐむ者がいる。人の性は善であるの古語に誤りはない。見渡せば、体中に腫れ物を生じ、血膿で衣服が肌にはりついている者ばかりである。監房には日がさしこまず、湿気がはなはだしい。

十月十九日

ゆうべにわとりが夜中に鳴き柵戸がいわれなく鳴ったが、あれは誰か出獄のしるしと言いだした者があった。囚徒はみな我事とおもいさだめて、髪をくしけずったり、衣服をけんめいにととのえたりして待つが、音沙汰なく、一同青ざめて力を落す。

わたしは依然として気分がすぐれず、起きあがれずにいた。あなたは人の言葉を容易に信ぜず、落ち着いていて感心だ、と隣の囚人が声をかけて来たとたん、看守があわただしく駆けてきて、

――岸田俊は白州なり。

と告げる。着がえの暇さえなく寝衣の上に羽織だけ重ねて監房を出た。白州ではなく、そのまま門を出て、往来の人だかりの中を歩いて警察へ行かされた。途中、人々が指さして、

――あれは平家の落人やろうか。

――いや、明治十年西南の役の賊党、西郷の徒ならん。

などと噂するのがきこえて、おかしかった。

岸田俊子は、一八八三(明治十六)年十月二十日、責付《せきふ》と決まって出獄した。責付とは、裁判所が被告を親族や旧知の人に預けて勾留の執行を停止することをいう。俊子は大津寺内山本善三郎方へ責付となった。そこから京都の家まで、連三郎が、俊子を背中におぶって運んだ。

大津の札の辻を出て逢坂山を越え、夜、人目につかぬ時刻に家へ帰りつくつもりである。峠にさしかかるころ、連三郎はさすがに息を切らし、歩調をゆるめた。

――おトシ、お月さん顔ださはったらしいなあ。足元がえろう、あこう(明るく)なって

歩きやすいわ。

――お月さんだけは、どこも同じ。牢屋では夜中に同囚のいびきが高うて眠れへんから、窓から射す月の光ばかりながめてた。歌もできた。

　雲気未呑尽　雲気　未だ呑み尽くさず
　半天余数星　半天　数星を余ます
　囚人皆在夢　囚人　ことごとく夢に在り
　灯火似煙青　灯火　煙に似て青し(2)

――そんな元気、あったんかいな。けど、眠れへん、食べんということではもつはずないで。一週間、何も食べんて、警察でも手え焼いとった。

――あの麦飯のにおいは、どうにも、胸につかえてのどを通らなんだ。さらに忍びがたきは、衣服はいでの身体改め。

――トシ……もうええかげんにやめなはれ。

幼女のようにおぶわれると兄の背中はあたたかく、ありがたい。けれど俊子は言うのである。

――まだ、裁判があるのえ、兄さん。

京の町のあかりが遠くにみえる。

大津裁判所の公判

「岸田俊女被告事件」は、政党解散後もつづいている『日本立憲政党新聞』や、『自由新聞』に、連続読みものの形でくわしく報道された。(3) 当時の新聞は、各地のニュースを転載しあっていたから、裁判の様子は数日おくれで全国に伝わった。

一八八三年、十一月十二日、ちょうど事件の一カ月後の日付の午前十時に、大津軽罪裁判所で公判が開かれた。傍聴人が多いこと。数十人にもおよび外にもあふれた。人びとは芝居小屋から裁判所へ舞台を移したいわば公演の第二場に注目をしているのである。例の、岸田俊子後援会にも似た三人組も、傍聴席に坐っている。

記録によると、当日の掛官は、判事補土井庸太郎、検察官は平川禎、書記大塚某であった。被告岸田俊子と弁護人、酒井有が席に着いた。傍聴の清十郎は、あねさんが歩けるらしいのでほっとした。全員起立の後、裁判官はまず被告人の姓名、身分、年齢と住所を訊問した。

いよいよはじまると、ここに、今まで例のないことが起こった。裁判官が書記に命じたのである。

――被告が本年十月十二日夜、滋賀県大津四の宮町演劇場に於て函入娘という題にて学術演説をなしたるとき、臨監警官の作りたる傍聴筆記の浄書を全文、朗読すべし。

書記が、いかめしい男の声で読みあげたのは、女演説の再現であった。

――皆さん、私しは岸田俊でござります、性質多病にして、今夕の出席断わらんと思いしが、会主の意をおもんばかり出席いたせしも、或は中途に於て失礼するかも計りがたし。ああ天誰をにくんで今日今夕の雨を降すや。しかれども今日の不自由も明日の自由となるの媒介となるならんか。

棒読みにもかかわらず、傍聴人はあの嵐の夜の演説会、芝居小屋のろうそくのゆらめきを、白昼の法廷で見ているようにおもった。朗読は延々と、俊子が舞台に立っていたとほとんど同じ時間にわたって続き、函入娘と籬にとじこめられた花の脱走談を語っている。テープ・レコーダーなどむろん無い時代の臨監警官の筆記としては、まことに優秀な出来といわねばならない。

――たまげたあ。

と、傍聴席では三上薫と清十郎が無邪気に舌をまいている。

――あれは、フォノグラヒーと申して、ことばの写真術にてござる。記音術ともいい、西洋より伝わる速記法なのじゃ(4)。

と、説明しているのは鷹之丞である。彼は人びとが迫真の写しに感心していること、あれを作ったのは臨監警官ではなく、じつは速記の特殊教育をうけた密偵鷹之丞に他ならぬことを誰も知らないのが、内心、得意なのである。

こうして裁判は、芝居小屋で演じられた第一場を再現して、第二場に入った。裁判が比喩という文学表現をめぐるものであることも珍しい。テキストなしには成立しない裁判なのである。

演説筆記の全文朗読が終ると、裁判官は被告人にむかって言った。

――其方は、いま朗読せしめたるとおりの演説をなしたるに相異なきや。

俊子がはっきりとした声で返事をしている。

――大意は左様なるも、細部に脱落と、付加これあり。たとえば、「今夕の不自由も明日の自由となる」は、「今夕の雨の不自由も、明日の晴の自由となる」と言いしものなり。また、捕縛〳〵とかくもたびたびくりかえせし覚えはなし。「娘の駆け落ちしたるとき父母は下女下男をして捕えしむる」と言いたるのみ。また「籬の法律のため」は、法律と言いしに非ず。

裁判官は、もう一度たずねた。

――然れば、この筆記は大同小異と言うに他ならん乎《や》。

俊子は、裁判官の注視のもとに、一呼吸のあいだ考える様子であったが、短く強く発声した。

――然り。

傍聴席から、うめき声のような嘆声がもれた。

――そんな馬鹿な。あないスラスラ答える必要はないんじゃ。

と、つぶやいているのは、密偵の鷹之丞である。彼は、俊子が女演説をはじめた当初から見張っており、頃合いを計って、ここ琵琶湖のほとりに場所も慎重にえらんで、霞《かすみ》網《あみ》を張ったのであった。小鳥はたくらみの通り、みごとに網にかかった。だが可憐の小鳥が、羽ばたいて、細い糸にからまった自らの首をしめそうな様子に、捕縛者はいささかろうばいしているのである。

検察官が立って陳述をはじめた。

——被告はこの筆記浄書は、実際と相異するところありと主張するが、この筆記は担当官吏の臨監したる上にて視、聴きたるものなれば、正当確実にして相異ありと言うを得ざるべし。よってこの筆記をもって論ぜん。

検察側はすでに有利状況をつくったようである。検察官は余裕をもってつづける。

——被告人は明治十六年十月十二日夜、大津四の宮町演劇場に於て井楽甚三郎なる者会主となり開会せし学術演説会の弁士として出席し、はじめはいかにも学術演説にして政談にわたりたるところなけれど、やがて「一つの花を函に入れるや其花、原野の花の自由に開き自由に笑い、香を自由に放つをうらやんで」云々、「函より花の脱走したり」云々、「花は籬の法律のために捕縛せらるゝ」云々の数言は函を新聞紙条例、出版条例、集会条例などに比喩し、これらの法律のために人民束縛を受け自由を失うとの趣意にて、暗に政治を論難したり。

「自由」が裁かれた日

口を封じられた人びとは、比喩の言語を発明して互いに語る。比喩を捕えようとした検察側は、函と籬にとじこめられた娘と花とは自由のこと、とみごと翻訳し、裁判は「自由」が裁かれる裁判となった。

検察官は、追及をつづけている。

——演説筆記中の「人も亦花の如し」云々、「下女下男を派して捕縛せしむる」云々、「自由になさしめばきゅうくつなる函を造ることもいらざれば自然と逃亡なく娘もよく従いて、これを捕縛せしむるこのような不用の下女下男を雇うにも及ばず」云々の数言は警察官吏を下女下男にたとえたるものにて、すなわちこの演説会に臨監したる警部巡査等の職務にたいして侮辱したるものなり。以上二点の事実はこの演説会に臨監したる滋賀県警部の報告ならびに意見書、この筆記において徴証じゅうぶんなり。かくのごとくにして被告人は集会条例違反と官吏侮辱の二罪あるものなり。

裁判官は被告席の方を向いて言った。

——今、検察官の陳述したる事柄について被告人および弁護人において異見あらば随意に申し立てよ。

被告人岸田俊子は、まるで切り返す機会を待っていたように、答える。

――自分は政治を講談、論議するの自由を有するものなれば、若し政談を為さんと欲せばはじめよりむしろ政談の届を以てなすべし。自分の当夜の演説はもっぱら女子教育の目的をもって学術演説をなすの精神なりしゆえにあえて政談の届出をなさしめざりし。検察官は臨監せし警部がおのれの想像をもって陳述したる趣旨を採用せられたるにてわれには迷惑千万。自分は演説中、父母たるものの道と女子たるものの本分を解説して古来、女子教育の悪習あるを痛論したるに止まり、一つとして女子教育の範囲をこえて政談をなす、あるいは臨監の警部巡査を侮辱したるなどの覚えなし。よってこの公訴の被告人となるいわれなし。

――代言人さんにまかせりゃよいものを。あねさんはほんまにイラチや。

と、傍聴席の清十郎が気ィをもんでいる。

――さあ書生、おまえが代言人試験にとおって弁護人となるのであれば、いかにする。

と、鷹之丞が、三上薫をからかっている。

ほんものの弁護人が、弁護をはじめた。

――弁論に入るに先立ち演説筆記について一言申しのべます。おおよそ人の言辞を写すや、その語気、音声の清濁などのあいだに誤りなき能わぬものなれば、被告人が筆記に相異ありと言いたるは不当の弁ならず。たとえば「これをとらえしむる」と言うを、漢文をもって筆せば「令捕縛之」と写す。筆記なるものはことばの勢いを強めることきわめて重大なれば、言辞と文章とのあいだに強弱の差あるやを知るべし。判官閣下これを識別して審問せられたし。

三上薫は、なるほどこのようにして少しでも土俵をつくりなおしておくものか、と感じ入っている。裁判官が答えた。

――うけたまわり置く。

――之より本論に入るべし。

と、弁護人は頭を上げて念を押し、法廷のざわめきは静まった。

――検察官の公訴によれば被告事件は学術演説会に於て政談にわたりたると、その演説会に臨監せし警部巡査を侮辱したりと二点なり。よって弁護人は弁論を二段に分かち、第一第二の順をもって弁論すべし。

――わかってるがな。頼んまっせ。しっかりやってや。

と、傍聴席では清十郎が手に汗にぎっている。弁護人はじゅんじゅんと説く。

――第一の政談にわたりたるとのことについて。検察官は、この演説のはじめのほどはいかにも学術にして政談にわたらずと明言し、中ほどの娘を花に喩え云々その他数文字をあげて政談にわたりたりと論告せられたるにあらずや。数語は演説のなかば以後のところにして、すなわち本論にたいする比喩の解説たること、娘を花に喩えとあるをみても之を知るべし。しかれば検察官が政談にわたりたりとて指摘せらるる文字はすなわち演説の本幹にあらずして枝葉の言辞なること明らかなり。おおよそ事物の真相は細部の枝葉にあらずして根幹に存すべきなり。言辞文章を解釈するにはその終始全体を通察し読了せざればその言わんとするところを知る能わず。もし言辞文章の全体を観察せず、その一部分あるいは幾部分をあげて論ずるときには、着眼者そのひとの思想によってこれをいかようにも推測することのあるならん。しかれどもこれ理解者の偏見に出ずるものにしてその全体本旨の意義を正解したるものと言うべからず。この被告事件もまた然り。筆記の一部分または幾文字をあげて論ずるはいわゆる言辞文章の解釈法にそむくものなり。虚心平気をもって始終全文を通読なせば、当演説の徹頭徹尾、純粋の学術演説にして女子教育を説き、いささかも政治に関する事項を論議したるの痕跡なきは明らかなり。函を三条例にくらぶるというは憶測……。

傍聴席の清十郎は何やら言いたげに、隣の三上薫をつついている。

――函を新聞、出版、集会条例にくらべたんは、想像やていうんか。わてかて同じ想像したのが、いかんかい。

――シーッ、弁護人は弁護したはるんやないですか。ちょっと黙ってて下さい。

弁護人は第二段の官吏侮辱の件についての弁論に入った。

――侮辱犯とは、いわゆる不敬の言辞もしくは形容をもって公然誹謗罵言し大いに人を辱しむるの悪意これなり。花とはこの演説の根本命題たる娘に代用せし語にして、父母の娘との親子関係を指し、下女下男と言いたるも一家の関係に密着して決して臨監の警部を指さず。何ぞこの数語がたちまち悪意となり直ちに臨監の警部巡査の職務にたいし侮辱したるものとなるの理あらんや。

裁判は、被告側と、検察側が法廷の約束事どおりに交互に立って弁論を行うのを、傍聴席から見るとき、芝居に似る。法廷と傍聴席をへだてるのは簡単な柵一つであるが、これが越えられないという約束も舞台と観客席の関係に似る。そして見る側と見られる側にわかれつつも、両方の呼応あってはじめて作品となるところも似ている。

大津軽罪裁判所の法廷は小さく、傍聴席には数十の席しかなかった。だが小さくとも公開の席であった。裁判傍聴記をいくつかの新聞に連載することによって、新聞の読者を傍聴に加えることとなった。小さな法廷が大きな舞台となり、人びとは裁判の進行を見つめている。

検察官と被告、弁護人の応酬はつづき、再弁論に入っている。検察官は、当夜の臨監の警部が署長へ差し出した届書の朗読をもって、弁護人の弁論にたいする反駁にかえたいとした。書記が警部作製、じつは鷹之丞が才にまかせて下書をつくった届書を読み上げている。

——狭隘の函を父母が作る云々と被告人が演じたるは、自由に言論せんと欲するも集会条例のために、文章に訴えんと欲するも新聞紙条例出版条例のために検束せらるとの意を含み、父母を現政府の立法官に喩え、三条例を非難攻撃したる事実は具眼者によりこれを看破するときは尤も観易くかつ明らかなり。加うるに植木屋に喩えて、籬をつくらんとし彼の枝を切り此の葉を断ちために自由に開かんとする花も自由に開くことを得ず、花を作るもの作らるる花の心を知らざるを以て云々と言いたるは、治者被治者の関係を論じ現政府の立法官が民情にそむく法律規則を制定するの意を含み言葉、妙に巧みに演じたることはまた明らかなり。花にとりては不憫とは、植木屋を現政府の官吏、花を人民に比喩し現政府が圧政なりとの趣旨をもって非難したることは明らかなり。函に娘を入るる上は必ず娘は遁走す、然るときは下女下男を出して捕縛もなさしむでありましょう云々と弁じたるは、三条例に違反のものを逮捕する相当官吏すなわち臨監の警部巡査を下女下男に比喩し本官および公衆の目前において侮辱したること明らかなり。

あの夜の芝居小屋の聴衆のなかに、これほど明快に比喩の意味をつかんでいたものがはたして何人いたであろう。鷹之丞は秘かに、かくした爪の鋭いことを誇っているのである。書記は朗読をつづける。

――また聴衆中、「圧制函!」とか「集会条例函!」とごうごう品評したる事実についてみるも、暗に現政治を非難したることを推測するに足れり。

清十郎と三上薫は、ハッとして互いに顔を見合わせた。比喩演説は、女演説岸田俊子と野次をとばした聴衆の共同作品であったことが明らかにされたのである。被告席に座っているのは俊子だけでなく、あの夜の芝居小屋の聴衆であり、また自由を望むすべての人びとなのであった。

集会条例違反につき罰金五円の判決

検察官のつぎに、弁護人が再び立って、今の朗読の内容は、先の弁論のくりかえしではないかと難じながら、届書をつくった警部の行動を追及しはじめた。

——怪しむべきは、当演説にして果たして警察官の報告書のごとくならば、被告人は二罪の現行犯人たり、すでに現行犯たらばその演説を継続なさしむるの理なし、臨監の警部は必ずこれを中止させ、聴衆に解散を告げるべし。然るに終始その言論に故障なく平穏無事に閉会をなしたるにあらずや。これ、臨監の警察官においては被告人の演説は政談にわたり、また侮辱罪を犯したるなどの事実なきを明認せられたるなり。しかるに閉会後の引致、勾留これ何ぞや。

弁護人の怪しむとおりなのであって、比喩という幽霊のごときものを捕えて、理路整然とした届書をつくるのは、その場で出来ることではなく、鷹之丞がじっくりと待ってワナを仕掛け、筆記を準備し、朗読にあったようなみごとな解釈を添えてはじめてできたことなのであった。弁護人はなおも追及をつづけている。

——閉会後とつぜん訊問の筋ありとて大津警察署に引致され直ちに勾留の身となり、侮辱されしと言う被害者すなわち当の臨監警部自らが被告人を訊問し、調書をつくり意見をそえて裁判所に送致したるなどのごときは被告人にとりて最も不利益の処置といわざるを得ず。

鷹之丞は、弁護人が鋭くつっこんだので、実はほっとしている。俊子を重禁錮刑に処せられる官吏侮辱罪に落としたくないのだから、その気持の矛盾は我ながらあきれるばかり。

裁判官は、検察官に再反論の要請のないことをたしかめると弁論の終結をつげ、検察官による被告事件の刑の適用の陳述がはじまった。

――被告人岸田俊の第一の罪は、明治十五年第二十七号公布集会条例改正例第十六条第二項「学術会にして政治に関する事項を講談論議することある時は第十条に依て処分す」とあるにより、明治十三年第十二号公布集会条例第十条「第一条の認可を受けずして集会を催すもの云々其講談議論者は各二円以上二十円以下の罰金に処し」とあるにより、此範囲内に処すべし。又第二の罪は刑法第百四十一条「官吏の職務に対し其目前に於て形容若くは言語を以て侮辱したる者は一月以上一年以下の重禁錮に処し五円以上五十円以下の罰金を附下す」とあるにより此範囲内に処すべし。

裁判官は被告人と弁護人に異見はないかとたずねた。岸田俊子は立って例のごとく、はっきりした口調で言う。

――自分はさきに申し立てし通りなるを以て刑に甘んずるの理由なし。

弁護人はつづける。

――検察官の事実陳述に於ても暗に政談にわたり陰に侮辱したりと言わるるのみにて明証なし。治罪法第三百五十八条に「犯罪の証憑充分ならざる時は裁判所に於て無罪の言渡を為すべし」とあるにより速やかに無罪の言渡あらんことを。

判決言渡書

京都府下京区第十一組大政所町平民

岸田　トシ

右被告人岸田トシに対する集会条例違背及び官吏侮辱事件　検察官の公訴に依り審理を遂くる処

其方は明治十六年十月十二日井楽甚三郎会主となり学術進歩の目的を以て大津四ノ宮町演劇場に開会せし演説会に於て函入娘の演題を掲げ演説なしたる際下女下男をして捕縛せしむ云々の言を吐露したるは果して官吏の職務に対し侮辱したるものと認定するを得ず　依て法律上罪することを得ざるものとす　而して該演説趣意政談に渉りしや否を考察するに比喩の言を設け暗に我政府の処置柄を論議せんものと認むるを以て即ち該演説は政談に渉りしものと判定す

右事実は巡査熊沢藤四郎外一名の演説筆記司法警察官の訊問調書警部桑山吉輝の

届書に依り其証　明瞭なりとす　即右所為は明治十五年六月三日公布集会条例第十六条及び明治十三年四月五日公布集会条例第十条に依り罰金五円に処する者也
於大津軽罪裁判所検察官森田勉立会言渡す
明治十六年十一月十三日
判事補　土井庸太郎
書　記　大塚　勇夫

三上薫は、弁護人の鮮やかな分析、ねばり強い追及、するどい切りこみ方、重禁錮をまぬがれさせた現実的で適切な判断に学ぶところが多かった。彼の代言人志望はますますかたい。その三上薫に清十郎はからむのである。

――そやかて、集会条例は悪法やという肝心のことを言うてへんやないか。法廷あらそいゆうのはわての性分には合わへんなあ。

世の中の仕組を知らんあほな奴、と清十郎を笑う鷹之丞は、待てよ、そう言う俺もあほかもしれぬと考える。岸田俊女被告事件の判例は後世に残って集会条例が悪法であったことを知らしめるであろう。いったい俺はどっち側に加勢しているのやら。

娘たちの脱走

大津四の宮事件のあと、俊子はしばらく京都の家で静養し、その病床を茂兵衛とタカ、連三郎がかこんで、実に久しぶりに束の間の家族団欒が出現した。彦兵衛も見舞いに来て、宮中出仕で人をおどろかしたつぎは自由民権でまたやりすぎや、ほんまに性こりなく、とあきれ顔であった。悉皆屋おフサは、災難やったけどこれでトシさんも京都に帰らはることになるのやろ、と独り合点してよろこんでいる。一八八四（明治十七）年の元旦を俊子は京都でひっそりとむかえた。正月には内弟子たちもそれぞれ親元へ帰っている。年賀の客は遠慮して訪れない。

年あらたまり一月となると「寒気つよく（中略）、毎日凍《い》てとけず、四、五寸ばかり雪度々ふる」気候となった。厳しい寒さのつづく年であるが、俊子は暖かい家の中で長く休んではいられない。岸田俊女被告事件はその後も波紋をひろげつつある。

京都駸々堂本店は岸田俊著『函入娘・婚姻之不完全』全一冊、定価十五銭を出版した。この本は「岸も田も俊秀才子の駸々と世に続出するの一助とならん(5)」とは、著者名と出版社名をよみこんだ広告文の言い草である。勾留事件や裁判があったため、本はますます評判になり、買手あまたであるそうな。

事件は新聞と本の出版のおかげで遠くにまで知れわたり、第二、第三の小事件をひきおこしているのである。

東京神田に住む華族某の愛娘照子は、容姿が美しい上に賢いお姫様であるという評判が高く、縁談もふるようにあるのだが、いっこうに耳かたむけず、学校へ通い、帰るや部屋にとじこもって政治書を読みふける変わり者であった。

ある日照子があまりに長時間、部屋から出てこないので父親がそっとのぞくと、部屋のまん中へテーブルをだして、胸を張って立ち、こぶしをつきだして何やら小声でぶつぶつと言っておる。さては正気を失ったか、と戸をおしひらき、何をしておる、と問うと、お姫さまは答えたのであった。

——昨今、天下にぞくぞくと政党の起こり、有志ふるって国会の準備に奔走するに当り、わが同族たる華族は四民の上に位しながら志気少しもふるわず嘆息の至り。よって不肖ながら我、民権拡張の志を起こせしが、衆を鼓舞するは演説にしかずと思い、演習するにこそ。

女演説にかぶれたお姫様を娘にもった華族某は大いに怒って、そのような心得ちがいものを家におくことなどならん、と叱ったのだそうである。ところがお姫さまは、

——おおせならばいかんともしがたし、しからばこれよりお暇をいただき、西京の岸田俊子のごとき志気ある女子とはかり大いに為すところありましょう。ごめん。

とあいさつをして、書籍、所持品をとりまとめ、翌朝には自分から家を出てしまった。この事件も新聞種となっている(6)。

「息女走る〔中略〕父某氏も驚きあわててよからぬことを言ひ出しけりとしきりに悔いて人を四方に走らせ、昨今、その行方を尋ねらるるよし」

岸田俊子の演説「函入娘」はついに、比喩ではなくほんとうに籬の中で育てられた花の脱走を助けたのである。

脱走者は他にもいる。播州龍野の醬油屋の娘、富井於菟《おと》は当時の女子としてはやはり珍しいことであるが中学を卒業した。(7) しかしさらに前進したくとも進路がなくて、二年のあいだ鬱々と日を送りつつ、新聞を読んでいた。岸田俊子の遊説の旅の足跡を、新聞の紙上でいちいち追いかけていたのである。舌禍事件と裁判の記事を読むにおよんで、岸田俊子こそ我が師ときめてしまった。

几帳面な性格の持ち主であった富井於菟は家長である兄へ宛てて「遊学を請ふの記」を書いて差し出している。その中で於菟は一八九〇(明治二十三)年に予定されている国会開設こそ、「実に之れ吾国古来未曽有文化大進歩の時」であり、国会を準備するための議論がわきたっているのに「未だ誰一人の女子教育の国会に最も切要なるを説く者なく」、となげいている。俊子の遊説の旅の道筋には自由を望み、民権拡張に希望を託す女子があちらに一人、こちらに一人と姿を現わし、俊子の後を追って歩きだしている。

富井於菟にこの「遊学を請ふの記」をみせられた岸田俊子は余白に「宜哉卿〔あなた〕の来り余の門に学ぶ、余亦卿の国家に尽すあらんとするの情をして何ぞ之を空霧水煙に帰せしむあらんや、知て言わざるなく教て倦まず、其志をして達するを得しめば、余幸亦之に過ぎざるなり」と、添書を残した。勉学が国のためと言うところは明治の人の物の考え方である。女たちも国士を名乗ることにより男と肩を並べようとしていた。富井於菟は、岸田俊子の獄中手記「獄ノ奇談」に感激して、これを一字一句、自分で書き写した。原本が失われた「獄ノ奇談」は、於菟の写本によって今日に伝えられているのである。写本の表紙には富井小とら(於菟の幼名)謹写と記されている。

だが女志士をめざす娘たちが俊子に憧れただけではなかった。京の装束屋には最近、朝のカド掃きをする富貴の姿がみえない。富貴は被告事件の主人公として有名になった俊子ではなく、京の北の芝居で「たとえ一紙三行半をもって生家へ帰るとも」と言うたきり言葉につまった乳姉妹の青白い顔と孤立無援の姿が忘れられなかった。京都へ帰ってきた俊子といれかわるかのようにして富貴は婚家を出て東京へ向かった。

花たちの脱走はつづきそうである。西京の岸田俊子のところへは、さらに全国から家出娘たちが集まってくるかもしれない。

だが家塾をひらき、ここを根拠地として各地へ女子演説岸田社中の旅をくりだすという計画はなかなかむずかしい。第一に大津四の宮事件のおかげで京都に落ち着くことはできそうにない。俊子のまわりには高知から来た湖煙女史こと富永らく、越後の人中村徳、播州の富井於菟、丹波の梁瀬濤江、大和吉野の太刀ふじなどが集まるが、地元の西京出身の弟子がいないのである。

京都で育ち、後に自由民権運動に近づき、俊子も知ることになる清水とよ(紫琴)はこのころは岡崎晴正と結婚して京都にはいなかった(8)。中村真女の例もあることだし、京都の知られざる弟子が他にもいたかもしれないのだが、今のところ自由民権時代の俊子が故郷にうけいれられた痕跡はない。有罪判決はたたっているのである。政談演説だけでなく学術演説も取り締まりの対象となるとすれば弟子たちもいつ、俊子と同じ目に遭うかしれない。

塾生たち

それに外からの締めつけだけでなく、元気のよすぎる娘たちを預る内の気苦労もいろいろとある。

家の中を取りしきったのは母親のタカであり、塾生にたいするしつけはきびしかった。中村徳に代わって、岸田先生のお母さんが台所でにらみをきかすようになると、掛け売りもことわられるような不如意は無くなったが、そのかわりきゅうくつなことおびただしい。

――一カ月に得るの多少を量り、その中のいくぶんを非常費として別にし、他を三十日に割りていかほどになるかを算し、その金高のうちにて一日の生計を定め、厘毛の数といえども帳簿に記入すべしと言うはやすけれど、毎日のこととなると難儀なこと(9)。

と、中村徳は悲鳴をあげている。町家では帳簿つけは日常かかすことのできないのがあたりまえだが、華族や士族の娘たちは読み書きはできても算盤が苦手である。銭勘定をいやしむ気持もどこかにあって、タカの教えがなかなかうけいれられない。

――またまた芋がゆの御馳走がつづくなあ。

――京ことばでは、かゆでのうて、おかいさん言うらしい。ことばはやわらこうてやさしいが腹もちはせんなあ。都の暮らしは聞いて極楽、居て地獄。

女弟子たちは粥腹をかかえてなさけなさそうな顔つきである。演説会がつづいたり旅をするあいだを除いてふだんはタカは京の朝粥の習慣をやめていない。豊かな土地から来た娘たちには京風の食物のつつましさがおもいがけないのである。

明治時代には書生が主家の掃除、まき割り、子守りなどの雑用をさせられるのがふつうのことではあったが、商家の主婦らしいはげしい人使いをするタカから女子衆のような仕事をさせられるのも、女弟子たちには心外でしょうがない。言われたことには愛想よくハイハイと答えるが、それきり忘れてしまう中村徳の場合はよいのだが、まじめ一方の富井於菟などは、水汲みに来たのではなく、勉学にまいりました、と言いたげな顔つきである。

しかし、弟子たちの抱く小さな不満は師匠としたう俊子にたいする憧憬の気持によってうち消されている。身を投げうって自由民権のために奔走する先生のためなら、自分たちだって何でもする、と献身を競いあっている。髪の毛一筋が落ちていてもただちに目をとめる潔癖症の俊子の部屋の掃除はやり手が多くて、交代制にするほどである。

若い弟子たちは俊子にすっかり身を託したつもりであるから、自分たちの将来のことなどいちいち考えてはいない。寄り合えば話題は身辺雑事である芋粥の話から一足とびに国事全般にわたる。政府による自由党弾圧のさ中の板垣退助と後藤象二郎の外遊と帰国、清国と日本が支配を争っている朝鮮問題、そして十年後の約束のうちすでに三年目となった国会開設と憲法についてなど、話題はつきないのである。

――新聞に、板垣君、かねて文武に長ぜらるゝことは往年の奥羽戦争の働きをみても知るに足るべし、君が昨年、欧米各国漫遊して帰国ののちの挙動は世人の最も注目を怠らざるところなるが、伝聞するところによれば同君は其筋の内命をうけて来る三月より再び官途につき参議兼陸軍卿の職を奉ぜらるるとか、(10)て書いてあるけど、ほんまやろうか。

――野党の党首たるお方が官途につくなんてことあるはずないやんか。

少女たちは目を輝かせてまじめである。彼女たちが先をいそぎ、真剣であればあるほど、俊子の責任は重い。晩年の俊子が、あのころは若い友人と衣服、食物を分けあって暮らして楽しかったが、彼女たちの当時の安全と将来の身の上を案じて心の安まる日が無かったと語るはずである。

一八八四年のはじめ、心配事をかかえた俊子が、いく度目かにやって来た行き詰まりを乗りこえるためにまた歩きだそうとしていくつかの試みを行った様が記録にのこっている。

一月十日、まだ松飾りもとれぬうちに旅装をととのえて大阪へ発った。京都に厚く積もっていた雪は南へ下るにつれて薄くなり、大阪では消えている。

大阪からは名古屋で大懇親会に出席して、その後に豊橋、浜松、静岡と東海道を東上する予定もあったもようであるが、なぜか「途中よりやむを得ざる事故ありて引返さ」るという事になった(11)。

行先をかえて大和地方へ向かう。

一月十九日、二十日大和五条で演説会、俊子と太刀ふじの参加(12)。五条には元立憲政党員の桜井徳太郎がいて俊子を迎えた。二月一日、二日、三日は田原本に滞在した(13)。田原本から、俊子は桜井にあてて礼状を書き、ついで次のような謎の忠告を添えている。

「君天性実徳なるは余常に称するところ。然るも今の社会は実徳社会ならずして狐狸社会なれば容易に其信をおくべからず、君もよくよく平意静慮を以て軽倉に事を誤まらざる〔なき〕を得ば幸い(14)」

自由党シンパの青年たちの間にはこのときすでに、朝鮮の独立党を助けて行動を起こし、世の蒙をひらく計画が知られていたにちがいない。俊子は桜井に、くれぐれも慎重に行動するように、と忠告している。俊子は同じ手紙の中で桜井に女子一人を伴ってごく近いうちに上京という自分の計画もうちあけているが、これもいったんとりやめて、京都へ帰った。

富井於菟が希望にもえて京都の俊子の家塾に住みこんだのは二月二十一日のことである。この日付は、於菟が後に、入門の翌日の『京都絵入新聞』に女演説にかぶれた華族某女出奔の記事を読んで大いに共感したと書きのこしているところから逆算してわかる。(15)

俊子はすでに京都を引き払う決心をかためていながら於菟の身柄をひきうけ、重荷を一人分ふやした。

陸奥宗光との密談

大津四の宮事件以後のこうした俊子の動きを探索しているのは、あいかわらず鷹之丞である。

去年以来、俊子の後をつけながら、鷹之丞は俊子にちかづく一人の不審な人物に注目している。どうやらこのたびようやく俊子が身のふり方をきめたについても、この人物に相談して得るところがあったということらしい。

その男は非常にやせている。動作は敏捷で目配りが鋭い。夜出歩くときなどときどき、頭巾で顔をかくしている。大佛次郎作の鞍馬天狗がかぶっていたような時代がかった頭巾であるから、かえって目立つというものであるが、男は自分が後をつけられているということは十分に知りながら行動している。(16)

密偵である鷹之丞は、大阪の町角で奇妙な体験をした。夕暮れに、川端の道を旅館街へ向かう俊子とタカ、すこし遅れて同じ方向へ歩く不審な人物の後をつけていたときのことである。三人は落ち合う場所をしめしあわせているにちがいない。俊子は後をふりむきもせずに母親をしたがえて例の早足で角を曲り、曲りして行くが、頭巾の人物は俊子との距離をすこしも変えずに随いてゆく。

前方にばかり注意して三人を見失うまいとしていた鷹之丞は、俊子と母親が料亭らしい家の門をくぐろうとしたのを見届けた瞬間に、こんどは自分の背後にひたひたとせまる草履の音をたしかに聴いて、いそいで辻を曲った。足音は随いてくる。こちらが歩調をゆるめると、後ではさっと物蔭にかくれる気配である。

足音は一人であるな、と鷹之丞はすばやく考える。高知、大阪、京都、大津と、代書屋を名乗りながらひそかに探索をつづけてきたのであった。今まで密偵である身元が知れなかったのがふしぎなくらいである。尾行者は俊子あるいは不審の人物を守護する民権派壮士なのだろうか。足音からして仕込み杖に下駄ばきという姿ではない。身の軽そうな男から逃げきれるだろうか。

次の辻で片をつけるとしよう。鷹之丞は角を曲るや身をひるがえして足を止めたから、尾行者と鉢あわせの形となった。

体当たりして相手をひっくりかえし、そのまま逃げるつもりであった。ところが頬かむりした手拭いをとったとたんの相手のろうばいぶりがあまりに思いがけなくて、タイミングがずれ、たそがれ時のにらみ合いとなってしまった。

——あっ、ムツではない。

相手はたしかにそうつぶやいた。あっというまに逃げ去ったその姿をあっけにとられて見送りながら、鷹之丞は徐々に、自分が同業者によって誰ととりちがえられていたかに気づいた。

かの不審の人物がつけていた頭巾のせいですっかり見まちがえた。あれは陸奥宗光にちがいない。陸奥は薩長藩閥政府に反逆し、西南戦争に関連した政府転覆計画に加担したかどで逮捕されたのであった。一八七八(明治十一)年に禁獄五年の刑を言い渡され、山形監獄と宮城監獄で囚人生活を送り、昨年つまり一八八三年一月に特赦をうけて出獄した。出獄後は自由党に加わるであろうとみなされているから、政府密偵が目をはなすはずがない。事実、陸奥は昨年、大阪に義兄弟である中島信行をたずねている。そのとき俊子をまじえて京都の嵐山に遊んだところを鷹之丞も目撃している。

鷹之丞のやせた体格はどこか陸奥に似ている。元の場所へひきかえしながら、鷹之丞は自分と似ている人物にたいして闘志をおぼえた。

塀をのりこえてもぐりこんだ料亭の庭には植え込みのかげに、まだらの雪がのこっている。あまり近づくわけにはゆかぬが、目指す座敷にはあかりがともり、声高な話し声に笑い声さえまじるところは、密談ともおもえない。鷹之丞は寒さをこらえて足ぶみをしながら、いったい話はいつまでつづくのか、とあきれている。三人が料亭の門をくぐってからもう何時間たったであろう。そのあいだ途切れることなくつづき、喋る分量は陸奥宗光らしき人物がもっとも多く、さすがに弁舌さわやかな俊子も押され気味である。タカは、ほんのときどきしか口をはさまぬ様子だ。

陸奥らしき人物は、俊子の舌禍事件と未決監の様子をたずね、それから延々と自分の入獄体験を語っている[17]。

——判事がごときものを相手にすれば弁舌で必ず言いぬける自信があったが、敵もさるものにて、二人組で来おった。七月の暑いさかりに朝から供述書をとられ、こちらが十分に疲るるをまって点灯のころ新手と交代して、はじめからおなじ個所の尋問をくりかえす。うまく言いぬけたところを二度目にうっかりつまずくと昼間の筆記が残っているから前後撞着を発見せられ、そこでとりつくろうつもりがうっかり口をすべらし、とうとう白状させられた。兵法にてこれを、鋭をさけて惰気(ゆるんだ心)をうつと言う。

——これは何でできているのでござりますか。

と、何かを手にとっているらしい俊子の声がきこえる。

——あててみよ。ナアニ南瓜のへタよ。山形の監獄では県令三島通庸のために毒殺されかけたり、はては牢に火をつけて焼き殺されかけたりであったが、伊藤博文の口ぞえで宮城の監獄に移されてからは待遇がよくなった。ひょうたんと南瓜は棚をつくってつるを這わせ、独房の日よけとした。南瓜がなるとヘタを乾かし印材とした。獄中土産というわけじゃ。

晩年に俊子が語ったところによると、俊子が陸奥宗光から獄中土産に貰ったのは南瓜のヘタではなく、一冊の洋書であった。(18)陸奥は獄中でベンサムの著書の翻訳を日課とし、出獄後これを『利学正宗(ユーティリティ)』として出版した。その二冊とない思い出の原書を英語の読める俊子に贈ったのであった。ついでに京の人で徳の偉いのは新島襄、語り合って面白いのは岸田俊子という言葉も残したという。(19)

かじかんだ手に息をふきかけながら庭にたたずむ鷹之丞は、はずむ話し声にむかっぱらを立てている。陸奥の頭巾は変装が目的ではなく、洒落者であった昔をおもいだしてかぶってみたにちがいないと気づくとなお腹立たしい。若い頃の伊達小次郎すなわち陸奥宗光は、着流しの腰に大小の刀をぶちこみ、高いのめり下駄をはいて頭巾で頭をおおうという例の鞍馬天狗スタイルのきざなかっこうと生意気な言動が評判だったのである。権謀術策の陸奥を逆にはめるおもろいたくらみはないものか、と鷹之丞は考えはじめた。

——冷えこんできましたさかい。

という女中の声とともに雨戸がくられ、鷹之丞の鼻先で、ぴったりととじられた。えらい長っ尻の客やなあ、というあてつけであろう。中の話はそこからまだつづいている。

板戸にぴったりと耳をつけてもよくきこえないが、どうやら今からが肝心の話であるらしい。

「京城の変」という語がくりかえしきこえる。朝鮮半島の情勢と日本の政治の関係が論じられているにちがいない。「鋒鋩韜晦《ほうぼうとうかい》の要」と陸奥がのべている。[20] 自分の体験から俊子へむかって、民権派の中の急進分子の行動は危険であると言っているように聞こえる。つづいて、「スター」というあだ名と、「自由党」ときこえた。[21] これは、自由党幹部に迎えられている星亨《とおる》のこと、または『自由燈（自由のともしび）』新聞のことである。星亨の才能に早くから着目したのは陸奥であった。陸奥は神奈川県令時代にも星を抜擢している。中島信行と星亨は、藩閥の背景をもたない陸奥宗光が信頼をおく数少ない人間のうちに入る。

きこえてくるきれぎれの言葉をつないで、鷹之丞は、俊子は東京へ出て星亨の『自由燈』新聞の記者になることをすすめられているのだとようやく気付いた。弟子たちをかかえて行き詰まり、出口をさがしている俊子は結局は陸奥のすすめをうけいれて東京へ行くことになるであろう。俊子が怪人物、陸奥の持ち駒の一つとなることに鷹之丞は反撥をおぼえた。ぶちこわしてやれ。

政府密偵の仕事は探索だけではない。巷に怪情報を流し、煽動も行う。料亭の会談は、スキャンダルの種に使えそうである。どこへ行くにも母親つきの俊子であるが、悪い噂はそんなことにはおかまいなく簡単にひろがるものである。俊子と陸奥の仲はあやしいという評判は愛妻家でとおっている陸奥宗光を少しは困らせるかもしれない。

鷹之丞の空想はしだいにひろがっていった。各方面に、あの二人に気をつけてみろと示唆する。陸奥と俊子は再度、とくに人目をはばかるでもなく会うであろうから、やっぱり、という噂が立つ。女子の身の上というものは、たったそれだけで傷がつくのだから、はかない哀れなものだなあ、と鷹之丞は想像の中のことだのにすでに同情をはじめている。

噂が流れたら、ただちにイラチの清十郎と純情の三上薫のところへ飛んでゆこう。おい、あんな中年の伊達男にあねさんをとられて黙っておるのか、奪還せよ、負けるな若い衆、とたきつけてやる、と鷹之丞は、それからの策をねる。

暗くて寒い庭に立って、雨戸の節穴から、かすかにもれる明りをにらみつけながら、おかしな密偵鷹之丞は、足踏みにあわせて、ダッカン、ダッカンと唱えた。

東京へ

岸田俊子は一八八四年三月、関西をひきはらって、汽船で東京へ向かった。陸奥一家、中島信行らと同じ船であったそうである。(22)同年五月十一日発行の『自由燈』紙創刊号には「自由燈の光を恋ひて心を述ぶ　しゅん女」という一文が載っている。俊子は自由の灯という新聞が世にあらわれれば社会の暗闇を照らして女性の権利をも保護し、灯火は女たちをも自由の域へみちびくであろうと書いた。

『自由燈』紙はじじつ、民権の他に婦人の権利について多くの頁を割いた。岸田俊子はつづけて五月十八日から六月二十二日まで、十回にわたって「同胞姉妹に告ぐ」と題した女性論を連載している。(23)

「吾が親しき愛《うつく》しき姉妹よ何とて斯くは心なきぞ。などかく精神《たましい》の麻痺《しび》れたるぞ」という呼びかけではじまる文章である。わたしたちはこの呼びかけをこれまでにたびたび聴いたのであった。「同胞姉妹に告ぐ」は、岸田俊子が一八八二、八三年の二年のあいだつづけた長い遊説の旅で語ったことの集大成である。往還に風を巻きおこしていった俊子の演説の声はそのたびに消えたが、この論文の中に辛うじてその名残がとどめられている。

星亨が発行人であった『自由燈』紙には、土佐の坂崎紫瀾と宮崎夢柳が記者としてよびよせられた。岸田社中の娘たちのうち中村徳と富井於菟はこの新聞で働くことになりそうである。俊子が旅をしながらつないでいった人びとが『自由燈』に集まるかのようにみえた。

ところが肝心の俊子は、このとき『自由燈』の女性記者とはならなかった。「押し通る(おしとおる)」というあだ名がついていた星亨は強気で有名であった。その星亨が俊子をからかった言葉をとり消さなかったことが決裂の原因だという噂[24]は、むろん東京へついてきた鷹之丞の耳に届く。密偵はそろそろ俺がまいたスキャンダルの種が芽をだしはじめたらしい、とうなずいている。

だが次には鷹之丞の思惑ははずれ、手はずが狂った。陸奥宗光がとつぜん外遊の旅に立ってしまった。この旅が伊藤博文の差し金だとすると、出獄後の陸奥の民権派寄りの行動は韜晦そのものであったことになる。いったい陸奥はどちらの味方なのか。

中島信行との接近

たくらみのわなは、結び目がほどけて、獲物となるはずであった小動物は自由の天地にいる。これでよかった、と鷹之丞は自分が計画したことであるのに、俊子が怪人物とのスキャンダルの汚れにまみれずにすんだことをよろこんだ。

そして陸奥の外遊出発から二月たった。もう、たくらみのことも忘れかけていたある日、鷹之丞は新聞を開いて、ぎょっとして我が眼をうたがう。「日本の女丈夫と自らゆるす『俊』才も色は思案の外とやら」と題した記事を頁の片隅にみつけたからである。あわてて記事に目をとおす鷹之丞の眼の下で活字はおどり狂ってみえる。

「妾は自由独立を熱心の者なれば、其のこころざしを得るの日にあらざれば配偶せずと、いと口実の立派にてありしゆゑ、某党の総理をはじめ名ある人々は深く感じて、さいはひ某党にて発行する新聞の記者となり我くに婦女子のために尽すところあれよと入社の約束も整ひ出京し、総理のもとにありて該新聞の開業をまたれし折から、ふと二豎《にじゅ》〔病魔〕におかされ熱海の温泉へ入浴ししところ〔後略〕(25)」

鷹之丞はつづきを読むにたえぬ気持であった。俊子がとまった温泉宿に「中々人々のしんかうする某氏」すなわち中島信行が同宿し、二人はなかだち入らずにできあって、と書いてある。二人はその後うちつれて浪花《なにわ》へ向かったともある。記事は、「岸に咲くはかなきものはおんな心かなと、何のことやら解せねど神奈川にて元輪見礼といふ投書がありました」と結ばれていた。

鷹之丞は呆然としている。たくらみの通りなのだ。俊子は怪人物とあやしい仲だから気をつけておけ、と、そこらじゅうの耳にふきこんだおぼえはある。投書氏はふきこまれた一人なのだろう。だが俊子の相手がちがう、こんなはずではなかった。中島信行の最初の妻は、陸奥宗光の妹、伊達初穂であった。一八七七(明治十)年に三人の男の子をのこして病死している(26)。陸奥の場合とはちがって、やもめである中島信行の相手とみなされれば、スキャンダルはスキャンダルにおわらないであろう。

鷹之丞は新聞をつかんで表にとびだした。道で書生の一団とすれちがったとき、ききずてならぬ会話がきこえた。

――オイ、『開花新聞』を読んだかい。女演説の岸田俊子と中島信行だとサ。

——昔から言うではないか。舌の滑べるものはお尻も軽い。そのとおりだね。

鷹之丞は、かっと耳に血をのぼらせて、三上薫の下宿へといそいだ。小僧、噂話を信じるな、と言おうか。これには、からくりがあるんだ、と教えようか。

なんだ、日の暮れまでのんきに眠ってやがる、と言いながら窓もしめきってうすぐらい部屋へ踏みこんだ鷹之丞は転がっている二つのからだにつまずいて立ちすくんだ。

鷹之丞がいそいで雨戸をくり、見ると横たわっているのはやはり三上薫と清十郎であった。枕元には例のスキャンダルが載った新聞と、麗々しくも遺書、と上書きした一通の白い封筒が置かれている。この馬鹿野郎、とまだ温かい三上薫の体にとりつき、遺書なる封書を破くと、モルヒネという字が目にとびこんできた。

自分は勉学すべき身であるのに酒楼に登り、歓をつくして、すこぶる遊蕩をきわめ、学費をほとんど空にして修業あたわざる次第となった。笈を負うて郷関を出た身で学業ならず。何の顔《かんば》せあって父母にまみえん。よって友人に請うて劇薬モルヒネを入手し自殺する。これを服して自分が死せば、友人諸君は自分の書籍、衣類を売却して豪遊すべし、云々。

三上薫は、スキャンダルのことは書かない。だが友人とは清十郎のことか、お前までがそんな阿呆とは知らなんだ、と鷹之丞がゆすぶると、死体がぽっかり片目を開く。

鷹之丞が手紙を片手にもってのぞきこんでいるのを認めると、清十郎はにやりと笑い、妙にゆっくりと、ろれつのまわらぬ口調で言った。

――モルヒネやないで。ちょっぴり催眠剤や。眠らし、と、い、た、れ、や。

それなり、いびきをかいている。横で三上薫もすうすうと寝息をたてて、やすらかに眠っている。

傍にごろりと横になった鷹之丞は、自分が策におぼれたようにおもった。「知恵にからまれ、鷹之丞」とうたってみる。入り相の鐘がきこえるとわびしい。

――暮れそで(呉れそうで)暮れぬは、六つ(陸奥)の鐘(金)。

とも口ずさむ。抜け目のないあ奴にやっぱりしてやられた。陸奥宗光は、義兄弟である中島信行に後添いを世話する段どりをつけてから外遊に発ったのかもしれないのである。

三上薫と清十郎の寝息をききながら、俺たちは奪われた、と鷹之丞はおもう。いつのまにか密偵である我が身分を忘れ、清十郎たちの味方であるかのような錯覚をおぼえている。このスキャンダルは結婚に落ち着くだろう。俊子の結婚は、俊子の女演説の聴衆からは歓迎されないであろう。俊子を聴衆から切りはなすという鷹之丞の当初の計画は実現する。役目を果したのに、彼はさびしかった。

「明治十七年は如何なる年ぞ――上半季は誠に無事なれども下半季は天災其他、種々不幸なること打続きたることを陳述す[27]」

これは集会条例による取り締まりの網をくぐったたとえ話でなされたある演説の題である。一八八四年には五月の群馬事件にはじまり、加波山事件、秩父事件、名古屋事件、飯田事件の、いわゆる激化事件がつづき、これを支持することができなかった自由党本部は十月に解党を行った。急進派と漸進派、下層民権と上層民権、そして二つの世代の分裂の年であった。岸田俊子は維新の世代の男と結婚して、民権の同世代の青年たちからは遠い存在となった。

——岸田俊子はなぜ、中島信行と結婚するのか？

——親子ほども年のちがう子持ちやもめのどこがよい？

——虚栄心からか？

——だが、日本立憲政党を解党したのは党首・中島信行ではなかったか。自由党の解党とおなじく裏切りだ。裏切りものの道行き！

——そもそも湘煙女史ともあろうお方が、なぜ並みの女のように嫁入りをなさる？

——俊子の今日のありさまを見よ。己さえよければ他人の事はどうでもいいといわぬばかり。己が身をかえりみることなく国事のために身をつくせし日もありしに。

——飄々《ひょうひょう》として拠るべき地なきときはやむことなく国事に奔走すれど、三間の茅屋《ぼうおく》(あばらや)でも巣をかまえれば、女はもうそれきりよ。

四面楚歌とはこのこと。岸田俊子の結婚ほど世間から悪くいわれた結婚も少ないであろう。『開花新聞』のすっぱぬき記事の書き様が書き様であったから、仲人立てぬ自由結婚は不義密通のごとくに言われた。俊子を仰ぎ見て、心やすらかに師を信じていた女弟子たちの落胆ぶりと嘆き様ときたら、目もあてられぬほどである。少女たちの憧れの女志士は、一変して毒婦のあつかいをうけている。

俊子は後年、じょうだんまじりに、「あの時はね、初めから、陸奥、後藤、星、板垣などの同志が皆、同穴の狐だったのサ」と友人に打ち明けた(28)。自由党の幹部連が後押しした結婚であったこともたしかである。だがあのスキャンダルあつかいの記事がなかったら、二人の結婚は実現したかどうか。

中島信行と俊子の結婚がふしぎがられるのは、年齢のへだたりのせいばかりではない。二人の性格は正反対であるのに、なぜ一緒に暮らせるのかと、人びとは言いたてるのである。俊子はつねに直情径行のひと、才気煥発で、弁舌は熱烈、火を吐くごとし。信行は沈黙型で、静かなること湖水のごとく、心は常に動かざること山のごとし。これは両者を比較して相馬黒光が言ったことである(29)。

さわぎとなってはじめて、山中の黒い湖にたとえられる静かな中年の男に、以前からひかれていたことに俊子は気づかされたのであった。

あまたの死を見た男との結婚

俊子の夫となった中島信行は無口の人、だから実は党首にも演説家にもむいていなかったという評がある。たしかにふだんの言葉数は少なかったが、活潑な人の話に黙って耳を傾けるのが好きであり、ときに思いがけない寸評をつけ加えた。乞われぬのに、自ら短い話をすることもあり、物言わぬといわれる人の語る話だけに、きいた人には忘れがたかった。

一八八二(明治十五)年の暮れに中島他、大阪の立憲政党党員たちと俊子が紀州の同志をたずねる旅をしたことがあった。高野山にさしかかるおり、中島信行の古戦場をとおった。坂本龍馬の海援隊にいた作太郎すなわち中島信行は、龍馬亡きあとは陸援隊に入り、高野山の挙兵に参加していたのであった。

立憲政党の一行が高野山をおりて街道が平坦で足場のよい土地にさしかかったとき、土地の人が、十数年前の戦いの日にこの場所でかたきうちの待ち伏せをされて切り殺された六人の赤穂の武士がいたことを語った。

——たしかに、六人の赤穂のお武家か。人数にもまちがいはないか。その名は?

と、めずらしく中島信行の方から土地の古老へ問いかけた。つづけて語った。

——戊辰の戦いの以前、余がいまだ長州に在りし頃、赤穂の浪士数名に会いたり。なかに望月某といえる人あり。すこぶる故実に明らかにして、越後流の兵学の達人であった。

人に接するに方正にして純乎たる道義の士であった。だから、他の武士はみな、望月某の言に従っておった。きくところによると、赤穂におるとき執政の某と論議あわず、これを切り捨てて国を出たお方とか。その後の消息を知らなんだが、数年前、やはり長州の戦いの生き残りに会ってきいたところ、望月某は、いったん帰国ののち、かたきうちの難にあいたり、と言う、その場所と年月には言い及ばなかったが、今、その事跡、人数をきけば長州においてかつて知りあいし人士に他ならざるべし。ここが死地でありしとは。(30)

長州といえば、作太郎(中島信行)の体験した最初の戦場であった。若い兵士が畏敬の念をこめて仰ぎ見ていたのが望月某であった。数年後にここ高野山で再び共にたたかっていたことを作太郎は知らなかった。望月某他の六名が、戦地まで追ってきたかたきうちの手にかかって死んだことも聞かなかった。さらに十数年の後、生き残って立憲政党総理となった中島信行がふとした偶然から彼らの運命を知るのである。

その昔、高野山の寺門は荘厳をきわめ、金色の塔が黒い林の上に夕陽を浴びて輝き、その反射は満山の雪を染めるようであった、と中島信行は語った。明治の半ば、その同じ寺は打ちすてられて御堂は傾き、石仏は倒れ、落葉がつもるばかり。

岸田俊子は、荒涼たる風景をとおして死者を見ている男の暗い眼を、最初に心にとめた。若い女は、すでに老いはじめているこの男の記憶には、いくたりの死者が眠るのだろうと考えた。

乞われるまま、中島信行は幕府討滅の戊辰戦争の中でも会津若松城攻略戦の思い出をも痛恨こめて語った。板垣退助が官軍の土佐部隊の総指揮官、東山道総督府参謀であった。中島信行は副官であった。

官軍が城下に攻めこんだ日、中島信行は、会津藩の家老、西郷頼母《さいごうたのも》の屋敷で、その母、夫人、妹、娘を含む九人の肉親と十二人の親族が、うちそろって自害した流血の現場に踏みこんで立ちすくんだという。しかも血の海の中でひとり、まだ虫の息でうごめく若い女から、

——目が見えぬ、敵かお味方か。

とたずねられ、おもわず、

——味方。

と嘘を答えてしまった。死にゆく若い女から介錯をたのまれ、おもいきって心臓をついたが、血まみれの女の凄惨な表情を生涯、わすれることができなかった。

会津には、中島信行が西郷頼母の妻女たちを手あつく葬った話が語り伝えられている。

自刃する命を見送った体験なら、信行こと中島作太郎はそもそも若年にして脱藩したとき、連れの従兄が国境いで割腹自殺したのをやむをえず見殺しにした。従兄、中島与市郎は足を痛め、自分が連れの二人の重荷となることをはばかった。二人を逃がすため

に、大師堂にこもって追手をひきつけ、腹を切ったのであった。(31)

——人はみな死んだ。

と中島信行は語った。信行がつき従った維新の英雄、高杉晋作は病死し、坂本龍馬は切られて死に、信行を抜擢して用いた元老、木戸孝允も死んだ。そして無数の名のない人たちの死を、中島信行は見てきた。そのころ、京の町の戦火の中を逃げまどっていた幼い自分は何も知らなかった、と俊子はおもう。

人はみな死んだが、自分は死ななかった。恐怖心があったからだ、と中島信行が語っても、俊子はとまどうばかりであった。サムライの道徳がまだ支配していた時代に、恐怖心をかくさない中島信行は変わった男である。右か左か、と選択をせまられて、どうにも解決がつかないと、判断を中止して沈黙する男であるということも、俊子には信じられない。沈黙を深遠だと感じる。

我が身にふりかかった舌禍事件、仲間の青年たちが捕えられてゆく一連の激化事件など、生きいそぎ、死にいそぐ人びとの中にあって、中島信行ひとりは、決して死ぬなと説く。俊子が進みつづけるなら、岸田社中の妹たちもそうするであろう。俊子ひとりが背負う責任の荷はあまりに重かった。中島信行は、静かな男である。全てを受けいれるかのような静けさに出会って、俊子は呼ばれたのでなく、自分から足を止めたのであった。

中島信行と岸田俊子は、死者を証人に立てて結婚した。高知県土佐市の中島家の墓所にある中島与市郎墓碑銘「中嶋信行撰、妻岸田俊書」の明治十七年十二月という日付が、結婚公開の文字の最初である。碑に刻まれた与市郎一代記は長文である。

中島信行は、俊子を、先妻の墓へも伴ったであろう。東京、谷中の墓地に今も建っている墓石は畳一枚分はある大きな緑色の石である。碑文には、陸奥宗光の妹であった初穂は十九歳で嫁し、三人の子を生み、信行外遊の二年のあいだ留守をまもった可憐の妻であったと読める。

岸田俊子の結婚は、ゴシップの種となった。策略によって強制された結婚であるとも言われた。だが俊子は、自分から選んで中島信行と結婚したのである。その心のうちは他人に語らずともよい、とおもう。スキャンダルを打ち消しはしない。法律上の手続きをふんだ入籍届は、一八八五(明治十八)年、八月二十六日に出されている。

中島夫妻は、東京では麴町区富士見町に住んだ。

中島信行はしきりに国際法の研究をしている。民権派は不平等条約改正の問題にとりくまなければならなかった。そのための勉強である。中島は海援隊の出身であるところを買われて、明治のはじめには、神戸港のある兵庫県の行政にたずさわり、横浜港のある神奈川県の県令であったこともある。もともと国際法にくわしかった。

法律の勉強をしているうちに、語学の質問のために、麴町一番町で教会をひらいているモーア博士をたずねた。[32] それより先に、俊子は、モーア博士のバイブル教室に通っており、夫婦そろってモーア博士と行き来しているうちに翌年には博士から洗礼をうけて信者となった。一八八六(明治十九)年七月十八日のことである。[33]

俊子は聖書を読み、祈る生活をしている。もう演説はやらない。なぜですか、どうして、と俊子の昔を知る人はたずねる。

――演説は、好きだったのです。それが近来はコワクなりまして。

と、俊子は答える。[34] コワクなりまして、と言いながら悪びれる様子のないところは、相変わらずである。官憲の監視がコワくなり、入獄体験にこりたということではなさそうである。俊子は昔は何も知らなかったから、物を言うことができました、とも答えた。

それならば何を知ったから物が言えなくなったのか、ということは語らない。一直線に進んでいた人が立ち止まったことだけは感じられる。

弟子たちの選択

ひたすら、師匠についてゆけば遠くまで行くことができると信じていた弟子たちは、ここで放り出された。俊子は女演説をぴたりと止めてしまったから、岸田社中は解散である。弟子たちはとまどっている。

――なんで俊子先生はアーメンのヤソ教にならなあかんの？

行きどころのなくなった俊子の弟子たちのうち、中村徳と、富井於菟は、太っ腹の坂崎紫瀾がひきとった。『自由燈』新聞の仕事を手伝いながら、勉強をつづけさせる、という約束である。坂崎紫瀾の家へは岡山から、景山英子もやって来て、寄宿した。英子は、岸田俊子が一八八二年に岡山で演説をしたとき、聴衆の中にまじっていた、あの芝居好きの少女である。

景山英子と、おそらく富井於菟も、仕事のあいまに築地の新栄女学校で英語を習うことになった。俊子にも会える。俊子は築地のA六番女学校、四十二番女学校、新栄女学校で漢文を教えた。

東京の築地は、隅田川河口の右岸にある埋立地で、当時は外国人の居留地であった。洋風の建築物がたちならび、建物に番号がついていた。劇場や教会堂の前の道を洋装の紳士、淑女たちが散歩する、ハイカラな土地である。

明治のはじめ頃、築地A六番館でカロザース夫妻が始めた私塾に、髪を切って男の着物を着た娘がこっそりと通っていた。男装の少女は授業中に指名されてチョークをとると、大胆な字で黒板に、I am a girl. と書いてみせた。この事件がカロザース夫妻に、女子の学校こそ必要、と感じさせてA六番女学校が生まれた。A六番女学校が築地の新栄町に移って新栄女学校となった。美しい花壇のある学校だったそうである。

中島俊子は、十八史略、文章軌範などを受け持った。湘煙女史の漢文の授業は、居眠りなどしていられない活気がある、という評判である。演説時代の、あの、人をひきつける力は、小さな教室に行儀よく並んで坐り、目を輝かしてきいる少女たちを難なく把握して、余りある。

――ところが、中島俊子先生は、何人かの生徒とともに、ある日、姿を消してしまわれたのでございます。

新栄女学校はのちに、さらに女子学院へと発展したのであるが、その八十年史が編まれたときに、すでに高齢の婦人となった、初期の卒業生が語っている。

――説明は何もありませんでした。でも、あれほど人気のあった湘煙女史のことですもの、生徒たちはみな、なぜ先生は学校へ来られないのか、先生を囲んでいた人たちはどうなったか知りたいとおもいました。実は中島先生の異常な勢力が二、三の生徒を動かし、先生を校長に推して学校改革をなそうとする企てがあったのでございます。

密告があって、計画は学校当局の知るところとなった。主謀者たちは秘密裡に退学、俊子も学校を追われた。

――後日、事の次第を知ったわたしたちは驚きおびえ、連日、そのことばかり噂しておりました。今でもわたくしには大事件におもわれるのでございます(35)。

築地の女学校は外国人宣教師の経営するミッション・スクールであったのだから、外国人校長を追いだして俊子を校長に推すなど、とんでもない。学校乗っ取り計画に他ならぬ。いったい、かつての岸田社中の娘たちも加わった計画だったのだろうか。

景山英子と富井於菟は書き置きをのこして坂崎紫瀾の家を出た。二人で共同生活と自活をはじめ、学校乗っ取り計画よりもはるかに大きな計画に血をわかしている。景山英子が幼なじみの小林樟雄から、清国の支配下にある朝鮮の独立を助ける計画をもれきいてきたのである。いわゆる大阪事件となる計画である。

富井於菟は、「岸田俊女記　獄ノ奇談　富井小とら謹写」と表紙に書いた一冊の帳面をいまだに肌身はなさず持っている。「獄ノ奇談」は岸田俊子が大津四の宮演劇場の舌禍事件による未決監の体験を書いた記録である。岸田社中に入門していた日々、於菟は師の獄中記を一字、一字、書き写したのであった。於菟は英子にもこれを読ませたであろう。

——先立って事をなす者は、先立って難を受けざるを得ず。

獄中の俊子に伝えられたという母タカのことばが写本の中にある。於菟と英子はこの行を読むたび、受難をも辞せずという悲壮な決心を固くする。岸田俊子は、安逸の日に憂国の心を忘れぬために獄中記を残すと、書いていたのであった。沈黙した俊子であったのに、俊子の書きのこした字は写され、彼女の知らぬところで未だに妹たちを鼓舞している。

大阪事件には、そのもととなる企画があった。自由党の首脳、板垣退助と後藤象二郎はすでに前年、朝鮮の独立党、金玉均を助け事大党を倒すため、フランス公使よりその資金をひきだすことを企画した。半島をめぐって清国と日本が覇権をあらそう情況があった。国際関係の緊迫をつくり、これを利用して停滞した自由民権運動に活を入れる意図であった。

ところが計画は伊藤博文の知るところとなった。伊藤博文に自由党の計画をこっそり教えた怪人物がいたのである。おりもおり外遊の旅に出た陸奥宗光は伊藤博文とどんな取引をしたのだろうか。政府は自由党を出しぬいて独立党のクーデターを助けるが、政権樹立は失敗。

その間に自由党は解党した。後藤とフランス公使との会見の通訳をして、以前の計画を知っていた小林樟雄は板垣にもういちど計画の実行を迫ってことわられ、大井憲太郎、磯山清兵衛らとあらたな計画をたてた。寄付金をあつめて資金としたが、不足分を調達するため強盗事件もおこしている。計画は磯山の変心によって発覚し、逮捕者は大阪、長崎その他、各地あわせて一三九名にのぼった。紅一点は景山英子であった。かたや、岸田俊子の同志であった、大和五条の桜井徳太郎も逮捕された。

英子は岡山時代から親しかった小林樟雄から計画をきくと富井於菟とともに募金に奔走した。

於菟は兄からも資金援助を乞おうとして故郷の龍野(兵庫県)へいったん帰った。ところが兄から諫められ、足止めされてしまう。於菟は兄にたいしては運動をやめることを誓い、東京へ戻って英子には脱落のゆるしを乞い、キリスト教に帰依して信仰の道を歩むことを自らに課した。英子はひとりで爆弾を皮鞄にいれて運ぶ役をひきうけ、大阪へ向かい、捕われた。

於菟は政治活動の挫折ののち明治女学院の生徒、ついで教師となった。チフスにかかった同僚を献身的に看護して感染、二十歳の若さで死んだ。景山英子は大阪事件の取り調べ中、次の訊問をうけた(36)。

——岸田俊を知るや。

——名は聞き居れども未だ一面識なし。

かばったのではないであろう。立ち止まった俊子に代わって先頭に立ち民権運動の新しい女神となった自覚が岸田俊など知らぬ、と言わせている。

もう一人、俊子の異色の弟子がいる。中村徳は坂崎紫瀾のもとにとどまった。その妻を追い出して自分が女房におさまったのである。

岸田俊子は沈黙をまもっている。公開の席にその姿が見られることは少ない。

彼女のかつての聴衆たちは、どこにいるのだろう。

清十郎と三上薫は、一昼夜も眠りつづけたのち、ひどくさっぱりとした顔で起きてきた。遺書なるものは、鷹之丞が破り捨ててしまった。三人が一緒にいたのは、おかしな自殺未遂事件の日が最後であった。

イラチの清十郎は、先へ先へと走りつづけていることであろう。上方ことばで喋る民権講釈師の影は、加波山事件や秩父事件の言い伝えの中に探さねばならない。

三上薫は大阪へ戻って、代言人試験の勉強をしている。大阪事件または国事犯事件とよばれた事件の裁判は、大阪西区土佐堀五丁目にある大阪控訴院内に臨時におかれた大阪重罪裁判所でひらかれた。弁護人は大阪の代言人が多数、他に全国から星亨他の弁護人が駆けつけた。

公判は一八八七(明治二十)年五月二十五日より同年九月二十四日まで、計九十七回開かれた。三上薫は連日、傍聴券を求めてならぶ長い列の中にいる。第一回公判の日など、午前八時五十分の開廷であるのに午前三時から行列ができて、百七十枚の傍聴券に数十枚を追加してもなお、門前から空しく帰る人が数百人もでた。

三上薫はあの大切なノートに、第一回公判を記録して「被告人は黒色の奉書紬の羽織の紋に自由の二字を染めぬきたるものを全員一様に着し、久しく鉄窓の下に在りしも疲労の状、見えず」と書きとめる。(37) 新聞は国事犯事件の裁判を大きく報道し、女志士・景山英子の一代記も出版されている。(38) 三上薫も本を買った。

いまだに東京をさまよっているのは、鷹之丞だけである。警視庁密偵の鷹之丞のこのたびの使命は、時の総理大臣、伊藤博文の身辺を洗え、であった。警視庁長官の三島通庸がいわば自分の上司である総理の弱点をさがしている。

永田町の仮装舞踏会スキャンダル

一八八七年四月二十日、総理大臣伊藤博文の官邸ではファンシーボール(仮装舞踏会)が開かれ、次の日の明け方まで、政府高官と貴婦人たちの舞踏と乱痴気さわぎがつづいた。

一週間後、『絵入朝野新聞』『絵入自由新聞』などに一斉に「紳士、少女を姦す」「貴顕某が某華族の妻を強姦」などの怪記事が載った。好色の総理が舞踏会の名花、うら若い戸田伯爵夫人を犯したという噂。新聞には、仮装舞踏会の深夜、永田町方面から服装をみだして走ってきて虎の門内で人力車をひろい、日比谷門外で黒塗り馬車に乗りかえ駿河台へ向かった貴婦人がいたと書いてある。ニュースを流したのは鷹之丞である。

被害者である戸田伯爵夫妻の出方はいかに、と駿河台の屋敷を見張る密偵の前に、門をたたく一人の女が現われた。見覚えあるその姿。

鷹之丞は遊説時代の岸田俊子の身辺を探索し、いくたびも尾行したのだから、俊子を見まちがうはずがない。それでも久しぶりに見る被布姿の俊子が、どうして今、戸田伯爵家の門前にいるのか、と目をこする。

門はかたく閉ざされている。ようやく出て来た門番にむかって女は、旧姓で岸田俊子、

湘煙女史と名乗っている。閉じられた扉ごしの押し問答がつづき、

——このような時刻にご夫婦そろってご不在ということはよもやありますまい。

と、理づめの談判である。とうとう門が開いたので、物蔭の密偵は、やってみるものだなあ、とあきれたり、感心したり。

俊子は深夜にただ一人、戸田伯爵家を訪れた。強姦事件の被害者である戸田夫人に被害届を出して強権とたたかえ、と言いに来たのである[39]。夫人にはついに会えず、戸田伯爵との面談はらちがあかず、空しくひきかえした。

加害者とされる伊藤博文は俊子の夫、中島信行と親しい。中島が長州でたたかっていたころ、そして海援隊時代から、陸奥宗光をまじえたつきあいが続いている。伊藤と中島は政府と民権派に別れてからも、敵味方であるがゆえよけいに、つきあいのパイプを大事にしている。時の総理と民権派首脳のつきあいなども、俊子の知らなかったことの一つである。

俊子はこのとき、夫に迷惑がかからないように単独行動をとり、いざというときは離婚の覚悟であった。戸田家訪問が空振りにおわるとその足で『女学雑誌』の巌本善治をたずね、この事件を放置してはいけないと説いた。巌本善治は『女学雑誌』に長文の社説「姦淫の空気[40]」を書いた。一行一行の背後に俊子の口調の感じられる文章である。

総理の醜聞は鹿鳴館のぜいたくを見守っていた巷の人びとを激しく怒らせた。密偵、

鷹之丞は町角で人びとが読み上げる檄文を写す。

──恐れながら申上候。私共三十七人徒党致し伊藤大臣を害す　此度の強姦一件、実に云わん方なし。(41)

檄文は文部省の便所の壁にも貼られた。鷹之丞は伊藤博文がいくつかの新聞に金を払ったことをつきとめた。『女学雑誌』『自由絵入新聞』他が発行停止となった。鷹之丞は探索書に自分の意見をつけ加えた。

二社以上の停止は曽て朝鮮事件後はじめてにして全国の人心に何事が起りたるかと疑惑を生ずるならん。(42)

──世の中の　人の心は花染めの　移ろひやすき色とかは知る

おタカが俊子に古歌を教えている。花染めとは露草の花で染めた衣のこと。色が褪せやすい。京染めでは、色が簡単に落ちる性質を利用して露草の青花汁で、染物の下絵を描く。呉服屋であったおタカのよく知るところである。

──昔の人はよう言うたものよのう。人気は移ろうものとわかりもうした。

と、おタカは愚痴に近いことをこぼしている。俊子と中島信行の結婚を強く望んだくせして、結婚と同時に娘の人気が落ちたことが、くやしいのである。昨今、人の口にのぼるは国事犯、景山英子のことばかり、俊子のまわりは火が消えたようにさみしい。

俊子は歌の心を別様にうけとっている。おもえば一八八一(明治十四)年に、十年後には国会開設の詔が下ってからようやく六年が過ぎようとしている。俊子はあのとき、土佐の高知でしあわせな高揚期にある民権運動とめぐりあった。民権のかたわらで、女性の人権について考えはじめたのであった。

十年は長い。時間が人びとの生活と心を変化させてゆく。変わらぬものは、変わらぬがゆえに色あせるということもあるのである。

俊子の演説「函入娘」や「婚姻の不完全」に耳を傾けた若者たちの多くは、函入娘の教育や、女を家に封じこめる婚姻制度とは、圧政の下におかれた人民のたとえととって、共鳴した。だが、俊子にとっては、あれは比喩であっただろうか。俊子は最初からずっと、「七つの言い分」があるとて一方的に離婚された女の屈辱について語っていたのである。

俊子は舞踏会の夜の強姦事件を見逃すことができなかった。戸田伯爵夫人のこうむった恥辱が、おのれの痛みと感じられたからである。社説「姦淫の空気」のおかげで発行停止の処分をうけた『女学雑誌』と、俊子とのつながりが深まった。俊子はふたたび発言をはじめる気配である。このたびは演説ではなく筆をとって、評論と小説とを書きはじめた(43)。

一八八七年、俊子は女学雑誌社より小説『善悪の岐』を出版した。主人公の撫松庵《ぶしょうあん》は、かつておかした殺人罪のため、獄中で舌をかんで自殺する。主人公が死にのぞんで心境を書き残した手紙に、英雄を気取るものは、しばしば昔の自分のように、大義を行うのだから殺人や盗みはこれ些事なりなんぞ恐るるに足らんと考えるものがあるが、大きな誤り、とある。殺さず盗まず、という尋常人の尋常のきまりをまもるか、まもらないかが善悪のわかれる岐《ちまた》であるという結論において、俊子は政治運動における倫理を説こうとした。だが漢文調のずいぶんいかめしい小説である。評判はあまりよくなかった。

伊藤博文の醜聞のついでに、森有礼の離婚、大山巌夫人・捨松の恋、妻を切り殺したことのある黒田清隆の横暴など、上流界のスキャンダルがあばかれ、むしかえされ、世論は激昂している。やがて日本基督教婦人矯風会が中心となって元老院へ一夫一婦制建白書が提出された(44)。明治民法は一夫多妻主義であった(45)。俊子は宮内卿時代の伊藤博文に宮中の女官制度につき「過激な」提言をしたという。お局さんの存在に言及したのだろうか。

乳姉妹富貴のその後の運命

さて中島信行と俊子はお互いけっしてオイお前、ハイ旦那様などといわぬ平等夫婦だそうである。しかつめらしくも夫は妻を卿《けい》とよび、妻は夫を郎《ろう》とよぶへんな男女同権夫婦、という評判は、これまた新聞の記事となった(46)。

新聞を読んでおもわずふきだし、天井むいてハハハと笑っている女がいる。破れ天井のすきまから青空のみえる裏長屋に住む女は、かたわらの連れあいに話しかける。

——卿やとか郎やとか裏店の熊サン八ツァンにきかしたら、何というかねえ。

上方なまりの残る女は、昔の坂上富貴である。京の装束屋を脱けだして、ふらりと東京へ出てきてからもう四年も経つ。

乳姉妹の俊子とは何という因縁であろう。相手もまた、半年もおかずに東京へやってきたから、同じ空の下で暮らすことになった。もっとも、俊子の方は麻布のお屋敷町に住んでいるのであるが、富貴は、下町の長屋住まいである。

俊子のことは忘れているつもりなのに、新聞、雑誌にその名があると、目が吸いよせられる。長屋住まい大道易者の女房ながら、いまだに字を読むのは好きである。夫もまた、あまり流行る易者ではないので、店を張りながら日ぐらし古新聞をくりかえし読む。商売のためにも、天下の動向や、どろぼう、失せ物、人さらい、家出などの話に通じておかなければならない。富貴は俊子のだいたいの消息を知っている。俊子の再婚が、自分の再婚の時期とほぼ同じであることもわかっている。

富貴が連れあいに出会ったのは、お江戸にからっ風の吹く日であった。富貴は頭巾をかぶっていた。髪を切ったばかりであった。

東京へ来たものの、先に上京した親たちは案のじょう、食うや食わずのその日暮らしであった。富貴は身を売る前に売るものがあるわいな、とおもって長い髪を切った。御所に縁のある血筋の女たちは髪がよくのびる。髪を買うのはかつら屋だが、このごろは西洋に輸出するそうである。脱色して金髪のかつらにする。

髪の毛を切って頭が軽くなった。何か思いきったことがしたい気分である。俊子は東京で、丸髷、島田髷をやめて束髪にしようという生活改良運動をはじめているが、あての断髪のほうがずっと進んではおるまいか、など考えながら歩いていた。

風の勢いで頭巾がはずれて、短い頭髪がみだれて顔にかかるのを手で払ったとたんに、路傍の易者から声をかけられた。

——手相を見てしんぜよう。

相手の目に浮かぶ、からかうような笑いを見てとると、富貴もまたいどむように言うた。

——お代はタダ、どすか？

——ほなお代はタダ、にしとこ。

と、大道易者もまた、京なまりで答えて、それが富貴にとっては、めぐりあいとなった。

易者は富貴の悩みは身すぎ世すぎのこと、ただ今は出戻り中の身の上、とうまく言いあてた。だが心配はいらない、手相を見れば結婚線は乱れているが、新しい線が出てしっかり続くと自信ありげである。

——そんな相手、どこにいやはりますの。

と問うて、富貴は自分のはすっぱな物言いに気づいた。

一緒になってみると、易者はしごく真面目な男であった。京都では二条家に仕えていたサムライの出ときいて、互いによく似た境遇であることが、一目みてわかっていたのだと気づく。それにしても旧弊な父親をあんなに嫌った自分だのに、父によく似た、若いくせして旧思想の男と暮らすことになったのが、富貴にはおかしかった。

易者と一緒になった富貴は、俊子が熱海の温泉で中島信行と同宿、といったおもわせぶりな新聞記事にはおどろかなかった。大道で知り合おうが、温泉宿で知り合おうが同じこと。それよりも最近の俊子が理想の結婚、清潔な家庭とあまりに言いつのることが何とはなく気にかかる。俊子が新しい結婚に賭ける気持を誰よりもよく知っている富貴なのだが、それにしても相変わらずきばりすぎや、とおもうのである。

もう一つ、富貴はこのあいだから易者が、しきりに一人の新しい客の話をしていることを思い出した。客は黒い被布を着た、がっしりとした体格の老女であった。上方ことばの客はお前さん以来はじめて、と易者が言う。占いをたのむまえに、相談は一件につきなんぼや、とたずねた。そういやお前さんかて占い代を値切ったなあ、やっぱし上方の女は銭勘定がこまかい、と易者はおかしがったのである。

占いは、老女の娘夫婦についてのことであったから、代理の手相で占うわけにはゆかず、四柱推命で運命を読むこととなった。依頼人はいったん帰り、答の出るころに再びやってくる約束である。

そこで易者は家の小さな文机の上で推命書なる本を片手に、書きぬきをつくり、何やらブツブツつぶやいている。富貴は意味のわからぬ文字の羅列を物めずらしくながめた。四柱推命の四つの柱は、生まれ年の干支《えと》、生まれ月の干支、生まれ日の干支、生まれ時の干支である。

——ところが、被布の老女は、自分の娘ごの生まれ時を知らぬと言うのや。三つの柱で占わねばならぬ。

易者のひろげた紙には男女の生年月日が並んで書き記されている。

男命　弘化三年　八月　十五日

女命　万延元年　十二月　四日

富貴は女の生年月日をじっと見つめた。自分とは三歳ちがいの女命、やはり間違いではない。被布の老女は小松屋タカ、その娘とは俊子、現在の中島信行夫人である。富貴は乳姉妹の運命が、自分の今の夫によって占われるふしぎを、おどろきもせず見ている。あたしらは、どこまでもきれぬ縁なのやなあ、会うこととてないのに、あんたの育ちも、はじめの結婚のことも、これからの運命も、あたしはみんな知らされるのえ、と富貴は心の中でつぶやいた。易者にたずねる。

——おっ母さんは娘の何を占うて、とお言いやした？

——子宝に恵まれるかどうか。それから妙なことも言い申した。この二人は夫婦なのかどうか、わかるやろうか、と。

易者はまず、それぞれの年月日の干支を書きぬいている。

四柱推命では、年をもって根となし祖先とす、月をもって幹となし兄弟とす、日をもって花となし自己とす、時をもって実となし子孫とす、と言うのだそうである。生まれの年月日時を草木の部分にたとえ、これを親、兄弟、自己、妻子の位という。

——これ、どういうことどす。

と、富貴はたずねる。

——まず生まれ日の干支をもって主事と称し、とくに日干をもって天元、もっとも重要となす。このお方の場合は、つちのと、すなわち五行のうちの土。さてどんな字が出るか、冠とは女王のしるし。しかし、倒食と出た。これは一カ所に止まることなく放浪、流転。おまけに寡宿、これは孤独。尼僧侶となる人の字である。剣峰、浴盆すなわち子縁にうすい。

富貴はたまりかねて口をはさんだ。

——生まれですべてきまるのどすか。

——ちがう。人とめぐりあい、事件とあう、その組み合わせなのやが、これがようない。

夫なるお方の生まれ日の干支は壬辰《みずのえのたつ》、日干は水。土ありて水土混じわるときは混迷の運となる常にて、凶災を免れない。女の己は小さな土すなわち砂利、男の壬は大きな水。土は水に流されて虚しく、生命は育たぬ。男には墓の字が出ている。魁罡《かいごう》の字は政治、革命により運をひらく人。

富貴は不満である。中島信行と俊子をならべるとき、俊子の運の力が弱いはずはないとおもうのである。だが大きな水とは個人の運の力ではなく中島が生きた政治のことかもしれない。維新において、民権運動において、多くの人が死んだ。悪のみならず善きことをなすためにさえ人間の命をつかわねばならない政治が大きな水だとしたら……。

富貴は妄想からさめて問うた。

——ほいで、何とお答えやすの？

——子宝はむずかしい。男命と女命は愛憐の想いは深いが、愛縛の交わりにあらず。

民権派、東京郊外へ追放

一八八七年、民権運動家、旧自由党員らのあいだには新しい動きがおこっている。前年、政府は不平等条約改正会議をひらいた。そのおり諸外国にたいし、治外法権をゆるす外国人判事任用などの条項を含む条約案を示したので、政府内部からさえ、強硬な反対説が出た。卑屈外交という声が高まっている。

この機会をとらえて高知県代表の片岡健吉らは一、言論集会の自由、二、条約改正、三、地租減額を主張するいわゆる三大事件建白を元老院へ提出した。運動は各地にひろがり、民権家は続々と東京へと集まりつつある。

密偵、鷹之丞はまたまた忙しい。なんせ追いかけねばならぬ相手が多すぎて手がまわらないのである。

尾崎行雄邸の縁の下にもぐっていると、書生たちが、大臣いぶりだしの方法は何が一番よいかという馬鹿話をしているのがきこえた。さっそく探索書には「都下の数カ所に放火の計画あるもよう(47)」と書いておいた。

麹町の中島信行のところにも最近、人の出入りがはげしい。鷹之丞は、「東京の旧自由党員の熱心家ばかり五十名が有志会なるものをつくり総裁を中島信行に依頼す　会は余程の勢力のあるものの如し　決して油断相成り難き趣に相聞え候(48)」としたためる。

情報の集まったころのことである。政府は非常手段をとった。一八八七年十二月二十五日、勅令第六十七号による保安条例を公布、ただちに施行した。皇居または行在所を距る三里以内の地に住む者のうち、内乱を陰謀、教唆し、治安を妨害するおそれありと認むるときは、三里外へ追放、三年間というお達しにより、五七〇名が追放された。大つごもりまぢかの寒空の下、着のみ着のままである。

追放者名簿には高知県人がだんぜん多く、満三年の都外退出組に中島信行、島本仲道、林有造、大江卓。満二年は片岡健吉、中江篤介、坂崎斌（紫瀾）その他[49]。

退去者は一日で浦和あたりに辿りついたが、その晩は不安を感じた宿屋がそろって戸を閉ざし、宿泊にも難渋した。

都内にとどまっていた俊子は新聞をひろげて、浦和からの通信にはっと目を止めた。

「坂崎の妻君は折も折とて懐妊中なりしかば、内外飢寒の苦しみに得もたまらず、
人の門前に食を求むるの憂目をしのびぬ[50]」

俊子の弟子であった中村徳は、もう赤ん坊を生もうとしている。

年が明けると一八八八（明治二十一）年、国会開設まで、あと三年をのこすのみとなった。民権派の人びとが皇居外三里の地へ追放された期間も三年が最も長かった。政府は三年のあいだ首都から民権派を遠ざけ、そのあいだに憲法を制定し、選挙法を定め、事を自分たちに有利に運んだ上で国会開設にのぞもうとしている。なんのことはない、鷹之丞がせっせと出した探索書の内容とはかかわりなく、追放はとっくに予定されていたのである。口実が探されていたにすぎない。大阪には追放された五七〇名のうち一四五名が集まり、民権派の拠点となった。中江兆民（篤介）は、大阪で『東雲新聞』を創刊した[51]。

中島信行は実は追放直前にどこからか情報を入手、すでに東京を去って横浜に居た。その昔、神奈川県令（知事）をしたことがある中島にとっては横浜はゆかりの深い土地で

ある。

俊子が、夫を追って横浜へ移る支度をしている。仮りの住まいをたたむだけのこととはいえ、俊子にとっては、はじめての自分の家らしき家、夫婦子供のそろう形をもつ家庭らしい家庭生活のあった東京である。慣れ親しんだ隅田川堤の暮色に胸しめつけられる心地がする。

——何の、これしきのこと、新しい土地には新たな景色がありまする。お里、忘れ物はないな。

と、俊子が荷づくりを手伝う少女にむかって言う。お里は但馬豊岡から俊子をたよってやってきた。俊子の従妹にあたる。

——ヨコハマは横浜絵のごとくでありましょうか。波止場から外国船の出入りをみとうて。

仕事の手を休めて俊子に話しかけているもう一人の少女はお品という。中村徳や富井於菟の去ったのちに九州から来たが、小説本や絵を好み、ひっこみ思案であるところが以前の内弟子たちとはちがっている。

——お品は横浜絵を集めているのかえ?

とお夕カがお品にきく。娘が行くところならどこへでもついてゆくつもりのお夕カは旅支度をとうにすませている。横浜絵とは、貿易港のめずらしい風俗を描いた錦絵のことである。波止場や海岸通りを散歩する異国人たち、居留地にたちならぶ外国商館のある風景版画が流行っている。

俊子は二人の少女と老母を伴って港町に着いた。海の彼方からふく潮風を吸ったとたん、定住の地をもとめていた気持を忘れたようにおもった。遠い国から来た船にかかげられた色とりどりの旗のはためきは旅への誘い。子どものとき習った『世界国尽』[52]をおもいださせる。

横浜太田村の新たな住まいは新開地のまん中に立つ一軒家である。太田村はその昔には太田道灌の所領であった、現在の横浜市南太田町である。製塩のかまのある浜であったが、入江を埋めて干拓新田がつくられた。家を建てるとき、まず道を拓くところから始めなければならなかった。

フェリス和英女学校のミセス・ナカジマ

——ミセス中島が先を歩いていらっしゃる。追いつきましょう。

——おみ足の速いこと。

女学生たちが坂の下から、俊子を目指してのぼってくる。

横浜は山坂の多い街である。山というより丘に近い高さであるが、フランス山、鷺《さぎ》山など、いくつもある。山手百七十八番にあるフェリス和英女学校に教えに通うために俊子は亀の橋をわたり、地蔵坂をのぼった。ハイカラな山の手に、横浜がまだ東海道すじの小さな漁村であった昔の土地の名前ものこっているのである。地蔵坂は急な坂なので、歩くものはたいてい途中で息を切らして一休みする。坂の下には人力車や荷車の後押しをする人夫がたむろしていて、それで生計がたつほどである。この坂を越えないと山の向こうの村へは行けない。フェリス女学校は山の上にある。頂上に立つとダウン・タウンと、港と海とを、一目でみわたすことができた。

俊子はこの坂を一息でのぼりきる。黄八丈の着物の足さばきがいかにも軽やかである。黄八丈には紫の被布を重ねていた。白く塗った木造洋館の校舎の中に立たせてもミセス中島の着物姿はすっきりとして目立つので、女学生たちは自分たちの先生が誇らしい。

横浜移住のとき、巌本善治が俊子をフェリス和英女学校に紹介したのであった。ブース校長も湘煙女史の和漢の授業をぜひに教課に加えたい意向であった。かっぷくのよい外国人教師たちのあいだにまじると小柄な俊子はよけいに楚々としてみえる。ところがこのたおやめに無視することのできない発言力が具っているのである。(53)

女学校のホール開館式のことであった。俊子は指名されて祝辞をのべた。

——われら日本人教師は西洋から輸入される事柄を何等の批判もなくしてみだりに弁護するものではありません。教育はその国特殊の現状に調和せずんば益なしと知られたし。本校を単なる宗教学校にしてはなりませぬ。広く社会に有意義の婦人をつくるの教育を望みます[54]。

ミッション・スクールの経営陣にたいする発言としてはえらく無遠慮である。俊子は生徒たちの方にもむいて、女学生に生意気の徹底を説いた。

――本校生徒はとかく生意気の評判ありという。女学生の生意気は中途半端がよからず。修学をまっとうし、自己の考えあるをもってこれを述べ、己なるもの具って物の是非を明らかにすべし。これすなわち生気ありというべくして、世にいう生意気とはへだたること遠し。

風変わりな祝辞は好評であった。西洋かぶれにあらずと言い放つ無遠慮と、己れなるものを具えた生意気とが、実は他のどこよりもこの西洋風の街には似合う。

フェリス女学校で教えていた若松賤子と巌本善治が、ブース校長の司会で結婚式をあげた[55]。中島夫妻が立ち会いの証人となり、俊子が信行より先に署名したことが話題となった。目立つ行為は他にもある。一八八九(明治二十二)年に俊子は、小説「山間の名花」を雑誌『都の花』に十回、連載した[56]。

小説好きのお品はこっそりかくれて十回分を読みとおした。俊子が読むなと言ったわけではない。俊子はむしろ読ませたがっていたのである。だがお品には、主人公の高園幹一と芳子という夫婦は、中島信行と俊子にそっくりにおもえて、見てはいけないものを見てしまう気がする。読むと胸がどきどきして、できれば見知らぬ他人の目からはかくしておきたい。

　小説の中の高園幹一は、維新のとき死んだはずの我が身ゆえ、国事のためもう一働きすると言い残して旅に出る。夫を送るとて芳子なる女主人公のよむ「離情恨み長くして袖に涙あり」という歌は、中島信行が帝都退出となったとき、俊子が東京でつくった漢詩そのままである。鹿鳴館らしい社交界を批判する舞踏ぎらいの芳子も、昔の弟子たちに向かって、十年や二十年で望み通りの世にはならない、事はしだいに進むとわかった、けれど旧志は捨ててはおらぬと語る芳子も作者の俊子にちがいない。

　その芳子が色は白く、ほおに海棠の紅のさす美人、声美しく、動作は軽くて乱れず、凛として愛あるの趣、となると、お品はあわてて雑誌を伏せてしまうほどはずかしい。幼少のときから才をあらわし、長じては文壇に筆をふるってひげの男子を圧し、しかも少しも思い上がった風もない、と俊子は芳子のことを書いているのである。その昔、小室信介が新聞小説に書いてくれたように、俊子は自分たちを英雄と美女に描く。

　――演ずる人と書く人と、両方になれるものだろうか。

　と、お品はひそかにうたがっている。内気で引込み思案の弟子だのに、お品はいつのまにかこんなことを考えるまでになっている。その批評眼は師匠ゆずりである。

　同じ年、二月十一日に大日本帝国憲法の発布があった。フェリスでは午前十時から礼拝をすませたのち、中島俊子が祝賀演説をした。立憲政治のはじまる今日のよき日より、女子は男子とおなじく政治に関心をもたなければならない、と述べた。

――ちょっとやりすぎたかな。

地蔵坂を下りながら俊子は一人の生徒に話しかけている。

――いいえ。ミセス中島のおっしゃるとおりだとおもいます。先進国にも婦人参政の例はないのだからといって、女子には考える力がないと決めるのはおかしいです。これはわたくしたちの祭ではありませんけれど。

元子という生徒は、華やかな服装の多い女学生の群れの中にいつもひとり木綿織の地味な着物を着てまじっている娘である。(57) 家が貧しいので給費生となっている。物事をじっと見ていて判断する性格であるので、俊子はときどきこの生徒の意見をたずねる。

坂の下からは爆竹と花火のはぜる音、楽隊の吹奏がきこえてくる。港の船は万艦飾をほどこしている。通りには緑門(アーチ)がつくられ、家々に紅提灯がかかげられている。この生徒の言うとおり、憲法発布も国会開設も、今のところ女たちとは関係がない。だが祭ははじまっている。

このとき、横浜の俊子ははたして憲法の全文を知っていただろうか。

新聞は速報を競いあった。大阪では同日、憲法発布の号外が出された。

――憲法は飛電が運んだそうな。

と、たいへん評判である。飛電とは飛脚から来たことばで、電報のことを言った。憲法全文が電報でとりよせられて号外となったので人びとはおどろいたのである。それでも号外が刷り上がってくばられたのは祝賀の日の午後であった。[58] 大阪の中江兆民は、この日、憲法全文を一読、ただ苦笑するのみであったといわれる。

第一章「天皇」第一条「大日本帝国は万世一系の天皇之を統治す」とはじまる明治憲法は、君主によって君主のために制定された欽定憲法であった。憲法起草の伊藤博文は最初に君主の大権を明記したことが他の国にはない特色といい、「決して主権の民衆に移らざることを希望して止まざるなり」[59]と解説した。

八年前、一八八一年十月、十年後に国会開設の詔が下る直前の東京では国会期成同盟に多数の憲法草案、私案が集められていた。主権在民、基本的人権、人民の抵抗権をふくむ植木草案、その他数多くの憲法草案は各地の土蔵に眠ったままである。

帝国議会第一回総選挙

人びとは帝国憲法の何に期待して祝ったのだろう。

第二章「臣民権利義務」の各条項は、法律の範囲内での自由を臣民に保障すると述べている。憲法と同時に公布された数多くの法律はしめつけのきびしい内容をもつ。他に、保安条例のような法律を勅令でつくることもできる。

だが第三章には「帝国議会」がある。あと二年の終りに開設される国会には民の声がとどくかと期待がよせられている。

憲法発布と同時に発表された衆議院議員選挙法は百十一条もある長文であった。新聞の全紙一枚におさまりきらぬほど長い。選挙人資格は年齢満二十五歳以上の男子にして満一年以上、その府県内に本籍を定め住居し、直接国税十五円以上を納めるもの。被選挙人たることを得るものは、男子満三十歳以上にして満一年以上その選挙府県において直接国税十五円以上をおさめるものである。

選挙法にはすでに、全国を区分けした選挙区までできあがっている。ただちに実質的な選挙戦がはじまった。

憲法発布は、大赦、特赦というお祝儀を派手にばらまいた。国事犯、集会条例違反、保安条例による追放者などが大量に解放された。名古屋の監獄にいた大井憲太郎、小林樟雄、三重の監獄にいた景山英子など大阪事件の被告たちも特赦により出獄、大阪に集まっている。一連の行事のあと、民権運動家も、もと国事犯も選挙区へと急ぐ。もう、あまり時間がないのである。

密偵の鷹之丞はひさしぶりに暇になった。新聞をひろげて読みふけっている。来年の暮れに国会が開かれれば、約束の十年が経つ。仕事とはいえ、十年のはじめから、よくもあきずにつきあってきたものだ。すべて薩長政府のお膳立どおりにうまく行っている。

それにしても不思議なのは、はじめから不利な戦いの不利な条件にたいしてなぜ民権派は文句をつけないのだろう。十年という期間を勝手にきめられて黙っていた。その間に伊藤博文はプロシアへ憲法研究の旅をしている。三年前となると保安条例による帝都退去命令にしたがい、二年前になると帝国憲法と衆議院議員選挙法ですっかりかためられた土俵に上って選挙戦をけなげに戦う。

清十郎や三上薫がいたら、議論をふっかけてみたいものである。清十郎には、

——お前とこの親分も勅令には弱いなあ。

と言ってやろう。新聞には板垣退助が岐阜遭難事件の犯人相原尚褧にも大赦をと哀訴した「美談」がのっている(60)。三上薫は、

——勅令は法律をつくることはできるけど、法律をやめさせることはできないと憲法が定めてます。それだけでも進歩や。

と言うであろうか。まあええわいな、いっしょに国会という大芝居を見ようや、と言いたいのに傍には誰もいない。

——普通選挙の考えをもって、十五円以下を納むるものの代表たるべし。

民権派の良心は、政府に対抗して人民の利益を代表する者として国会議員とならなければならない、と言っている。むずかしいことである。

じっさいには、選挙人となるにも被選挙資格を得るにも、まず財産家にならなければならない。四千万人の総人口のうち、直接国税十五円以上を納める人口は四十五万三千

四百七十四人である。貴族院の勅任議員の枠の中には勅選議員の他に多額納税議員がある。

にわかに財産家となるには、どうするか。植木枝盛の場合は、立志社所有の土地の名儀を植木名儀とすることになった。大阪の中江兆民も、選挙区の人びとの援助によって、土地の名儀を得て資格をとる。(61)

中島信行は、数年前から、制限選挙となることを見越して、準備している。いや、準備をまかされているのは、俊子夫人である。

——まだおやすみにならないのですか?

横浜太田村の家に住みこんだお品は、俊子の部屋の灯火だけがいつまでも消えないので、廊下から声をかける。するとようやく、算盤をはじくパチパチパチという音が止むのである。新開地に建てた家は、敷地がひろく、松をたくさん植えさせたので、千松閣と称した。夜になると、海であったころの潮騒の音のように、松の葉ずれの音ばかりがきこえる。

——響くかえ、音のせぬ算盤を発明するものはおらぬかナー。

——イエ、あまり根つめて仕事をなさると、お体に障るとおもって。朝もお早いのに。

そっとふすまを開けて座敷にすべりこむと、文机の上に青いランプをおいて、はたして俊子は細かい計算中である。複雑な数字はお品にはさっぱりわからないが、これが洋風の複式簿記というものであろうか。俊子は深夜、家人が寝しずまった後に帳簿を整理し、日記をつける習慣である。いずれも長時間かかる。

横浜にはまだわりあい安価な埋立地が残っている。市街地の拡張を予想してこれを買っておく。適当な時期に転売する。家作もふやす。郡部に小作地をもって経営する。ようやく保養地としてひらけつつある湘南海岸にも土地を買う。京都には、土地と家作を持っている。京都駅建設の株を買う(62)。

俊子はさまざまな雑誌に「主婦の心得」、「夫人の心得」を書いて、家計簿のつけ方を説くが(63)、彼女自身が管理しているのは消費だけでなく、利を生む積極的な経営である。

昼間は各地へ手紙を書いている。お品は書きかけの巻き紙の上に、「御地の酒ことごとく当地の蔵にお送り下されたく候。金子入用と察しまずは百円送り候。酒の相場少しゆるみ居候(64)」と書いた俊子の字を読んで、びっくりしている。まだうら若い夫人が、あのきゃしゃな指で算盤をはじき、目に見えぬところで大金を動かし、酒の仲買いをしていらっしゃるのだ。こうしてようやく中島信行は被選挙人資格を得た。はじめての選挙である。しかし選挙戦を勝ちぬくためには、財力と、中央の名声と、選挙区における地盤とが必要であることは今も昔も変わらない。

生涯のあいだ、官界と民権派とのあいだを行きつ戻りつして、なかなか得体のしれぬ中島信行の民権派としての初心と原点は、神奈川県にあった。

陸奥宗光、大江卓の後、一八七四(明治七)年から一八七六(明治九)年のあいだ神奈川県令をつとめた中島信行は、管内区戸長にたいして「各区に議会を開き町村毎に代議人を公選して民政民事の要件を議定せしめること」(65)という諭告を出している。

諭告とはもとより地方長官が上から下へくだす下達であった。その目的もまた、政府の仕事がさしさわりなく運ばれるためであった。だが県令中島信行はともかく、民の心を汲みあげる公選議会をつくろうとした最初の地方長官であった。他の県にはなかったことである。

同じとき中央で地方官会議がひらかれ、地方民会は官選にすべきか公選かについて大論議があった。俊子は夫にいくたびもこのときの話をきかせてくれ、とねだった。

——今日の実況より観察すれば、人民開化の度より見て区戸長をもって地方民会の議員とするが適当なり。

と述べるおおかたの官選論にたいして、中島信行は、ひとり公選論で対抗したのであった。

——区戸長会議のていどが今日では適当といえる論は全く、僕が所見に反す。僕は諸君が眼目としたる適当、不適当のあいだに明瞭なる道理と実証とを見出さず。僕は区戸長が人材ばかりにあらざるを知るごとく、平民にもまた人材あるを信ずるなり。区戸長は行政の一部に属するの官吏なり、官吏をして議員たらしむ、すでに議会の根理に反するなり。人民智識の進むにしたがい国の光栄を増すは諸君の然りとするところにあらずや。この智識をすすむるには人民各自をして各自の権利を重んじ義務を知らしむを主要とす。公選民会にあらずして他に何の策あらん。人民の現状に適せず、適せずとばかり言えば数十年の後を待つもなお適せざるべし。今日の急務は力をつくして公選民会を起こすにあり。(66)

この後、中島信行は政府の内部から出た民選議院論者として野に下り、自由党に加わったのであった。地方民会は民自身によって構成すべきという説は民選議院論の原理に通ずる。

中島信行は、開明的な地方官であった県令時代に得た信頼と、民権派時代の遊説の旅できずいた人とのつながりを地盤にして、神奈川県第五区より出馬、当選した。

信行、初代衆議院議長に

一八九〇年七月一日、第一回の総選挙が行われ、三百人の国会議員がえらばれた。憲法発布式や帝国議会の開催のもようを伝える錦絵は多い。ところが選挙の投票風景を描いた風俗画はほとんど見当たらない。投票人も人口の一パーセント程度なのだから、人びとはお上が何をしているのやら、まだまだ知らない。

京都の清水紀八の『末世之はなし』にも選挙のことは何もない。この年七月の項には、米が一石五円七、八十銭に上がったので支那米(輸入米のこと)をたべている、「人民難渋の者」多数ありとのみ、記されている。幸い夏の天候は順調で「田よくでける也」の年となった。気温は上がりすぎるほどで「今年浅瓜一本もでけず　皆つる枯れる」とある。「大根かぶら虫にてつぶれる」とも(67)。

その紀八さんも、国会のことは聞き知っている。「大日本国開《ママ》議員十一月二十五日ヨリ会議東京ニテ相始メ会議員数三百人其ぼうてう人大こんざつ也」。

第一回帝国議会は、全国の人びとの注目を集めた。十五円以下のみんなも、天井桟敷の立見席に目白押しになって、遠くの舞台をながめているつもりである。各地の新聞が議会の毎日をくわしく報道する。

三百人の国会議員については、『国会議員正伝』といった本が幾種類もつくられ(68)、似顔絵入りで人物紹介をしたから人びとは役者の名前と顔をすっかりおぼえて、芝居見物にのぞんでいる。さっそく通ぶって解説する野次馬もあらわれた。

――大阪事件国事犯の重罪組が顔を並べてるよ。小林樟雄、新井章吾。えれえもんだ。景山英子も男だったらな。

――中江兆民先生が新調のフロックコートで現われたよ。めずらしいこった。みろ、植木枝盛がステッキをひねくってら、キザだねえ。

――ステッキ占い、知ってるかい。細身は吏党、太いは民党(69)。

初期の議会では政府派を吏党とよび、反政府勢力である立憲自由党、改進党などを民党とよんだ。民党議員は壮士風仕込み杖をもつのが多いそうだ。

——ホイきた、馬車のりつけるは貴族院議員テナどうだ。衆議院議員で馬車組は陸奥宗光よ。大臣で衆議院議員のヘンな奴。

陸奥宗光はヨーロッパから帰ると駐米大使となって渡米、再び帰国して今年五月から山県有朋内閣の農商務大臣となっている。陸奥は星亨に、自分は薩長政府の内へ入ってこれを操縦すると語った。

三百人の議員の中には俊子が民権演説時代に知った人たちが多数いる。俊子と相合傘の相手とされた新井毫、俊子を熊本にまねいた前田案山子、大和五条の桜井徳太郎などなど。

——議長、議長というな。

来客をとりつごうとしたお品は、廊下から、ふすまごしにきこえた主人の声が自分を叱るように聞こえて、びくっとして足を止めた。叱られているのが夫人であるらしい、と気づいておどろいた。信行が俊子を叱る場面はついぞ見たことがない。部屋の中からつづけて信行の低い声が聞こえた。

——誰が議長となろう(70)とよいではないか。ぜひになどという功名心は困ったものだ。卿《けい》は若い、若すぎる。

最後の一語はいかにも苦々しい調子でいわれた。つねに言い返すことばの用意のある夫人が、若いといわれたときだけは黙る。お品は夫を助けるのに懸命であるのに、その夫から功名心を責められている夫人に同情した。

第一回帝国議会の開会直前の話題は衆議院議長の選出に集中している。議院法第三条は、「衆議院の議長副議長は其の院において各々三名の候補者を選挙せしめ其の中より之を勅任すべし」とうたっている。

まず各党において候補者の人選が行われた。立憲自由党では板垣退助の後押しもあって中島信行が候補者の一人に選ばれ、院中の選挙においても最高点で三人の候補者の一人となった。

それからというもの国会にそなえて東京、駿河台に居をかまえた中島信行の邸宅には人の出入りがはげしい。

一八九〇年十一月二十六日午後、衆議院正副議長の勅選結果が公表されることになっている。信行は朝から客と共にでかけて帰ってこない。

夜になって大勢の足音がした。夫人が顔を紅潮させて玄関へ急いだ。

——おめでとうございます。

という声がきこえる。お品も出てみると、ちょうど信行が玄関で靴をぬぐところであった。

——卿、よきようにとりはからい給え。

と言うと、俊子をのこし、お品のたたずむ前をとおって奥の部屋へひとり、入ってしまった。(71)

玄関に残された人たちは新聞社から来た取材のひとたちであるらしい。振り切られてしかたなく、夫人に、衆議院議長となった中島信行の人物を語るエピソードなどいくつかのことを聞くと、帰っていった。

朝の新聞にはさっそく、「議長　中島信行君伝」が一段ぬきで載っている。(72)

——肖像画描きは下手であるナ。

と、俊子は傍から新聞をのぞきこむお品に言う。議長肖像の目のおちくぼんだ悲しげな顔はこの家の主人の表情をよくとらえている、とお品はおもう。

また引っ越しだ。議長官邸に移らねばならない。横浜太田村の家はタカとお里がまもっている。三人の息子たちは、学校に入り、休暇中しか帰って来ない。

いよいよ議会がはじまると、議事堂の門前におしかける人波はひきもきらず、丸の内堀ぎわから新橋外まで見渡すかぎり見物人で埋まるありさまとなった。

——国会たあ、ご先祖さまもご存じねえや。

見物人は議員の顔を一目みるだけでも満足する。

毎朝、箱馬車から太いシガーをくわえておりてくる羽織袴の議員がいる。何のためか同じ羽織袴をつけた数十人の商人が馬車の後につきしたがってくるので評判である。

洋服姿、人力車で議事堂にのりつける議員は、こんぼう大のステッキを脇にかいこんだ屈強の壮士に車の後押しをさせている。その大男がドイタ、ドイタと大声で群集を叱りつけるようにして道をあけさせる。

馬車、人力車がぶつかりあう間をぬってゆうゆうと歩いてくる民党の議員もいる。

新聞の国会傍聴記は、もっとも人気のあるつづき読みものとなった。

俊子は毎朝、使用人よりも早く起きて門を開け、新聞をとる。お品は夫人が、暗い朝の光の中、まだ消されていない常夜灯の下で新聞をひろげて立ち読みしている姿をよくみかける。明けるまが待てない様がみてとれておかしい。お品も昼ごろ、テーブルの上につまれている新聞をそっとあけてみる。

十一月二十九日、帝国議会開院式。十二月一日より、通常国会のはじまり。中島議長の一日が報道されない日はない。

開院式の日、貴族院議長となった伊藤博文は金ピカの大礼服で現われた。衆議院議長中島信行君は、黒一色の燕尾服であった(73)。民党出身の議長は服装に心をあらわして、平民頭領をきどる、と書かれている。お品は新聞にこの家の主人の名前を見るたび、晴れがましいというよりも、はずかしいような、胸がどきどきする気持を押えられない。夫人はよくも記事のすみずみまで目をとおし、書き様の批評までできるものだ。一日一日が心配ではないのだろうか、と気がしれない。

人びとは、しだいに国会の見どころをこころえはじめている。反政府側の民党と、政府側の吏党とがいるのだ。吏党は軍備拡大をもりこんだ膨張予算を成立させたいと望んでいる。民党は民力を休めるため、減税と予算の削減を主張する。また、この十年間に民権派をさんざんひどい目にあわせた集会条例、新聞紙条例の改正と保安条例の廃止とを要求している。

初めての選挙で出てきた地方議員の中には今まで政治とは無縁の人も多い。三百人の議員の色分けはなかなか難しいのであるが、民党議員はおおむね旗印がはっきりしており、どうやら多数をしめる。人びとは言っている。

――攻める方が強くなけりゃ、すもうはおもしろくねえ。

初陣争いの議場を整理する議長に視線が集まる。

――笑うべし、この議場。憐れむべし、この議長。おそるべし、将来の有様。(74)

玄関で靴をはきながら、中島信行がつぶやく。

――郎《ろう》、何といわれました？

――ナアニ、議長をえらぶ投票用紙に、こう書いた一枚がまぎれこんでいたのさ。

――まさか。

俊子には晴れの舞台にも意気込むことのない、淡々とした夫の様子がじれったい。議会のハイライト、政府予算案をめぐる攻防は始まっている。

政府は十二月三日明治二十四年度総予算と、鉄道建設、軍艦製造および電信新設のための追加予算あわせて八千三百三十万円余の予算案を議会へ提出した。

予算委員会は十二月二十七日までかかって査定案をつくり、新春一月八日、経費節減約八百九十万円を発表した。

政府は査定案に不同意を表明するが民党の勢力は強く、査定案は全院委員会でみとめられた。これより怪事件がつづく。

一月十三日、警視総監は、げんに国会に廃棄が提案されている保安条例を発動。壮士など五十四名が国会期間中、皇居外三里に追放された。

一月二十日、午前零時三十分、国会議事堂炎上。衆議院内政府委員室より出火、火はたちまち天を焦がす勢いとなった。

国会議事堂、炎上

ま夜中の街をさまよっていた密偵鷹之丞は、早鐘のジャンジャンいう音と空の赤い色におどろき、まさかとおもいつつ議事堂の方角へ走った。途中、麴町消防組のポンプに追いつくと、やはりという気がしはじめた。火事の現場では土橋消防組がもう放水をはじめている。議事堂は木製ペンキ塗りなので火のまわりが早い。メラメラと燃え上がり、すでに火の粉が舞う。(75)鷹之丞は焔の中で大奮闘中の一人の男の姿をみて、心底おどろいた。

——貴族院類焼をくいとめる奴にはほうびを五千くれるぞ。六千出そう。書類を出せ。玉座をはこび出せ。

ほとんどただ一人で大声をあげて消防士を指揮している男は、貴族院議長の伊藤博文その人なのである。

このときなぜ自分が衆議院議長の官邸へ走り、門をたたいたのか、鷹之丞にはわからない。

——火事だ。議事堂が燃えている。

と叫ぶと、庭石をふむ足音がして、門がおしひろげられた。門から出て、きっと空をにらんだのが議長夫人俊子であったので、鷹之丞はあわてて物かげにかくれた。

議長信行が現場に駆けつけたときには、衆議院の建物は手のつけようがなく、貴族院も燃えはじめていた。水芸の舞台のように数十台のポンプが百線の水をふきかけ、周囲に垣をつくった群集の見守る中、議事堂は午前五時まで燃えつづけた。国会は一週間の休会となった。

——デンキはこわいこと。

お品が新聞のひろい読みをしている。議事堂の火事は漏電が原因であった、と書いてある。消防士のひとりは消火の最中に電線を踏んだため体がしびれてしまった。

衆議院にあった最も重要な書類は予算委員会において予算委員と政府委員とのあいだでとりかわされた質問と応答の速記録と、各議員に配布すべき議案と報告書であったが、すべて焼失した。貴族院からは勅書をはじめ重要書類がもちだされ、無事であった(76)。

衆議院議会は虎の門外、東京女学館仮議場にて再開である。貴族院は華族会館、つまりかつての鹿鳴館を仮議場とした。

――先日近火の節は御見舞い下され、ありがたく御礼申し入れ候。

俊子はもっぱら火事見舞いの礼状をしたためている。お品の方を向くと、言う。

――一覧表は何に用いるかを考えて整理すべし。これでは間に合わぬ。

お品は夫人から、火事見舞い客の名簿をつくるようにいわれていたのである。いくつかの名前には住所をつけなかった。見舞いの口上もいろいろであったと、言われてはじめて不備に思いあたる。

夫人の手控えの整理はつねに見事である。議長官邸内にいる俊子は内をとりしきっているのだが、官邸には公の世界が入りこんでくる。俊子が官邸において記した「明治二十三年十一月以後、人名録ならびに小引(77)」なる帳面には、訪問客の氏名、住所、用件が克明に書きとめられている。

地方からさまざまな請願書をたずさえた人たちがやって来て、衆議院議長官邸の門をたたく。訪問人名録に「添田寿一、予算案の注意なる文章をもって来る　俊子彼の幼時を知るものなり　今は大蔵省の吏たり」とある(78)。添田寿一は、むかし京都で俊子と並んで二人の神童ともてはやされた少年であった。再会して、どんな話に花が咲いたやら。

一息つくと、俊子も新聞をくりかえし読む。予算案のページにはぎっしりと数字がならぶ。お品にはこのように桁の多い数字は自分とは無縁なものにおもわれてしかたない。夫人はどうして数字に興味をもつことができるのだろう。

議会では予算の審議がつづけられている。政府は予算の大幅の削減は行政に支障をきたすゆえ、議会が不都合なる削減決議をなすときは、憲法に記された詔勅による解散を実行すると予告した。しかし査定案は議決され、民党が勝った。それだのに、たたかいはまだ終らない。

――一事不再議の原則でありましょうに。

――憲法第六十七条があるのだ。

議長中島信行は深夜の帰宅後に、若い妻君から議論をふきかけられて、もてあまし気味である。このところ議長は身体不調を訴えて議会を休むことがときどきある。

伊藤博文の貴族院議長ぶりは、満面に笑みをたたえ、反り身になって発言をきくかとおもえば、ツカと立ち上がって大喝をくらわして発言を封じ、場内の静粛を得るなど、柔に剛に議会を操縦すること巧みである。

衆議院議長の中島信行は、陰気なほどまじめ、「議長、不整理！」「議長無能、ひきずりおろせ」と野次がとぶと、黙ってお祈りをはじめるクリスチャン議長では歯がゆくてならぬ、と評判がよくない。辞表提出の噂さえある。(79)

議決されたはずの予算節減が、むしかえされ混乱している。帝国憲法第六十七条「〔前略〕歳出は政府の同意なくして帝国議会之を廃除しまたは削減することを得ず」の解釈をめぐって吏党と民党の攻防がくりかえされた。政府同意は必要なしという結論が二度だされた。

ところが会期末の近づいた二月二十日、憲法第六十七条にもとづき、衆議院より政府へ、歳費議定の同意を求めるべしという緊急動議がまたも出される。議長は記名投票にて可否を決すべしと告げ、点呼すると、投票数二四五のうち反対一〇八にたいし賛成一三七の大逆転となった。政府はむろん予算節減をみとめず、同意を拒絶。これでは議会は何のために度重なる議決をしたのか、と誰しも笑う。

新聞は民党の大敗、立憲自由党の分裂を報道している。名指しで、民党のうち裏切りせるもの数十名あり、林有造、新井毫、片岡健吉他、投票に欠席して吏党に益したもの植木枝盛、栗原亮一他、旧愛国公党、土佐派なり、と告げている。板垣退助、中島信行に親しい議員たちである。

会期満了の日、再審のための予算審査特別委員会をつくる動議が一一七対一五〇の大差で可決され、民党の敗北は決定した。会期延長九日、政府原案より削減六百三十一万円の修正案が可決されて衆議院議了、貴族院はたった四日でこれを議了し一八九一(明治二十四)年の予算は成立した。

政談集会政社法改正案、保安条例廃止案、地租軽減案は衆議院において可決、しかし貴族院の議題に上らなかった。新聞紙条例改正案は衆議院で時間切れとなった。

議員中江篤介、兆民は議会の裏切りに絶望し、アルコール中毒を理由に辞表を提出して去った(80)。

──民党は勇ありありて智足らず、気ありて謀りごと足らず、力を無益に費やす。この芝居、二幕目をみるにあたいするや。

鷹之丞が独り言をつぶやいている。議事堂炎上のとき、この世から何が消されたのか、それが知りたい。

再び、衆議院議長

第二回帝国議会は、一八九一年、十一月二十一日召集、二十六日に開会した。衆議院議長はひきつづき中島信行である。

──お帰りなせえまし。

中島夫人俊子も議長官邸に再び迎えられ、使用人たちのあいさつを受けている。お品もついてきた。官邸の仕事にはむいていないと自分でもおもう。だが俊子は、「シンキクサイ(もどかしくじれったい)のおシナだよ」と、京ことばをひきあいにだしてからかうくせに、お品を手放さないのである。

開会そうそう、議長官邸におしよせる訪問客は俊子夫人が会い、てきぱきと対応している。お品は議長と議長夫人とどちらが政治にむいているのかわからないほどだ、とおもう。昨日は夫人に女の客があり、ふたりうちそろってでかけた。お品は今朝の新聞をひろげて、昨日の客が、あの有名な景山英子であった、と知る。濃い化粧が前歴にそぐわない感じであった。

新聞記事は「守衛湘煙女史を知らず(81)」と題したコラムである。中島信行夫人俊子が夫にかわって衆議院に議員手当をうけとりに行ったところ、守衛にあやしまれて、門の内へいれてもらえなかった、と書かれている。顔見知りの民党議員がとおりかかって教えたので守衛はわびを言い俊子と連れをとおした。ついでに俊子の連れの名前がわかった。「他の婦人と申すは、大阪国事犯の一人、景山の英子なりし」。

お品には、俊子と英子の二人の女が衆議院の門の前で何を語りあったか想像もつかない。二人のかつての同志であった男性の民権家たちは国会で活躍中である。

景山英子が民権派の新しい女神であった期間は長くはなかった。大阪事件の裁判中は、景山英子は幼なじみの小林樟雄と獄中結婚か、などと騒がれていた。しかし特赦で出獄後、英子の恋愛の相手は大井憲太郎であることがわかった。英子は大井の子どもを生んだのであるが、他にもうひとり、大井の子を生んだ女がいる。大井憲太郎のもう一人の恋人、清水とよ(紫琴)は、死んだ富井於菟とともに景山英子の親友であった。

　俊子には、自分の夫、中島信行が議長である衆議院の建物を英子に見せて誇りたい気持があったかもしれない。だがスキャンダルと失意の危機をとおって立ち直ろうとしていたこのときの英子は、議会政治に関心を示さなかった。

　ひっきりなしの来客のために、俊子はおちおち机の前に坐っていられない。お品がちらと机の上をのぞくと、俊子が一日も欠かさぬ日記が書きかけである。「十二月二日、景山英子学校の寄付金を請ふて　一封を与にき[82]」と読めた。俊子が再び政治の方を向いたとき、英子は女子教育をはじめようとしている。

——国防の充実と経済の発達を努めざるべからず。

　と、松方正義総理大臣は衆議院の開院演説において語った。今年度の政府予算案には海軍拡張、軍艦の製造および製鋼所設立の経費が目立って大きい。松方内閣にはかつて民権派寄りの行動の最中に政府側にひきぬかれた後藤象二郎逓信大臣、農商務大臣の陸奥宗光がいる。これで民党の攻めを防ぐつもりなのだろうか。伊藤博文は枢密院議長として天皇大権をふりかざし議会ににらみをきかす。

——民力休養、政費節減。

と、民党は声を大にして叫んでいる。このたびは議会がひらかれる前に板垣退助と大隈重信が会談し、自由党と改進党の連合民党が結束をかためている。

政府予算案をめぐる吏党と民党の対立もこれで二度目である。問題のありかはもう、見物人にもよくわかっている。同じ場面がくりかえされるのだろうか。

第一回帝国議会中には議事堂炎上という事件があった。じつは第二議会のはじめにも議事堂は燃えている。

十一月二十七日開会二日目の夜、俊子はまた夢の中で、「衆議院のストーブより出火」という声をきいた。ふとんをはねのけて、

——郎《ろう》君、目をさましたまえ。衆議院火事にて候。

と、傍の信行をおこした。中島信行がまたも半信半疑のままかけつけると、衆議院談話室西側の暖炉前より発火、火はすでに夜警によって消しとめられていた。議長の総理大臣にあてた報告書には「この原因は暖炉前の石材に過大の熱を含み、床板に自然火気を導きたるものにこれあるべし」(83)と書かれている。夜の無人の談話室で誰が過熱するほどの火を焚くものか。

第二の不審火は、天下の人びとに第一議会の議事堂炎上を忘れるな、あのときの真犯人が何を焼滅させたか考えてみろ、という警告であった。鷹之丞は街で聞きこみをつづけている。だが人びとはボヤが消しとめられてよかったと言うばかり。あれは怪しいぜ、

とおもわず口をはさむと、新聞にだって西洋式暖炉はあぶねえって書いてあらあ、お前さんいったい誰だと逆襲されるしまつである。

十二月十八日、田中正造ははじめて足尾銅山鉱毒問題について衆議院へ質問書を提出した。誰もまだこれが富国強兵へ向かう日本の暗部、公害問題の最初の告発であることに気づいていない。

一八九二(明治二十五)年度国家予算の政府原案は、歳入八千六百五十万円、歳出八千三百五十万円であった。予算委員会は大幅に七百九十四万円を削減した査定案を出した。衆議院予算案本会議において松方総理大臣は予算原案は厘、毛たりとも削減できない、と査定案に不同意を表明した。しかし第一議会の例をくりかえすな、政府の不同意かえりみるに足らずの意見がつよい。政府と妥協せよという緊急動議は否決され、議会は査定案支持にまわっている。

——今日は、わたくしも出かけます。

と、俊子がお品へむかって言っている。

——国会の傍聴ですか。

と、お品は答えて支度を手伝う。清水紫琴らは、衆議院の女子傍聴禁止に反対して質問書を出した。今年は婦人傍聴席が設けられている。俊子はいくどか傍聴にでかけ、そのたびに大臣の演説にたいする批評は辛辣である。いわく、テーブルにかじりついて目

もあげやらぬ朗読的演説、横着なる噺し家演説など、など。(84)

お品は次の日、俊子の日記を読んだ。日記はときどきわざと目につくようにひらいてある。

「十二月二十二日　晴　本日の衆議院は聞きものと言はんより、実に見ものといふべきなり。〔中略〕いかに議事録あってその言語を惣《あやま》らざるも、いかに新聞記者あってその真景を写すも、なお不充分を感ずるなるべし。しかしてあたかもこの日我が傍聴席の一座を占しは、いかなる幸ぞ。〔中略〕海軍大臣樺山が、演壇に登りゆるゆると予算問題を説破して、査定案を土俵外に一擲に擲げんとして〔後略〕(85)」

お品は俊子のいきいきとした筆の勢いにひきこまれて、八頁もある全文を読みとおしてしまった。樺山大臣の長広舌のあいだに民党議員の野次は、議長制止アレ、の怒号とかわり、場内に大浪が立った。中島議長は非常鈴をうちふるが、樺山海軍大臣はきこえぬふりして海軍問題はうぬらが素人共に何がわかるか、国家多難をへて四千万の国民が生きのびたは薩長政府のおかげ、と演説をつづけた。

次に立った改進党の島田三郎は、俊子の筆によれば「水ならば滴らんばかりの弁舌にて樺山大臣が功を薩長二藩に帰せしは、天皇陛下に対し奉て礼を欠くるものなり」と言う。満堂の天鳴り地叫ぶかの響の中で、すかさず議長は本日は閉会と宣言。「一結千鈞何等の手腕ぞや」と俊子は夫の議長ぶりをほめるのである。ところが帰宅後、俊子が夫に手柄話をきこうとして「今日の波浪いかが」と問うと答は「また一些事のみ」で、俊子は話をつづける力も失せた、とある。お品は夫人のりきみぶりが目に浮かびおかしくてしかたない。それにしても勅意は両陣営の伝家の宝刀。

中島特命全権公使夫妻、イタリアへ向かう

政府が樺山の蛮勇演説で失敗したせいもあって、議会は軍艦製造費、製鋼所設立費を否決。十二月二十五日削減の査定案が本会議を通過した。同日、「朕、帝国憲法第七条により衆議院の解散を命ず　御名　御璽」の詔勅が出た。このたびはいわば議会そのものの放火、炎上である。民党の努力と民の意志は灰とされた。

中島信行と俊子夫妻は第二議会の解散後、横浜太田村の家に憩うている。俊子は疲れがでたのか、病気がちである。中島信行は解散後の第二回総選挙に出馬しなかった。このたびの政府の選挙干渉は露骨である。脅迫、暴行、放火、殺傷など。何者かが投票箱をあけて投票用紙を焼きすて、民党候補の当選を無効にしたという事件まであった。お品を相手に、俊子がしきりに怒っている。

——賄賂と警察権をもって選挙戦に勝たんとする政府はひきょうなり。

信行がとうとう口をはさんだ。

——卿《けい》静かにきけ。元来、社会なるものは高尚潔白なるものに非ず。これをまじめに高

尚潔白と信じ、政府賄賂を施せしと聞きて驚き、民間の士銅臭(金の悪臭)に感染せしと聞きて落胆するならついには世に出て事に当たる勇気を失う。われらは己が信ずる使命を果たすのみ。(86)

その後しばらく俊子は夫と共に、フェリス女学校の卒業生など数組の結婚の立会人をつとめ、家同士でなく個人と個人の結婚と夫婦平等の家庭を熱心に説いた。従妹のお里と住みこみの弟子お品の縁談もまとめた。

中島信行は政界のさわぎをよそに、毎日、小舟を出して釣を楽しんでいる。(87) 世の人はあれこそ太公望と噂しているが、彼は海をみると故郷の土佐をおもいだすのだそうだ。

主人が一尺余もある黒鯛をつりあげてきて、家中が台所で銀のうろこを輝かしてはねる魚にみとれていたときのことである。お品が配達人から受け取った手紙は陸奥宗光からだった。

——妙な行懸りにより突然、外務大臣を拝命いたすことと相成り申候。種々の話も御座候間、一両日中に御出京下されたく。八月九日。(88)

と、俊子が手紙を読みあげ、夫妻は顔をみあわせた。第三特別議会は選挙干渉問題でゆれ、松方内閣は総辞職、一八九二年八月八日、第二次伊藤博文内閣が成立。陸奥宗光は外務大臣として入閣した。

秋に、中島信行は自由党を脱党し、陸奥宗光のすいせんにより特命全権公使となった。

イタリア公使拝命は、外国旅行を望んだ若い夫人のためだったかもしれない。夫人と末の息子を伴い、十一月二十五日、新橋駅発の汽車で発つ。神戸港より乗船である。

見送りの人波の中に鷹之丞がいる。長かった密偵稼業をこのほどやめた。青春時代に互いに作太郎(中島信行)、陽之助(陸奥宗光)、俊輔(伊藤博文)と呼びあった仲の三人が何をしたか、俺はひとりでつきとめたぞ、と鷹之丞はおもう。薩長政府の内に入ってこれを操縦すると言うた陸奥は、逆に伊藤にあやつられて民権派を操縦したではないか。情報とは権力と俺は知った。あなたは何を知ったか、と鷹之丞は俊子に問いたい。

遠くにみえる俊子の顔は青白い。心臓病をおしての出発だといわれている。

――あきれたお方だ。だが気のすむところまで行くがいい。道中ごぶじで。

と鷹之丞ははなむけの言葉をつぶやく。

第四章　己なるもの

肺結核

胸が苦しい。息ができない。船室の窓が開かないからだ。甲板へ出て空気を吸いたい。風、風に吹かれたい。

俊子はハッチを登りきることができるか、と考えながらもがいている。船のローリング。手すりから手が離れて、暗い船底へところがり落ちてゆく。どこまでも。

――邦彦(1)。郎《ろう》君。

連れの無事をたしかめようとして名を呼んで目がさめるのは、いつものことである。ここが船中ではなく、大磯の療養の家であることはわかっている。

体のむきを変えたくも、寝返りをうてばたちまち脈の乱れの収拾がつかなくなる。えい、ままよ、なるようになれ。ただ、このような時刻に隣室の母や、階下で寝ているお品を起こすはめにならなければよいが。

耳をすますと隣から、老母の寝息が規則正しくきこえる。夢の中で旅客船のエンジンの響きとおもいこんだは、老人のいびきであったか。波の音は庭の樹の枝がすれあう音、夜半から風が出てきたようだ、とわかると、苦しみの最中でも、何だかおかしい。

やがて胸の痛みがすうっと薄らぐ。汗ばんだ肌の下から気味悪くぐっしょりと濡れたフランネルの布を何とか自力でひきだした。寝汗がひどいのであらかじめ替え布が当ててある。

これからが眠れない。十二時に就寝、午前四時に目がさめる。眠れなければ眠らぬまでよ。闇の中で回想の旅路をたどる他ないのだ。

一八九二(明治二十五)年十一月二十五日に東京の新橋駅を出発し、京都で汽車をおりて父や連三郎兄、おフサと別れをおしみ、十二月五日に神戸よりドイツ船に乗って、イタリアへ向かったのであった。信行と末の息子邦彦、そして船中の家庭教師としてやとったフランス人女性がいっしょであった。ヨーロッパの外交官生活にはフランス語が必要であると言ったのは信行である。中島信行には、明治のはじめに、アメリカとヨーロッパに滞在した体験があった。そのときは日本で紙幣を発行するための調査研究が使命であった。

俊子には神戸から上海、香港までの船旅がとくにつらかった。傍では幼い邦彦が船酔いで苦しんでおり、これを介抱しなければならなかったのでかえって自分はもちこたえることができたようなものである。信行は海の男、平然としていた。

緑色であった海がしだいに黄色く染まって上海に着いた。甲板に立つと、物売りのこぐ小舟が群がり寄る。香港の夜は、黒々とした山の頂上まで紅や青の灯火が輝いて、電光不夜城のながめであった。シンガポール、セイロン[2]。船中では邦彦と並んで、まるで小学生にかえったような気持でフランス語を学んだ。白い夏服に衣がえして赤道をとおり、紅海、スエズ運河を通過した。ベスビアス火山をながめつつナポリへ。

一八九三(明治二十六)年一月十二日、ローマ着。がらんとした公使館で中島信行が陸奥宗光にあてた長い報告文[3]の代筆をした後で、俊子は洗面器に一杯ほども血を吐いた。

大喀血があってはじめて、宿痾といわれてきた心臓病よりも、知らぬまにかかった肺結核の方がより深く進行していることがわかった。ローマの医師は、このままでは必ず死ぬ、ただし生まれ故郷の風土へ帰るなら好転あるやもしれぬ、と言い、帰国をすすめた。

任期四年の予定で公使館に着いたばかりである。俊子は自分の病気のために夫が職務を遂行できなかったとあっては終生、悔いが残る、たとえ異国に骨を埋めることになろうともここに留まると言い張った。ところが中島信行は、いま現在、身を挺してでも果たさねばならない務めがあるならともかく、ヨーロッパでは公使が夏休みをとるのはあたりまえである、と言う。夏休みには病気の妻を送りがてら自分も帰国して何が悪かろう。

——ただ空名に拘泥して生を軽んずるは策を得たるものにあらず。

と、夫にさとされて俊子には、返す言葉がなかった。中島信行は昔にも、海援隊の若者たちが坂本龍馬のあだ討ちに新選組に切りこもうといきりたつと、証拠がないのにどうしてかたきとわかるか、それに今はかたき討ちに命を捨てるときではあるまい、と言ってあわや袋だたきにあうところであった。西南戦争のときも、後の朝鮮問題のときにも征韓論には反対した。いつもこちらに戦いをいどむに足る理由なし、と主張して自分も人も死ぬことを避けた。俊子は夫はサムライが嫌いだったのではないかとおもう。では彼は何者であったか、と問われれば答に困る。息子たちにむかっては、商売人になれと言っていた。

夏まで俊子は、ローマから汽車で一時間のところにある海辺の保養地、アンチオに小さな家を借りた。附添う召使はミケランジェロの絵から脱け出たような美青年である。俊子がノートに記すフランス語をイタリア風に読んで理解し、こまめに世話をやいた。イタリア米をスープで煮た粥の味が忘れられない。椅子ごと海岸に運ばれて終日、青い地中海を眺めていた。ようやくここが旅路の果て、あとは引き返すのみ、と納得がいった。すべては終った。

帰国の途はローマ、ミラノ、パリと汽車で大陸をつっきり、ルアーブルからアメリカ航路で東海岸へ着くと、そこからまた汽車に乗った。シカゴでは病い重く、発熱四十度の高熱がつづいた。危篤から脱してアメリカ大陸横断、バンクーバーから船に乗って横

浜に着いた。(4)

「円き地球のかよい路は西の先にも西ありて、まわれば帰るもとの路」(『世界国尽』)。(5)

京都の小学校で習ったとおりであった。血を吐きながらの世界一周はなぜであったのか、自分にもわからぬ。俊子は帰国後も何度か危篤に陥った。信行はイタリアへひきかえせぬまま国内待機の公使でいたがやがて、これも結核を発病し、夫婦そろって長く病床につく。

療養生活

信行がついに特命全権公使の職を辞したのは、一八九六(明治二十九)年のことであった。俊子は「本官儀　病気に付其職に堪えるの見込無之候間、当職御免下されたく、別紙診断書相添え、此段願立てまつり候也」という中島信行の辞職願を日記に書き写した。(6)

あの年の冬は、長かった。夫婦の病状はかわるがわる重くなり、軽くなりした。そのたび病人と看護人がいれかわるのである。幸い、タカが達者で家事万端をとりしきり、使用人への目配りもおこたらなかった。

信行と俊子の病状がそれぞれ落ち着いたころ、夕食の一、二時間後にきまって、一つの部屋に家中の者が集まるならわしとなった。家中といっても、タカ、信行、俊子そして家婢の一人、二人である。しょざいのなさをまぎらわすため、代わる代わる夜伽をした。多くは維新前の昔話ゆえ、母君が語られることが多かった。昔話のときはやはりお国ことばが少しでる。

——むかし、実家より一里のところに嫁入った女があっただ。月に一度も二度も里帰りをなし、そのたび途中のまんじゅう店で一包みを買って生家の母への土産となした。帰りに婚家への土産を買うことはついぞなかった。店の主人がその女に、生家の母は性善にして、婚家の母堂はさにあらずならん、と言えば女はうなずく。まんじゅう屋は、一策がある、ここにあるは毒まんじゅうの一包み、これを食さば、姑殿は七日のうちに死ぬべし、と教えた。女がまんじゅうを買って帰ると姑はよろこんでこれを食べつくす。七日すぎて、変わるところなし。女はまた一包みのまんじゅうを買うて食べさし申した。七日すぎても同じこと。けれども、あまりしばしば外出すれば人に怪しまれるとおそれて、このたびは三十日を経て行きて、事の次第を店の主人である翁に告げた。翁は顔色をあらためて、汝なお姑殿を殺すをのぞむか、と。女は、ハッとそのときはじめて己が一心にいったい何を望んだか、を悟り、以後は心改めて孝道をつくし、姑もまた、女を愛すること実子に過ぐるほどであった、と。(7)

姑ではなく育ての母と共に暮らす俊子であるが、お夕カは娘にそれとなく姑への孝養を説いた。中島信行の母は土佐の新居村に健在であった。偶然その名はタカ、母と姑は同じ名である。

つられるようにして、信行は土佐の昔話を語った。一同は熱い焙じ茶の香りをたのしむ。

――土佐の国に某所に安置しある神は常に顔をそむけて坐す。その故を教えん。土佐の国の殿様が猟に出て、林の中で獲物を割き煮ることを命じた。ところが傍に祠あり声すらく、この地は我が住まうところ、今汝肉を割きて煮んとす、我臭きにたえざるべし。殿様はこれをしりぞけ曰く、臭くば顔を背けて坐せ。以来その産土神《うぶすながみ》の像は首をねじっておる。(8)

信行は少々説明を加えた。

――その昔、殿様の威光は神をも凌いでいた。まして人民の声に耳を貸す殿様などなかった。

うながされて、さいごに俊子も語った。

――横浜の海岸教会に日曜毎に某氏の妻女が通うと聞き、ちと用むきがあって会いに行きました。集う人百余人、いかにして見出さんと当惑のあげく、稲垣牧師に問うたところ、某夫人なら、この多数の人の中でもっとも大将格にふるまう婦人ゆえ、見わけやすし、と教えた。目をこらすと、まさしく牧師の言うとおりの人物がいる。人波をかきわけて近づき、某夫人におわすか、と問えば、答は、いえわたくしは牧師稲垣の家内にて候。オヤオヤ稲垣の妻女、この人違いを夫に告げるだろうか、と思いました。(9)

お品が、針仕事の手を休めて、くすっと笑いはしたが、俊子は、タカや信行の物語とくらべ、自分の話はなんと底が浅い、とおもったものである。

外では無口でとおっていた信行が、あのときは自ら話をもう一つ重ねるほど興にのっていた。

――一客あり。妓と炉をはさんで対座しておった。ふと見ると我が袖の上を虱が動いておる。遊妓の気づかぬうちにと捕えて火中に投ずるとかすかながらはじける音がした。遊妓が顔をしかめ曰く、お客さん、何をなさる。客は苦笑して答えて曰く、お前さんのように虱を口に投じてかみつぶすことが出来もうさぬもの(10)。

島田三郎とともに横浜の廃娼運動に一役買った人ともおもえぬ話だ、と俊子はいぶかしくおもった。だが夫は、どこか地方の遊廓の暗くわびしい座敷につくねんと坐り、敵娼《あいかた》にもつっけんどんにされている貧しい若者の姿を語りたかったのだ。

俊子は夫の若い頃を知らない。信行は俊子の父親のような年齢であった。信行とタカの昔話の聞き役にまわっている俊子は、まるで二人のあいだの娘であった。幼い頃、京都の下京の家には茂兵衛はしばしば不在であった。子どもの日の埋めあわせをするかのように、俊子は毎夜毎夜、タカと信行のあいだにはさまれて坐り、あきずに昔話に耳を傾けた。

信行の最期

だがその年の冬にも、信行はときどき病いをおして横浜から汽車に乗り、わざわざ大磯に遊んだ。伊藤博文のもよおす揮毫の会、囲碁の会へ元自由党総理の板垣退助を伴った。会談の橋渡し役をつづけていたのである。陸奥宗光の計らい事を実際に運んだのは、中島信行であった。彼にはいわゆる藩閥政府と自由党の両方へつながる人脈があり、病いに冒されたのちも、この人脈が中島信行の政治的財産となっていた。

俊子は信行が帰宅すると、口数の少ない夫から、お偉方の遊びの会の様子をききだし、日記にその戯画を書いた。曰く、「伊藤先生揮毫の席には一人の唸り手を要するものの如し[11]」など。伊藤博文が筆をとると、傍に控えたお伴の属吏詩人が「ウーン、そこは二字にてお止めの方が、ウーン、その棒は今少し長く遊ばしたがよろしゅうございます。ウーン、そのへんの趣向とも申様なしでござるぞ」と音頭をとり、おべんちゃらを言う。俊子が、その詩人はウーンの唸りが運動となって、さぞかし健康体であろう、と結んだその日の日記をみせると、信行は苦笑するのみであった。

俊子はかつてないほど真近かに、生々しい政治の内幕を垣間みているのだが、もう戯画を描く以上の情熱はわかない。そして、一八九八(明治三十一)年末、中島信行と俊子は大磯に療養のための家を建てて横浜からひき移った。両人とも口には出さないが、近いうちに埋骨の地と知っての引っ越しであった。坂の上に海に向かって立つ家はすべての部屋が南向きとなるように設計した。ガラス窓が大きくとってあって、陽光がさんさんとふりこむ。そして、隣は伊藤博文邸である。伊藤邸には牡丹がたくさん植えられていて、ゆえに伊藤博文は牡丹侯の異名をとった。牡丹は富貴のしるしの花である。梅子夫人は、俊子から字を習うという口実のもとに、しばしばやって来た。そのたび、季節の花と野菜も届けられる。

中島信行は翌一八九九(明治三十二)年三月二十六日、この大磯の地で死んだ。「ああ分った、おれはもはや死ぬ」と俊子に教えた、その次の日であった。享年五十三歳。

陸奥宗光は信行に先立つこと二年、一八九七(明治三十)年に死んでいた。陸奥も、その妹で中島信行の最初の妻であった初穂も、信行も自分も、結核という時代の病いによって一つにつながっていた、と俊子はおもう。

明治女学院の巌本善治と結婚した若松賤子も同じく結核で一八九六年に死んだ。賤子が翻訳した『小公子』の題字を俊子が書いた[12]。植木枝盛の『東洋之婦女』の題字も俊子の手になった[13]。枝盛は一八九二年に死んだ。まだ若かった。毒殺の噂が街に流れた。

そして我が命は三十年、とひそかに覚悟していた病弱の俊子がまだ生きている。今年は一九〇一(明治三十四)年、十九世紀の人間が二十世紀へ顔を出し、四十という年齢をかろうじて越えた。

信行は死に際して俊子に、「卿と共に過ごした歳月に思いのこすことはない。卿は病いを養い後からゆっくりおいで」と言い残した。イタリアでは信行が俊子を看護してくれたのに、二人で倒れ、死の順番は後先きとなった。

俊子は何のために生きるのだろう。中島信行よりも先に自分は使命を終えていた、と俊子はおもう。結婚の後も巌本善治の『女学雑誌』他に、俊子は評論、小説を書いたが、長い療養生活に入ると、書くものはしだいに心境随筆が多くなった。俊子の文才を愛する人はいる。しかし彼女のことばはもう人の心に火をつけて燃やすことをしない。

わたしは何のために生きるか、と問うかのように、俊子は一日も欠かさず日記を開き、己が書いた字を読む。ところが日記を書く方の俊子はいつも淡々と答えるのである。己なるものがあるからよ、ただそれだけのこと。それにしても我が身たった一つを養うのがこんなにおおごととは知らなんだ。俊子は今ふとんの中で寝返り一つうてぬ身である。

病床の俊子

夜明けにはじまった咳がなかなかやまない。血の混じった痰の固まりが五、六個つづいて出て、ようやくしずまった。咳がきこえたらしい。いつもより早く、雨戸をくる音がする。お品が障子の向こう側から、

――お早うございます。今日はお日和です。

と、声をかける。毎朝、天気を教える。病人を抱きおこそうとしてふとんに手を入れ

て、おどろく。

――汗が冷えきっています。もっと早く呼んでくだされぱいいのに。お風邪をめします。

――ナニ、風邪なんざあ、肺病に位負けして退散するさ。

這いつくばるのがようようの弱り方のくせして、相変わらず気の強い女である。お品は病人の顔をぬぐい、着がえを手伝う。汗で頭の地に張りついている髪の毛をくしけずるとき病人はつらそうである。しかし手をゆるめようものなら病人から叱られる。髪はくし巻きにして頭のてっぺんにまとめる。白い肌襦袢の上に白縞フランネルの下着と一楽織りの筒袖を重ね、細い紫の帯を前結びにして、さいごにねずみ紋縮緬の袖なしをはおらせて終る。俊子考案の病衣である。本人は自分に似合うと言うのだが、お品は首をふり、

――決してそのなりで人前に出てはなりませぬ。狂人とおもわれまする。

と、悲しがるのである。俊子はイタリアへ行く前に横浜で洋装をととのえたところ絹の靴下が五円もしたことをおもいだす。四円で一月食べてゆく貧窮家族もいるのに、と気がとがめた。外交官夫人のローブは一着三百円で、書生の教育費三年分であった。公使年俸は四千三百円である。中島信行は帰国後、男爵、貴族院議員となった。これも陸奥宗光、伊藤博文のはからいであったろう。俊子は富んだ未亡人として病いを養っている。

誰知春夜永如年　誰か知る春夜永きこと年の如きを
眠覚看書倦又眠　眠りより覚め書を看　倦みて又眠る
一枕清香々夢冷　一枕の清香　香夢冷やかに
水中仙護病中仙　水中の仙は護る病中の仙[14]

俊子がお品に漢詩のノートをみせている。「春夜の作」とある。ゆうべ部屋に生けたのは水仙の花であった。香りが強すぎて病気によくないのではないかとお品はおもった。しかし病人は、ここに置けと言ってきかなかったのである。枕元には眠れない夜のための本と、青いガラスほやのついたランプが備えてある。

中島信行の三回忌を三月二十六日にすませた。俊子は僧の読経を仏間の次の部屋にのべたふとんの中できいた。信行と俊子は晩年はキリスト教よりも禅宗へ傾いた。京都嵐山の天龍寺の管長、峨山和尚に帰依した。峨山和尚は四条烏丸下ル酒屋橋本伊兵衛の長男として生まれ、生家が小松屋岸田に近かった。[15]

三回忌の日、隣家の伊藤博文夫人は、幾種類もの花と青竹の大かごに盛りあげた野菜を届けてきた。歌が添えてあった。

われさへもいとどはかなくおぼゆるを
　君の心よいかにあるらん

俊子の返歌は次のようであった。

夢のまに三とせの春もめぐり来て
　手向けの花にぬるるわが袖⑯

漢詩に和歌、詩文にあけくれる日々である。

閉じこもって暮らす生活の中では話題がかぎられる。いつのまにか、昨夜みた夢をくらべあう遊びが考案された。夢占いの本を買い、おタカが夢判断をくだす。眠りの浅い俊子は毎夜毎夜、夢をみる。

幼いころのおトシを可愛いがった御前様とよばれる老人をたずねた夢をみた。木戸を押しあけて勢いこんでかけこむと、座敷には、御前様と、先ごろ死んだ峨山和尚とそして信行の三人がこちらを向いて坐っており、三人とも、笑って迎えてくれるとおもいきや、なぜ来た、と不機嫌にこちらをにらみつけた。

——まだ死ぬ時ではないそうな。

と俊子が自分で言う。

——ゆうべは鏡の中に自分の顔を映した夢をみた。

と俊子が言い、夢占いの本をくると、子宝さずかる、と出た。出戻りのお品とやもめの俊子が顔見合わせて笑う。

お品が洗濯する夢を、俊子が泣いた夢を見ると、夢判断はともに、御馳走にありつく、であった。その夜、京都から小包みが着き、竹の子の他に、お品へ紙につつんだ小遣いが入っていた。茂兵衛の心づかいである。

俊子の今年の初夢は舟を一そう買った夢であった。

——入舟なれば吉兆。

とお品はすばやく答えたが、あれはどの世へ渡る舟か。

しかし俊子が長城居士(信行)の夢を見た、などと語ると、お品は一人の男に添いとげた女の自慢話をきかされている、と舌打ちしたい気持になる。俊子はさらに図に乗って、

——おとづれの出来ぬ国にと人は言へど、
　夢に逢瀬があるわいな、呵々。

などと紙に書いてみせるのである。

見舞いの客たち

お品はいったん九州へ帰り結婚したが、ゆえあって婚家を出された。そういえば俊子の従妹でお品と共に俊子につき従っていたお里もまた結婚ののち、俊子のところへ帰りたいと訴えたり、子を連れて実家へ行ったりしている。俊子は一時期、信行とともに若い人達の結婚の立会人を熱心につとめた。だが彼女の弟子たちの半数は、平穏無事な幸せに落ち着いてはいないようだ。

お品はイタリアから重い病気にかかって帰国した俊子を横浜の家へ見舞い、小磯の寺

で静養するのについてゆき、やがて大磯のこの家へも共に移った。今では俊子にとっても、お夕カにとってもなくてはならぬ人である。

かつては俊子はお品をつかまえては、引っ込み思案をなおして世に出てゆくように、とさんざん言ったものである。お品あってこその日々となってからは、俊子の方がお品の心に近づいたようだ。『湘煙日記』には、「品子は書を読み、殊に古人の歌詠を誦し且歌話を記憶するを以て、我が小磯の里、鎌倉の菊寺に病を養うの日、枕頭閑話たえるなかりしは尤も妙味ありき」(17)と記されている。

俊子の日記は今では書いた翌日にお品が読むように、机の上にひろげたまま置かれている。俊子は読み手を必要とし、往年の元気盛んな自分を知るお品に今も衰えぬ覇気を示すことにより、一日一日を生きている。

実はお品も「品子の日記」をつけているのだが、これは誰にも見せない。自分と同じく夜遅くまで起きている気配をかぎつけた俊子が、何をしていたと問うと、何食わぬ顔で、足袋をつくろっておりましたなどと答える。すると俊子は紙にさらさらと、

——住みなれぬ家に足袋つぐ夜寒かな

としたためて、お品に示す。お品のさびしい心となってよんだ歌である。つづけて、

——足袋つぐと母にな告げそ旅のそら

と書いてじっとお品の顔をみる。まぶたの裏に涙がにじむであろうと言われているよ

うで、お品は顔をそむけ、恋しいのはすでに母ではない、別れてきたつれない夫だのに、この人には分らないとおもう。お品もまた、俊子に対抗することによって日々を生きているのである。

俊子は正午が近づくと、急にぐったりとして、お品の助けを借りて再び床に着いた。昼食は寝たままとる。お夕カが小さく握って食べやすくしたむすびと、木の芽をそえた豆腐田楽、とりと蕗のたきあわせという献立である。病人は春の香りのするものをほんの少しずつ食べ、銀の吸口から茶をすする。薬味好きの俊子のため、庭には紫そ、みょうが、たで、山椒が植えてある。

病人の体温の平熱は六度四分のところ、午後には必ず八度を越し、うつらうつら眠る。背中が痛み、口内炎がくりかえしあらわれるが、訴えは少ない。

――お勝手口に変なあさり売りがうろついていて、どうしても帰りません。

小女が困りきった顔をして言うので、お品が妙におもいながらのぞくと、ま新しいはっぴに股引姿で、ごていねいにも天びん棒をかついで立っているのは、連三郎である。

――奥様のお兄さんですよ。まあ、どうして。

と、お品があきれ、小女はびっくりして口をあけたままである。

――アサリー売り、もくたびれたがな。もっと早う、気いついてえな。

と、連三郎は照れくさそうに言い、そのまま縁側にまわる。京都から大磯へ着くなり、この装束を調達して俊子をおどろかそうと考えついた、と言うのだから酔狂な。

ようやく枕から頭を上げた病人の前に、天びん棒の先の桶から、京みやげがつぎつぎと取り出された。干しかれい、はも、鯖のすし、たけのこ、蕪、じゅんさい、小あゆ甘煮、山椒こんぶ、京菜漬物、菜の花漬け、おしんこ、油豆などなど、よくもまあ、入っているものである。

――さて最後は、鳴くもの、とぶもの。何や当ててみ。

と、連三郎が、大切そうに、もう一つの桶のおおいをとった。

――まあ、かじか。

と、俊子が声をあげ、一同、これがかの小動物かと、のぞきこむ。灰色のかじかは指先の吸盤をひろげて坐り、白いのどをふくらませている。手を打つと答えて鳴くそうだ。

――祇園の夜桜はどやった。

――今年も大勢の人出やったえ。絹張りの雪洞《ぼんぼり》とぼして、枝には銀の短冊がチラチラ、篝火《かがりび》もたいてきれいどころが花の下をそぞろに歩かはる。

――あの桜だけは昼間みては、はんなりした色が出えへんな。

タカをまじえて京都の話に花が咲く。

お品は、病人はこの春を越すまいという知らせが方々へまわっているのだと悟った。

今日も手紙が三通寄せられた。大阪で弁護士となった三上薫の見舞い状があった。彼の初仕事は第二回総選挙のとき政府がした選挙干渉の被害の訴えであった。今では大阪弁護士会の中堅である。

岸田社中でいちばん幼かった太刀ふじは東京の女学校を卒業している。帰郷の途中、大磯に寄るつもりだと言ってよこした。

フェリス女学校で教鞭をとる元子より、桜花も菜の花も終ったが御病状いかにとの便り。

去年までは俊子はなんとか人力車に乗り、中島信行の墓のある大磯大運寺まで行くことができた。ついでに東海道の面影をとどめる老松の街道や、ときには海岸まで車を運ばせ、風景や町の人びとの生活をめずらし気に眺めた。

今年になってから、人力車の振動に耐えられぬようになった。かわりに籐であんだ大ぶりの乳母車がとりよせられた。俊子は乳母車に入れられ、そうろと押してもらって庭をめぐり、花を見る。病人はあまりにやせて、まるで腰から下がないかのようにかさが低い。しかし外気にふれるとほおに潮紅がさすので、生気を帯びてみえる。だから、しょっちゅう見舞いに来る坂崎徳、昔の中村徳などは言う。

――まあ先生、お元気そうな。

坂崎紫瀾と徳の夫婦は子どもたちを引き連れてやってくる。お品はそのたび、おもわず眉をしかめる。坂崎夫婦は見舞いのついでに金の無心である。連れてきた子どもたちは汚れた服装ながら元気活潑、さわぎまわる。お品は俊子が幼児の泣き声をきらうことを知っているから、やれやれとおもう。寝ている病人には、座敷を歩く者のたてるシュルシュルという絹ずれの音、かがむたびに帯の鳴るキュッキュッという音さえ、耐えがたくひびくので、お品はいつも細心の注意を払っている。ところが坂崎徳は、そんなことにはおかまいなしである。それにいつだって坂崎家の全員に昼食をふるまわなければならない。

今日も長時間、坂崎紫瀾がしゃべりまくった。新聞の仕事はなかなか困難である、自分は政治小説[18]の新しいジャンルのつもりでこのごろ伝記を手がけている。『陸奥宗光』伝を書いた。宮崎夢柳が死んでからずいぶんになるが、最近よい相棒がみつかった、などなど。

坂崎紫瀾は変名を使い、ゴーストライターとしても数々の作品を書いたが、ゴーストライター坂崎にさらにゴーストライターの相棒がついたとてふしぎはない。ただ、決して名前を出すことのないその相棒が、密偵稼業から足を洗った鷹之丞であると知ったら、俊子もおどろくかもしれない。鷹之丞は議事堂炎上を見てから気が変わったのである。名前を残そうとは思わぬが、自分がこの目で見たことは書きのこしておきたいとおもう。

そんなこととは知らぬ俊子は、坂崎夫婦の帰った後、お品を相手に、坂崎徳の、決して返しに来ることのない借金の数々の話をしている。昔いちど坂崎の家をたずねたところ、お話にならぬ汚れ方であった。玄関には鼻緒の切れた下駄が散乱し、障子の紙はやぶれて、骨を露わし、火鉢の中はごみがいっぱいであった。炭とりには炭なく、茶鑵には茶がない。座ぶとんもないので、やぶれ畳の上におそるおそる自分の肩掛を敷いて坐ったなど。

——中村徳は、我がもっとも古き弟子ながら、我の感化を露ほどもうけざりし者なり(19)。と、俊子は嘆くのだが、お品は、俊子が徳の貧乏生活について語るその口調にねたみがあるのを感じる。俊子は生命力をみなぎらせて生きている坂崎夫婦がうらやましいのだ。

病人は午後から寝て、夜の十時に熱が下がると起き出して相変わらず帳簿を開き算盤を入れる。徳が借りていった金額もつける。十円也。

病人は長いあいだ風呂に入らぬことを気にしており、春がくれば、暖かい日をえらんで入浴を試みると言い張ってきかない。その日は朝から書見もやめ、静座して息をととのえて入浴に備えていた。用意がととのったところで、お品の肩を借りそろっと湯桶に入ったが、湯がぬるいと言う。たちまち悪寒がきて震え、鼓動が高まった。指の爪の色が紫色になり、顔色が変わったので、お品はしまった、と深く後悔した。

かかりつけの医者の進藤が呼ばれた。進藤は、

——プルス(脈はく)百四。チアノーゼ。

などと、平気な顔をして口に出して言う。患者にむかって注射は要るか要らぬかとたずねるまえに、自分で決めてさっさと治療せよ、とお品は気が気でない。だが俊子はしっかりとした口調で、

——もう結構、そろそろ逃げ支度じゃ。

と言い、苦笑した。

夜中に、お品やタカの知らぬまにひとりで厠へ行き、部屋へ帰れなくなったこともあった。

——このようなところで死ぬわけにはゆかぬとさすが大いにあせりを感じたが、それも俗心、いずこも同じと思いなおし、ひざをかかえ、壁にもたれて二時間もすると、胸の動悸がようようおさまり、空も白んでいた[20]。

と、俊子が語ると、お品は胸がせまった。死なしてなるものか、この人を生かし、相手を口惜しさで奮いたたせるような憎らしいことばを吐きつづけてもらわねばならぬ。

お夏との再会

医者の進藤が、しげしげと出入りするようになった。彼はどうやらたいして流行らぬヤブ医者らしく、往診のたびに長居をする。

——夕刻にならぬうち帰り着けばかっこうがつかぬゆえ、ああやって油を売るのさ。

と、俊子が言う。進藤は義太夫にこっているそうだ。一度、俊子に師匠の声をきかす、と言ってきかない。お品は、重篤の病人を興奮させるなどとんでもない、とおもう。だが医者というものは重病人に慣れているのだろうか、いたって鈍感である。或る日とうとう、女義太夫を連れてきてしまった。

俊子は寝床にいて隣室から三味線の糸をあわせる音を聞いたとたん、耳の後が薄荷水《はっかすい》でなでられたように、すうとするのを感じた。枯れ声の女義太夫が語りだしたのは「毛谷村（彦山権現誓助剣《ちかいのすけだち》）」の段である。

歌舞伎では虚無僧の男姿で出るお園が敵みつけたり、と六助に切りかかるが、六助、実は父のきめた許婚の男とわかり、とたんに初々しい女とかわる所作が見ものである。俊子はふすまをへだててきくひとりの弾き語りがいくたりもいる登場人物を目の前に見るように描きだすことに驚いた。六助が太鼓をたたきながらの「何とでござんす、ぼろんじどの」と、お園のくどき。時間が経つのを忘れた。

終ってのち俊子は、進藤が卑しい身分の者を部屋へ入れるな、と止めるのもきかず、女義太夫語りを枕元までよびよせた。声をつまらせながら言う。

――よくぞ聴かせてくださいました。関東にこれほどまでの達人あるとは、知りませなんだ。一芸ここに達するまで幼年よりの辛苦、おもいやられまする。

――いいえ、わたくし近年まで大阪におりました。

俊子は白粉やけした女義太夫の顔をふりあおいで、見おぼえあることに気づいた。

――あなた、明治座のお夏さん。

駒介と名乗る女義太夫は驚いて後しざりし、何を言われているか解せぬ風である。母のタカを呼び、二十年前に宿毛まで同じ船に乗り、高知までは共に歩いたではないか、清十郎がいっしょであった、と言えば、お夏も思い出すかもしれない。

だが俊子は頭を枕におとし、目をつぶった。清十郎がどこにいるか、お夏も知りはすまい。「向こう通るは清十郎じゃないか、笠がよう似た菅笠が」と、できることなら唄うてみたい。物狂いのお夏となって踊り狂うてみたかった。清十郎ではなく目の前のお夏になら、わたしは生涯、狂うということがなかったのが口惜しいのさ、と言えるだろうか。いや、そんな気がするのは、部屋に楽曲の余韻がただようている間だけである。目を閉じたまま言う。

――今日の来臨まことにありがたく、なにとぞまたまた来りてなぐさめ給え。

お品は俊子が進藤に、名医を先生とよぶなら、なぜ斯道の達人、駒介に低頭して駒介先生と呼ばぬ、尊敬が足らぬ、とからんでいるのをきいた。だが進藤も去ると、俊子は急に物言うもたいぎそうな容態にかわった。その夜、青いランプはいつまでも点っていた[21]。

春たけなわ。俊子の病状は刻々と悪い方へ向かう。毎日のように、悪寒、発熱、発汗、

脈搏の結滞がある。病人は高熱にあえぎながら、

——熱があるのだもの、死んではおらぬということさ。

などと言う。じっさい手足が急に冷たくなり、爪の色が変わるときの方がこわい。お品はゆたんぽを入れながら寝息をうかがう。すると病人は目を閉じたまんまで言うのである。

——『日本』の「墨汁一滴」を読んでくれるかえ。病い道中道連れのお方、今日はどこまで行ったやら。

正岡子規は長らく肺結核とカリエスを病んでおり、今年はじめから新聞に病床日記を連載している。

——読みます。「この頃は左の肺の内でブツ〱〱〱といふ音が絶えず聞える。これは『怫々々々』と不平を鳴らして居るのであらうか。あるひは『仏々々々』と念仏を唱へて居るのであらうか。あるひは『物々々々』と唯物説でも主張して居るのであらうか」

——なんだ、そのブツブツなら、わたしなんざあ、五年前からきこえるよ。東海道道中双六は東京日本橋を出立して、どちらが先に京都三条へ着くか。さしずめわたしは滋賀に入り、子規はなお美濃路のあたり。共に上がりは近い[22]。

お品はおどろいて俊子の顔をのぞいた。病人は看護人のろうばいを哀れんで言う。

――ナニ、まだ何が起こるかわからぬ。サイコロの目次第では、早く進みすぎて再び三井寺辺へつきもどさるることもある。双六は最後の入洛がおいそれとはゆかぬところが妙。ひょっとしてわが好物、五月の新茶がまにあうか。

　俊子は少々しゃべりすぎたらしく疲れ、そのまま浅い眠りに入った。三井寺の鐘の音がきこえる。自分はゆうべ大津四の宮町演劇場で捕えられて未決監に入れられているのだ。鐘の音を合図に囚人たちは男女の看守にむかい声をそろえて「旦那様、御苦労様、奥様」と、朝のあいさつをする。手をつけずに残した麦飯に同囚が群がり、食う。琵琶湖の方角から船笛がきこえる。再び縄をかけられ手をしばられて面会室へ連れてゆかれる。面会人は中村徳だ。目にいっぱい涙を浮かべている。

――何しに来た？

　とわざと声をはげまして問い、目がさめると、枕元に坐っているのは信行の長男、久万吉である。息子たちは俊子を母とは呼ばず、湘煙女史、先生と呼ぶ。長男には漢籍と禅問答とを教えた。若さにまかせ、久万吉は問う。

――臨終、端的のところ如何？

――ただこれ花前一睡の情。

　と、俊子の即答があった。[23] 筆を与えると「藪入りにちょいとそこまで独り旅」と書き、またぐったりとなった。俊子の夢は三条大橋をとっくに過ぎ、はるか向こうの長柄川の堤を春風に吹かれて歩いている。

末期の水

容態の変わる前、俊子はタカとお品をせかせて身辺の整理をすませていた。長年の日記のうち、宮中女官生活、政界内幕などにふれた処分すべき巻にはすでに印がうってあった。方々の雑誌に載せた小説、評論、随筆の類がかなりある。俊子は死後に著作集が編まれることを願っている。

進藤の他にも呼ばれた医師たちはお品に、病人の命は明日があぶないと告げた。息子たちも東京からやって来て、別室にいる。お品はひとまずお夕カを寝かせ、自分は部屋のすみに青いランプを置いて不眠の番を買って出た。

たずねておかなければならないことはもうなかったか、とお品は考えをめぐらせる。何もかもきちんとしている。

湘煙女史、月洲、花の妹ほかの名前で俊子は文章を発表した。筆名はいずれも優美である。

——花は桜、花の兄は梅、花の弟は菊。して花の妹は何の花でしょう。

と、お品は俊子にたずねてみたことがある。微笑したきり、答がなかった。俊子は花を愛した。梅、海棠、木蓮など木に咲く花の他に水仙、ばら、そしてなすの花、えんどうの花。去りゆく者の目には、すべてが美しい。床の間に生けた白い八重椿の花が落ちた日、俊子は花弁を集めて手のひらにのせさせ、五十二枚ある、と数えてから花びらにそっとほおずりをした。

とつぜん、庭の花は全部やめて野菜に植えかえておくれ、花は盛りをすぎると哀れでいけない、野菜ならしおれる前に人が採るからよい、と言いだしたこともあった。その理屈が俊子らしかった。

花か実か。お品は俊子の青ざめた寝顔に向かって問いかけるような気持である。実に対するところの花は何なのでしょう。物の先触れ、そして美しい空虚を表わす。お品はこれより先へ進んではならぬと知りながら、推理をとめることができない。では、花の妹の心を問う。花の妹、花妻とは、美しい人、名のみの、見るだけの、手を触れることを禁じられた妻の意となりまする。古歌にあるではありませんか。

足柄の箱根の嶺《ね》ろのにこ草の
花妻なれや紐解かず寝む(万葉集)

空はすでに白み、青いランプの光は色を失っている。お品は仰ぎ見た人の、今は幼女のように小さく息づいている顔を見下ろして、謎を解いたことが心底、悲しかった。

しかし俊子のおだやかな眠りは長くは続かなかった。夜明けから、いつもとは逆に病人の熱は上がりつづけ、次第に呼吸が切迫した。流れる汗で衣類はしとどに濡れ、お品は自分も汗にまみれ、ほとんど俊子をかきいだくようにして、苦しい息を共にした。俊子の細くやわらかい髪はぐっしょりと濡れて皮膚にはりつき、熱に蒸せたにおいがする。脈はおそろしいほどの乱打である。医者はつづけて注射を打った。

何時間そうしていたか、お品にはおぼえがない。ふと病人が時計の方へ眼をやり、

――もはや十二時になりし。

とつぶやいたのがきこえた。呼吸が楽になったようだ。タカが娘の顔をのぞきこむと、俊子は、しっかりと見返し、

――天命を楽しむ、またなんぞ疑わん。

と、静かにほほえんだ。こんどは吐く息、吸う息、しだいに大きく間遠くなってゆく。母親のタカ、三人の息子たちがつぎつぎと手を握って別れのあいさつをすると、それぞれに、かすかながら、たしかな返答があった。

お品は、徐々に体温を失ってゆく俊子の足をなでさすりながら、呆然としていた。いよいよ末期の水を、と医者にうながされると、とたんに動顛し、おもわず枕元に、にじりより、常のように頼りとする人にたずねた。

――水は何に入れてもって参じましょう。

はずみで俊子の眼がひらき、俊子のなつかしい声が、

――今死ぬものに、たずねごとかえ。

と、ささやいた。お品は、からかいの色をふくんだ最後の視線をたしかに受け止めた。一九〇一年、五月二十五日、午後一時十五分、俊子は息をひきとった。お品は、かねてから、そのときには宇治の新茶を、とおもっていたのにと、そればかり思われてならなかった。

岸田俊子、中島湘煙の墓は大磯の大運寺に中島信行の墓と並んで建てられている。法号は葆光院殿月洲湘煙大姉。

湘煙選集は俊子の生前に出版されたことなく、死後も八十年以上、編まれなかった。死の直前、五月二十日までを自ら記録した病床日記だけは、『湘煙日記』と題して一九〇三(明治三十六)年に出版され、記録文学の一つの傑作としてひろく読まれた。しばしば正岡子規の『墨汁一滴』や中江兆民の『一年有半』にくらべられる。当時の書評に「一年有半は英雄なり、湘煙日記は美人なり、一年有半はダダッ子なり、湘煙日記はおキャン娘なり」[24]とある。

中島信行の長男、中島久万吉は実業家となって古河財閥に入った。一九三二(昭和七)年、斎藤実内閣の商工大臣となった。回想録の中で義母を湘煙女史と呼び、その学識に敬意を払っている。[25]

ずっと後になって、相馬黒光が『明治初期の三女性――中島湘煙・若松賤子・清水紫琴』を書いた。時代の先触れとなった人の生涯のさまざまなエピソードが集められている。パンの中村屋の女主人であった相馬黒光は、俊子の経済的能力を高く評価し、しかし倹約で有名な西京の女は巨万の富を社会のために大きく使うことを知らなかったのが惜しい、とつけ加えた。(26)

相馬黒光は岸田俊子をしのんで、自分の娘に俊子と名づけた。早世した天才画家、中村彝《つね》がルノワールのタッチで描いた少女連作のモデルが相馬俊子である。(27)この俊子はインド独立運動の志士、ラス・ビハリ・ボースと結婚したが、若くして死んだ。

『京都日出新聞』には、「湘煙女史終に卒去。明治の一才女を失ひぬ。殊に女史は京都に因縁ある人。中島男逝き、女史も亦短命(28)」と、二行の死亡記事が載った。だが京都にも、その昔の小松屋トシのことを覚えている人は少ない。

富貴は乳姉妹を忘れたくも忘れられない。俊子が男爵夫人となったころ、富貴の夫は易者をやめ、旧親王摂家諸大夫に華族の恩典を与えよ、という運動をおこして、一生を終えた。筆をとって「無一物」と書いたのが絶筆となった。最後のシャレ気であった、と富貴はおもっている。夫の死後、富貴は京都へ戻って尼となり、九条家ゆかりの寺を守った。昭和の始め頃、「きょうびは八百屋の娘も呉服屋の娘も、漢字に子の名前をつけて、おかしおすな」などと言う庵主さんがいた。

俊子の従兄の彦兵衛は質屋、その息子はそごうの大番頭となった。連三郎は生涯、定職をもたなかったらしい。母親にむかって「あんた、えらい長生きやな」と言うたりしたが、引きとって大切に養った。

タカは百三歳まで生きて、俊子のことを語りつづけた。あの子は死んではじめて辛いことが無くなったとも言った。タカと信行の息子たちとの仲は良くなかった。俊子一筋の鬼子母神の母だったのだから、しかたない。

吉祥院村では八十歳をこえたおフサと九十歳の継母とが達者に暮らしている。お日和に出かけるとき、杖の代わりに二人並んで一つの乳母車を押す。俊子が晩年に愛用した車である。空の乳母車を押しながら二人の老婆が口ずさむ子守歌の節はいつのまにやらご詠歌に似る。

――やしょめ(優女)、やしょめ
京の町のやしょめ
売ったる物を見しょうめ

注

【校注凡例】

- 史料用語を除き、本文における年号については西暦表記を基準とし、各章とも、各年の初出箇所にのみ和暦を付した。ただし序章・第一章の新暦採用以前の時期（九六頁参照）について、史料に準じ、和暦を優先させた箇所もある。
- 引用された史料には、原文ママではなく、読みやすさや文の流れを考慮して改変された箇所が散見するが、修正は最低限にとどめた。適宜、注記した原史料を参照されたい。
- 必ずしも同一語句の初出箇所に注が施されているとは限らない。担当者が必要と考えた箇所に施されているので、後出注にも目配りされたい。
- 俊子にかかわる史料は、鈴木裕子編・解説『岸田俊子評論集』、同『岸田俊子文学集』、大木基子・西川祐子校訂・編・解説『湘煙日記』、鈴木裕子編・解説『岸田俊子研究文献目録』（以上、順にシリーズ『湘煙選集』1〜4、不二出版、一九八五―八六年）として刊行されている。これらに言及する際は、それぞれ『評論集』『文学集』『日記』『目録』と略した。
- 『目録』には、各地の関連新聞記事がリスト化されており、本書に注記した記事中、『評論集』二三二―二三六頁に収録されているものも多い（「各地での演説報道関係記事」）。
- 第三章冒頭の獄中での出来事、および第四章については、主に俊子自身の日記にしたがって叙述されている。『日記』編集時に、すでに西川が大木基子とともに注を施しているので、そちらも合わせて参照されたい。

- 主に序章・第一章を和崎、第二～第四章を田中が担当した。

序章注

(1) 京都府では明治三年十二月(一八七一年一月)に京都府中学校が開校した。当時の「中学」とは珠算や外国語など多様な「局」(学科のようなもの)の総合体の呼称であり、男女ともに入学できた。

(2) 第二章注(86)参照。

(3) 『京都新聞』一九八三年六月一日朝刊。

(4) 「といわれる」とある通り、この話は逸話である。詳しくは〈解説1〉を参照。

(5) 「松原東洞院東入」だと松原通沿いということになるので、前述の「松原東洞院下ル東入ル」(東洞院通沿い)とは違う場所になる。前述の箇所はおそらく大江町であるということを指しているのであろう。または、小松屋の入口が北側(松原通)にあった時期と西側(東洞院通)にあった時期があったと考えられる。

(6) 現在は京都市学校歴史博物館で管理。カバー参照。

(7) 俊子は明治五年十一月(暢月)に数えで十三歳。

(8) 『末世之はなし』(文久三―明治二十七年)は、現在も京都市歴史資料館所蔵(館20志水町文書、分類番号D―2)。

（9）現在ある志水町は京都駅の西側、塩小路を堀川よりさらに西に進んだところであり、「しみずちょう」と読む。

（10）慶応三（一八六七）年十一月二十二日付。東京大学史料編纂所『保古飛呂比　佐佐木高行日記』二（東京大学出版会、一九七二年）、五八八頁。

（11）「読み書きそろばん」を厳密にいえば、「句読」「筆道」「算術」。明治四年の「小学課業表」とは若干異なる。

（12）『新聞雑誌』第五号、辛未（明治四＝一八七一年）六月、四―五頁参照。原文は片仮名表記。俊《しゅん》女とルビあり。

第一章注

（1）吉祥院村は、現在のおおよそ京都市南区の町名に「吉祥院」がつく地域。

（2）当時の「京都」は、京都府上京と京都府下京からなる。京都市も行政区もまだない。

（3）京都府教育会『京都府教育史　上』（京都府教育会、一九四〇年）に、「四年三月には岸田俊女が官費で中学修業を仰付けられ」（三三四頁）とあるが、通い始めたのがいつなのかは不明。

（4）「半季」は半年ということ、明治二（一八六九）年の「金一分」はおよそ現在の二五〇〇円。

（5）明治二（一八六九）年一月二十九日の京都府布告に基づいた町組再編で三条通が上京と下京の境界になる。

（6）明治五（一八七二）年に京都府と民間で創られた会社。京都の博覧会は前年に開かれて以降、昭和初期までほぼ毎年開かれた。

（7）現在の御倉町。

（8）「御前様とよばれるこの老人」については、『評論集』一八三頁に所収の岸田俊子「嗚呼悲哉」参照。

（9）明治二十年代までは、全国で、就学率を上げるため小学校で様々な「見世物」のようなイベントが開催された（実際に見世物が開催された学校もある）。京都府の大試験（本文中の「特試」）もその一環。

（10）『京都博覧協会史略』京都博覧協会、一九三七年、三七頁。「学校生徒」には小学生も含む。小学生を「児童」と呼ぶことが定着するのは明治二十年代以降。

（11）前掲『京都博覧協会史略』二四―二五頁。

（12）『京都新聞』第一八号、明治五年二月。

（13）「日史」一八九六年十一月二十三日（『日記』一六一―一六二頁）。

（14）「かたわ娘」明治五年九月、『福沢諭吉全集』第三巻（岩波書店、一九六九年）、三一七―三一九頁。

（15）『京都新聞』第六三号、一八七三年三月。

（16）以上、『博覧新報』第一号、明治五年三月および、第六〇号、明治五年四月。

（17）前掲『京都博覧協会史略』一頁（「第一章緒言」の扉書き）。

（18）ただしこれらの著作で学習する段階に達する生徒がほとんどいないままに、この課業表は学制に基づく新しい課業表にとって替わられた。

（19）『福沢諭吉全集』第二十巻（岩波書店、一九七一年）、七八頁。当時はまだ集団授業ではなく近世以来の個別学習である。ゆえに、朝八時から午後四時まで生徒が学校にいたわけではなく、生徒が各々の都合で学校に行き、学校から帰っていた。
(20) 前掲『福沢諭吉全集』第三巻、三〇頁。
(21) 前掲『福沢諭吉全集』第二十巻、八〇頁。
(22) 前掲『福沢諭吉全集』第二十巻、八一頁。
(23) 前掲『福沢諭吉全集』第二十巻、七八頁。
(24) 前掲『京都府教育史　上』三三四頁には、岸田俊子が「官費生」であったと記されている。
(25) 前掲『福沢諭吉全集』第二十巻、七九頁。
(26) 正式には上京十七区小学校で、元上京十六番組小学校、後の中立小学校（一九九五年閉校）。
(27) 『福沢諭吉全集』第二巻（岩波書店、一九六九年）、五九一―五九二頁。
(28) 制度として外国語の単語を教えることにはなっていたが、実際に教えたことを実証する史料は無い。〈解説1〉の参考文献（二〇一五年）を参照。
(29) 雪駄（踏）屋町通は、楊梅通の俗称。京都ではしばしば「通」が省略される。
(30) 当時の小学校は、上等と下等に分かれ、それぞれ八級から一級までの進級制であった。なお上等在籍者は全小学校生徒のうち一％ほど。
(31) 『朝野新聞』一八七七年八月十二日。
(32) 『西京新聞』一八七七年九月二十一日に類似の記事あり。
(33) 一八七八〔カ〕年八月三日。国立国会図書館憲政資料室所蔵「陸奥宗光関係文書」マイクロフィルムリール14、五五―一（後顧余芳　謫居之巻）。

(34) 詳細は不明。一八七三(明治六)年から一八七九年までは、京都府の「中学」と師範学校のあり方はめまぐるしく変遷している。
(35) 以下、写真については、『日記』と『目録』の口絵参照。
(36) 田中緑紅編『明治文化と明石博高翁』(明石博高翁顕彰会、一九四二年)、二二一―二二三頁。本文中の「博物館員」は、京都博物館(京都御所内)の職員である武田信充。
(37) 『京都新聞』第五六号、一八七六年一月。平尾勢幾は後年の下田歌子(一八五四―一九三六年)。
(38) 『文学集』二六八頁。古くは相馬黒光『明治初期の三女性――中島湘煙・若松賤子・清水紫琴』(厚生閣、一九四〇年)、四〇―四一頁に引用された。
(39) 「別乾坤《べつけんこん》を作るの利何の点にある」(『女学雑誌』第二五三号、一八九一年二月二十一日)、「宮中女官論」(『女学雑誌』第二五五号、一八九一年三月七日)、『評論集』一六二―一六九頁。
(40) 宮内卿徳大寺実則宛(宮内庁所蔵)。現在、校注者田中のもとに複写あり。宮内庁の大木基子宛回答(一九八四年)によると、俊子は一八七九(明治十二)年九月二十四日採用、一八八一(明治十四)年四月二十五日退職。

第二章注

(1) 一八七六(明治九)年五月一日、西国方面へと旅に出た岸田茂兵衛が書き記した「道中筋泊り舟賃渡し判取帳」。岸田家遺族のもとに残された。現在、校注者田中のもとに複写あり。
(2) 歌舞伎十八番のうち『菅原伝授手習鑑』の名場面「寺子屋の段」において、主君の息子の身代りに新入りの子どもの首を差し出すにあたり、寺子屋の主、武部源蔵が思わず吐いたことば。その子どもは、同じく主君のためを思う松王丸の実子であった。

（3）俊子が高知を訪ねた時分には、室戸岬一帯の浮津・室津・津呂などの部落で営まれてきた捕鯨業が経営の近代化を遂げつつあり、「捕鯨会社」と名乗る組織へと変貌していく（伊豆川浅吉『土佐捕鯨史』下巻、日本常民文化研究所、一九四三年）。『高知新聞』一八八二年一月二十日によると、浮津の捕鯨会社でも地元民の演説が行われ、チョンマゲを切るなど「自由の気風」に化したという。

（4）一八七〇年より岩崎弥太郎の九十九《つくも》商会によって、神戸・高知間の汽船運輸が開始され、後身の郵便汽船三菱会社による航海度数は、俊子が高知に滞在した一八八二（明治十五）年には、ピークの年間六〇回に上った。一八八四年に入ると、五月に開業した大阪商船会社が、神戸・高知にも寄港する大阪須崎線の運航を開始し、十二月には反三菱系の共同運輸会社が神戸・高知航路を開設するなど、高知からの船便はさらに充実していく（伊藤敏雄「阪神・高知航路における汽船海運の展開と帆船との併存状況――幕末から大正初期を中心に」関西学院大学『経済学論究』五二巻二号、一九九八年）。

（5）開々社は士族経営の舶来小間物屋として一八七三年に開店した。旧藩主の山内家が経営する山一商会の傍系であるが、一八七六年には負債がかさんで解散したので、俊子が高知を訪れた一八八二年には存在しなかったはずである。大阪心斎橋筋道修町から洋小間物を持参し城下に止宿中と広告する商売人もあり（一八八一年十月五日広告など）、高知には行商人を通じた西洋文化流入のルートも存在した。

（6）開成館は一八六六（慶応二）年に設けられて、教育や勧業殖産を担ったが、維新後は機能を失い、一八七〇年には建物も寅賓館と改称される。しかしその中にあった医学・医療部門を引き継いだ高知藩病院は、フランス人マッセ（Massais, Emile）と、一八七一年に半年の契約を結んでいる（『資料御雇外国人』小学館、一九七五年）。
（7）『高知新聞』一八八一年十一月二日ほか。
（8）「無題」一九〇一年一月二日（『日記』二〇六頁）。世の中に誤解されながらも、「国の文明は婦女の教育が第一」、その唱道を職分と信じ、性に合わぬことながら飛び回っていた過去の自分に同情しての一言。
（9）一八七一年には高知に人力車の姿がみられるようになり、彦兵衛が先に述べたように、華美なものも目立ったという（『高知県史』近代編、一九七〇年）。愛敬社はこの新しい乗り物を商売にした会社である。『高知新聞』一八八一年十月七日には、赤字に白で社名を染め抜いた同社の記章が掲載された。十月三十日には愛敬社懇親会が開かれ、「自由は我が曳くところの車輪より輾《にじ》り出すべし」と檄が飛ばされたという。十一月十五日にも「自治自活の結合」愛敬社は、政談演説会の開催主となった（『高知新聞』一八八一年十一月一・十三日）。
（10）『高知新聞』一八八二年一月十九日。坂本南海男（直寛）の『民権発達論　一名弁民権弁惑』に寄せた植木枝盛の序文を掲載したもの。
（11）『高知新聞』一八八一年十月十一日。
（12）以上の論題は、『高知新聞』一八八一年十月十三日。
（13）『高知新聞』一八八二年一月二十日。

(14)　『高知新聞』一八八一年十月三日。西一による投稿。
(15)　『高知新聞』一八八一年十月八・十一日。
(16)　『高知新聞』一八八一年十一月六・八日。
(17)　『高知新聞』一八八一年十一月十六―十九日。
(18)　『高知新聞』一八八二年一月十一日の記事によれば、一月十五日からは毎月五・十五・二十五日となった。
(19)　ミル『自由之理』は中村正直訳にて一八七一年に、ルソー『民約論』は服部徳訳にて一八七七年に刊行された。スペンサー『社会平権論』は松島剛訳にて、この一八八一年五月に刊行されたところであった。『高知新聞』には、『社会平権論』の本の到着を告げる商店・山越(澤本駒吉経営)の広告がうたれている(十月四日など)。この店は、『高知新聞』の売り捌き所のひとつで、政談演説会の聴講牌も扱っていた。
(20)　楠瀬喜多(一八三六―一九二〇年)。彼女の訴えにより、上町町会は、戸主に選挙権を付与するに際し性別を問わない規則を定めた。植木枝盛はこれを、「男女同権ハ海南ノ一隅ヨリ始ル」と『高知新聞』上にて称賛した(一八八一年八月三十日)。
(21)　高知新聞社社史編纂委員会『高知新聞一〇〇年史』(高知新聞社、二〇〇四年)。坂崎斌(紫瀾、一八五三―一九一三年)。宮崎夢柳(本名・富要、一八五五―八九年)。
(22)　一八八一年九月八日より始まり、東北旅行が終わった後も、戊辰戦争時の板垣伝へと筆がのび、翌年一月まで連載が続けられた。
(23)　『高知新聞』一八八一年十月一日。

(24) 「東洋大日本国々憲案」は、国立国会図書館所蔵の牧野伸顕関係文書中に収められた原文書(太政官用箋に筆写)の画像を、同館HP「史料にみる日本の近代　開国から戦後政治までの軌跡」にて閲覧することができる(https://www.ndl.go.jp/modern/img_l/020/020-001l.html、二〇一九年五月現在)。

(25) 『高知新聞』一八八一年十月三日。以下、「革命新論」(栗原亮一訳)から、「叛民ヲ処スルノ法」と題して近藤均が抄録した投稿文を、複数人の発話仕立てにしてある。

(26) 「万国公法」(原語：International Law)は、清朝お雇い外国人となった宣教師Martinによって、一八六四年に漢訳出版された。日本では翌年に開成所がこれを翻刻し、同名の書籍として出版した。一方、開成所教授西周がオランダ留学中にライデン大学のフィッセリングより口授された成果も、より平明な『和蘭畢洒林氏万国公法』として一八六八(慶応四)年に公刊された。一八七一年の京都府「小学課業表」には、すでに「万国公法」が挙がり(『京都府百年の資料』教育編、二一頁)、西のテキストが用いられた可能性も高い。

(27) 『高知新聞』一八八一年十月十八日など。つづく俊子の発声は、第一章注(38)の無題漢詩より西川が創作か。

(28) 『高知新聞』一八八一年十一月十六日より連載がはじまり、十二月十四日に『土陽新聞』が創刊されると、そちらに掲載の場を移した。『高知新聞』は十二月二十五日から再開する。

(29) 『高知新聞』一八八二年一月十日。

(30) 坂本健『土佐っ子百年　風雪こえて』(リーブル出版、二〇〇五年)所収の「⑱警察もスタート」に引用の史料。同書はもともと『サンケイ新聞』高知版における一九六八年の連載で、西川に多くのインスピレーションを与えたと思われる。
(31)『高知新聞』一八八一年十一月二・三日。
(32)『高知新聞』一八八一年十月一・十八・十九日、一八八二年一月十五日。
(33)『高知新聞』一八八一年十一月十七日。これも澤本駒吉の店舗・山越による広告である。
(34)『高知新聞』一八八一年十月十四日。この記事は、「国会開設を本気にしてはいないけれども、期待はしている、その日をみるためになら、世界滅亡は免れたい」という解釈がよいのではないか。
(35)『高知新聞』一八八一年十月十五日。
(36)『高知新聞』一八八一年十月二十日。西一による論稿。
(37)『高知新聞』一八八一年十月二十一日。
(38)『土陽新聞』一八八一年十二月十六日ほか。
(39)『高知新聞』一八八一年十月七日など。
(40)『高知新聞』一八八二年一月十五日。
(41)『高知新聞』一八八二年一月二十一日など。広告では「馬鹿林一座」ではなく、坂崎が名乗る「鈍翁」含め、後出の六人の名が並ぶ。
(42)『高知新聞』一八八二年一月二十二日。
(43)『高知新聞』一八八二年一月二十四・二十六日。この月になると各種政談演説会の中止や拘引記事が相次ぐ。
(44)この都々逸については、宮武外骨『明治演説史』（文武堂、一九二六年）が、坂崎の獄中作として引用している(八三頁)。稲田雅洋「自由民権運動」(『岩波講座日本通史』第十七巻、一九九四年)も参照。一座の講談の種については、『高知新聞』一八八二年一月二十九日。実際の記事では、「独立」は「騒動」と表現される。

(45) 坂崎紫瀾は、判決文(『高知新聞』一八八二年二月九日)によると、講釈と称して政談をしたとは認められず、集会条例違犯の嫌疑は無罪、講釈内容についての不敬罪で罰せられた。

(46) 『高知新聞』一八八二年一月二十六日など。

(47) 『高知新聞』一八八二年一月二十四日。

(48) 『報知新聞』一八九九年四月二十一日。

(49) 『高知新聞』一八八二年二月一日。

(50) 「日史」一八九六年十二月六・九日(『日記』一六七―一六八頁)。

(51) 『日本立憲政党新聞』一八八二年三月三十一日。

(52) 『評論集』二三一頁。

(53) 『日本立憲政党新聞』一八八二年四月五日。

(54) 以上、『日本立憲政党新聞』一八八二年三月三十一日、四月九・十四・二十七・二十八日、五月五日、『此花新聞』一八八二年四月七・九日による。大江座は大江橋座とも。四月二十九日より、俊子の立場は「客員」から「弁士」に変わる。また俊子はこのほか、四月二十二日には戎座で「自由主義ノ全捷」と題する演説も行ったようだが(『日本立憲政党新聞』四月二十・二十一日)、四月二十九日の演説は中止となった可能性がある。

(55) 以上の「探索書」の前半典拠は不明、女演説については前掲相馬黒光『明治初期の三女性』四九―五〇頁。

(56)『此花新聞』一八八二年四月九日。

(57)『京都新報』一八八二年四月十一日。

(58)『日本立憲政党新聞』一八八二年四月十四日。

(59) 中島・城山ともに岐阜に駆けつけたのは事実だが、この錦絵の所在は確認出来なかった。

(60) 小林樟雄（一八五六―一九二〇年）については、松尾貞子「小林樟雄小論」（大阪事件研究会編『大阪事件の研究』柏書房、一九八二年）を参照。デュリィ（Dury, Leon　一八二二―一九一年）は医学博士の学位をもつフランス人で、文久二（一八六二）年に幕府に招かれ来日した。長崎を経て、維新後は一八七一年より京都に転じ、府の仏学校や療病院で教鞭をとった。東京大学前身校でも教え、一八七七年帰国。博覧会をきっかけに、西陣の職工らがデュリィの斡旋によりフランスに留学した。デュリィの帰国時にも、彼の監督の下、京都府が選抜した八人の留学生が渡仏して近代産業諸分野を修めた。田村喜子『京都フランス物語』（新潮社、一九八四年）を参照。『西京新聞』一八七七年十月二十四日以下に、八人の留学生の氏名や規約類が掲載されている。

(61)『山陽新報』一八八二年五月十三日。

(62)『山陽新報』一八八二年五月十六日。

(63) 福田英子（一八六五―一九二七年）が一九〇一（明治三十四）年に刊行。自伝には英子と関係した小林樟雄も変名で登場する。福田英子についての史料は、村田静子・大木基子編『福田英子集』（不二出版、一九九八年）が網羅的に集録している。なお女子懇親会は、俊子を歓迎する書簡を送っている(『日本立憲政党新聞』一八八二年六月一日)。
(64) 『日本立憲政党新聞』一八八二年五月十九日。
(65) 『日本立憲政党新聞』一八八二年五月二十三日。
(66) 以上、『日本立憲政党新聞』一八八二年五月二十六・三十一、六月一・七・十六日。中座は、「中の演劇場」「中ノ芝居」とも。
(67) 以上、『普通新聞』一八八二年六月二十七日。中止解散については、『日本立憲政党新聞』『朝野新聞』『自由新聞』『時事新報』などでも報道された。
(68) 『西海新聞』一八八二年九月十五日。
(69) 昭和女子大学近代文学研究室編『近代文学研究叢書』第六巻(昭和女子大学近代文化研究所、一九五七年)の「中島湘煙」では、この年に和歌山を訪問したことになっているが、日程に鑑みて、翌年の間違いの可能性もあると指摘されている。注(82)参照。
(70) 前掲宮武外骨『明治演説史』一〇四―一〇五頁。
(71) 『日本立憲政党新聞』一八八三年八月十一日より連載。
(72) 『日本立憲政党新聞』一八八三年九月十八日。
(73) 『日本立憲政党新聞』一八八三年九月十九日。
(74) 『日本立憲政党新聞』一八八三年九月二十日。
(75) 「内外日史」一八九一年九月二十八日(『日記』四〇頁)。
(76) 以上、『熊本新聞』一八八二年十月二十八・三十一日、十一月三・八日。
(77) 『熊本新聞』一八八二年十一月二日。

(78)「同胞姉妹に告ぐ」（『自由燈』一八八四年連載、『評論集』五四―七八頁）の其一、二。
(79) 以上、『熊本新聞』一八八二年十一月十二・十八・二十三・二十六日、十二月三・五日。『紫溟新報』十一月二十三・二十九日。三十日の「揮毫」についてのみ根拠不明である。二十六日の間違いか。
(80)『紫溟新報』一八八二年十一月二十三日。
(81) 前掲「同胞姉妹に告ぐ」其三。
(82) 以上、水野公寿著「岸田俊子の熊本遊説」（『熊本史学』第四五号、一九七五年）を参照。
(83) 以上、前掲「同胞姉妹に告ぐ」其四。
(84) 以上、前掲「同胞姉妹に告ぐ」其五。
(85)「中島湘煙女史談話」（『女学雑誌』第五〇〇号、一八九九年十一月二十五日）。『文学集』二一八頁所収。
(86)『京都新報』一八八二年五月六日。
(87)『京都滋賀新報』一八八三年九月二十九日。売捌所にはほかに、寺町松原下・内山改進堂、蛸薬師寺町・太田権七、仏光寺東洞院・東枝吉兵衛、新京極四条上・上仙書店、三条小橋・有美堂、四条小橋角・梅橋堂、七条停車場・野間金生堂の名が並ぶ。
(88)『京都絵入新聞』一八八三年十月四日。口絵参照。
(89)『日本立憲政党新聞』一八八三年十一月十五・十六日、『自由新聞』十一月二十・二十一日掲載の公判記録より。実際は、続く大津での演説記録であり、冒頭は降雨の話から始まる。
(90)『京都絵入新聞』一八八三年十月四日。

(91) 『日本立憲政党新聞』一八八三年十月十六日。
(92) 序章注(8)参照。
(93) 注(82)参照。

第三章注

(1) 「獄ノ奇談」(『日記』二二一—三三二頁)の冒頭部分。以下の獄中における日録風描写は、「獄ノ奇談」による。この俊子の文章が筆写版として残ったいきさつについては二六九頁を参照。なお、ひろた・まさき校注版が、同編『日本近代思想大系22　差別の諸相』(岩波書店、一九九〇年)四一〇—四二〇頁に収録されている。
(2) 前注に同じ。
(3) 以下、判決言い渡しまでの経過・引用については、『日本立憲政党新聞』一八八三年十一月十五—二十三日、『自由新聞』同年十一月十九—二十一日、十一月二十七日。記事の多くは、『評論集』が「大津事件顛末」として集録(二〇七—二二八頁)。
(4) フォノグラフィーについては、前掲宮武外骨『明治演説史』に、「演説傍聴筆記法の開祖源綱紀」として紹介がある(一四八—一四九頁)。なお西川は一九八〇年代当時、本研究にあたって、ここに言う「テープ・レコーダー」(カセットデッキ)による関係者からの聞き取り録音を多く行った。これらには貴重な記録もある。現在、校注者田中のもとにあり。
(5) 『京都絵入新聞』一八八三年十一月三日。同紙は本書を、「至極面白くて為になる本」(十月二十五日)と報じた。

(6)『京都絵入新聞』一八八四年二月二十二日。
(7) 俊子や影山英子と交流し、龍野から上京してキリスト教に入信、坂崎斌の下で新聞記者となりながらも早世した富井於菟（一八六六―八五年）については、次に引用される「遊学を請ふの記」を含め、『龍野市史』第六巻（一九八三年）一九〇―二〇八頁に関連史料が一括されている（ひろた・まさき編）。
(8) 女権運動家・清水紫琴（一八六八―一九三三年）については、山口玲子『泣いて愛する姉妹に告ぐ　古在紫琴の生涯』（草土文化、一九七七年）を参照。
(9)「夫人の心得」（『女学雑誌』第二四一号、一八九〇年十一月二十九日、『評論集』一五四頁）。
(10)『京都絵入新聞』一八八四年一月六日。
(11)『朝野新聞』一八八四年一月九・十・二十九日。
(12)『日本立憲政党新聞』一八八四年一月二十六日。
(13) 桜井徳太郎宛岸田俊子書簡（奈良県近代史研究会編『大和の自由民権運動（奈良県近代史史料1）』一九八一年、三二頁）による。桜井宛書簡も含め、岸田俊子書簡の網羅的収集を図り、全四十四通をリスト化したのが、大木基子・西川祐子「資料紹介　岸田俊子に関する新資料（四）」（高知短期大学『社会科学論集』第五三号、一九八七年）である。現在ではこれら以外にも、遺族のもとや高知市立自由民権記念館に別書簡が存在したことが判明している。なお桜井徳太郎（一八五八―一九〇八年）については、竹末勤による研究成果が、前掲『大和の自由民権運動』巻末文献目録にリストアップされている。
(14) 桜井徳太郎文書、前掲大木・西川「資料紹介」での整理番号十九。現在、校注者田中のもとに複写あり。

(15) 富井宗昭文書、前掲『龍野市史』第六巻、一九四頁。

(16) 陸奥宗光(一八四四—九七年)。西川は、渡辺修二郎『評伝陸奥宗光』(同文館、一八九七年)の口絵に使用された頭巾姿の陸奥の写真に、大佛次郎の歴史小説『鞍馬天狗』の面影をみたという。

(17) 以下、坂崎斌『陸奥宗光』(博文館、一八九八年)の「陰謀並に韜晦時代」八一—九九頁をもとにしている。

(18) 前掲「中島湘煙女史談話」(『文学集』二一六頁)による。この翻訳書は、一八八三、八四年に慶應義塾出版社印刷により刊行、原題 *Principles of Moral and Lesislation.*

(19) これは一八八二年ごろの所感と思われるが、陸奥は同志社の大学設立運動を支援するなど、後々まで新島との交流を続けた。

(20) 前掲坂崎『陸奥宗光』第三十二回「君の敢て一弁理公使に甘んず」(一〇八頁)に、「鋒鋩韜晦」の語がある。

(21) 例えば、陸奥宗光が岡崎邦輔に宛てた二月一日付書簡は、一八九六(明治二十九)年に書かれたが、この二語が登場する(国立国会図書館憲政資料室蔵「岡崎邦輔関係文書」八—五、伊藤隆・酒田正敏『岡崎邦輔関係文書　解説と小伝』自由民主党和歌山県支部連合会、一九八五年に翻刻あり)。

(22) 『自由燈』第一号附録(一八八四年五月十一日)、『評論集』五三—五四頁。

(23) 前掲「同胞姉妹ニ告グ」(『評論集』五四—七八頁)。

(24)　前掲相馬黒光『明治初期の三女性』五五頁。
(25)　『開花新聞』一八八四年六月二十八日。「元輪見礼」(もとわけんれい＝元は県令)で、「某氏」が中島であることを示している。
(26)　伊達初穂(一八五〇カ—七七年)。
(27)　『日本立憲政党新聞』一八八一年十二月二十八日に「明治十七年ヲ送ル」との記事があるが、この演説については典拠不明。
(28)　前掲相馬黒光『明治初期の三女性』五八頁。ただし語った相手は友人ではなく、後出のフェリス女学校での教え子、山田元子であったと書かれている。
(29)　同右、六二—六三頁。
(30)　以上、紀州旅行における中島の思い出話については、『日本立憲政党新聞』一八八二年十二月十一・十二日。陸援隊については平尾道雄『陸援隊始末記』(大日本出版社峯文荘、一九四二年)を参照。
(31)　現在は、中島が戊辰戦争に従軍したかどうかは疑わしいとされている。内田八朗「中島信行について」(『土佐史談』一七六号、一九八六年)。
(32)　Moore, Jairus Polk(一八四七—一九三五年)。「ムーア」とも表記。一八八三(明治十六)年に来日したアメリカ改革派教会の宣教師で、山形・仙台での伝道やその後の東京専門学校での教育歴が知られるが、俊子夫妻に洗礼を授けた折には、福島武二という人物と英語教員としての雇用関係を結び、東京に滞在していたようである(前掲『資料御雇外国人』)。日本での思い出を著した *Forty Years in Japan 1883-1923*(1925)があり、中島や俊子の前歴や受洗について記している(pp. 63-66)。俊子はかつては Court Lady で、夫とともに Liberal Party に属し、inprisoned 等々と紹介されている。

(33) 佐波亘『植村正久と其の時代』第三巻(教文館、一九三八年)九〇・九二頁、『女学雑誌』第三〇号、一八八六年七月二十五日。なお、キリスト教との接触は信行のほうが大分早く、一八八〇(明治十三)年十月の野外大説教会への参加(『植村正久と其の時代』第二巻、一九三八年、二二三・五三〇頁)、一八八六年に東京一致英和学校(明治学院)の理事就任(同第三巻、一九三八年、四九〇頁)といった活動もみられる。

(34)「婦人の徳は余韻に在り(其二)」(『女学雑誌』第一三八号、一八八八年十二月一日、『評論集』一二三頁)。

(35) 以上の回想は、田村直臣編『女子学院五十年史及学窓回想録』(女子学院同窓会、一九二八年)、一八一頁をもとにしている。官立学校に勤めたカロザース(Carrothers, Christopher 一八三九—一九二一年)の妻の私塾からはじまる女学校設立経緯についても、同書参照。

(36) 前掲『福田英子集』四三〇頁。続いて英子は、俊子に民権拡張の必要を述べた書面を送ったことはあると答えている。なお同書には一連の訊問調書が収められるほか、前掲『妾の半生涯』でも英子本人が公判当時を回顧している。大阪事件全般については、前掲『大阪事件の研究』、松尾章一・松尾貞子編『大阪事件関係資料集』(日本経済評論社、一九八五年)を参照。

(37) 大阪弁護士会編『大阪弁護士史稿』下(一九三七年)、一一七七頁。

(38) 清水太吉(独善狂夫)『自由之犠牲女権之拡張　景山英女之伝』(金鱗堂、一八八七年)。表紙に洋装の肖像画があしらわれている。

(39) 以上の戸田氏共夫人《うじたか》をめぐる俊子の行動については、「夫人の素顔　中島湘煙女史」の「戸田問題」（『評論集』一九九頁）を参照。もとは、『報知新聞』一八九九年四月―五月に九回連載されたうちの七回目。戸田極子《きわこ》（一八五八―一九三六年）に対する伊藤の強姦については、類似の報告資料の多さをもって、根拠とされる三島通庸関係文書（注(41)・(42)参照）の記述の信憑性を否定し、権力者・伊藤への反感からと解釈する研究も近年あらわれた（伊藤之雄『伊藤博文』ミネルヴァ書房、二〇〇九年）。俊子の行動もふまえた本格的な検証が待たれる。

(40) 『女学雑誌』第六五号、一八八七年五月二十一日。巌本善治（一八六三―一九四二年）は、俊子をフェリス和英女学校に教師として斡旋したとされる。

(41) 国立国会図書館憲政資料室所蔵「三島通庸関係文書」（複製版第一一一冊）、五四二―二「檄文・脅迫状　伊藤総理告発状　石坂光丸・日野善・佐竹一等三七名」（一八八七年五月十六日付）。

(42) 同右（複製版第一〇七冊）、五三七―二六「探問書・報告書　四　探問雑報　強姦記事一件外」。

(43) 『女学雑誌』は、俊子の言論活動の場となった。『善悪の岐』も、最初は同誌一八八七年七月―八月に連載されたものである。『女学雑誌』に掲載された俊子の批評類は、「女学への転回」とのタイトルの下に、『評論集』八一―一七二頁が集録。『善悪の岐』は『文学集』一九―一二〇頁。

(44) 日本キリスト教婦人矯風会『日本キリスト教婦人矯風会百年史』（ドメス出版、一九八六年）、六二一―六五頁参照。

(45) 『報知新聞』一八九九年五月二日。同紙はこの月、俊子の生涯を「夫人の素顔　中島湘煙女史」として連載している。その八回目(注(39)参照、『評論集』二〇一頁)。
(46) 『報知新聞』一八九九年四月二十八日。同右、六回目(『評論集』一九八頁)。
(47) 尾崎行雄『日本憲政史を語る』上(モナス、一九三八年)、一七六―一八二頁。
(48) 前掲「三島通庸関係文書」(複製版第一〇七冊)、五三七―三四「在京旧党員定期会合ノ件外」(一八八七年六月カ)。
(49) 前掲「三島通庸関係文書」(複製版第一〇七冊)、五三一―七「退去者之儀ニ付伺　三島警視総監　山県内務大臣宛」(一八八七年十二月二十六日)の添付名簿。
(50) 『時事新報』一八八八年一月四日。
(51) 一八八八(明治二十一)年一月十五日に創刊され、一八九〇年十月二十九日まで二年九カ月余りの短命に終わった。同紙については、『復刻東雲新聞』別巻(部落解放研究所、一九七七年)の後藤孝夫の解説参照。
(52) 第一章にも登場する『世界国尽』は、福沢諭吉が一八六九年に著し、前掲京都府「小学課業表」では、第四等句読の教科書に挙げられている。
(53) 俊子のいでたちや評判については、前掲相馬黒光『明治初期の三女性』八四―八九頁を、教鞭を執る経緯については、フェリス女学院編『フェリス女学院一一〇年小史』(一九八二年)、三一頁を参照。アメリカ改革派教会外国伝道局は、一八八九年の報告書において、フェリス・セミナリーに「非常に教養豊かなクリスチャン女性」である俊子が着任し、和漢学科全体の監督にもあたっていることを記している(フェリス女学院150年史編纂委員会編『フェリス女学院

150年史資料集第3集　RCA伝道局報告書に見るフェリス』フェリス女学院、二〇一五年、五七頁）。
(54) 一八八九（明治二十二）年のこの式辞については、近年、英文で記録されたものをフェリス女学院資料室紀要『あゆみ』第七一号（二〇一八年）が資料として掲載している（新和訳付）。「本校生徒は」以降の部分は、もとの式辞にはなく、西川は「生意気論」（『女学雑誌』第二四一号、一八九〇年、『評論集』一五五―一五七頁）に依拠している。
(55) 高根虎松宛中島とし子・信行書簡、一八八九（カ）年七月十日（フェリス女学院資料室所蔵）。若松賤子（一八六四―一九六年）とは後年まで親交を結ぶ。
(56) 『山間の名花』は『文学集』一二一―一七五頁所収。
(57) 「日史」一八九二年十月一日（『日記』七四頁）には、富饒家の女児が学ぶフェリス和英女学校において、貧しさゆえ西洋人から嫌われた山田元子のことが記されている。同窓生団体・白菊会の名簿によれば、「山田もと子」は同年三月に卒業し、同校教師となっている。
(58) 兆民の死後に、私淑する幸徳秋水が著した伝記『兆民先生』（一九〇二年）による（『兆民先生・兆民先生行状伝』岩波文庫、二〇〇一年）。
(59) 『大阪朝日新聞』一八八九年二月二十三日。
(60) 『大阪朝日新聞』一八八九年三月七日。
(61) 第一回選挙の実態については、稲田雅洋『総選挙はこのようにして始まった　第一回衆議院議員選挙の真実』（有志舎、二〇一八年）を参照。
(62) 前掲相馬黒光『明治初期の三女性』一〇七―一一五頁に、その経済的能力が描かれている。

(63)「主婦の心得」(『太陽』第三巻二号、一八九七年)、「夫人の心得」(『女学雑誌』一八九〇年十一―十二月に連載、『評論集』一五〇―一五四頁に再録)。
(64) 注(13)の大木・西川「資料紹介」における整理番号一。岸田家遺族のもとに残された書簡は、現在、校注者田中のもとに複写あり。
(65) 神奈川県布達(一八七四年七月二十二日、『神奈川県史』資料編第十一巻、一九七四年、七頁)。
(66) 第一回地方官会議での地方民会議問(一八七五年七月八日)での発言。前出官選論は渡辺昇による発言。『明治文化全集』憲政篇(日本評論社、一九二八年)、三一四・三一六頁。我部政男・広瀬順晧・西川誠編『明治前期地方官会議史料集成』第一期第五巻(柏書房、一九九六年)にも所収。
(67) 序章注(8)参照。
(68) 例えば木戸照陽編述『日本帝国国会議員正伝』(一八九〇年)では、中島信行が筆頭五頁にわたって「自由民権の木鐸」等と肯定的に紹介され、続いて陸奥の紹介が二頁分続く。信行については、俊子を連れて京都に行ったところ、ある人が「槊を横へて朔風に立つと銅雀台上二喬を擁すると孰れが好きや」との評を下したとの逸話も記されている。
(69)『東京日日新聞』一八九〇年十一月二十六日、『大阪朝日新聞』同十一月二十八日。
(70)「無題」一九〇〇年十二月二十七日(『日記』一九八―一九九頁)。ここで俊子は功名心に駆られていたと、かつての自分を反省し、信行に感謝している。
(71) 前掲相馬黒光『明治初期の三女性』六三頁。

(72) 以下、『大阪朝日新聞』一八九〇年十一月二十八日。
(73) 『毎日新聞』一八九〇年十二月二日。
(74) 『大阪朝日新聞』一八九〇年十一月二十八日。
(75) 火事については、『郵便報知新聞』一八九一年一月二十日、『東京日日新聞』同二十一日、『大阪朝日新聞』同二十一日などをもとにしている。
(76) 『大阪朝日新聞』一八九一年一月二十一日。
(77) 岸田家遺族のもとに残され、現在、校注者田中のもとに複写あり。
(78) 添田寿一（一八六四―一九二九年）。「日史」一八九一年十二月十一日にも二十年ぶりの再会が記される（『日記』五三頁）。
(79) 前掲相馬黒光『明治初期の三女性』六四頁。
(80) 『帝国議会衆議院議事速記録』2（東京大学出版会、一九七九年）八四九頁、前掲『兆民先生』ほか。
(81) 『毎日新聞』一八九一年十二月二日。
(82) 「日史」一八九一年十二月二日（『日記』四九頁）。
(83) 「日史」一八九一年十一月二十七日（『日記』四五頁）。
(84) 「日史」一八九一年十一月三十日（『日記』四七頁）。前者は松方正義首相、後者は品川弥二郎内相への評。
(85) 「日史」一八九一年十二月二十二日（『日記』五九頁）。以下同じ。
(86) 「日史」一八九一年十二月三十一日（『日記』六七頁）。

(87)信行の釣り好きは、『朝野新聞』一八九一年七月十七日や、「内外日史」一八九一年九月二十六日(『日記』三八頁)の、俊子が彼を漁夫と見間違えたという逸話からも知られる。
(88)注(13)「資料紹介」二二六頁参照。現在、校注者田中のもとに複写あり。

第四章注

(1)中島家の三男、邦彦(一八七七―一九五四年)。俊子は死の直前になっても、「出世の繋を自ら断つ」彼のことを心配する日記をつけている(「無題」一九〇一年五月十三日、『日記』二七九頁)。
(2)育成会主幹石川栄司・藤生てい編『湘煙日記』(育成会、一九〇三年)には、俊子が日本を出港してイタリアに着くまで、これら各地で詠んだ漢詩数首が収録されている。『文学集』二六五―二六六頁に再録。
(3)陸奥宗光宛中島信行書簡、一八九三年三月三日(国立国会図書館憲政資料室所蔵「陸奥宗光関係文書」複製版第五冊、二二一―二)。
(4)一八九三(明治二十六)年九月十一日到着。
(5)第三章注(52)参照。
(6)「日史」一八九六年十月九日(『日記』一三八頁)。
(7)「日史」一八九六年十二月九日(『日記』一六八頁)。
(8)「日史」一八九六年十一月三十日(『日記』一六四頁)。
(9)「日史」一八九六年十一月三十日(『日記』一六四―一六五頁)。

(10)　同右。これらの昔語りは日記に「冬夜物語」として十三篇が書き留められている。
(11)　「日史」一八九六年十一月六日（『日記』一四四―一四五頁）。
(12)　『小公子』（若松賤子訳）には複数の版があるが、「日史」によると揮毫の依頼は一八九六年十二月十四日に巖本善治からなされているので（『日記』一七〇頁）、一八九七年博文館刊行のものといえる。
(13)　『東洋之婦女』には十七名の女性の序文（序箋・代文牌）が付されているが、俊子はその筆頭に位置する（『明治文化全集』婦人問題篇、日本評論社、一九六八年所収）。
(14)　「湘煙詩抄」として『文学集』二三二頁に収録。
(15)　橋本峨山（一八五三（四）―一九〇〇年）については、樋口實堂編『峨山側面集』（京都嵯峨鹿王院、一九三二年）を参照。
(16)　「日史」一九〇一年三月二十四日（『日記』二四〇頁）。
(17)　「日史」一八九六年十月二十一日（『日記』一四二頁）。
(18)　前掲坂崎斌『陸奥宗光』。
(19)　「日史」一九〇一年一月十六日（『日記』二一八頁）。
(20)　以上、「日史」一九〇〇年十二月十四・二十四日。
(21)　以上、「無題」一九〇一年五月七日（『日記』二七四頁）の義太夫のくだりに基づく西川の創作。なお、おフサの造形については、西川あとがきを参照。
(22)　「日史」一九〇一年四月七日（『日記』二四七頁）。正岡子規（一八六七―一九〇二年）の『墨汁一滴』（岩波文庫、二〇〇五年）は、一九〇一年一月十六日から七月二日まで一六四回連載さ

れ、俊子はその途中で先にこの世を去ったということになる。

(23) 中島久万吉(一八七三—一九六〇年)による『政界財界五十年』(講談社、一九五一年)、三二頁。次注「断剣厨語」にも引用あり。

(24) 剣如来「断剣厨語」(『日本』一九〇三年四月十八日)。なおこのほか徳富蘇峰が『読書余録(国民叢書第二十八冊)』(民友社、一九〇五年)において「『湘煙日記』を読む」と題し、その筆致を評価し、「なんとなく明治時代の清少納言を連想せしむ」と評していることも注目される。これらはその他の評と合わせ、注(2)『湘煙日記』に「江湖の声」として収録されている。

(25) 久万吉は俊子を、「其の素質に於て寧ろ多分に詩人であった」と評している(前掲『政界財界五十年』二八—三三頁)。

(26) 第三章注(62)参照。

(27) 相馬俊子(一八九八—一九二五年)は、中村彝(一八八七—一九二四年)との恋愛関係が破局した後、インドの独立革命運動家 Rash Bihari Bose(一八八六—一九四五年)と結婚した。ボースについては、中島岳志『中村屋のボース』(白水社、二〇〇五年)を参照。

(28)『京都日出新聞』一九〇一年五月二十八日。

〈解説1〉
岸田俊子と番組小学校

和崎光太郎

約三〇年の時を経て文庫化されるということは、そうあることではないだろう。文庫化にあたっての解説が二人の分担執筆であることも、またそうあることではないだろう。筆者である西川祐子さんからこの解説執筆と付注の話をいただいた頃(確か二〇一六年の秋頃)から、西川さんはよく「時間差共同研究」とメールでも口頭でもおっしゃっていた。この貴重(希少)な場をいただけたことに感謝するとともに、若干の解説を付していきたい。私の担当は、序章と第一章である。

岸田の名前と年齢について

明治四年三月(西暦では一八七一年四月から五月にかけて)に出された「中小学校成員便覧」(以下、「便覧」)には、それぞれの番組小学校(以下、番組小)に在籍する生徒数(児童という概念は当時まだ一般的には普及していない)や、進級試験に誰が合格したかなどが書かれている。この史料は同時代にいろいろなところに転載されたこともあり、今日でも歴史研究者の間ではそれなりに知られている、番組小研究においては必ず参照せねばならない史料のうちの一つであろう。私が確認したのは京都市学校歴史博物館所蔵版であり、そこには「岸田志由ん　十二才」と書かれている。

ここから重要な情報を読み取ることができる。

まず、漢字とひらがなとの境界が今日のように明確ではなかった当時、「志由ん」は「しゅん」のことであり、当時の岸田は「岸田しゅん」であった可能性が高い。「俊」という名はこの「しゅん」に由来しているであろうから、「岸田しゅん」が後に「岸田俊」になり、いつしか「子」をつけて「岸田俊子」を名乗るようになったのであろう。「俊子」は正しくは「しゅんこ」であった可能性も否定できない。また、明治五年一一月揮毫の「帰去来辞」には「岸田湘煙」とあるから、「俊」になるよりも先に「湘煙」を名乗り始めたのかもしれない。

次に、岸田の年齢について。こちらは少々やっかいである。

従来から知られていた岸田の年齢に異議を唱えたのが、三三年前に刊行された旧版『花の妹』であった（厳密にはそれよりもっと前の新聞連載時）。私の知る限りでは、明治期の半ば（一八八〇年代半ば）までに作成された学校関連文書では、数え年が「才」、満年齢が「年」と書かれていることが多い。明治五年から翌年にかけて出されたいわゆる学制という法令に基づいて全国各地に小学校がつくられたが、ここに言う小学校には学年は無い。小学校は試験に合格して進級していく競争社会であり(それも一因でとにかく退学率が高かった)、あるのは学年ではなく級と、いくつかの級がまとまった単位である等である。この頃の試験簿には、例えば試験に合格した生徒の氏名とともに「十年三月」(満一〇歳と三か月)と記されているのである。つまり、明治五年から明治中期あたりまでの教育行政にとっての関心事は、生まれてからどのくらいでどの試験の成績がどうであったのか、ということだったのである。そもそも、「便覧」が作成された明治四年三月は戸籍法制定(同年四月)と廃藩置県(同年七月)の前であり、明治五年の学制が出される前年である。上記した小学校のあり方は学制とその関連法令で定められたのであり、明治四年当時は、学制下における小学校のさらにその原型のような学校が、京都府や東京府、名古屋藩などごく限られた地域に創られていただけである。このような時代においては、極論してしまえば年齢などというものは名乗ったもの勝ちである。当時の日本は、あらゆる領域において現在のような厳密性は求められておらず、名前や年齢についてもまた然りなのである。

岸田は、「便覧」では「十二才」になっていて、本作にも登場する翌明治五年一一月に岸田が揮毫した作品「帰去来辞」では「十三齢」と自ら書いている。これらの数字は、岸田の年齢を万延元年一二月四日(西暦一八六一年一月一四日)生まれで旧暦のまま計算すると(当時はまだ新暦そのものが存在しない)、数え年と一致する。ゆえに俊子の年齢は筆者・西川が記す通りで間違いない。

以下のことを補足しておきたい。文庫化される前の単行本『花の妹』では、岸田の書「帰去来辞」(本書一九頁参照)に記された年齢が「十三歳」と翻刻されていたが、正しくは「十三齢」である。岸田がここに記した「齢」は、近世前期の草書文字が集録されている『草露貫珠』における「齢」のうちの一つにくずし方が酷似している(『草露貫珠』の集録文字は東京大学史料編纂所の「電子くずし字字典データベース」で確認できる)。

西暦が日本で採用されるのは明治六＝一八七三年の一月一日からである。今年(二〇一九年)は五月一日から「令和元年」であり、「令和」が中国の古典籍ではなく日本の『万葉集』からの出典であったことが話題となった。一方で、肝心のその改元のタイミングが和暦ではなく西洋の暦(西暦)の月替わりであったことについては全く議論にならなかった。このように、舶来の慣習である西暦(もちろん、年の表記をどうするかといったこと以上に日常時間である月日がすっかり西洋化していることの方が根深い)は我々にとってはもはや空気のような存在であるのだが、当時はまだその西暦が日常生活には全く入り込んでいなかったのである。

番組小学校の初期の姿

次に、岸田が通った小学校、いわゆる番組小について簡単に振り返っておきたい。

番組小は、明治二年(一八六八―六九年)の五月から一二月にかけて京都の上京・下京に六四校創設された、日本初の学区制小学校の総称である。番組小と呼ばれる所以は、室町後期以来の自治組織である町の連合体である町組を明治元年と翌年に二度再編して番組にし、原則各番組で小学校が創設されたことにある。当時の上京と下京をあわせた区域は、現在の京都市の上京区・中京区・下京区を合わせた区域よりもかなり狭く、しかも一部は左京区と東山区になっている。つまり、現在の上京区・下京区とは一部で重なるものの基本的には別モノである。

近代都市京都の成立にあたり番組小が果たした役割は計り知れないが、ここでは二点あげておきたい。

一つ目は、今日的な言い方にはなるが、新時代を担う町人の教育である。明治初年、これから新しい時代が来るというのは知識人にとってはもう分かりきっていたことであり、だからこそ新しい教育が必要だということになる。二つ目は、地域のコミュニティセンターとしての学校の役割である。幕末の京都は、いわゆる「どんどん焼け」などによって町が壊滅的な打撃を受けており、そこからの復興が課題となっていた。ゆえに番組小は、「町組会所兼小学校」という教育の場と地域自治の場(公民館のような場所)が共存した施設として創設され、であるからこそ番組内の町人は番組小創設とその運営のために多額の資金を出したのである。

番組小は六四校あり、創設経緯も資金の出どころも六四校すべてで異なる。ゆえに容易な一般化は歴史のドラマ化につながる恐れがあり慎重にならねばならないのだが、番組小の創設資金の多くが各番組の町人の拠金で賄われたことは間違いない（賄うことができない分は京都府からの下付金で補われた）。運営資金の多くは番組内での寄付金によっていたが、加えて、番組内すべての戸が半年に金一分を出金するいわゆる「竈金」も運営資金にあてられた。なお、「竈」というのは当時よく使われる比喩表現であり、今日で言うところの戸《こ》のことである。すなわち、当時はまだ家持と借家人を同列に扱うことは類まれであり、家庭という概念もまだなかったので（「家庭」はhomeの訳語として誕生した近代語である）、「竈を持つ家はすべて」という表現ですべての戸から出金すべしと通達されたのである。よく誤解されるのだが、「竈金」は竈の数に応じて出金額が変わるわけではない。

教員については、京都府は宮家や諸藩士から教員になることを願い出る者が現れることを期待し、そこから採用試験を行うことを予定していたのだが、その思惑は外れ、結果として商人が教員になることが多かった。

教育内容については、まず、明治二年五月に府が定めた「小学校規則」で教育科目が「筆道」「算術」「読書」とされ、毎月決まった日に儒書講釈と心学道話をそれぞれ行うことが規定された。つまり、草創期の番組小における教育内容は、近世の手習塾とほぼ同じだったのである。この「小学校規則」に基づいて各学校で学校規則が制定されて教育が進められていったのであり、生徒側の史料も僅かながら現存している(京都市学校歴史博物館所蔵)。この頃(前出の「便覧」が出された頃)の番組小は商人のための学校であり、公家の子弟も武家の子弟も通っていなかった。それが変わったのは、明治四年七月の廃藩置県後である。

明治四年九月、廃藩置県の翌々月に、京都府は華士族からも竈金を徴収するとともにその子弟を番組小へ通わせる告諭を出した。華士族の子弟が番組小に通うようになるのに合わせて明治四年八月に出されたのが、日本初の課業表とされる「小学課業表」である。この課業表には、「句読」「暗誦《そらよみ（あんしょう）》」「習字」「算術」の四科目が掲げられ、等外から試験によって五等、四等、三等、二等、一等と昇級していく制度が採用された。ただし、実態として番組小の生徒は、明治五年時点で九割以上が未検生(等外生)であり、全生徒のうち約九九%が五等以下に属していた。在学生の年齢構成は、二年後の史料をもとに考えると、四等以上の生徒は一二歳以上が四人に三人ほどを占めていたと考えられる。なお、男女比は男子が約五三・七%、女子が約四六・三%であり、当時としては女子就学率が驚くべき高さである。岸田はこのうち、四等以上の女子に該当するのである。

当時の学校の様子がわかる史料は現存していない。番組小の姿を知るうえで欠かせない史料として有名な福沢諭吉の「京都学校の記」が書かれたのも、「便覧」が出された一年以上後の明治五年五月である。ただしこの時、岸田はまだ番組小で学んでいた可能性もあるので(後述)、岸田が学んだ頃の番組小の姿は「京都学校の記」に記された番組小をイメージするとよいであろう。その姿とは、男女別学であり、集団授業ではなく近世以来の手習い方式(個別指導)であり、その合間に一五―一八名程度の講義が講堂(七〇平方メートル程)で行われており、八時始業一六時終業(おそらくこの時間内で必要に応じて各々登校し各々下校していたのであろう)の学校である。

岸田はどの学校に通ったのか

では、岸田が通った学校はどこなのであろうか。可能性としては、下京十四番組小学校(後の修徳小学校)と下京十五番組小学校(後の有隣小学校)に絞られる。著者西川は、本書一八頁でどちらか「よくわからない」と書いている。というのも、岸田が通った痕跡が両校にあるからである。

まず、番組小は学区制小学校であるので、岸田家の所在地を確認しよう。岸田家は本文にあるように大江町内に位置し、大江町は「京都町組図略小学校兼会所附」(石田治兵衛、明治二年)では下京十四番組に属している。番組の境界は、少なくとも戸籍法施行と太政官布告第一一七号にともなう戸籍区設置で明治五年一〇月に大区小区制が導入されて番組が区に変わるまでは変更されていないであろうから、岸田は明治二年に番組が誕生してから明治五年一〇月までの間は下京十四番組に住んでいたことになる。さらに、明治五年一一月揮毫の書が下京十四番組小にルーツを持つ修徳小学校に伝わっていたことと、本文第一章にあるように明治一〇年三月の有栖川宮熾仁親王の下京十八区小学校(元下京十四番組小学校)代覧に際して岸田(他二名)が揮毫を命じられていることから(『修徳百年の回顧』修徳同窓会、一九六九年、四三頁)、岸田が修徳校で学んでいた可能性は高い。

一方、前述の「便覧」では、岸田が属する小学校が下京十五番組小学校になっている。この「便覧」は誤記の可能性の極めて低い史料であり、かつ岸田は二カ所で登場しどちらも下京十五番組小学校と記されていることから、岸田が下京十五番組小学校に通っていたことは確かであろう。当時はまだ学籍簿・学齢簿に類する文書がそもそも作成されておらず(少なくとも現存はしていない)、後の世に言う「越境入学」が厳密に管理されていたとは考えられない。下京十五番組小学校は大江町に隣接する樋之下町(松原通高倉下ル)の長香寺境内にあり(明治一六(一八八三)年に東の本神明町に新築移転)、大江町からは下京十四番組小学校よりはるかに近い。岸田が本来通うべき下京十四番組ではなく、下京十五番組に通っていたとしても、何ら不思議はない。

史料に基づいて言えることは、岸田は明治四年三月時点では下京十五番組小学校に在籍しており、その後に下京十四番組小学校で学びそれと同時期かその後に中学校(本文参照、いわゆる旧制中学校とは異なり京都独自の学校で女子も在籍)で学んだという可能性が高い、ということである。

以上、序章・第一章について若干の解説を試みた。岸田という一人の人物を通すことで、草創期番組小のリアルな姿を浮かび上がらせることが可能になるのではなかろうか。秀才・岸田は、番組小の教育成果として位置付けるのではなく、むしろ学区制小学校である番組小が創設されたことで岸田のような秀才が「発見」されるようになったという点に着目しなければならないであろう。岸田の驚くべき漢籍への造詣や達筆さ、今日的に言うところの学力の高さの背景を番組小に求めることは、番組小の教育内容や岸田の年齢を考えると、少々無理がある。番組小と岸田との関連について歴史的に考えるならば、日本初の学区制小学校である番組小の登場とそこでの試験の実施によって、岸田という秀才が発見されたこと、つまり小学校が人材発掘の装置として機能したという史実こそが重要であろう。

参考文献

和崎光太郎「京都番組小学校の創設過程」『京都市学校歴史博物館研究紀要』第三号、二〇一四年一二月

――「京都番組小学校にみる町衆の自治と教育参加」坪井由美・渡部昭男編『地方教育行政法の改定と教育ガバナンス――教育委員会制度のあり方と「共同統治」』三学出版、二〇一五年五月
和崎光太郎・森光彦著、京都市学校歴史博物館編『学びやタイムスリップ――近代京都の学校史・美術史』京都新聞出版センター、二〇一六年一〇月

〈解説2〉

私見『花の妹』

——「岸田俊子研究」という名の「西川祐子」研究的日々

田中智子

本書『花の妹』は、西川祐子が「西川祐子」となる直前の作品である。実在しない三人の俊子親衛隊を狂言回しとして登場させるという派手なしかけに幻惑されて、はなからこの作品をフィクションと決めつけてきた読者も多かろう。ところがどうして、その叙述は徹底的に史料に基づいている。

実証史学という業界のはしくれにいるつもりの人間としては、典拠の考定ができなければ、我が名がすたる。数か月間、西川さんの叙述の技・思考回路を読み解く一方で、自分であれば目を通すであろう史料や文献を思い浮かべつつ、注をつける作業に執着した。

私の歴史学といういとなみは、つまるところ「探偵業」兼「文筆業」ではなかろうかと思う今日この頃、今回はほぼ前者に徹し、頭をかきむしりつつ、知識と経験をフル動員しての知恵比べを楽しんだ。「彼女は何をみてこれを書いたのか」——ひとつ残らず典拠を確定しなくては気が済まない私に対し、西川さんは何度か、「わからないのもまたいいじゃない」と笑ってつぶやかれた。テキストの創作性や時間経過の意味、間違いのなさをよしとするのではなく間違いをこそ味わうおもしろさを言われているのだと思ってきたが、実のところは、黒蜥蜴《とかげ》よろしく逃げる立場におられるからではなかったか。こちらとしては、結局、ホシを追い詰めながらもあと一歩のところで時効成立（時間切れ）というような注もいくつかあり、一抹の悔しさが尾を引く。

あらためて東奔西走の捜査が必要となる局面もあったが、若き日の西川さんが収集された、段ボール一〇箱は下らない関連資料群（以下「俊子箱」と略）を押収（お預かり）することができ、そこに大半の手掛かりが示されていたことはありがたかった。特に、『日本立憲政党新聞』『大阪朝日新聞』や『高知新聞』を一からめくり直さずに済んだことにはほっとしたが、文字自体はほとんど消えかけ、西川さんがマーキングした蛍光ペンの色だけが残っているような、重い感熱紙コピーの束との格闘は、忘れられない思い出となった。

岸田俊子の資料集『湘煙選集』（不二出版）の編集にあたった鈴木裕子氏は、『花の妹』を、あたらしく明らかにした点も多い「意欲作」と捉えながらも、「ただ歴史学の立場からみてつくづくむずかしいと思ったのは、事実とフィクションとの間の境目がやや不分明と感じた点である。わたくしのみるところ、同書は若干の推測部分を除いて、事実によって記述されていると思うが、この点、煩雑でもいちいち典拠を示す歴史書と違って、難しい問題があろう」と評している(『目録』三二頁、一九八六年)。今回の付注作業によって、この点はほぼほぼ乗り越えることができたのではないか。つまり、「歴史小説」としての本文のスタイルはそのままに、典拠を示した「歴史書」としても使えるように仕立て上げさせていただいたつもりなのである。

西川さんには、『私語り 樋口一葉』(岩波現代文庫、二〇一一年。第Ⅰ部の初出はリブロポート、一九九二年)という、さらに挑戦的な評伝がある。「シリーズ民間日本学者」の一冊として最初に企画化された際、一人称による伝記(他人が書く自伝)というスタイルをとることの是非が議論となったが、「注があるのだから学術論文です」という編者・鶴見俊輔氏の一言によって、ラインナップに並べると決まったとのこと。付注の有無が学術的かどうかを分けるのだとすれば、『花の妹』も、このたび学術論文としての衣をあらたに着せて再デビュー、世に問うているというわけである。

俊子を捉える際にインプットすべき情報の収集方法は、自分の培ってきたやりかたと驚くほど似ていた。「三島通庸《みちつね》関係文書」「陸奥宗光関係文書」をはじめとする、国立国会図書館憲政資料室の個人資料群の検索、日記伝記類の活用、そして新聞雑誌記事の網羅的収集。京都府立総合資料館(現京都学・歴彩館)所蔵の明治初期京都関連新聞を利用した点は同じだが、国会図書館の新聞資料室を使う便利さは当時備わっていたかどうか。だが、このような史料も見たらいいかも……と思う場面に遭遇することがたまにはあっても、あたらなくては話がはじまらない史料の見逃しを感じることはなかった。叙述に利用された史料をはるかに超える量の史料が集められている。一次史料志向も強い。また多岐にわたる関連文献が参照され、勉強家と呼ぶにふさわしい姿勢が浮かび上がる。それに加え、『京都新聞』の記者による強力なバックアップを得、「調査」というよりは「突撃ゲリラ取材」とでも呼びたくなるような手段によって、俊子自身の書いた記録の発掘や周辺史料の収集、聞き取りが進められていた。その行動力には、脱帽するしかない。

要するに、西川さんの「歴史小説」が「歴史論文」と異なるのは、インプットの方法ではなく、アウトプットの方法なのである。近年の著作『古都の占領』(平凡社、二〇一七年)も、そのインプットの側面すなわち実証性が、広範な読者を惹きつけたともいえよう。そして『花の妹』というアウトプットについていえば、史料に忠実であり、合理性を欠いた乱用はみられなかった。

西川さんの俊子研究において、もっとも地道で誠実な伴走者であったのは大木基子氏であったが、お預かりした「俊子箱」を漁っていくと、戦後京都の歴史学を彩る多士済々から送られた書簡が次々と見つかる。原田久美子氏、松尾尊兊氏、辻ミチ子氏、脇田晴子氏、ひろた・まさき氏、飛鳥井雅道氏、左方郁子氏……。これらの歴史学者たち、あるいは筧久美子氏といった文学仲間が、史料の探索、解読・読み下しや解釈に関して惜しみない助力の手を差しのべ、あるいは送られた成果に対して、率直な感想をしたためている。すでに多くが鬼籍に入られてしまったが、今や失われつつある、学界のよき文化がしのばれる。

西川さんは連載執筆当時、飛鳥井氏に対し、「わたくしが新聞小説として今、じっさいに書いているのは狂言綺語、歴史家のまねをしてはいけないのだとおもいます。ただ、史料は理解しておかないと、空想も自由を得ないと、だんだんわかってまいりました」と書き送った(一九八五年三月二十五日の私信)。物語は史料にとらわれないところに紡がれるのではなく、史料があるからこそ飛躍するのだという立場がここに示されている。

それでは、俊子を扱った著作の流れのなかに『花の妹』を位置付けてみよう。

まずは死の直後の一九〇三年、最晩年の日記が『湘煙日記』(石川栄司・藤生てい編、育成会)として刊行され、その人生がしのばれた。大正期には宮武外骨が『明治奇聞』(成光館出版部、一九二五年)や『明治演説史』(文武堂、一九二六年)において「女民権家」として俊子を取り上げたが、「舌の滑べる者はお尻も軽く成る」等々の辛辣な言辞で紹介し(本書二八四頁の典拠)、その事績をまったく評価していない。なぜこれほどにまで否定的であるのか、権力に対抗した反骨のジャーナリストとして名高い外骨の再評価を迫られる。戦時期には、本書でも活用される相馬黒光の『明治初期の三女性――中島湘煙・若松賤子・清水紫琴』(厚生閣、一九四〇年)が書かれる。主観性の強い記述ではあるが、俊子を好意的に生き生きと描き、外骨とは対照的である。

戦後になると、住谷悦治『自由民権女性先駆者――楠瀬喜多子、岸田俊子、景山英子』(文星堂、一九四八年)、絲屋壽雄『女性解放の先駆者たち――中島俊子と福田英子』(清水書院、一九七五年)が登場する。俊子は民権運動のなかでの女性解放論者として、「先駆」の称号とともに語られるようになった。

本書のもととなる一九八四―八五年の『京都新聞』連載に先立って、西川さんは円地文子監修『近代日本の女性史　第八巻　自由と解放と信仰と』(集英社、一九八一年)に、短めの岸田俊子伝を執筆している。それに際し、まずは絲屋氏の伝記をノートに貼って土台とし、俊子像を組み立てていったことがわかる。中江兆民への目配りなどは、絲屋に源流があるとみてよい。

この集英社版「岸田俊子」のむすびは、遺された老女二人の「やしょめやしょめ」で終わる本書とは随分異なっている。本書にも挙がる辞世の句、「藪入《やぶいり》に鳥渡《ちょっと》そこまでひとりたび」に加え、「牡丹《ぼたん》見て芍薬《しゃくやく》を見て吾逝矣《われゆかん》／立がけに賜はる母のむすびかな」の二句も引用され、叙述は次のようにしめくくられている。「最後までしゃれのめして、また母に看とられ愛される子として死ぬ甘えを演じてみせたものであろう。早熟な子どもは老成をきどりながら、人生においてあまりにはやく歩きすぎた自分が見なかったものがあることを知っており、怜悧な目をひらいて闇の中をみつめていたようにおもわれる」。

俊子の生に対する理解と愛がつまった名文である。集英社版の伝記「岸田俊子」は、『花の妹』では抑制された筆致がさえわたり、付注などはもちろんないが、味読にあたいする。

続く本書『花の妹』は、本格的史料調査を経た末の「歴史小説」であり、民権運動という時代背景を多分に反映させたものになった。今回はあらためて、「女性民権運動の先駆者」との併題が付されている。ここには執筆当時、後半生にブルジョア化した俊子を民権家と捉えることに否定的だった論調に対する抵抗の意が込められている。そして同時に、「民権(人権)」と「女権」の緊張関係も含意されている(西川「フランス革命と女性　女権宣言を人権宣言のパロディとして読む」『近代国家と家族モデル』吉川弘文館、二〇〇〇年所収)。

自由民権運動に対する学界の評価も、当時とは異なってきている今日だが、西川さんのなかに生き続ける、フランス革命と明治維新の比較という課題に思い至らなければ、『花の妹』の射程を理解することは難しい。ちなみにこの「歴史小説」の試みに際してモデルと仰がれたのは、大佛次郎の『パリ燃ゆ』や『鞍馬天狗』であったと想像される。

本書は、①日記をはじめとする俊子自身の各種文章の発掘、②周知の史料の丹念な収集、の上に成り立っている。①の詳しい経緯については、西川「岸田俊子新資料について」(『本郷だより』第一四号、一九八六年)を参照されたい。経歴の確定という基本的かつ重要な実証上の貢献についても、ここに明らかである。
②について、特に第二章の高知滞在部分で用いられる『高知新聞』記事は、あの記念碑的共同研究、昭和女子大学『近代文学研究叢書』の「中島湘煙」の項(第六巻、一九五七年)でも、わずかにしか列挙されず、俊子関連新聞記事の総合的リストアップが図られた『湘煙選集』もその範囲を超えるものではない。対するに『花の妹』は、本人の足跡が直接記された記事を探し出しさえすればよいというのではなく、うねりのような民権熱を伝える記事を大量に収集した上に成り立っている。今回の作業を通じ、有名な「自由は土佐の山間より」を掲げつつも自らそれを「ドウダカ」と疑う諧謔精神(一八八二年一月十七日)など、『高知新聞』の醍醐味を味わうことができた。『花の妹』中、「歴史小説」としてもっとも独創的で魅力的な新聞の活用がなされているのが、高知に関するくだりであると思う。俊子自身の姿というより、主役たる時代の空気と周りの人間の俊子への思いの描出によりその存在が際立つという、不思議な演出効果がもたらされている。

学術的論考として、新潮社版刊行後に別途発表されたのが、大木基子・西川祐子「岸田俊子に関する新資料(四)」(高知短期大学『社会科学論集』第五三号、一九八七年)である。先立つ(一)～(三)は、西川が新しく発見した日記の文字起こしであり、『湘煙選集』にも収められるにいたったが、あらたに発見・収集した俊子直筆書簡のリスト化を果した(四)は、今なおそのままに生命力を保っている。閲覧しやすい媒体に発表された論考ではないが、俊子研究の必読基礎文献である。これをもとに、貴重な史料が後世へ確実に引き継がれるよう、現在の所在を再確認し、必要とあれば何らかの手立てを施すこと、最終的には文字起こしを完成し広く流布させることが望まれる。近年では横沢清子氏が、五〇〇頁にも及ぼうかという『自由民権家中島信行と岸田俊子』(明石書店、二〇〇六年)などの論考を発表しているが、このような今後の研究のためにも、かつての大木・西川の業績を更新しておくことは大事であろう。

私の岸田俊子研究は以上のように、西川祐子研究という一風変わったかたちの作業として繰り広げられた。このような錯綜した奇妙な研究は、二度と経験することはないであろう。岸田俊子は、西川祐子というフィルターを通して見ることしかできない存在となり、まっさらな状態には戻れない。だがほとぼりが冷めたらもう一度、俊子自らが書き残した手紙類をひもとき、直接俊子に向き合う機会を設けられればと願っている。

「西川祐子」について語り尽くせぬままに筆を進めてきた。「彼女はなぜこのように書いたのか」――この解けたとはいえない謎については「あとがき」にゆだね、最後に俊子自身について少々記しておきたい。

俊子があでやかな衣装をまとって演説を行ったことに対して、女性であることを売りものにしたという評価が与えられている。それは宮武外骨に揶揄されるような不明さによるというより、時代がそのような存在を求めていたのであり、俊子一流の聡《さと》さをもってその期待に応え、ヒロインを務め上げたということなのであろう（ひろた・まさき「岸田俊子考」、前掲『本郷だより』第一四号も参照）。

晩年に至り、同じく結核を病める正岡子規への、「吾の如く功名心を棄てざるが病中の病気なるべき乎」、「嘆願書を出すが可愛らし」といった表現（『日記』二三〇・二四七頁）には、難治の病である者どうし、皮肉の中にも愛が感じられるが、女性に対する目は極めて厳しい。女性とは話が合わない（『評論集』一九五頁）、女はごめん（『文学集』二一九頁）といった嘆息が折々に漏らされる。

福田英子に対してはことのほか冷たい。英子について男性の来客が、「常に面に粉し唇を朱にし衣を錦にしなかく〳〵男がすく女なり」と評したのに対し、「我はこれを聞く座に堪ざりし」と述べる（『日記』四一頁）。過去と決別して表舞台から退いた自分に比し、相変わらずあさはかさの上塗りをしているとでも言わんばかりである。

「賢夫人」であった陸奥の妹・初穂に対して、後妻に入った俊子は「傲慢にして人に礼せず」、それに伴い、中島の声望が日に衰えたなどと評されることもあった(「中島長城の内助」『日本』一九〇〇年三月十四日)。

今回の共同作業のなかで、京都時代の俊子に対する西川さんの思い入れの強さが常に感じられた。そもそも本書のもととなったのは、『京都新聞』の連載であったし、連載中の投書や取材を通じて、多くの情報が京都の町中から寄せられたという経緯あってのことだろう。また、京都という土地との個人的なゆかりや思いもあるだろう。そして西川さんは「俊子はなぜ京都を忘れたか」という問いを立てられるのであった。いくぶんか京都嫌いの私からすれば、それはむしろ「俊子はなぜ京都を忘れないのか」という問いへと反転する。質素ながらもセンスある(高踏的な)食べ物の話、他人への透徹した(いじわるな)目線、加えてしまり屋で潔癖症、密接な母娘関係など、和服の中で体が泳ぐほどに痩せた死の間際まで、京都人の本領が発揮されるという印象が強い。

その本質が、かつて「姉よ妹よ」と呼びかけたはずの「女性」に対する寛容と期待を失わせたということになるのだろうか。

岩波現代文庫版あとがき

歴史小説を書いたワケ

本書には同じ著者による以下三つの版がすでに存在する。

①「岸田俊子」『近代日本の女性史』第八巻「自由と解放と信仰と」一九八一年、集英社、八三―一二六頁。

②「花の妹　岸田俊子伝」『京都新聞』朝刊連載小説欄、挿絵浅野竹二、一九八四年九月二九日―一九八五年四月三〇日まで連載全二一〇回。

③『花の妹――岸田俊子伝』新潮社、一九八六年。

①は岸田俊子小伝であり、全一二巻中の第八巻、そのなかでとりあげられた八人の女性のうち岸田俊子伝がわたしの担当であった。女性史研究は、自分たちの母親あるいは祖母の世代の女性たちの生活や生き方を考えることから始め、先達たちの生涯の解読を一種の自己表現法とした。伝記が数多く執筆され、読んで考え自分も書く積極的な読者が増えていった。集英社は直前に『人物日本の女性史』全一二巻を完結し、『近代日本の女性史』は同社の伝記シリーズ第二弾であった。

岸田俊子の小伝はもっと以前、若死といわれた彼女の死の直後からいくつも出版されていたが、本格的な伝記あるいは岸田俊子研究は当時まだなかった。ある研究会で近代史研究家である故大木基子さんと出会い、岸田俊子が研究対象になりにくいのは何故か、について議論をした。大木さんは、ひとつには岸田俊子には残された資料が少なく空白と謎が多すぎる、もうひとつには、民権運動史ないしは民衆史の立場からすると、岸田俊子は中島信行と結婚後は民権運動から退き、最後は男爵夫人として特権階級にぞくしたのだから研究対象から除外されると説明した。

②は、①の予想外の反響により生まれた企画であった。京都新聞社から、京都生まれの岸田俊子なのだから、新聞というメディアによって無いといわれている第一次資料を探しながら、文化欄に本格的ドキュメンタリー作品として書く、あるいは新聞連載欄に長編歴史小説として書く、のどちらでも可能、という提案がなされた。わたしは連載小説欄に歴史小説を書くことをえらんだ。

フランス文学研究から出発したわたしがソルボンヌ大学に提出した大学博士論文(一九六九年)が、フランスにおける新聞と新聞連載小説を発明した第一世代のひとり、小説家バルザックをあつかっていたからであった。わたしはフランス語で新聞連載小説家についての論文を書いたのだったが、この機会にバルザックのような新聞連載小説を、日本語で書く試みをしたい、とひそかに願った。一九世紀前半を生きたバルザックには、旧体制である王政とそれを転覆させたフランス大革命の一八世紀という近い過去を読者の記憶から掘り起こすようにして描いた歴史小説がいくつもある。ならば幕末の大きな社会変動のなかから生まれた岸田俊子という個人の生涯から、日本的近代を描くことだってできるはず。

全二一〇回、七カ月にわたった新聞連載のあいだに、読者から京都新聞社へ主人公岸田俊子の足跡、遺筆、遺品、記憶にのこる挿話を教える電話や投書が予想をこえて集まった。読者と共に書く新聞小説という意識が、担当記者中村勝、挿絵画家浅野竹二、作者わたしのあいだに共有され、強まっていった。京都新聞社に投書がとどき、投書の主のお宅へ伺って掛け軸や額という形で保存された記録を拝見することがたびたびあった。わたしは西日本各地から東京、横浜へと取材や調査のための旅を重ねた。連載が終わったのちにも知らせがつづく。

連載小説の文章と挿絵の日々のコラボレーションのおかげで、物語の作中人物たちもまた、当初の目論見をはるかにこえて成長した。挿絵を描いてくださった木版画家の浅野竹二さんは当時八十歳代、一九〇〇年に京都市上京区で生まれ、京都で創作活動をし、京のまちを、路地奥にいたるまでご存知であった。

③は、連載終了の一年後に単行本として出版した。新聞連載中に届いていたが、かならずしもその全部を組み入れることができなかった読者からのさまざまな知らせをあら

ためて書きくわえた。何しろ、女権演説をはじめた岸田俊子が言論の罪で逮捕され、勾留の後、裁判にかけられた場面が新聞に掲載された後になって、俊子の獄中日記が出現したりしている。絵巻物のように進行する新聞連載小説は途中で後戻りすることが難しい。単行本となるさいに加筆訂正を行うことができてありがたかった。

その一方で、近代史専攻で、当時は高知短期大学へ勤務していた大木基子さんと改めて連絡をとった。これまで岸田家に保存されていることが知られていた六冊の日記帳の他にもう一冊の日記帳と獄中日記が連載中に出現したことを知らせた。連載中に各地から岸田俊子の書画、書簡が見つかった。漢詩も多かった。高知県ではとくに大量の資料が出現していた。大木さんとわたしは協力して、これらの第一次資料の翻刻、読み下し作業にとりかかった。高知短期大学紀要に連載し、そのたびに抜き刷りをたしか二〇〇部つくって日本史、日本文学、中国文学の専門家におくり、叱正を乞うた。その結果をふまえて大木基子・西川祐子編『湘煙日記』(『湘煙選集』3、不二出版、一九八六年)を出版した。

遠距離共同研究から時間差共同研究へ

第三バージョンであった単行本版の西川祐子『花の妹――岸田俊子伝』と大木基子・西川祐子編『湘煙日記』を準備するあいだ、高知短期大学に勤務する大木基子さんと、愛知県にある中部大学に勤務することになったわたしとは、しばしば郵便と電話で連絡をとりあった。インターネットがない時代であった。大木さんとわたしはたまたま、大木さんは東京に、わたしは京都に家族を残してそれぞれの大学に単身赴任をするという似た境遇にあった。お互いたびたび会うことも難しい状況である。資料は常に複写を作成し、同じ資料を手元に置いた。遠距離恋愛ならぬ遠距離共同研究だね、と言い合った。抜き刷りをお送りしたこともあって、四年にわたった遠距離共同研究のあいだ、日本史、日本文学、中国文学の先輩研究者たちから貴重な批評と励ましの手紙をいただいた。

そして第四バージョンにあたる本書、岩波現代文庫版は第一バージョンから数えると三十八年目、もっとも近い第三バージョンから数えて三十三年目の再版である。誤字脱字の訂正、このたびは付注をほどこしたので不要になった出典の説明を省くなど読みやすくするための修正を加えた。本書の最大の特徴は、三十数年前に執筆された歴史小説に、現代の歴史学者二人、和崎光太郎さんと田中智子さんが注をほどこし、解説を執筆してくださることとである。第四バージョンのテーマは歴史小説と歴史学の対話と言うことになるだろう。わたしはこの本の著者であると同時に解説を書く二人の研究者の研究対象、つまり主体であると同時に客体になったという不思議な立場にいる。お二人はもちろん新聞連載当時をご存知ない。三十数年前のわたしが書いた文章は、わたしにとっても興味深い観察対象となった。新しい共同研究を、異世代間の時間差共同研究と呼べるだろうか。

本書を準備するにあたって、わたしは仕事場にはいりきらないため長年、数か所に分けて預けてあった資料函をようやく引き取り、三十余年ぶりに開封した。和崎さん、田中さんに参照していただくためである。参考文献として読んだ刊本以外の一次資料はほとんどが日記や書簡原本の写真、明治の各種新聞などの複写である。音源資料としては、九〇分録音テープ一〇本が保存されていた。両親あるいは祖父母からきいた岸田俊子の容姿、言動を語った京都の住民たちの証言記録、岸田俊子の生家である呉服悉皆業を理解するために西陣と室町で行った野外調査の記録である。それにしても和崎さん、田中さんの付注と解説は保存資料の範囲を超えて、わたし自身が忘れていた資料を再発掘し、さらにはこの三十余年の学問の進捗状況に言及している。

物語作中人物の造型、または誕生

作者のわたしは新聞の連載小説欄に歴史小説を書いた。しかし物語はすぐに始まってはいない。岸田俊子の生涯を描くために行った準備段階、調査の過程をそのまま記述した序章は、新聞の読者とともに書く歴史小説という前提をつくるためであった。序章の最後の見出しは「坂上富貴の登場、物語の入口」である。この先、俊子と作中人物たちは資料の山から独力で立ち上がり、歩きだす。記録や記憶を燃料にした想像力に浮力がつき、上昇気流にのって物語世界が始まる。

　作中人物である坂上富貴は、『京都新聞』の読者が届けてくださったその方の祖母の記録、明治の番組小学校の成績表や賞状の類、そして記憶の断片のなかから生まれた。この資料は、現在は京都市歴史資料館に西村愛子資料として所蔵されている。明治革命という社会変動はすべての人々を巻き込む津波のように大きな変化であった。身分社会の崩壊、上昇と下降、人口移動の始まり、そして新しい秩序がたくみに主導権をとるにつれ、そこから生じる新しい社会問題もある。商家出身の岸田俊子に士族出身の作中人物坂上富貴を配して、階層移動の交差する様、そこに渦まく混沌とエネルギーを描きたかった。

　俊子と富貴の乳母でもあった悉皆屋おフサは、職人のまちである京都を生きる作中人物である。中島信行、俊子夫妻は晩年、ともに大磯の家で病床につき、母タカが同居していた。冬の夜長をなぐさめるため三人は交互に夜伽をした。『湘煙日記』に「冬夜物語の十三」すなわち「お房といふ女の略伝」(『湘煙選集』3、一七五—一七八頁)が俊子の手で記録されている。そのお房から『花の妹』の作中人物おフサが生まれた。悉皆屋の仕事の細部は西陣で行った野外調査にもとづく。

　俊子の日記に散在する「冬夜物語」は、一九世紀後半の日本列島にまだ生きていた語り、すなわち口承文学を文字表記で伝えている。「冬夜物語」から、わたしは歴史小説を書くうえでの題材と語りのリズムをもらった。

そして俊子おっかけ三人組の着想は、本書の口絵に掲載した京都北の芝居で女演説中の岸田社中を描いた『京都絵入新聞』の報道版画にある。報道版画は岸田俊子と弟子である少女の姿を衣装の模様にいたるまで精密に描くだけでなく、観衆の老若男女ひとりひとりをじつに生き生きと描き分けている。岸田俊子の女演説を各地へ追いかけてゆく書生三上薫、役者清十郎、密偵鷹之丞なる三人の青年たちは北の芝居の観衆のなかにいたはずである。三上薫の名は、岸田俊子の演説が刊本になった『函入り娘　婚姻之不完全』(駸々堂、一八八三年)の裏表紙に墨書されていた。最初の購入者の名前ではないか。清十郎は芝居のお夏清十郎に由来する。鷹之丞が記述するところの密偵報告書は、国会図書館憲政資料室が所蔵する自由民権運動取締で名高い三島通庸《みちつね》文書にふくまれる「探索書」類のパスティシュ、模倣である。なお高知城のある高知市には鷹匠町という地名がある。

おっかけ三人組の青年たちと俊子の女弟子たちの群舞、群像にたちまじることにより、わたしは岸田俊子に発話をさせた社会層のつぶやきと声なき声に耳を傾けた。社会変動が個人を育てると同時に個々人の言動の集積が社会変動の方向性や大きさを決める。視座を個々人とその生活に置いて社会変動を描く歴史叙述ができないものか。

本書はわたしの伝記シリーズ三作中の第二作にあたる。第一作『森の家の巫女　高群逸枝』（新潮社、一九八二年。『高群逸枝　森の家の巫女』第三文明社レグルス文庫、一九九〇年）は評伝という伝記のなかでも新しいジャンルを意識して書いた。第二作『花の妹――岸田俊子伝』は文献調査と野外調査の現場に読者を招き入れて共に歩き、考えながら物語を編んだ。第三作『私語り　樋口一葉』（リブロポート、一九九二年。岩波現代文庫、二〇一一年）は、樋口一葉の一人称記述で書いた一葉の伝記、つまり他人が執筆する一葉自叙伝であった。伝記は女性史研究にとって、調査、資料分析、叙述の方法論を考える実験の場であったかもしれない。少なくともわたしは伝記三部作により時間をかけて自分の主題、主題ごとにとうぜん異なる調査、分析方法と書く文体を自覚した。

本書は、岩波現代文庫に収められている西川祐子・上野千鶴子・荻野美穂の鼎談『フェミニズムの時代を生きて』（二〇一一年）と同じく、大橋久美さんによる緻密な企画と誠実な編集作業により実現した。深く感謝いたします。

この文庫版の出版により、なつかしい方々との再会、新しい読者との出会いと対話が生まれることを願いながら。

二〇一九年夏

西川祐子

本書は一九八六年三月に刊行された『花の妹――岸田俊子伝』（新潮社）の本文に修正を加え、新たに注を付したものである。

［解題者略歴］

和崎光太郎（わさき　こうたろう）
京都大学大学院人間・環境学研究科博士後期課程研究指導認定退学．京都大学博士（人間・環境学）．京都市学校歴史博物館学芸員を経て，現在，浜松学院大学短期大学部講師．専門：教育史．主な著書：『明治の〈青年〉── 立志・修養・煩悶』（ミネルヴァ書房，2017年），『学びやタイムスリップ ── 近代京都の学校史・美術史』（共著，京都市学校歴史博物館編，京都新聞出版センター，2016年）など．

田中智子（たなか　ともこ）
京都大学大学院文学研究科博士後期課程研究指導認定退学．京都大学博士（文学）．大谷大学・同志社大学を経て，現在，京都大学大学院教育学研究科准教授．専門：日本近現代史．主な著書：『近代日本高等教育体制の黎明 ── 交錯する地域と国とキリスト教界』（思文閣出版，2012年），「福田英子」（筒井清忠編『明治史講義【人物篇】』筑摩書房，2018年所収）など．

花の妹　岸田俊子伝――女性民権運動の先駆者

2019年9月18日　第1刷発行

著　者　西川祐子《にしかわゆうこ》

発行者　岡本　厚

発行所　株式会社　岩波書店
〒101-8002 東京都千代田区一ツ橋2-5-5

案内 03-5210-4000　営業部 03-5210-4111
https://www.iwanami.co.jp/

印刷・精興社　製本・中永製本

© Yuko Nishikawa 2019
ISBN 978-4-00-602310-2　Printed in Japan

岩波現代文庫の発足に際して

新しい世紀が目前に迫っている。しかし二〇世紀は、戦争、貧困、差別と抑圧、民族間の憎悪等に対して本質的な解決策を見いだすことができなかったばかりか、文明の名による自然破壊は人類の存続を脅かすまでに拡大した。一方、第二次大戦後より半世紀余の間、ひたすら追い求めてきた物質的豊かさが必ずしも真の幸福に直結せず、むしろ社会のありかたを歪め、人間精神の荒廃をもたらすという逆説を、われわれは人類史上はじめて痛切に体験した。

それゆえ先人たちが第二次世界大戦後の諸問題といかに取り組み、思考し、解決を模索したかの軌跡を読みとくことは、今日の緊急の課題であるにとどまらず、将来にわたって必須の知的営為となるはずである。幸いわれわれの前には、この時代の様ざまな葛藤から生まれた、人文、社会、自然諸科学をはじめ、文学作品、ヒューマン・ドキュメントにいたる広範な分野のすぐれた成果の蓄積が存在する。

岩波現代文庫は、これらの学問的、文芸的な達成を、日本人の思索に切実な影響を与えた諸外国の著作とともに、厳選して収録し、次代に手渡していこうという目的をもって発刊される。いまや、次々に生起する大小の悲喜劇に対してわれわれは傍観者であることは許されない。一人ひとりが生活と思想を再構築すべき時である。

岩波現代文庫は、戦後日本人の知的自叙伝ともいうべき書物群であり、現状に甘んずることなく困難な事態に正対して、持続的に思考し、未来を拓こうとする同時代人の糧となるであろう。

（二〇〇〇年一月）

B242-243
現代語訳 東海道中膝栗毛(上下)
伊馬春部訳

弥次郎兵衛と北八の江戸っ子二人組が、東海道で繰り広げる駄洒落、狂歌をまじえた滑稽談あふれる珍道中。ユーモア文学の傑作を現代語で楽しむ。〈解説〉奥本大三郎

B244
愛唱歌ものがたり
読売新聞文化部

世代をこえ歌い継がれてきた愛唱歌は、どのように生まれ、人々のこころの中で育まれたのか。『唱歌・童謡ものがたり』の続編。

B245
人はなぜ歌うのか
丸山圭三郎

言語哲学の第一人者にして、熱烈なカラオケ道の実践者である著者が、カラオケの奥深さ、上達法などを、楽しくかつ真摯に語る楽しい一冊。〈解説〉竹田青嗣

B246
青いバラ
最相葉月

〝青いバラ〟=この世にないもの。その不可能の実現に人をかき立てるものは、何か? バラと人間、科学、それぞれの存在の相克をたどるノンフィクション。

B247
五十鈴川の鴨
竹西寛子

表題作は被爆者の苦悩を斬新な設定で描いた静謐な原爆文学。日常での何気ない驚きと人の不思議な縁を実感させる珠玉の短篇集。著者後期の代表的作品集である。

2019.9

B248-249
昭和囲碁風雲録（上・下）　中山典之
隆盛期を迎えた昭和の囲碁界。碁界きっての書き手が、木谷実・呉清源・坂田栄男・藤沢秀行など天才棋士たちの戦いぶりを活写、波瀾万丈な昭和囲碁の世界へ誘う。

B250
この日本、愛すればこそ
―新華僑四〇年の履歴書―　莫邦富
文化大革命の最中、日本語の魅力に憑かれた青年がいた。在日三〇年。中国きっての日本通となった著者による迫力の自伝的日本論。

B251
早稲田大学　尾崎士郎
『人生劇場』の文豪尾崎士郎が、明治・大正期の学生群像を通して、希望と情熱の奔流に衝き動かされる青年たちを描いた青春小説。
〈解説〉南丘喜八郎

B252-253
石井桃子コレクションⅠ・Ⅱ
幻の朱い実（上・下）　石井桃子
二・二六事件前後、自立をめざす女性の魂の交流を描く。著者生涯のテーマを、八年かけて書き下ろした渾身の長編一六〇〇枚。
〈解説〉川上弘美

B254
石井桃子コレクションⅢ
新編 子どもの図書館　石井桃子
一九五八年に自宅を開放して小さな図書室を開いた著者が、本を読む子どもたちの、いきいきとした表情と喜びを描いた実践の記録。
〈解説〉松岡享子

B255
石井桃子コレクションⅣ
児童文学の旅
石井桃子

欧米のすぐれた編集者や図書館員との出会いと再会、愛する自然や作家を訪ねる旅など、著者が大きな影響をうけた外国旅行の記録。〈解説〉松居　直

B256
石井桃子コレクションⅤ
エッセイ集
石井桃子

生前刊行された唯一のエッセイ集を大幅に増補、未発表の二篇も収める。人柄と思索のにじむ文章で生涯の歩みをたどる充実の一冊。〈解説〉山田　馨

B257
三毛猫ホームズの遠眼鏡
赤川次郎

想像力の欠如という傲慢な現代の病理――。「まともな日本を取り戻す」ためにできることとは？『図書』連載のエッセイを一括収録！

B258
僕は、そして僕たちはどう生きるか
梨木香歩

集団が個を押し流そうとするとき、僕は、自分を保つことができるか――作家梨木香歩が、少年の精神的成長に託して現代に問う。〈解説〉澤地久枝

B259
現代語訳
方丈記
佐藤春夫

世の無常を考察した中世の随筆文学の代表作。日本人の情感を見事に描く。佐藤春夫の訳で味わう。長明に関する小説、評論三篇を併せて収載。〈解説〉久保田淳

B260
ファンタジーと言葉
アーシュラ・K・ル＝グウィン
青木由紀子訳

〈ゲド戦記〉シリーズでファン層を大きく広げたル＝グウィンのエッセイ集。ウィットに富んだ文章でファンタジーを紡ぐ言葉について語る。

B261-262
現代語訳 平家物語(上・下)
尾崎士郎訳

平家一族の全盛から、滅亡に至るまでを描いた軍記物語の代表作。日本人に愛読されてきた国民的叙事詩を、文豪尾崎士郎の名訳で味わう。〈解説〉板坂耀子

B263-264
風にそよぐ葦(上・下)
石川達三

「君のような雑誌社は片っぱしからぶっ潰すぞ」――。新評論社社長・葦沢悠平とその家族の苦難を描き、戦中から戦後の言論の裏面史を暴いた社会小説の大作。〈解説〉井出孫六

B265
坂東三津五郎 歌舞伎の愉しみ
坂東三津五郎
長谷部浩編

世話物・時代物の観かた、踊りの魅力など、俳優の視点から歌舞伎鑑賞の「ツボ」を伝授。知的で洗練された語り口で芸の真髄を解明。

B266
坂東三津五郎 踊りの愉しみ
坂東三津五郎
長谷部浩編

踊りをもっと深く味わっていただきたい――そんな思いを込め、坂東三津五郎が踊りの全てをたっぷり語ります。格好の鑑賞の手引き。

2019.9

B267
世代を超えて語り継ぎたい戦争文学
澤地久枝
佐高　信

『人間の條件』や『俘虜記』など、戦争と向き合い、その苦しみの中から生み出された作品たち。今こそ伝えたい「戦争文学案内」。

B268
だれでもない庭
―エンデが遺した物語集―
ミヒャエル・エンデ
ロマン・ホッケ編
田村都志夫訳

『モモ』から『はてしない物語』への橋渡しとなる表題作のほか、短編小説、詩、戯曲、手紙など魅力溢れる多彩な作品群を収録。自筆の挿絵多数。

B269
現代語訳　好色一代男
吉井　勇

愛欲の追求に生きた男、世之介の一代を描いた西鶴の代表作。国民に愛読されてきた近世文学の大古典を、文豪の現代語訳で味わう。〈解説〉持田叙子

B270
読む力・聴く力
河合隼雄
立花　隆
谷川俊太郎

「読むこと」「聴くこと」は、人間の生き方にどのように関わっているのか。臨床心理・ノンフィクション・詩それぞれの分野の第一人者が問い直す。

B271
時間
堀田善衞

人倫の崩壊した時間のなかで人は何ができるのか。南京事件を中国人知識人の視点から手記のかたちで語る、戦後文学の金字塔。〈解説〉辺見　庸

B272
芥川龍之介の世界
中村真一郎

芥川文学を論じた数多くの研究書の中で、中村真一郎の評論は、傑出した成果であり、最良の入門書である。〈解説〉石割 透

B273-274
法服の王国 小説裁判官(上・下)
黒木 亮

これまで金融機関や商社での勤務経験を生かしてベストセラー経済小説を発表してきた著者が新たに挑んだ社会派巨編・司法内幕小説。〈解説〉梶村太市

B275
惜《せき》櫟《れき》荘《そう》だより
佐伯泰英

近代数寄屋の名建築、熱海・惜櫟荘が、新しい「番人」の手で見事に蘇るまでの解体・修復過程を綴る、著者初の随筆。文庫版新稿「芳名録余滴」を収載。

B276
チェロと宮沢賢治 —ゴーシュ余聞—
横田庄一郎

「セロ弾きのゴーシュ」は、音楽好きであった賢治の代表作。楽器チェロと賢治の関わりを探ることで、賢治文学の新たな魅力に迫る。〈解説〉福島義雄

B277
心に緑の種をまく —絵本のたのしみ—
渡辺茂男

児童書の翻訳や創作で知られる著者が、自らの子育て体験とともに読者に語りかけるように綴った、子どもと読みたい不朽の名作絵本45冊の魅力。図版多数。〈付記〉渡辺鉄太

2019. 9

B278
ラーニャ
伊藤比呂美
あたしは離婚して子連れで日本の家を出た。心は二つ、身は一つ…。活躍し続ける詩人の傑作小説集。単行本未収録の幻の中編も収録。

B279
漱石を読みなおす
小森陽一
戦争の続く時代にあって、人間の「個性」にこだわった漱石。その生涯と諸作品を現代の視点からたどりなおし、新たな読み方を切り開く。

B280
石原吉郎セレクション
柴崎聰編
石原吉郎は、シベリアでの極限下の体験を硬質にして静謐な言葉で語り続けた。テーマ別に随想を精選、詩人の核心に迫る散文集。

B281
われらが背きし者
ジョン・ル・カレ
上岡伸雄
上杉隼人訳
恋人たちの一度きりの豪奢なバカンスがマフィアの取引の場に！ 政治と金、愛と信頼を賭けた壮大なフェア・プレイを、サスペンス小説の巨匠ル・カレが描く。〈解説〉池上冬樹

B282
児童文学論
リリアン・H・スミス
石井桃子
瀬田貞二訳
渡辺茂男
子どものためによい本を選び出す基準とは何か。児童文学研究のバイブルといわれる名著が、いま文庫版で甦る。〈解説〉斎藤惇夫

岩波現代文庫[文芸]

B283
漱石全集物語
矢口進也

なぜこのように多種多様な全集が刊行されたのか。漱石独特の言葉遣いの校訂、出版権をめぐる争いなど、一〇〇年の出版史を語る。〈解説〉柴野京子

B284
美は乱調にあり
—伊藤野枝と大杉栄—
瀬戸内寂聴

伊藤野枝を世に知らしめた伝記小説の傑作が、文庫版で蘇る。辻潤、平塚らいてう、そして大杉栄との出会い。恋に燃え、闘った、新しい女の人生。

B285–286
諧調は偽りなり(上・下)
—伊藤野枝と大杉栄—
瀬戸内寂聴

アナーキスト大杉栄と伊藤野枝。二人の生と闘いの軌跡を、彼らをめぐる人々のその後とともに描く、大型評伝小説。下巻に栗原康氏との解説対談を収録。

B287–289
口訳万葉集(上・中・下)
折口信夫

生誕一三〇年を迎える文豪による『万葉集』の口述での現代語訳。全編に若さと才気が溢れている。〈解説〉持田叙子(上)、安藤礼二(中)、夏石番矢(下)

B290
花のようなひと
佐藤正午
牛尾篤画

日々の暮らしの中で揺れ動く一瞬の心象風景を〝恋愛小説の名手〟が鮮やかに描き出す。秀作「幼なじみ」を併録。〈解説〉桂川潤

2019.9

岩波現代文庫[文芸]

B291
中国文学の愉しき世界
井波律子

烈々たる気概に満ちた奇人・達人の群像、壮大にして華麗な中国的物語幻想の世界！　中国文学の魅力をわかりやすく解き明かす第一人者のエッセイ集。

B292
英語のセンスを磨く
—英文快読への誘い—
行方昭夫

「なんとなく意味はわかる」では読めたことにはなりません。選りすぐりの課題文の楽しく懇切な解読を通じて、本物の英語のセンスを磨く本。

B293
夜長姫と耳男
近藤ようこ漫画
坂口安吾原作

長者の一粒種として慈しまれる夜長姫。美しく、無邪気な夜長姫の笑顔に魅入られた耳男は、次第に残酷な運命に巻き込まれていく。〔カラー6頁〕

B294
桜の森の満開の下
近藤ようこ漫画
坂口安吾原作

鈴鹿の山の山賊が出会った美しい女。山賊は女の望むままに殺戮を繰り返す。虚しさの果てに、満開の桜の下で山賊が見たものとは。〔カラー6頁〕

B295
中国名言集 一日一言
井波律子

悠久の歴史の中に煌めく三六六の名言を精選し、一年各日に配して味わい深い解説を添える。毎日一頁ずつ楽しめる、日々の暮らしを彩る一冊。

B296
三国志名言集
井波律子

波瀾万丈の物語を彩る名言・名句・名場面の数々。調子の高さ、響きの楽しさに、思わず声に出して読みたくなる！　情景を彷彿させる挿絵も多数。

B297
中国名詩集
井波律子

前漢の高祖劉邦から毛沢東まで、選び抜かれた珠玉の名詩百三十七首。人が生きることの哀歓を深く響かせ、胸をうつ。

B298
海うそ
梨木香歩

決定的な何かが過ぎ去ったあとの、沈黙する光景の中にいたい――。いくつもの喪失を越えて、秋野が辿り着いた真実とは。〈解説〉山内志朗

B299
無冠の父
阿久悠

舞台は戦中戦後の淡路島。「生涯巡査」の父をモデルに著者が遺した珠玉の物語が文庫に。父親とは、家族とは？〈解説〉長嶋有

B300
実践 英語のセンスを磨く
―難解な作品を読破する―
行方昭夫

難解で知られるジェイムズの短篇を丸ごと解説し、読みこなすのを助けます。最後まで読めば、今後はどんな英文でも自信を持って臨めるはず。

2019.9

岩波現代文庫［文芸］

B301-302
またの名をグレイス（上・下）
マーガレット・アトウッド
佐藤アヤ子訳

十九世紀カナダで実際に起きた殺人事件を素材に、巧みな心理描写を織りこみながら人間存在の根源を問いかける。ノーベル文学賞候補とも言われるアトウッドの傑作。

B303
塩を食う女たち
聞書・北米の黒人女性
藤本和子

アフリカから連れてこられた黒人女性たちは、いかにして狂気に満ちたアメリカ社会を生きのびたのか。著者が美しい日本語で紡ぐ女たちの歴史的体験。〈解説〉池澤夏樹

B304
余白の春
―金子文子―
瀬戸内寂聴

無籍者、虐待、貧困――過酷な境遇にあって自らの生を全力で生きた金子文子。獄中で自殺するまでの二十三年の生涯を、実地の取材と資料を織り交ぜ描く、不朽の伝記小説。

B305
この人から受け継ぐもの
井上ひさし

著者が深く関心を寄せた吉野作造、宮沢賢治、丸山眞男、チェーホフをめぐる講演・評論を収録。真摯な胸の内が明らかに。〈解説〉柳　広司

B306
自選短編集　パリの君へ
高橋三千綱

売れない作家の子として生を受けた芥川賞作家が、デビューから最近の作品まで単行本未収録の作品も含め、自身でセレクト。岩波現代文庫オリジナル版。〈解説〉唯川　恵

岩波現代文庫［文芸］

B307-308
赤い月（上・下）
なかにし礼

終戦前後、満洲で繰り広げられた一家離散の悲劇と、国境を越えたロマンス。映画・テレビドラマ・舞台上演などがなされた著者の代表作。〈解説〉保阪正康

B309
アニメーション、折りにふれて
高畑勲

自らの仕事や、影響を受けた人々や作品、苦楽を共にした仲間について縦横に綴った生前最後のエッセイ集、待望の文庫化。〈解説〉片渕須直

B310
花の妹　岸田俊子伝
—女性民権運動の先駆者—
西川祐子

京都での娘時代、自由民権運動との出会い、政治家・中島信行との結婚など、波瀾万丈の生涯を描く評伝小説。文庫化にあたり詳細な注を付した。〈解説〉和崎光太郎・田中智子

B311
大審問官スターリン
亀山郁夫

自由な芸術を検閲によって弾圧し、政敵を粛清した大審問官スターリン。大テロルの裏面と独裁者の内面に文学的想像力でせまる。文庫版には人物紹介、人名索引を付す。

2019. 9